火《か》定《じょう》

澤田瞳子

PHP
文芸文庫

○本表紙デザイン＋ロゴ＝川上成夫

火定《かじょう》　目次

主要登場人物

蜂田名代《はちだのなしろ》
施薬院に勤める二十一歳の下級役人。半年前に配属されたが逃げ出したいと思っている。

高志史広道《こしのふひとひろみち》
施薬院の庶務を一手に担うほど有能だが、後輩の名代に対して高圧的。

綱手《つなで》
施薬院の医師。若い頃に罹った大病の痕が全身に残っている。

隆英《りゅうえい》
元は元興寺の僧。孤児の世話を使命と思い悲田院に住み込む。

慧相尼《けいしょうに》
悲田院の尼だが算術が巧みで、施薬院の財政も一手にあずかっている。

密翳《みつえい》
波斯国（ペルシア）出身。青い眸の施薬院の駆使丁（雑役夫）。

久米比羅夫《くめのひらふ》
西市近くの薬屋。金さえ払えばどんな薬種でも調達するが、吝嗇。元典薬寮の下官。

猪名部諸男《いなべのもろお》
元・侍医（天皇の診療にあたる医師）。冤罪で終身の徒刑を受け、獄に入れられるが恩赦で釈放、藤原房前に召し抱えられる。

宇須《うず》
諸男と同獄の囚人。口が上手く詐欺で投獄されたが、恩赦で釈放。

久米直絹代《くめのあたいきぬよ》
諸男の元恋人で、薬司に勤める采女。

寧楽《なら》略地図

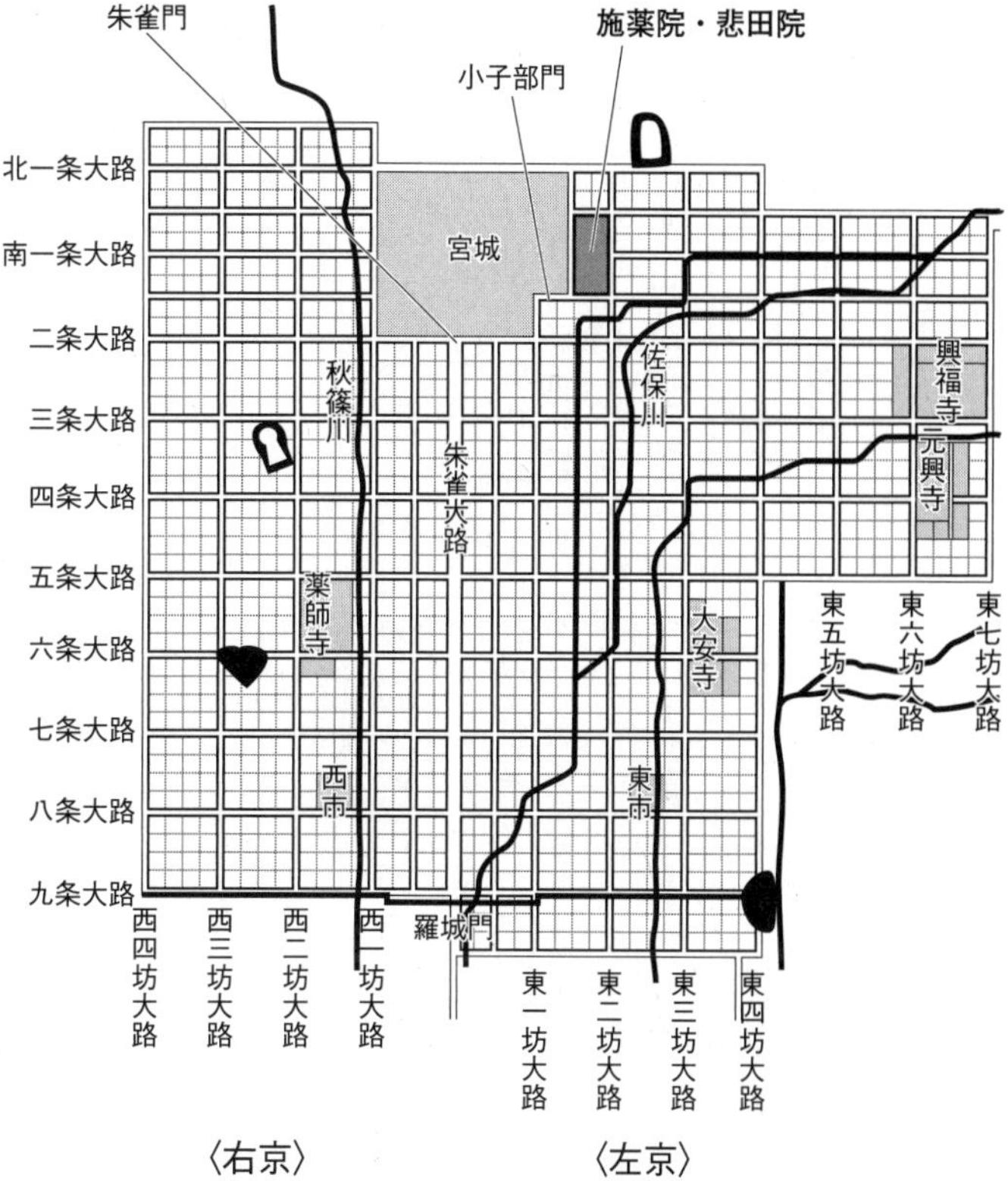

奈良文化財研究所／下三橋遺跡第３回現地説明会（大和郡山市教育委員会、〈財〉元興寺文化財研究所）などの図を参考に作成

第一章　疫《えき》神《じん》

春風にしては冷たすぎる旋風《つむじ》が、朱雀大路《すざくおおじ》に砂塵《さじん》を巻き上げている。どこぞの門口《かどぐち》から転がってきたのだろう。がらがらとやかましい音を立てて近づいてくる桶《おけ》をまたぎ越し、蜂田名代《はちだのなしろ》は大路の果てにそびえる朱雀門を仰《あお》いだ。

鴉《からす》か、それとも鳶《とび》か。巨門の甍《いらか》に羽を休める影は豆粒ほどに小さく、二十一歳の若盛りの眼を以《もっ》てしても、その正体は判然としない。

飛鳥《あすか》からここ寧楽《なら》に都が移されたのは、二《に》十七年前。それだけに明るい陽射しの中で眺めれば、壮大な柱の丹の色や釉《ゆう》瓦《が》の輝きはいささかくすんで映る。

どこかに獲物でも見つけたのか、大棟《おおむね》に止まっていた鳥が、不意に空へと舞い上がる。それを見るともなく眼で追っていると、先を歩いていた同輩の高志史広道《こしのふひとひろみち》が振り返り、

「おい、何をやっている。ぐずぐずしていると置いて行くぞ」

と、形のいい眉《まゆ》をひそめた。

「は、はい。申し訳ありません」

頭を下げた名代に、広道はわざとらしく舌打ちした。黙っていれば美男子で通る端正な顔立ちが、その途端にふてぶてしい気配を帯びた。

「おめえ、なにか心得違いをしてねえか。今日、新羅《しらぎ》からの到来物払い下げに同行させてやるのは、まだ施薬院《せやくいん》の仕事に不慣れなおめえのためなんだぞ」

「それはありがたく思っています」

「だったらぐずぐずしねえで、さっさと歩け。施薬院の官人《かんじん》は愚図《ぐず》だ、とんまだと噂が立ったら、すべておめえのせいだ」

言うなり踵《きびす》を返す広道は、まだ三十手前にもかかわらず、施薬院の庶務を一手に担《にな》う有能な男。ただその一方で、施薬院に配属されて日の浅い名代を顎《あご》でこき使い、時には患者の前で悪《あ》し様《ざま》に罵《ののし》りもする、厄介《やっかい》な相役《あいやく》であった。

（畜生《ちくしょう》。俺だって、好きでこんなところで働いているわけじゃねえよ）

二人が勤務する施薬院は、京内の病人の収容・治療を行なう施設。今から七年前の天平《てんぴょう》二年（七三〇）四月、孤児《こじ》や飢人《きじん》を救済する悲田院《ひでんいん》と共に、現皇后・藤原光明子《こうみょうし》によって設立された令外官《りょうげのかん》である。

巷間《こうかん》では両院の設立は光明子の悲願と噂されており、なるほど二院の経営が彼女とその生家・藤原氏からの寄付で賄《まかな》われているのは事実。だが実のところ、光明皇后及び藤原氏の者が両院を訪れたことは、これまで一度もない。

両院創建の前年、光明子の兄である武智麻呂《むちまろ》・房前《ふささき》・宇合《うまかい》・麻呂――いわゆる藤原四兄弟は、当今《とうぎん》である首《おびと》（聖武《しょうむ》）天皇との血縁を恃《たの》みに、朝堂《ちょうどう》の主要な職務を席巻《せっけん》。左大臣であった長屋王《ながやおう》を自害に追い込み、国政の執権者の座を占めた。

それだけに当時、藤原氏を謗る声は世上に高く、四兄弟は妹である光明子を菩薩《ぼさつ》の如き慈悲深き存在に祭り上げることで、世の非難を少しでもかわそうとした。要は施薬院・悲田院はともに、藤原氏の積善《せきぜん》を世に喧伝《けんでん》するためだけに作られた施設なのである。

設立目的がかように不純では、どんな崇高《すうこう》な務めを担《にな》う機関もうまく運用されるはずがない。事務を担当する官人は、全員が光明子の家政機関・皇后宮職《ぐうしき》からの出向者だが、大半の者は任官後まもなく、あれこれ口実を言い立てて院から姿を消す。

宮城《きゅうじょう》内の医療機関である典薬寮《てんやくりょう》から派遣される医師もそれは同様で、まともな腕を持つ医博士は貴顕《きけん》の診察に忙しく、稀《まれ》に施薬院に顔を見せるのは下っ端の医《い》生《せい》（見習い医師）ばかり。未熟なくせに鼻っ柱の強い彼らが役に立つ道理がなく、結局、施薬院でもっとも重宝《ちょうほう》されるのは、銭にも出世にも興味を持たず、ただ病人の救済のみに心血《しんけつ》を注ぐ里中医《りちゅうい》（町医師）であった。

名代とてかなうことであれば、さっさと施薬院から逃げ出したい。だが広道を始めとする施薬院の者は、毎日、何かしらの用を言いつけ、名代をどうにか院に留《とど》めんとする。名代が今日、こうして宮城内で行なわれる渡来品の払い下げに同行させられたのも、そんな引き止め策の一つに違いなかった。

（ふん、そう思うままになってたまるか）

諸国では近年、旱魃《かんばつ》と水害が頻発《ひんぱつ》している。特に一昨年の冬には西国《さいごく》で大飢饉《ききん》が発生したこともあり、京に流れ込む流民《るみん》の数は日毎《ひごと》に増加する一方だった。

飢民《きみん》が増えれば当然、病者も増加する理屈で、施薬院の長室《ながむろ》（病棟）はここのところ満員続き。やせ衰えた病人のために粥《しるかゆ》を炊《た》き、薬を煎《せん》じるばかりの日々に、名代はほとほと嫌気が差していた。

同じ使部《しぶ》（雑役《ぞうえき》に当たる下級役人）でも宮城内の二官八省に勤めていれば、いずれは出世の糸口を摑《つか》めよう。さりながら貧民ばかりが相手の施薬院では、働けば働くほど仕事が増えるくせに、その頑張りに目を止める上司もいない。順調に官位を上げ、いずれはいっぱしの官僚となる夢も、施薬院に留まっていては到底《とうてい》果たせまい。

こんなことなら半年前、施薬院に配属されたときに、どうにか口実を拵《こしら》えて逃げ出すんだった。胸中でそう溜め息をつく名代を尻目に、広道は朱雀大路と二条大路の辻を斜めに突っ切り、朱雀門へと歩み寄った。厳《いか》めしい甲冑《かっちゅう》に身を包んだ衛士《えじ》に、広道と名代の身分を示す皇后宮職発行の書きつけを示し、石造りの階《きざはし》を登り始めた。

「いいか。ここじゃ俺たちの態度一つで、皆の施薬院への目が変わるんだ。きょろきょろせず、堂々と胸を張れよ」

だが広道の後を追って階を上がった名代の耳には、そんな忠告はまったく届いていなかった。

門の内側は小さな広場になっており、その奥には築地塀《ついじべい》で囲まれた官衙《かんが》が建ち並んでいる。幾重《いくえ》にも連なった甍の向こうにそびえる巨大な建物は、帝《みかど》のおわす内裏《だいり》だろう。

色とりどりの官服をまとった官人が、そこここをあわただしげに行き交う様《さま》は、まるで様々な花が一面に降り散っているかのよう。そのにぎにぎしさ、華やかさに、初めて宮城の内部に踏み入った名代は息を呑んだ。

名代が幼い頃にこの世を去った父は、雅楽寮《ががくりょう》の下官《げかん》として朝堂に勤務していたという。そして、一昨年、風病《ふうびょう》（風邪《かぜ》）がもとで亡くなった母親は、死の間際《まぎわ》まで、名代が亡父のような官人になることを願い続けていた。

そうだ。母の願いをかなえるためにも、自分は一日も早く施薬院を逃げ出さねば。あんな病人ばかりの場所に閉じ込められ、働き盛りの身を腐らせるのはご免だ。

きらびやかな宮城を前に、改めて名代がそう誓ったとき、「おおい、広道どの。名代どのォ」という甲高《かんだか》い声が、辺りに響き渡った。

見れば丸々と肥えた四十がらみの尼が、行き交う官人《けいしょうに》を押しのけて近づいてくる。施薬院・悲田院の財政を一手に預かる、慧相尼であった。

「ちっとも来ないから、心配したわ。さあ、行きましょう、行きましょう。今日の物代《ものしろ》（代金）は、皇后宮職からしっかりいただいてきたわよ」

慧相尼は本来、施薬院と同じ敷地内に建つ悲田院の尼。算術の巧《たく》みさを買われ、両院の算師《さんし》（会計係）としても重宝されていた。

「それにしても、仕事ついでに、新羅国からもたらされた文物《ぶんぶつ》を見られるなんてね。こんな眼福《がんぷく》、そうそうあるものじゃないわ」

慧相尼はそう言って、きゃははと笑った。年に似合わぬ、若やいだ声であった。

「それで、今回はいったいどんな品が売りに出されるのかしら」

豊満な身体《からだ》を揺すって振り返る慧相尼に、名代は懐《ふところ》に入れていた帳面を慌《あわ》てて差し出した。

「本日、払い下げられる品でもっとも高価なのは、紫檀《したん》に螺鈿《らでん》を施した琵琶《びわ》だそうです。その他、白銅《はくどう》の香炉《こうろ》に鋺《わん》、匙《さじ》に錫杖《しゃくじょう》。蘇芳《すおう》や紫根《しこん》などの染料類。沈香《じんこう》、麝《じゃ》香《こう》といった香料もあるとか」

寧楽には唐《とう》を始めとする諸外国からの使者が頻繁《ひんぱん》にやってくるが、彼らは外交を主目的とするかたわら、国同士の交易使の役割も兼ねていた。

日本側から派遣される使節もそれは同様で、帰国時には必ず数々の珍品貴品を大量に買い付けてくる。本日これから、購入希望者を相手に払い下げられるのも、先々月、新羅から帰国した使節が持ち帰った品々であった。

「けど、よく買い物をしてくる暇があったわよねえ。今回の遣新羅使はあちらでひどく冷淡に扱われ、国王への目通りも許されなかったんでしょう」

慧相尼が声を潜《ひそ》めるのに、「ああ、そうらしいな」と広道がうなずいた。

「けどそれは元はと言えば、前回新羅から来た使いを日本が冷遇したのが原因だろう。国同士の体面があるにしても、まったく馬鹿馬鹿しい話だ」

新羅は百年以上前から、日本の朝貢国《ちょうこうこく》。ただ近年、唐国と親しく交わり、国力を強めている新羅は、日本との関係の見直しを進めており、両国の関係は必ずしも友好的ではない。

加えて一昨年、新羅は日本に断りなく国名を変更。遣新羅使からそれを知らされた朝堂は激怒し、中納言《ちゅうなごん》・多治比県守《たじひのあがたもり》に使節を糾問《きゅうもん》させた上、一行をそのまま国外追放したのである。

「あの時は、外国《げこく》の使節に堂々と渡り合われた多治比県守さまは豪胆《ごうたん》なお方だと評判になったわね」

「ちぇっ。何が豪胆だよ。おかげでそれ以来、都に入ってくる新羅商人は、がくっと減っちまった。薬の値段だって、この二年で以前の倍に跳ね上がってるぜ」

言われてみれば確かに、今回の遣新羅使はよほど急いで買い付けをしてきたのかもしれない。同じ染料でもそれぞれの分量はまちまちだし、錫杖などはなぜかまとめて十本もある。

「それで名代どのは、何を幾らで買いたいと願書（購入申請書）を出したのよ」

広道の雑言《ぞうごん》に呆《あき》れた様子で、慧相尼は話題を転じた。

「はい。訶梨勒《かりろく》と甘草《かんぞう》をそれぞれ三百文《もん》で、また桂心《けいしん》を五百文で買いたいと申請しました。念のためそれぐらいの高値をつけておけと、綱手《つなで》どのが仰《おっしゃ》られたもので」

「締めて一貫《かん》と百文か。うちにしては随分思い切った値ねえ」

甘草は唐国の北部、また訶梨勒と桂心はともに林邑《りんゆう》（ベトナム）・崑崙《こんろん》（東南アジア）といった南国に生える植物。いずれも急病人の多い施薬院には、欠かせぬ生薬《しょうやく》であった。

宮城には朝堂二千人の官吏の診察に当たる典薬寮と、天皇・皇族の診療を職務とする内薬司《ないやくし》の二つの医療機関があるが、これらには諸国より奉《たてまつ》られた上質の生薬が朝廷から定期的に支給される。

つまり名代たちが今日、新羅からもたらされた生薬を買いに来たのは、施薬院が典薬寮・内薬司とは異なる宮城外の令外官なればこそ。そう思うと、そんな官司でこき使われている我が身が何とも情けなく、名代は慧相尼が返して寄越した帳面を強く握りしめた。

「さて、刻限だ。行くぞ」

広道にうながされ、びっしりと建ち並んだ官衙の間を抜け、幾度か角を曲がる。やがてたどりついた殿舎《でんしゃ》では、広縁《ひろえん》に調度《ちょうど》や織物、香木《こうぼく》と思《おぼ》しき包みが並べられ、四、五十人の男たちがそれらを熱の籠《こも》った眼差《まなざ》しで品定めしていた。

男たちの大半は、京内の公卿《くぎょう》の家従《かじゅう》。しかし中には異国の物品を見てやろうという野次馬だろう、勤めを抜け出してきたと思しき低位の官吏や、どうやってここにもぐり込んだのかと思うような小汚《こぎたな》い身形《みなり》の男まで交じっていた。

香木が放つ芳香《ほうこう》か、それとも織物に炷《た》き染められた香料か。風が庭先を吹き渡る都度、眩暈《めまい》がするほど濃厚な薫《かお》りが四囲《しい》に満ちる。

すでに提出した願書の値を訂正する者、大急ぎで願書を書き殴《なぐ》る者が殿舎の端に押し寄せ、小さな雑踏を作っていた。

「見ろよ、あの琵琶のきらびやかなこと。あれは螺鈿ってやつだろうな。花の飾りの鮮やかなことときたら、まるで本物みたいじゃないか」

「その隣の錦《にしき》だって、この国じゃ、ついぞお目にかかれねえ紋様《もんよう》だなあ。あれをほんの一尺買うのに、わしの禄《ろく》のいったい何年分が要《い》るのやら」

口々に誉《ほ》めそやす人々の眼は、いずれもきらびやかな調度品に釘づけとなっている。広縁の片隅に並べられた、茶色く干からびた木の実や根に注意を払う者なぞ誰もいない。

事前に諸司に配布された目録によれば、今回、遣新羅使が持ち帰った生薬は全部で十種。とりあえず施薬院で頻繁に用いる三種類にのみ願書を出したが、もし他に買い手がいなければ、残る七種の生薬も購入したい。

渡来品は、もっとも高い値を願書に記した相手に、購入許可が与えられる。そして現時点で購入希望者がいる品物は、傍《かたわ》らにそれぞれの付け値を記した札《ふだ》が置かれる定めであった。

広縁に近づいた広道の足が、その場に縫い付けられたように止まった。その眼差《まなざ》しの先を追えば、丁子《ちょうじ》、桂心、甘草、大黄《だいおう》……種別に山積みにされたすべての生薬の傍らには、すでに色鮮やかな朱色の札が置かれている。

どうやら自分たち以外にも、生薬を買いたい人物がいるらしい。もしその者がつけた値が施薬院より高ければ、ここまでやってきたのも無駄足《むだあし》だ。名代たちはちらりと眼を見合わせた。

「お三方《さんかた》は生薬を買いに来られたのですか」

不意に間延びした声がした。顔を上げれば、広縁で見張りをしていた若い官人が、にこにことこちらを見下ろしている。

「ええ、はい」

とうなずき、広道は素早く四囲を見廻した。どこかにいる敵を探し出そうとするような、険《けわ》しい目付きであった。

「それは嬉《うれ》しゅうございます。この生薬はすべて、私が新羅で選んだもの。量は決して多くありませんが、質だけは保証いたします」

新羅から帰国した随員《ずいいん》の一人だろう。ただ、のんびりした口調の割に、年は名代より若い。

その年齢で遣新羅使に加わったとは、よほど出自《しゅつじ》がいいのか、はたまた特殊な才でも有しているのか。我知らず探る眼になった名代には気付かぬ様子で、男は突然、ふわあと大あくびをした。

「——失礼いたしました。新羅から戻って以来、寝ても寝ても疲れが取れず困っております」

目尻に滲《にじ》んだ涙を指先で拭《ぬぐ》い、ただ、と男は続けた。

「お三方が幾らの値をつけられたのかは存じませんが、ひょっとしたらこれらを買っていただくのは難しいかもしれません。先ほどある御仁《ごじん》が、生薬十種をまとめて求めようと仰《おお》せられ、驚くほどの高値をつけられたそうですから」

「高値だと。いったいそれは幾らなんだ」

広道が、顔を強張《こわば》らせて詰め寄る。驚いた面持ちで身を引き、男は「さすがに値までは存じません」と声を低めた。

「ただ、甘草や桂心など一部の生薬にのみ朱札がついているのを眺められ、すべてひっくるめて買おうと仰せられたとか」

「十種まとめてだと」

「はい。願書の整理をなさった大蔵《おおくら》省の官人のご様子からして、並の二倍、いえ三倍もの値をつけられたのではないかと。ここまでお運びいただいたのに申し訳ありませんが、今回は生薬のご入手は諦《あきら》められたほうが——」

「なによ、それ。あたしたちは皇后さま肝煎《きもい》りの施薬院から、わざわざ買い付けに来たのよ」

慧相尼の苛立《いらだ》った声に、男は両の眉を困ったように下げた。

「ああ、施薬院のお方でしたか。ただここでは、高い値をつけた者に権利が与えられる定め。どうしても生薬が欲しいと仰るならば、当事者同士で話し合っていただくしかありません」

そうこう言っている間に購入者の布告《ふこく》が始まったらしく、野次馬がざわめきながら、広縁の端に寄り集まった。官人が一人、人の輪の中央に無表情に進み出て、重々しい声で帳面を読み上げ始めた。

「――新羅に遣《つか》わせし使いの持ち帰りし、白銅五重鋺《ごじゅうわん》二帖《ちょう》。正六位下《しょうろくいのげ》・大久駒人《おおくのこまんど》に購入を許す。物代、銭一貫なり」

「ありがとうございます」

人垣の中から白髪の老人が進み出て、小脇に抱えていた物代を恭《うやうや》しく差し出す。彼が鋺を受け取り、用意の布にくるむ間にも、役人は次々と帳面を読み上げ、あっという間に広縁に残るのは、生薬類と何に用いるのかよく分からぬ皮や布ばかりとなった。

華麗な調度類が売られてゆくにつれて、見物の者たちは潮が引くように去り、いつしか庭先の野次馬は半分ほどに減っていた。

空を覆《おお》う雲は先ほどより厚みを増し、心なしか吹く風まで強くなっている。今にも雨が降り出しそうな空模様に、気が急《せ》いたのだろう。ごほん、と一つ大きな咳払《せきばら》いをして、官人は少し嗄《か》れた声を張り上げた。

「次、新羅に遣わせし使いの持ち帰りし、生薬十種。正三位《しょうさんみ》参議《さんぎ》中務卿《なかつかさきょう》兼中衛《ちゅうえの》大将《だいしょう》・藤原房前卿が家令《かれい》、猪名部諸男《いなべのもろお》に購入を許す。物代、銭六貫文なり」

「六貫文だと」

予想外の高値に、そこここから驚愕《きょうがく》の声があがった。

銭一貫文は、米一石《こく》の値。つまり六貫文といえば、名代や広道の一年の禄とほぼ同じであった。

あまりの金額に不審を抱いたのか、数人の役人が立ち上がり、読み上げ係を取り囲む。帳面を覗《のぞ》き込み、ああでもないこうでもないと口々にしゃべり始めた。

「願書はちゃんと改めたのか。六百文と書かれていたのを、見間違えたのではなかろうな」

「いいえ、そんなはずはありません。――ああ、ありました。これでございます」

この時、庭の隅に座り込んでいた男が、不意に立ち上がった。足元に置いていた麻袋を引っ提《さ》げ、風に煽《あお》られたような歩き方でふらふらと縁先に近づいた。

年は、三十を五つ六つ過ぎていよう。やせた頬にまばらに髯《ひげ》を生やし、洗いざらした麻の袍《ほう》を身に着けている。丈《たけ》が合っていないのか、上袴《うえのはかま》の裾《すそ》からにょっきり突き出した細い脛《すね》が、ただでさえ貧相なその印象をますますみすぼらしくしていた。

「なんじゃ、おぬしは」

およそ宮城には似つかわしくない男の風体《ふうてい》に、役人たちが不審な面になる。

しかし彼は無言のまま一同を見廻《みまわ》すや、片手に提げていた袋を広縁に投げ出すように置いた。

どすんという鈍《にぶ》い音が、不自然なほど大きく、庭にこだました。

「――六貫文、お検《あらた》めくだされ」

腹の底に響く低い声に、官吏が顔を見合わせる。真っ先に口を開いたのは、先ほど名代たちに声をかけてきた年若の官人であった。

「そなたさまが生薬の買い主でございますか」

「さよう。藤原房前さまの家令、猪名部諸男でございます。銭六貫文、どうぞお検めを」

「――あれで中務卿さまのお屋敷の者ですって？」

慧相尼が呆れ返った口調で呟《つぶや》いた。

無理もない。藤原四兄弟の次男である中務卿房前は、首《おびと》天皇の信頼厚い公卿。その抜け目なさは氏《うじ》一とも評判で、立身出世を願うなら、帝より房前に気に入られたほうがよいとも、朝堂では噂されていた。

浮浪人にしか見えぬこの男が、まさかその房前の家令とは。だが信じられぬといった面持《おもも》ちの周囲には目もくれず、諸男と名乗った男は銭の入った麻袋をずいと押しやった。

小走りに近づいてきた大蔵省の官人がその口紐《くちひも》を解き、中の銭を素早く数える。

「銭六貫文、確かにございます」

驚きのにじんだ声に鷹揚《おうよう》にうなずくや、諸男は懐から別の袋を取り出した。

「では、これらの生薬はこのままいただいてまいります」

と言いざま、広縁に山積みにされた生薬を鷲摑《わしづか》みにし、片っ端からその中に放り込み始めた。

あまりに乱暴なその手付きに、広道が我に返ったように半歩、前に出た。「お――お待ちくださいッ」と叫びながら、諸男の傍らに走り寄った。

「その生薬を少し、お譲りいただけないでしょうか。もちろん、無料《ただ》でとは申しません。そなたさまほどの銭は出せませぬが、それなりの物代はお支払いします」

言い募《つの》る広道を、諸男は感情のない眼で眺めた。だがすぐにその肩を押しやり、再び生薬を袋に詰め始めた。

広縁の役人は、すでに次の購入者の名を読み上げ始めている。あの若い官人がこちらを気遣《きづか》わしげにうかがうのが、名代の視界の隅にひっかかった。

「お願いいたします。我々にはどうしても、これらの生薬が要るのです」

「――見ての通り、これはわたしが今、正式な手続きを踏んで買ったものだ。どこの誰かは知らんが、それをいきなり譲れとは無礼ではないか」

慇懃《いんぎん》なその声は、砂を撒《ま》いたようにざらついている。広道の顔にさっと血の色が差した。

「それは百も承知です。ですが、その生薬を何としても持ち帰らねばならぬ理由が、こちらにはあるのです」

諸男は薄い唇を引き結び、生薬を次々と袋に放り込んだ。生薬同士が混じり合うことも気にかけぬような、乱暴な挙措《きょそ》であった。

「わたくしは皇后宮職付施薬院の使部、高志史《こしのふひと》広道。本日は施薬院で用いる生薬を買い求めるべく、罷《まか》り越したのです」

「施薬院だと」

呟きとともに、諸男の手がぴたりと止まった。

それに手ごたえを感じたのか、広道は「はい、さようでございます」とますます声を張り上げた。

「ご存じの通り、施薬院は藤原家とゆかりの深い施設。あなたさまの御主《おしゅう》でいらっしゃる房前さまよりも、毎年、何十斗《と》という米をご寄進いただいております」

それは別に、房前が貧民救済に心を配る慈善家だからではない。数えきれぬほど広大な田畑を持つ彼らからすれば、両院の経営に必要な銭なぞ、指先から滴《したた》るほんの一たらしの水の如きもの。それで藤氏《とうし》の慈悲深さを人々に印象づけられれば安いものだと、房前は考えているのに違いない。

とはいえそんな事情まで、この男に語る必要はない。施薬院に便宜《べんぎ》を図《はか》ることは、お前の主《あるじ》の意にも沿うと匂わせる広道の口調は、少々押しつけがましかった。

「すべての生薬をとは申しません。ただ甘草と桂心、訶梨勒をいささか頂戴できればーー」

「ふん。ならばなおのこと、お断りだ」

あまりにきっぱりした口調に、名代は一瞬、わが耳を疑った。

諸男はもう一度「断る」と繰り返し、生薬を納め終えた袋の口紐を、両手でぐいと締め上げた。

「これは、わたしが買った生薬だ。房前さまが施薬院にどれほどの援助をしておられようとも、関わりはない」

取りつく島もない言いように、さすがの広道が言葉を失っている。その面上を一《いち》瞥《べつ》し、諸男は「それに」と続けた。

「施薬院とは宮城から派遣された官医どもが、病者を診《み》る施設だろう。そんな所のためになることは、わたしは命を取られようともしたくない」

「なんだと、てめえ——」

広道は突然、それまでの丁寧な口調をかなぐり捨てた。そのこめかみに、見る見る青筋《あおすじ》が浮かぶ。名代は慌てて彼の腕を後ろから摑んだが、興奮した広道はそれにすら気付いておらぬ様子であった。

「その言い様はなんだ。うちのお医師がこれまでどれだけの命を救ってきたかを知っていて、そんなことを抜かすのか」

広道の怒声に、周囲の眼が一斉にこちらに集まる。

なんとか広道を宥《なだ》めようと、名代は力一杯その腕を引いた。

「広道さま、落ち着いてください」

「馬鹿野郎、これが落ち着いていられるか」

しがみつく名代を突き飛ばし、いいか、と広道は怒りにわななく指を諸男に突きつけた。

「施薬院の患者どもはみな、銭も、住む家もねえ奴らばっかりだ。真夏にがたがたと震えるほどの瘧《おこり》に罹《かか》っても、これまでひたすら我慢するしかなかったような奴らを、うちのお医師は嫌な顔一つせずに診てくださるんだ」

現在、施薬院の診察を一手に引き受けているのは、綱手という六十手前の里中医である。

若い頃に大病に罹ったとかで、顔はおろか全身に木の皮にも似た瘢痕《はんこん》が刻まれている彼は、施薬院に住み込み、病人の容体《ようだい》が急変すれば、日夜を問わず長室に飛んでゆく。私用で市《いち》に出かけた折、高熱を発した病人を見つけ、自ら背負って施薬院へ連れ帰ることもあった。

その様は三面六臂《さんめんろっぴ》の阿修羅《あしゅら》もかくやと思われ、病人やその親族の中には、彼こそ生身《なまみ》の菩薩と涙ながらに伏し拝む者も珍しくない。

尻餅《しりもち》をついた名代を顧《かえり》みもせず、広道は諸男にぐいと詰め寄った。形のいい眉が釣り上がり、その端が激しく波打っていた。

「その生薬を、てめえが何に使うのかは知らねえ。けどうちの綱手さまは、人の命を必死にお助け下さる、帝と同じぐらいありがたいお医師だ。そこのところをよく覚えておきやがれ」

その途端、諸男の唇がわずかに歪《ゆが》んだ。嘲《あざけ》るような笑いが薄っすら浮かんだかと思うと、「ありがたいお方だと」という冷ややかな声が漏《も》れた。

「馬鹿を言うな。医師とて要は、ただの人間。常はどんな皮をかぶっていようと、必要とあれば盗みもし、人も殺す輩《やから》だ。医者というだけでそれほど他人を信じられるとは、施薬院の衆は実におめでたい奴らだな」

「なんだと——」

広道の両の拳《こぶし》に、ぐっと力が籠る。

とはいえどれだけ激昂《げっこう》していても、ここで藤原房前の家従を殴りつければどうなるかと考えるだけの冷静さは残されていたらしい。広道は悔《くや》しげに全身をわななかせ、諸男を睨《にら》みつけた。

そんな広道に鼻を鳴らし、諸男は生薬の入った袋を担《かつ》ぎ上げた。

広縁の官人やぐるりの野次馬たちに一礼し、くるりと踵を返す。悠然《ゆうぜん》とした足取りで、そのまま庭の向こうへと諸男が歩み去ろうとした時である。

どすん、と鈍い音が起きた。驚いて顧みれば、顔を真っ赤にした三十歳前後の官人が、広縁の端に仰向けに倒れている。

眉間に皺が寄るほど強く目を閉じ、はあはあと荒い息をつく彼に、あの若い官人が駆け寄ろうとする。しかし急に足を止め、怯《おび》えたように立ちすくんだ。

「おい。なにをしている、羽栗《はぐり》。同じ船で新羅に行った同輩だろうが」

近くにいた髭面《ひげづら》の官人が舌打ちし、羽栗と呼ばれた青年の代わりに男を抱き起こした。

「どうした。大丈夫か」

ぴたぴたと頬を叩《たた》かれると、男は緩慢《かんまん》に眼を開け、ぼんやりとした様子でうなずいた。

どうやら、命に別状はないらしい。広縁を囲む人の輪に、安堵《あんど》の気配が漂《ただよ》った。

「も、申し訳ありません。急に目の前が暗くなってしまいまして」

髭面の官人はその詫《わ》びには応じず、男の脇に両手を突っ込んで、彼をその場に座らせようとした。だがすぐに驚いた顔で身動きを止め、相手の額に片手を押し当てた。

「どうしたんだ、お前。まるで火の玉みたいに、全身が熱いぞ」

駆け寄ってきた数人の官吏が手を貸し、男を広縁の階《きざはし》に座らせる。その中でなぜかあの羽栗だけは、ひどく青ざめた顔でその場に突っ立っていた。

「どうする。典薬寮から医師を寄越してもらうか」

「大袈裟《おおげさ》だなあ、ただの風病だろう。すぐに帰らせれば、明日にはけろっとよくなるさ」

「それもそうだな。だいたい典薬寮の奴らと来たら、大した病《やまい》じゃないと分かると、露骨《ろこつ》にめんどくさい面《つら》をするからな」

新羅は、日本から海山《うみやま》何千里も隔《へだ》てた異境。そんな土地へ往還した疲労が、ここにきて一度に噴出《ふんしゅつ》したのに違いないと、官吏たちは納得した顔でうなずきあった。

「おおい、聞こえるか。もう少しで到来物の払い下げも終わる。後片付けは俺たちに任せて、お前はもう帰れ」

周りの勧めに、広縁に座っていた男はこくりとうなずいた。懸命に立ち上がろうとして、またよろりとふらつくのを、傍らの一人が慌てて支えた。

「気を付けろよ。まったく、しかたないな。——おおい、誰か手が空《あ》いている奴はいないか。こいつを家まで送って行ってくれ」

とはいえまだ日の高いうちから、務めを離れることもしがたいのだろう。役人たちが困惑した様子で顔を見合わせていると、「ならばわたしが送って行こう」という声が庭の隅で上がった。

振り返れば、袋を肩に担いだままの諸男が、荒い息をつく男を凝視《ぎょうし》している。野次馬たちを押しのけて階に近づくや、妙に手慣れた動きで、男の脇に己の肩を差し入れた。そのまま男を支え上げ、おもむろに四囲を見廻した。

「房前さまのお屋敷は、宮城からほど近い二条大路。この男は、少しお屋敷で休ませてから、家まで送って行こう。それでよいな」

相変わらず感情のうかがえぬ口振りに、「お願いします」と真っ先に応じたのは、あの羽栗だった。

「そ——その御仁は私と同じく、遣新羅使に加わっていらっしゃいました。きっと、旅の疲れが今になって出たのでしょう。何卒《なにとぞ》、何卒、少しでも早く休ませて差し上げてください」

なぜか上ずった羽栗の声に、諸男は「わかった」と小さくうなずいた。

「では後は任せてもらおう。心配するな」

官人が呼んで来たのだろう。雑人《ぞうにん》が二人、諸男に近付き、その肩から病人を抱き取る。用意の板戸に彼を寝かせ、諸男の後に従って、庭を出て行った。

「ふん、親切なんだか腹黒いんだか、分からん奴だ」

騒動の間、諸男を瞬《また》きもせず睨みつけていた広道が、足元の小石を忌々《いまいま》しげに蹴《け》った。

「でも、大丈夫かしら。さっきの男、ふうふうと肩で息をしていたわよ。随分高い熱があるみたいだったわ」

「頑健そうな野郎だったじゃないか。粥でも食ってひと眠りすりゃ、すぐによくなるさ」

だといいけど、と呟き、慧相尼はわずかに声をひそめた。

「ちょうどさっき、皇后宮職で嫌な話を聞いたのよ。ほら、こないだ戻ってきた遣新羅使は、京まで戻ってきた人数が妙に少なかったというじゃない?」

「ああ、そんな噂もどこかで聞いたな」

広道が気のない様子でうなずいた。

遣新羅使はもともと遣唐使に比べて規模が小さく、百人ほどが一艘《そう》の船で渡海する。ただ今回新羅に遣わされた一行は、帰路、ひどい嵐に襲われでもしたのか、二《ふた》月《つき》前に京に戻ってきたのは、ほんの二十人程度と噂されていた。

「あれはね。海難や事故のせいじゃなく、あちらでひどい疫病《えきびょう》に罹患《りかん》したからなのですって。大使さまはその病のせいでかの地で亡くなられたし、副使の大伴《おおともの》三《み》中《なか》さまも帰国してすぐには病が癒《い》えなくて、しばらく難波津《なにわづ》で療養してらしたそうよ」

「なんだと。そんな話は初耳だぞ」

広道の疑わしげな顔に、慧相尼は朱雀門に向かって歩き出しながら、「そりゃそうよ」とますます声を低めた。

「新羅から叩き出された使節が、更に疫病にまで遭《あ》ったとなれば、朝堂の威信にも関わるもの。きっと必死に隠してらっしゃるのよ。でも、皇后宮職のお役人がたが話してらしたのだから、間違いないと思うわ。――いやねえ。もしかして、また京にも疫病が来るのかしら」

痢病《りびょう》（赤痢《せきり》）、咳病《がいびょう》（インフルエンザ）、熱病……人を苦しめる病は数えきれぬほどあるが、なぜ人は病に罹るのかを知る者は誰もいない。どんな優れた医師でも、病人の様子を診《み》、症状を抑えるための薬を調じるのが精一杯であり、病とはなにかという根源的な問いには誰も答えられない。

このため市井《しせい》の人々は流行《はや》り病《やまい》の蔓延《まんえん》に怯える一方で、身の不浄や心の汚れ――いわゆる「穢《けが》れ」が人の身体を蝕《むしば》み、病を呼ぶのだと信じ、薬湯《やくとう》を用いての治療より消厄祓除《しょうやくばつじょ》に熱心であった。

「なあに、大丈夫だろうよ。新羅の病が、都まで飛び火するものか」

それに実際のところ、疫病なぞこの国ではさして珍しくもない。仮に流行が始まっても、どうせまたいつものようにすぐ沈静するはずと考えかけ、

(ああ、でも……)

と、名代は胸の中で溜め息をついた。

これから夏にかけて、京では毎年、痢病患者が急増する。そこに更に疫病なぞ発生した日には、施薬院はいったいどんな忙しさに見舞われることか。

こうなればなんとしてもその前に、施薬院から出て行かねばならない。残された時間は、決して多くなかった。

「じゃあ、あたしは先に行くわ。いただいた銭を皇后宮職にお返ししてから、施薬院に戻るわね」

駆け出す慧相尼を見送って朱雀門をくぐれば、大路の雑踏の中に戸板で運ばれてゆく人影がある。その傍らにひょろりとした影を認め、名代は思わず広道の横顔を

うかがった。

広道もまた、同じ人影を見つけたのだろう。ちっと荒々しく舌打ちをし、

「それにしても、あんな無礼な奴を家従にしてらっしゃるとは、房前さまってお方はよっぽど変わり者なんだな」

と、吐き捨てた。

「ちょ、ちょっと、広道さま。皇后さまの兄君の悪口を、そんな大声で」

朱雀門外は京で一、二を争う繁華な往来。それだけに、どこに誰がいるか知れたものではない。だが広道は名代の狼狽《ろうばい》に、「本当のことを言ってるだけじゃないか」と顔をしかめた。

「まったく主のご威光《いこう》を借りて、尊大な口を叩きやがって。施薬院に怨《うら》みでもあってのかよ」

「なんだ。大路の真ん中で何か喚《わめ》いている奴がいると思えば、広道か」

いささか間延びした声とともに、生温かい吐息が名代の後ろ首を撫《な》でた。振り返れば毛並の悪い黒馬の手綱《たづな》を握った中年男が、隣の馬とよく似た丸い眼を笑わせている。

「これは智積《ちさか》さま――」

さすがの広道が、罵言《ばげん》を呑み込んで低頭する。その頭にぶおっと息を吹きかける

馬の鼻先を撫で、

「ちょうどよかった。これから施薬院に出向くところだったのだ。まことにすまんが、猪膏《ちょこう》（猪《いのしし》の脂《あぶら》）があれば、少し分けてくれんか。うっかり、馬寮《めりょう》の在庫を切らしてしまってな」

と、馬医《ばい》の河内《かわち》智積は遠慮がちに言った。

馬医とは宮城の馬を管理する馬寮に所属し、官馬や五衛府《ごえふ》が用いる軍馬の健康管理に当たる獣医師である。

とはいえ今年四十五歳になる智積は、元はただの武官。生来の馬好きが高じて馬医になっただけで、体系だった医術の学習はしていない。それゆえ馬の病について知るためと称して、施薬院はもちろん、宮城内の典薬寮にも気軽に顔を出す、人懐《ひとなつ》っこい人物であった。

「またですか。いい加減にしてくださいよ。うちだってしょっちゅう融通できるほど、薬が余っているわけじゃないんですから」

「すまん。ちゃんと返すから、許してくれ」

「ちぇっ、そんな言い訳はもう聞き飽きましたよ」

猪膏は、あかぎれや火傷《やけど》などに用いられる塗り薬である。

宮城内の各官衙では、物品の補充には、逐一《ちくいち》、上役や関係各部署の長官の許可が要る。ひと一倍、馬に愛情を注ぐ智積のことだ。なにか急病の馬でも出たため、そんなまどろっこしい真似はしておられぬと、施薬院に頼ることを決めたのだろう。

わざとらしく溜め息をつき、広道は名代を顧みた。

「おい、名代。薬蔵の猪膏は、余分があったよな」

生薬の在庫管理は、現在、名代の仕事となっている。施薬院北隅の薬蔵の棚を思い浮かべ、名代は「大丈夫です」とうなずいた。

「台帳が手元にないのではっきりとは言えませんが、あと三斗か四斗は残っていたはずです」

「よし。なら、半斗ぐらいはお分けしても大丈夫だな」

「すまぬなあ、広道。恩に着るぞ」

そう言って軽く頭を下げてから、ところで、と智積は思い出したように言葉を続けた。

「おぬし先ほど、なにを腹立たしげに喚いていたのだ。生薬を取られただのなんだのと聞こえたが、典薬寮の医博士と悶着《もんちゃく》でも起こしたのか。もしそうなら、猪膏を分けてもらう礼代わりに、わしから真公《まきみ》に口添えしてやるぞ」

典薬寮の事務官である大属《だいさかん》・高市《たかいち》真公は、智積の幼馴染《おさななじ》み。施薬院に派遣される医生の勤務状況を監視すべく、時折、施薬院にも顔を見せる真面目な役人であった。

「いえ、そうではありません。実は今日は大蔵省で、遣新羅使がもたらした物品の入札《にゅうさつ》があったのですが、ひどい礼儀知らずに邪魔をされたのです」

誰かに憤懣《ふんまん》をぶつけたかったと見え、広道が堰《せき》を切ったように話を始める。

智積は一瞬、困惑《こんわく》したように目をしばたたいた。しかしすぐに傍らの馬の首を軽く叩き、「それは大変だったな」と当たりさわりのない相槌《あいづち》を打った。

「しかもその野郎、私の頼みを断るだけならまだしも、施薬院のためになることなぞ、命を取られようともしたくないとまで言いやがりまして――」

こんなところでこれ以上、悪口をまくし立てさせるわけにもいかない。名代は智積とどちらからともなくうなずき合い、広道を真ん中に歩き出した。東に歩み、東一坊大路で人の少ない方角を選んで道を北に曲がる。だが小子部《ちいさこべ》門の前で再び道を折れ、施薬院の門前に着いてもなお、広道の愚痴《ぐち》は終わる気配がなかった。

施薬院・悲田院の敷地は、併《あわ》せて三町《ちょう》。主な施設は敷地の西に集まって建てられ、東半分には広大な畑が広がっている。

南の四脚《しきゃく》門をくぐった正面は、施薬院・悲田院が共同で用いている殿舎。その左には診察所代わりの小子房《しょうしぼう》が建てられ、その最も奥には名代や広道の自室もある。

奥には病者を収容する長室が三棟並び、更にその裏、板垣で区切られた一角が、悲田院に暮らす飢人・孤児の寮であった。

門脇の桃の木に馬をつなぐ智積を待ち、まだ話し足りぬ様子の広道を促《うなが》して、殿舎に上がる。医師と官人の詰所である一間に踏み入れば、ちょうど患者の訪れが途切れたのだろう。里中医の綱手が古びた筆を舐《な》め舐め、小さな字で帳面を付けていた。

「おお、戻ったか、お前ら。慧相尼どのからついさっき、あらましは聞いたぞ。まったく、とんだ無駄足だったな」

どうやら素早《すばし》っこい慧相尼は、広道が憤懣をぶつけている間に、さっさと己の務めを果たしたらしい。

野太い声で二人を労《ねぎら》ってから、綱手はからかう目付きで智積を眺めた。

「それにしても智積さままでお越しとは、さてはまた薬のご無心でございますな。今度は油でございますか、それとも石硫黄《せきりゅうおう》でございますか」

「すまん、猪膏だ。実はこのところ、五衛府の馬の間に出来物が流行っていてな。おかげで猪膏がどれだけあっても足りぬのだ」

「冬の疲れが噴き出す春は、人も獣も病に罹りやすうございますからな。こちらも朝から風病の患者が押し寄せ、先ほどまで大騒ぎでございました」

「風病か。確かに宮城内でも流行っておるな」

「今日診た病人の中には、ひどい熱を出しておる者もおりましてな。風病もあのようにこじらせると、快癒《かいゆ》まで日が要りまする。智積さまもお気を付けくだされ」

そういえば先ほど倒れた官吏も、随分高い熱を出している様子だった。

冬は冬で病人が多いが、春になればまた別の病が流行る。そしてまともな勤め人であればともかく、その日の食い物もろくにない貧民には、些細《ささい》な風病が命取りとなる。

胸の中の溜め息を押し殺し、名代は綱手の手元を覗き込んだ。氏名と男女の別、それに年齢と病状が書きこまれた帳面は、施薬院に入院が決まった病人の記録。まだ墨の色も鮮やかな四つの名前を検《あらた》め、内心大きく舌打ちした。

昨今の流民の増加で、計八十人が収容できる三棟の長室は満員が続いている。そこに更にまた四人も受け入れては、自分たちの仕事は増えるばかりだ。

幸か不幸か、施薬院にはまだ相当な空き地がある。もしかしたらそのうち綱手は、そこに新たな長室を建てると言い出すかもしれない。

「それにしても綱手さま。この帳面によれば、今日やってきた病人は若い奴らばかりですね」

広道が綱手から帳簿を受け取り、首を傾《かし》げた。

「おお、そうなのじゃ。特に四人のうち、この二人は夫婦でなあ。共に寧楽《なら》を目指して、筑紫《つくし》の国から出てきたばかりとか」

「ふうん。その若さで動けないぐらいの熱を出すとはねえ」

「旅は、案外身体を疲れさせる。ましてや食うや食わずの旅の果てとあれば、風病をこじらせもしようて」

二人のやりとりを聞きながら、名代は生薬の在庫を記した帳面を取り出し、猪膏の欄《らん》に「三月十日　右馬寮馬医河内智積五升出」と記した。

広道と綱手に帳面を見せ、それぞれ「了」の字を書き入れてもらう。蔵の鍵を抽《ひき》斗《だし》から引っ張り出し、「では蔵に参りましょう」と、智積を促した時である。

耳を聾《ろう》するばかりの馬の嘶《いなな》きが、施薬院じゅうに響き渡った。ついで甲高い悲鳴と、めりめりという音がそれに続く。

「なんじゃあ」

綱手が驚きの声を上げる横で、智積がはっと顔を上げ、「――槻風《つきかぜ》」と馬の名を呟く。そのまま円座《わろうだ》を蹴飛ばして立ち上がり、執務室を飛び出した。

「なにをぼんやりしている。名代、おめえも様子を見てこいッ」

呆然《ぼうぜん》とその背を見送る名代に、広道が罵声を浴びせ付ける。

「は、はいッ」

握りしめていた蔵の鍵を放り出し、名代は部屋から駆け出した。広縁で智積に追いついたのと、鼻前を漆黒《しっこく》の旋風が過ぎたのはほぼ同時。それが智積の連れてきた黒馬と気づき、名代は槻風がつながれていたはずの場所に慌てて目をやった。

ひょろりとした桃の木は根元から折れ、その傍らで顔貌《かおかたち》のよく似た四、五歳の男児が二人、顔じゅうを口にしてわんわんと泣き喚いている。一方の童《わらわ》の手にしっかり握りしめられているのは、木切れと麻布で作られた古びた木偶《でく》人形。そしてもう一方の男子が握っているのが馬の尾毛《びもう》と気づいた瞬間、

「こ――この糞餓鬼《くそがき》がッ」

と、名代は我知らず大声を上げていた。

瓜二つゆえに見分けがつかないが、兄が白丑《しろうし》、弟が黒丑《くろうし》。乳児の頃に悲田院門前に捨てられていた双子《ふたご》である。

現在、悲田院で養われている子どもは、下は乳飲み子から上は十二歳まで、合わせて二十余人。そのほとんどは白丑・黒丑兄弟の如く院の門前に捨てられていたか、はたまた京内で浮浪児《ふろうじ》として生きていたところを、京職《きょうしき》に捕《と》らえられた子どもらであった。

おおかた施薬院まで遊びに来て馬を見つけ、尾毛をむしり取ったのだろう。槻風があまりの痛さに、つながれていた木を折って逃亡したのも当然であった。

「な、名代。手伝ってくれッ」

智積の大声に振り返れば、庭をどう回り込んだのか、泡を嚙んだ槻風がまっすぐこちらに向かってくる。思わず悲鳴を上げて横っ跳びに避《よ》ければ、馬は折れた桃の木をひらりと飛び越え、そのまま施薬院の門から出て行った。

「待たんか、槻風ッ」

智積が両の手を振り回しながら、その後を追う。名代はそれを横目に白丑たちに駆け寄り、泣き続ける彼らの襟首《えりくび》を両手で摑み上げた。

「お前ら、自分たちが何をしたのか分かってるのかッ」

悲田院の子の中には、他人の物を奪ったり、弱き者を虐《しいた》げることを当然と考える者が多い。

名代もこれまでこの二人には、沓《くつ》に毛虫を入れられたり、薬蔵に入ったところを外から心張《しんば》り棒《ぼう》をされたりと、散々な目に遭ってきた。それだけに今日という今日は、おいそれと許してやる気にはなれない。

「来い、お前らッ。綱手どのに頼んで叱っていただいてやるッ」

事あるごとに苦《にが》い薬を飲ませる異相《いそう》の綱手を、子どもたちは悪鬼羅刹《あっきらせつ》の如く怖がっている。ますます大声で泣くのを無理やり引きずって行こうとすると、背後からどたどたという慌ただしい足音が聞こえてきた。

「申し訳ありません、名代どの。いま、馬が逃げて行ったのはこやつらの仕業《しわざ》ですか」

助け船が現れたとわかったのだろう。白丑と黒丑が一瞬の沈黙後、揃って、「隆《りゅう》英《えい》さまァ――」と泣き始める。その甘ったれ声に顔をしかめ、名代は駆けつけてきた僧形《そうぎょう》を睨《ね》めつけた。

「隆英どの、子どもたちを施薬院に近づけるのは止めてくれと、あれほど申し上げたでしょう。こ奴らの悪戯《いたずら》のせいで怪我人が出たら、どうなさるおつもりですか」

「さ、さよう、まったく仰る通り。まことに申し訳ござらぬ」

卑屈なまでに身をすくめ、隆英は禿頭《とくとう》を幾度も下げた。

名代の父親に近い年齢の隆英は、元は元興寺《がんごうじ》の使僧。孤児の世話を己の使命と思い定めて寺を離れ、三年前から悲田院に住み込んでいる。

名代の手から兄弟を引き取ると、隆英はその場に膝《ひざ》をつき、肉の厚い掌《てのひら》をそれぞれの頭上に置いた。がっしりした体軀《たいく》には不釣り合いな、ひどく優しげな挙措であった。

「白丑、黒丑、両人とも泣くな。決して怒らぬゆえ、どうして馬に悪戯をしかけたのか、話してはくれんか。馬に乗りたかったのか、それとも餌《えさ》を与えてみたかったのか」

穏《おだ》やかな隆英の声に、二人は申し合わせたように泣くのをやめた。涙でべとべとになった顔を袖で拭い、「本当に怒らない?」「嘘じゃない?」と口々に言って隆英を見つめた。

「おお、本当だ。拙僧《せっそう》がおぬしらに偽りを申したことがあったか」

隆英が笑うのに、二人はお気に入りの木偶人形の両手をそれぞれ握り、ううん、と首を横に振った。

「じゃあ、隆英さまだけに言うね」

「その代わり、内緒だよ。太魚《たうお》にも黙っていてね」

「太魚だと」

悲田院の孤児の中で、最年長の少年だ。院に来るまではかっぱらいをして暮らしていたとかで、幼い子どもからは慕われている一方、ちょっと目を離すと悲田院の什物《じゅうもつ》を盗もうとする悪童であった。

「太魚がね、馬の尻尾を取ってきたら、後で魚を喰《く》わせてくれるって言うの」

「興福寺《こうふくじ》のお池に、鮒《ふな》がいっぱい放されているんだって。太魚は馬の尻尾を釣り糸に、それを釣るつもりなんだよ」

「そ、そうか。魚をか――」

あどけない二人の声に、隆英が顔をひきつらせながらうなずいた。

都の東端に建つ興福寺は、藤原氏の氏寺。境内《けいだい》は壮麗な伽藍《がらん》のみならず、玉石《たまいし》を敷き詰めた池や庭が設けられ、その美しさは都一と評判であった。

よりにもよって、悲田院・施薬院の後ろ盾である藤原氏の氏寺から、魚を盗もうとするとは。皇后宮職に知られたら、説教だけでは済むまい。

「しかしな、白丑、黒丑。御寺の魚は、おぬしらに食われるために飼われているわけではない。あれは御仏《みほとけ》のおわす浄土《じょうど》のさまを我らに知らせるために、衆僧が大事に大事に養っている魚なのだ。——痛ッ」

隆英が突然、悲鳴とともに飛び上がった。その傍らに土煙を立て、子どもの握り拳ほどの石が落ちる。どこからともなく飛んできた礫《つぶて》が、隆英の肩を打ったのだ。

「走れッ。餓鬼どもッ」

鋭い叫びが響き、今度は礫が隆英の足元で跳ね返る。

その声に背を叩かれたように、双子は隆英の手を振り払った。それと同時に、物影から飛び出してきた小柄な影が、白丑たちの手を摑んだ。

あおりを食らって隆英が転び、どすんと鈍い音が響き渡る。とっさに名代は、

「こらあッ」と怒鳴っていた。

「待てッ。太魚ッ」

だがそんな名代にはお構いなしに、太魚は高らかな笑い声を上げながら、隆英の

身体をひょいと飛び越えた。

そのまま庭を真っ直ぐ突っ切り、角を曲がって走り去った。

「痛たた。待て、殺生《せっしょう》はいかんぞ、太魚」

隆英が腰を押さえながらよろよろと立ち上がる。危なっかしい足取りで、三人の後を追って駆け出した。

それと入れ替わるように、広道が殿舎から顔を出す。遠ざかる隆英の背を眺め、「またか」と吐き捨てた。

「まったく、裏の餓鬼どもにも困ったもんだ。綱手さまにお願いして、一度、灸《きゅう》でも据えていただくか」

「特に太魚は端《はな》から、我々を舐めてかかっていますからね。確かにそれぐらいしてもいいのかもしれません」

名代はぐるりを見廻して、溜め息をついた。桃の木は白い木肌を剝《む》き出しにして折れ、辺りには枝が散乱している。ああ、まったく。誰がこの片付けをすると思っているのだ。

名代が腹の中でそう悪態を吐《つ》いたとき、「ちょっと、施薬院ってのはここかい」という女の澄んだ声が、背後から聞こえた。

振り返れば、黒髪を高々と結《ゆ》い上げた女が、門の脇ではあはあと息を切らせている。少々濃すぎる化粧や、大きくくつろげられた襟元が、およそ彼女が堅気の女でないことを物語っていた。

「そうだが、いったい何の用だ」

言いながら女に近付いた広道が、おや、と足を止めた。

「なんだ、多伎児《たきこ》じゃないか。こんな所にどうした」

その声に、多伎児と呼ばれた女は団栗《どんぐり》のように丸い眼を見張り、小走りに門を入ってきた。

「あんた、ここの人だったのかい。勤め人とは思っていたけど、まさかこんなところで会うとはねえ」

酒家《しゅか》の女然とした蓮《はす》っ葉《ぱ》な物言いの割に、間近で見ればその面差《おもざ》しは案外若い。名代とそう変わらぬ年であろう。

「あのさ。うちの店の妓《こ》が、一昨日《おととい》からひどい熱で苦しんでいるんだよ。ここだったら、あたいたちでも診てもらえるって客から聞いたんで、九条西三坊から駆けてきたんだ」

九条西三坊は京の南の果て。そんな遠くからわざわざ来るとは、その同輩の病はよほど篤《あつ》いのに違いない。

それにしても名代以上に多忙だろうに、ちゃっかり酒家に足を運んでいるとは。

名代は広道を横目で睨んだ。

「ねえ、お願いだから診てやっとくれ。このままじゃ、あの妓は外に放り出されて、野良犬の餌食《えじき》になっちまうよ」

穢れを病の原因と考える人々は、病人を穢れた忌《い》むべき存在と見なし、時に彼らを放逐《ほうちく》することで、自分たちを守ろうとする。このため家を追い出された病人が、夜間、大路を徘徊《はいかい》する野良犬に食い殺される例は、都ではさして珍しくなかった。

「その女をここまで連れて来るのは、無理なんだな」

「おふざけじゃないよ。高熱にうんうんうなって、時々わけのわからないことを口走る女を、ここまで運んで来いってのかい」

「わかった。ちょっと待ってろ」

広道は殿舎にとって返すと、すぐに綱手を連れて戻ってきた。

およそ医師とは思い難《がた》い綱手の異相に、多伎児は一瞬、怯え顔になった。だが、「その朋輩《ほうばい》の具合を詳しく教えてくれ。食欲はあるのか。熱は、喉《のど》の痛みはどうじゃ」という矢継ぎ早の問いかけから、信頼できる相手と察したのだろう。歯切れのよい口調で、同輩の容体を伝え始めた。

「最初の症状は、手足の激しい痛みと頭痛。二日前から激しい熱を出して、朦朧《もうろう》とし始めた、と。ふうむ、先ほど入院させたあの四人に、なにやら似ておるな」

綱手は両の腕を組んで、ぎょろりとした眸《ひとみ》を宙に据えた。やがて、よしと一つうなずき、名代に顎をしゃくった。

「おい、わしの薬籠《やくろう》を持って来い。それと今からこの女の店に出かけるから、供をしろ」

「わたしがですか」

宮城まで無駄足を踏んだところに加え、八里（約四キロメートル）も離れた九条西三坊まで行かねばならぬとは。だいたい以前からの馴染みなら、広道が行けばよいではないか。

「なんじゃ、その不満面は。広道よりおぬしの方が暇と見て、供を命じているのだ。さっさと従わぬかッ」

綱手は名代の頭を、拳でぽかりと打った。痛ッと声を上げた名代にはお構いなしに、多伎児から更に同輩の病状を聞きほじり始めた。

（畜生――）

辞めてやる。今日だけは我慢をしてやるが、こうなったら、明日からは誰が何と言おうと、施薬院になぞ出勤するものか。

唇を固く引き結び、名代は殿舎に駆け戻った。部屋の隅に置かれた薬籠を乱暴に背負うと、綱手の先に立ち、物も言わずに施薬院を出た。

路地を曲がって朱雀大路に向かい、柳が植えられた街路をまっすぐ南に向かう。よほど気が急いているのだろう。多伎児の足取りは、ほとんど小走りになっている。

「それにしても、また風病による高熱とはな。——おい、女。その同輩は、元々身体が弱いのか」

綱手の声に、多伎児は思い出したように足をゆるめた。綱手の傍に身を寄せ「うん」と首を横に振った。

「そんなことないよ。どちらかと言えば、丈夫すぎるぐらい丈夫な妓さ。年もあたいより若いしね」

「ふうむ。それは若盛りじゃなあ」

「こないだなんか、長旅から戻ったばかりってお役人さまが、六、七人も連れ立って来てさ。夜遅くまでひどい騒ぎようだったたんだけど、そのときだってあの妓だけは、最後まで辛抱《しんぼう》強く相手をしていたよ。そんな妓だから、かえってあたいは心配なんだ」

施薬院では気が付かなかったが、多伎児が身体を動かす都度、その裾や袖口からは濃い脂粉《しふん》の香りが立ち上る。

異相の綱手と大輪の花の如くあでやかな多伎児という奇妙な組み合わせに、道を行き交う者たちが奇異の目を向けている。

寧楽《なら》は宮城に近い北ほど土地柄がよいとされ、公卿の屋敷はみな四条大路以北に構えられている。それだけに三人が五条大路を過ぎた頃には、大路の左右に並ぶのは草葺《くさぶ》きや板葺きの小家ばかりとなり、半袴《はんばかま》に足半《あしなか》をつっかけただけの庶人《しょじん》が急に増えた。

蔬菜《そさい》の入った籠《かご》を抱えた老婆《ろうば》、手押しの一輪車に空《から》の魚籠《びく》を載せた男たちは、市から引き上げてきた売り子であろう。どこからともなく漂う煮炊きの匂いに、名代の腹がぐうと鳴る。

しかし考え込む顔つきの綱手の耳には、そんな音すら届いていないらしい。その代わり、多伎児がいたずらっぽい表情でこちらを振り返り、紅を差した唇でにっと笑う。だが不意にどこか遠くで、おおい、という女の声が響いた途端、その表情がはっと引き締まった。

「そこを行くのは多伎児だろう。あたいだよ、夏女《なつめ》さ。お前が施薬院に向かったって聞いて、慌てて飛び出してきたんだ」

見廻せば、大路の向こう端で、派手な絛帯《くみのおび》を胸高に締めた女が手を振っている。

えっと叫んで、多伎児は足を止めた。「ちょっと待っていておくれ」と言い置くなり、衣の裾を両手でたくし上げ、女に向かって走り出した。

「どういうことだい、夏女。いま、あんたのためにお医師を連れて行こうとしていたんだ。いったい熱はどうなったんだよ」

多伎児の怒鳴り声が、往来のざわめきを縫って聞こえてくる。「なんじゃと」と呟いて二人に駆け寄る綱手を、名代はあわてて追いかけた。

「心配させて済まなかったね。でも、どういうわけだろう。確かにさっきまでは床《とこ》では苦しんでいたんだけど、急に熱が下がって、身体がずっと楽になったんだ」

そう語る夏女の頰は赤く、目元は熱の余韻《よいん》を残して潤《うる》んでいる。しかしその口調はしっかりしており、およそ先ほどまで高熱でうなされていた病人には見えなかった。

「本当かい、夏女」

「ああ、本当さ」

言いながら夏女は、自分の胸元をどんと叩いた。

「半月ほど前だったっけ。ほら、店が休みの日に、あんたと虫神《むしがみ》さまの祠《ほこら》にお参りに行ったじゃないか。きっと、あの時、お札をいただいた験《げん》があったのさ」

「おい、おぬし。話は後回しだ。ちょっと、わしに診せろ」

綱手が無理やり、二人の間に割って入った。手近な店の軒先《のきさき》に置かれていた床《しょう》几《ぎ》に、夏女を強引に腰かけさせた。

「なんだい、あんた。もう良くなったって、言ってるだろう」

　眉を寄せる夏女の口を開けさせ、綱手は顔を突っ込むようにして喉の奥を覗いた。しつこいほど丁寧に脈を取ってから、

「喉の奥は腫《は》れておるし、首の脇にはしこりもある。まだ平癒《へいゆ》したわけではなかろうが、とりあえず熱はないな」

　と、納得の行かぬ面持ちで、その手を放した。

「されど、どうにも解《げ》せぬ。ひどい高熱に浮かされておった病人が、ほんの半日でけろりと良くなろうものか。おい、夏女とやら。おぬし、なにか薬でも飲んだのか」

「酒家の女が、お高い薬なんぞ買えるもんか。さっきも言っただろう。これはきっと、虫神さまのお救いさ」

「虫神じゃと」

「あんた、知らないのかい。最近、西市《にしのいち》のそばに出来たお社《やしろ》の神さまさ。正しいお名前は、常世常虫《とこよのとこむし》さまとか言ったっけ。人の掌ほどもあるでっかい芋虫《いもむし》のお姿をした神さまで、銭儲けや病平癒にご利益《りやく》があるのさ」

「なにがご利益じゃ。ばかげたことをぬかしよって」

　苦々しげに舌打ちし、綱手は喉にからんだ痰《たん》をけっと吐き捨てた。

首《おびと》天皇は、都の東に金鐘寺《こんしゅじ》なる寺を建てさせるほど、熱心な崇仏者《すうぶつしゃ》。だが学のある貴族はともかく、文字の読み書きさえおぼつかない庶人には、遠く天竺《てんじく》（インド）からやってきた御仏の教えはあまりに難解すぎる。金泥群青《こんでいぐんじょう》で飾られた諸堂や地を這《は》うが如き誦経《ずきょう》に尻込みし、寺を訪れる者もごくわずかであった。

その代わり人々が進んで信仰するのは、京のあちこちで祀《まつ》られている種々雑多な神々。遠国《おんごく》の神社の分社だの、天神地祇《てんじんちぎ》のお使いだのと称するのはまだましな方で、中には干からびた獣の死骸をご神体と喧伝したり、ただ土を盛っただけの塚を神地として礼拝させる怪しげな輩も珍しくない。常世常虫なる神も、おおかたそんな胡乱《うろん》な神の一つに違いなかった。

「いいか、おぬしら。よく聞け」

不機嫌に顔をしかめ、綱手は夏女をまっすぐ指差した。

「この女の熱が下がった理由は、正直、わしにも分からぬ。されど、まだ完全に病が癒えたわけではないことだけは、忘れるな。再び高熱が出たら、どんな深夜でも構わん。すぐにわしを呼びに来い。よいな」

「ああ、もう。わかったよ。まったく、しつこいったらありゃしない」

自分が綱手を連れてきたことなぞ忘れ果てた顔で、多伎児が毒づく。そんな朋輩の肩を、夏女が親しげに抱いた。

「もうこんなに元気なんだから、大丈夫さ。それよりそろそろ店に戻っておかなきゃ、お互い、おかみさんに叱られちまうよ」

はっと空を仰いで日の傾きを確かめ、多伎児は「ああ、本当だ」と素《す》っ頓狂《とんきょう》な声を上げた。

「よし、今日は気を入れて身支度をするよ。久々に夏女が店に出るんだ。盛大に客を迎えて騒がなきゃ」

「ふふ。ありがとよ」

顔を見合わせて笑い、二人が南へと歩き出す。だがそのまま立ち去るかと見えた多伎児は、夏女に何事か囁《ささや》くと、不意に綱手と名代の方に駆け戻ってきた。

「なんじゃ、どうした」

「あのさ。さっき、施薬院にいらしたお役人さまだけど」

「ああ、広道か」

綱手の言葉に、多伎児は小さく「広道さま」と呟いた。食べかけの栗の実を、口の中で大事に転がすような口振りであった。

「あの方、以前は時々うちの店に来てくださったんだけど、ここ一、二か月、お姿をお見かけしなかったんだよね。お礼もしたいし、よかったらまた来ておくれって伝えてもらえないかい」

そう言って上目使いに綱手と名代を見比べる多伎児は、決して美人とは言い難い。だが丸い頬とむっちりとした肌には愛嬌《あいきょう》が満ち、はだけた胸が抜けるように白い。

自分が施薬院で奮闘している間に、広道はこんな女と遊んでいたのか。苦々しい顔になった名代を横目で眺め、「わかった。伝えておこう」と綱手がうなずいた。

「とはいえ、施薬院は夏が一番忙しいのでな。広道が店に行けずとも、わしに文句は言わんでくれよ」

「わかってるよ、それぐらい。ああ、お医師さまも、よかったら遊びに来ておくれ。少しぐらいなら、酒代も安くしてあげるからさ」

「なにしているんだい、多伎児。いい加減に帰ろうよ」

夏女が焦《じ》れた面持ちで、朋輩を呼ぶ。軽く手を振ると、多伎児は「じゃあね」と明るく言って、踵を返した。夏女に追いつくやその腕を取り、子犬がじゃれ合うような足取りで再び大路を南へと歩き始めた。

「さて。わしらも戻るか。それにしてもあの女子《おなご》、ぶり返さねばよいがなあ」

いつしか空の雲は厚みを増し、吹く風に雨の臭いが混じり始めている。

ぽつり、と首筋を叩いた最初の一粒を指先で拭い、名代は女たちの歩み去った方角に目をこらした。

気まぐれな小鳥のようなその影は、もはや大路の雑踏に紛《まぎ》れて見えない。それでも多伎児のつけていた白粉《おしろい》の香が、まだ鼻先をくすぐっているかに感じるのは、気のせいか。

腹の底に響く雷鳴とともに、雨染みの斑《まだら》が一つ、また一つと京大路を染め上げ始めた。見る見る暗さを増す空に走った稲光《いなびかり》は、多伎児の白い肌にひどくよく似ていた。

篠突《しのつ》く雨に追われて、名代たちが施薬院に駆け戻れば、門内にはひどく使い込まれた荷車が一両、引き込まれていた。

荷台は油紙で厳重に覆われた上、一分《いちぶ》の弛《ゆる》みもなく縄で縛られている。頸木《くびき》を付けられたままの黒い牛が真ん丸な眸で名代たちを見つめ、締まりのない口元をもしゃもしゃと動かした。

餌を求めて出て来たのだろう。その腹の下では、悲田院で飼われている鶏が数羽、しきりに地面をつつき散らしていた。

「おやおや、えらく降られましたなあ」

奥の間からのっそりと現れた美髯《びぜん》の老爺《ろうや》が、広縁で手足を拭く名代と綱手に向かい、さして気の毒そうでもない口調で呟いた。

「そのままでは、お身体に障《さわ》りますぞ。早《はよ》う着替えられてはいかがでございます。よろしければ、風病に効く葛根《かっこん》など置いて参りましょうか」

「比羅夫《ひらふ》か。おぬしに心配されずとも、これしきの雨ごとき、平気じゃわい」

つまらなそうに言い放ち、綱手は濡れた手巾《しゅきん》を懐に突っ込んだ。

「それは残念。急に降って参りましたので、雨宿りついでにお邪魔いたしましたが、これはいささかあてが外れましたかな」

西市近くで薬匱《くすりのくら》（薬屋）を営む久米《くめ》比羅夫は、元は典薬寮の下官。数年前に勤めを辞し、かつての縁故を駆使《くし》して、あっという間に店を大きくしたやり手である。

きび殻《がら》のようにやせこけた彼は、その外見にふさわしく吝嗇《りんしょく》で、どんな相手にもびた一文値引きをしない。その代わり、銭さえ払えばどんな高価な薬種でも確実に集めてくる、腕のいい商人であった。

「そろそろこちらでは、没石子《もっせきし》が切れる頃でございましょう。おお、そうそう。ちょうど昨日、林邑より上質の桂心が入りましたぞ。あれほどの品は、都ではなかなか手に入りませぬ」

「桂心か。ふむ、それは確かに具合がいい」

膝に手を当てて立ち上がり、綱手は名代を顧みた。

「おい、名代。わしはちょっと長室の様子を見て参る。おぬしは先ほど買い損ねた生薬を目録に記し、比羅夫に注文を出しておけ」

わかりました、とうなずく名代に向かい、「買い損ねたでございますと――」と比羅夫は粘っこい声を漏らした。

「これは聞き捨てなりませぬな。施薬院お出入りのわが店を他所《よそ》に、いったいどこで生薬を買おうとなさったのでございます」

皺《しわ》だらけの顔には薄笑いが浮かんでいるが、濁ったその双眸《そうぼう》は冷たい。

比羅夫の商《あきな》う生薬は質がいいことで知られ、顧客は典薬寮勤務の官医にも多い。それだけに比羅夫の慇懃な物腰がまるで自分や施薬院を嘲っているようで、名代は「どこでもいいでしょう」と声を荒らげた。

「まあ、そう仰いますな。そういえば今日は宮城にて、遣新羅使が持ち帰った品々の払い下げが行なわれたとか。ひょっとして、そちらで薬種を求められるご予定でしたか」

もしかしたら比羅夫は、最初からそれと当たりをつけて、名代をからかっているのか。むっと頬を膨《ふく》らませ、「ああ、そうですよ」と名代は半ば自棄《やけ》になって応じた。

「もっとも、その場にあった薬種はすべて、猪名部諸男《いなべのもろお》とやら申す藤原中務卿さまの家令が、目の玉が飛び出るほどの値で買っていきましたけどね。おかげでこちらは高値を承知で、比羅夫どのから生薬を買う羽目になったわけです」

「猪名部諸男でございますと」

名代はおや、と目を見張った。問い返した比羅夫の声から、急に嘲りの気配が消えたからだ。なにやら、肩すかしを食らった気分であった。

「ご存じのお人ですか、比羅夫どの」

「——いいや、そんなはずはございますまい。きっとわしの勘違いでございましょう」

いつになく歯切れの悪い口調でいい、比羅夫は己を納得させるかのように、小さく首を横に振った。

「実は以前、内薬司にそんな名の侍医《じい》がおりましてな。もしや同じ男かと思うたのです」

天皇及び皇族を診察する内薬司と、宮城の官人を診察する典薬寮は相互協力関係にあり、内薬司の官吏・侍医の半数は、典薬寮からの出向者。確か比羅夫も一時期は、内薬司で働いていたと聞く。

「侍医でございますと」

あの諸男が元侍医とすれば、薬種を根こそぎ買い求めたことにも説明がつく。

　だが侍医は宮城内の医師の中でもっとも身分が高く、必要があれば朝議《ちょうぎ》への列席も許される役職。そんな男が、あのようにみすぼらしい恰好《かっこう》をするであろうか。

　名代の驚きをなだめるように、比羅夫は少しばかり慌てた様子でひらひらと片手を振った。

「いやいや、わしの勘違いに決まっております。なにせ、わしが存じておる諸男は、上《うえ》つ方の家令なぞ務められる身の上ではありませんでな。おそらくは同姓同名の輩でございましょう。やれやれ、京は広うございますわい」

「それはどういう意味でございます」

　つい問いかけた名代に、比羅夫はにやりと口元を歪めた。わざとらしく四囲を見廻し、「これはあまり大っぴらにできぬ話でございますが」と声をひそめた。

「わしが知る猪名部諸男は、五年前、帝に奉る御薬の調剤を誤りましてな。侍医の職を追われて獄舎に放り込まれ、終身の徒刑《ずけい》（懲役刑《ちょうえきけい》）に処せられたのでございます」

「御薬の――」

「さよう。なにせ帝が口になさる御薬の過誤は、内薬司では最大の過《あやま》ち。それだけに諸男の件を知っている者は、朝堂でもごくわずかでございます。わしはたまたまその当時、内薬司で働いていたゆえ、一部始終を存じておりますが」

恩着せがましい口調で言い、比羅夫はふふと低く含み笑った。

典薬寮医師の診断や調剤が各人の裁量にゆだねられているのに対し、内薬司侍医は調剤一つ行なうにも、同輩・上役など最低三人の立ち合いを必要とする。更に完成した御薬には厳重な封を施し、その上に薬の用法用量を記さねばならず、その手順を誤ることは天下国家に背《そむ》く大罪《たいざい》と定められていた。

「諸男はあろうことか、帝の御薬の合和（調剤）後、誤った薬名をそこに記したのでございますよ。幸い、薬を天皇に奉る女官たちが直前で気づいたため、帝がそれを服用されることはなかったのですが」

「その薬とは、帝を弑《しい》さんとする毒だったのですか」

「いいえ。それが侍医総出で検めたところ、中身は主上より求められた通りの喉の薬だったとか。されどそこに打ち身の薬である桂枝茯苓丸《けいしぶくりようがん》との封題を書いておったのでございますから、侍医としては決して犯してはならぬ誤ちをしたわけでございます」

比羅夫によれば、諸男は元は内薬司の薬生《やくせい》。生薬の専門家である薬園師を手伝い、宮城内の薬草園の世話や、薬の合和の助手を務めていた男であった。

彼がそのたぐいまれな調薬の腕を内薬正《ないやくのかみ》（内薬司の長官）に見込まれ、侍医に取り立てられたのは、二十五歳のとき。一時は宮城じゅうにその人ありと名を轟かせ、天皇からも名指しで合和を申し付けられるほど、厚い信頼を得ていたという。

それだけに彼の失態の咎《とが》は上役にも及び、内薬正は責任を取って致仕《ちし》。諸男も斬刑《ざんけい》（死罪）こそ免《まぬか》れたものの、徒刑を言い渡され、京内の獄舎に押し込められたのだと比羅夫は語った。

「一年ほど前に帝が恩赦《おんしゃ》を布告され、獄の罪人どもが放免されたことがございましたが、仮に獄から出られたとしても、あ奴は天下の大罪を犯した罪人。よもや中務卿さまの家人《けにん》に取り立てられるわけがございますまい」

なるほどそう聞けば、自分が会った諸男が比羅夫の知る男と同一人物とは思いがたい。知らず知らずのうちに詰めていた息を、名代は大きく吐いた。

「本当にそ奴は、猪名部諸男と名乗ったのでございますか。聞き間違いではありませんか」

「はい。確かにそう聞いた気がするのですが――」

少々自信を失って、名代が首をひねったとき、「名代さま、名代さま」というたどたどしい声が広縁で起きた。

その奇妙な抑揚《よくよう》に、名代が「どうした、密翳《みつえい》」と広縁を顧みると同時に、浅黒い肌の青年が部屋に入ってきた。

濃い睫毛《まつげ》に縁どられた青い眸をしきりに瞬《しばた》かせる密翳は、施薬院の駆使丁《くしちょう》（雑《ぞう》役夫《えきふ》)。ただ遠い波斯国《はしこく》(ペルシア)の出であるために、日本の言葉がほとんどしやべれない。

大きく手を振って、なにやら必死に告げようとする密翳に、比羅夫が薄気味悪そうな顔でひと膝後ずさった。

唐・新羅はもちろん、崑崙や天竺からの渡来者が大路を闊歩《かっぽ》する京において、土色の肌に彫りの深い顔立ちの波斯人は、さして珍しくない。ただそれはあくまで新羅商人や唐使の従者としてであり、密翳の如く、この国の衣《ころも》に身を包んで働く異国人は、さすがに稀《まれ》である。

密翳はもともと、唐国の都・長安《ちょうあん》の人足《にんそく》。その屈強な体格から、帰国の途に就く遣唐使の荷持ちとして雇われ、長安から港町である広州《こうしゅう》、更には日本までやってきた男であった。

無論、遣唐使の随員たちは、唐国を離れる前に、彼を長安に帰そうとした。だがなにせ一行には唐訳語《からおさ》(中国語通訳)や奄美訳語《あまみ》(南西諸島語通訳)は同行しているが、波斯語を解する者なぞ誰もいない。それだけに、どうやって彼を説得すればいいのか分からぬまま使節団は海を渡り、結局、密翳を同行させたまま京に帰り着いてしまったのであった。

困り果てた朝堂は、次なる遣唐使派遣の際、密翳を随行させると決め、それまでの間、彼を駆使丁として雇うこととした。そして言葉が通じずとも出来る仕事を各官司で探させた末、三月《みつき》前からこの施薬院に住み込ませる次第となったのであった。

身軽な挙措から察するに、年は名代より下だろう。当初こそ長室の患者たちから怯えられもしたが、今では皆から実の子や孫のように可愛がられている、裏表のない青年であった。

「綱手、綱手さまが」

片言でしきりに言いながら、密翳が外を指す。それが長室の方角であると気づき、ああ、と名代は声を上げた。

「綱手さまがわたしをお呼びというわけか。わかった。すぐに行こう」

「では、名代さま。わしはこれで失礼いたします。どうやら雨も止んだ様子でございますでな」

密翳を横目でうかがいつつ、比羅夫が立ち上がった。

「とりあえず明日、桂心を持参いたします。他にご入り用な薬は、その際、お申し付けくだされ」

「わかりました。よろしくお願いいたします」

密翳とともに詰所を出れば、なるほどいつしか雲は切れ、水たまりだらけの庭に薄日が降り注いでいる。雨上がりを待って、外に飛び出したのだろう。悲田院の方角から、子どもたちの歓声が響いてきた。

施薬院では入院患者は男女別に収容されており、渡廊《わたろう》で結ばれた手前の二棟は女と子ども用。奥の一棟が男用である。

雨の飛沫《しぶ》いた長廊を渡りながら見廻せば、もっとも手前の長室に綱手の姿がある。患者の枕上《まくらがみ》に座り込み、眠る病人をじっと見下ろしているようだ。

「お呼びですか」

「おお、呼んだとも。これを見ろ」

低い声で言い、綱手は己の膝先に顎をしゃくった。

三十路《みそじ》手前のやせた女が、すうすうと軽い寝息を立てている。真っ黒に焼けた肌とぼろ裂《きれ》同然の衣から察するに、どうやら今日転がり込んできたという流民のようだ。垢《あか》と泥がこびりついた顔の中、わずかに開いた唇からのぞく赤い舌が、妙に艶《なま》めかしかった。

「先ほどここに担ぎ込まれた折、この女子《おなご》は高い熱に浮かされ、満足にものも言えなんだ。それがどうじゃ、この変わりようは」

女の寝顔は安らかで、頭上のやりとりにも目を覚ます気配はない。額に手を当てるまでもなく、その熱が下がっていることは一目瞭然《いちもくりょうぜん》であった。

「本当に、そんなに高い熱を出していたのですか」

「なんじゃと。わしが診立《みた》てを誤ったと言うのか」

「いいえ、そういうわけではありません」

慌てて言い訳しながら、名代が女の顔をのぞきこんだとき、

「つい今しがたでございますよ。そいつがそんなふうに眠っちまったのは」

と、隣の床《とこ》に横たわっていた老婆が、しゃがれた声を上げた。確か去年の冬、腹を押さえて倒れていたところを担ぎ込まれてきた老婆であった。

「それまでは、ぜえぜえと荒い息をつくわ、苦しそうに衾《ふすま》を蹴り上げるわ、今にもおっ死《ち》にそうな暴れようだったんですよ。それがようやく静かになったと思ったら、今度は先生がたが枕元で大声を出されるとは。まったく、騒々しいったらありゃしない。治る病も悪くなっちまうやね」

顔をしかめる彼女に、「すまぬ、すまぬ。起こしてしまったか」と、綱手は軽く頭を下げた。

「それにしても、お婆《ばば》。ついさっきまでこの女子が苦しげだったのは、まことなのじゃな」

「ええ、確かですとも。このまま悶《もだ》え続けるようだったら、密醫に頼み、綱手さまを呼んでもらおうと思っていたんだから」

「そうか、つい今しがたまでなあ」

綱手は大きな唇をぐいと引き結んだ。その脳裏にはおそらく、あの夏女とかいう遊び女の姿が浮かんでいるのであろう。わざわざこうして名代を呼んだのも、なにか意見があるかという意味に違いない。名代は綱手に気取《けど》られぬよう、こっそり溜め息をついた。

官医があれこれ口実をつけて施薬院に立ち寄らぬため、常時ここに詰めている医師は、結局、綱手一人。そのせいか、綱手は暇さえあれば広道や名代に薬の使い方を説き、医術の初歩を叩き込もうとする。名代はそれが疎《うと》ましく、懸命に逃げ回り続けているが、どうやら綱手にはそんな新参使部の屈託《くったく》なぞ、まったく理解できぬようだ。

(ちぇっ、熱が下がったってのなら、めでたいじゃないか)

病についてなど、名代はなにも学びたいと思わない。

綱手を身近に見ているだけに、名代は市井の者たちの如く、病の原因をすべて穢れゆえと決めつけることはない。だがそれでも、理性では律しがたい病気への嫌悪や恐怖は、やはり心の奥底に拭いがたく存在する。

所詮《しょせん》、病とはどこから来るか分からぬ、正体不明の存在。どれだけ薬を飲み、養生しても、病で死ぬ者は死ぬのだし、治る者は治る。病の原因なぞ突き止めたところで、いったい何になるのだろう。

患者の熱が下がったのなら、それは単純に喜ばしい話ではないか。それなのにむしろ表情を険しくする綱手に、名代は苛々《いらいら》と膝を揺すった。

「どうします、綱手さま。目を覚まし次第、この女には出て行ってもらいますか。そうであれば今のうちに、患者の台帳を持ってきますが」

「いや、あの夏女とやらもそうじゃが、熱が下がったといって油断しては、後からどうぶり返すかしれぬ。あと二、三日は、ここに留めておけ。幸い長室には、まだかろうじて空きがあるでな」

名代は驚いて四囲を見廻した。ぎっしりと床が敷き詰められ、ともすれば患者同士の肘《ひじ》がぶつかり合うような有様も、綱手の目には余裕があると映るらしい。

（まあ、いい。どうせもう、こっちには関わりのない話だ）

今日は退勤の際、詰所の私物をすべて持って帰ろう。それでこの半年、嫌な思いばかりさせられてきた施薬院ともおさらばだ。綱手や広道は怒り狂うだろうが、そんなことは知ったものか――と、名代が胸の中で吐き捨てたときである。

どこか遠くで、血の凍るような絶叫が上がった。絞め殺される鶏の啼《な》き声そっくりの悲鳴に、長室に横たわる患者のうち数人が、いっせいに身じろぎした。

「なんじゃ、今のは」

かたわらの老婆が横になったまま、不安げに眉根《まゆね》を寄せる。

渡廊に控えていた密翳が高欄《こうらん》から身を乗り出し、声の元を探すべく、きょろきょろと四囲を見廻した。

「門の方角じゃな。人の声の如く聞こえたが」

そう呟いた綱手が、名代を促して枕上から立ち上がった時である。

「た——大変でございます」

上ずった声とともに、比羅夫が長廊をよたよたと駆けてきた。長室の敷居際《しきいぎわ》につまずき、戸口にばたりと倒れ込む。

驚いて駆け寄る綱手を青ざめた顔で仰ぎ、「つ、綱手さま。えらいことでございますぞ」と再度叫んだ。先ほどの化け物じみた音吐《おんと》と同じく、ひび割れ、恐怖に満ちた声であった。

「え、疫神《えきじん》じゃ。疫神がやってまいりましたぞ」

「疫神じゃと。なにをふざけたことを申しておる」

病人たちの耳をはばかって叱咤《しった》した綱手に、比羅夫は激しく首を横に振った。

その顔は引きつり、双《そう》の眸《ひとみ》は物の怪《け》にでも遭ったかの如く、真ん丸に見開かれている。先ほどまでかぶっていた幞頭《ぼくとう》はどこに落としたのか見当たらず、代わりに乱れた白髪が血の気のない顔を縁取っていた。

「いいや、間違いない。あ、あれは疫神じゃ。わしは若い頃に見たことがある」

「なんじゃと」

「あのような奴が入ってきた門になぞ、わしは二度と近づきとうない。確かここは、畑の果てに裏門があったな。わしはそこから帰らせてもらうぞ」

普段の丁寧な口調をかなぐり捨てて怒鳴るなり、比羅夫は裸足《はだし》のまま階《きざはし》を駆け降りた。何者かが今まさに自分を追いかけてくると言わんばかりの、狼狽しきった挙措であった。

「おおい、待て。おぬし、荷車を置いていくのか」

綱手の声を振り捨てるように、比羅夫は庭を横切った。悲田院へと続く木戸を勝手に開け、足をよろめかせて飛び込む。

「痛ッ。なんだよ、この爺ッ」

という罵声がしたのは、折しも通りがかった太魚《たうお》が比羅夫とぶつかったからだ。双子に抜き取らせた馬の尾で、早速釣ってきたのだろう。尻餅をついた太魚のかたわらには木桶が転がり、丸々と太った鮒が二、三匹、泥にまみれてぱくぱくと口を喘《あえ》がせている。

しかし比羅夫はそんな太魚をちらりと振り返っただけで立ち上がり、またよろよろと駆け出した。畑の方角へ駆け去る姿が、見る見る小さくなった。

（疫神だと——）

病を穢れや祟《たた》りゆえと信じる市井の者ならいざ知らず、かつて典薬寮で働いていた比羅夫が、そんな迷信を口にするとは。彼はいったい、なにを見たのだ。

ふと見れば鮒を拾い集める太魚の傍らに慧相尼《けいしょうに》が立ち、心配そうにこちらをうかがっている。

「ちょっと、綱手さま。いったい何が起きたのよ」

「わしにも分からん。とりあえずしばらくの間、子どもたちをこちらに近付けるな」

そう怒鳴り返し、綱手が裸足のまま庭に駆け下りる。その厳《いか》つい背を、名代はうんざりした思いで眺めた。

（おいおい、勘弁してくれよ）

なぜ今日に限って、こうも次々騒ぎが起きるのか。とはいえ、ここで知らん顔をしていては、慧相尼に怪しまれよう。名代は渋々、綱手に従って走り出した。

雑草だらけの庭を回り込み、殿舎の脇から門へと向かう。鶏はいつの間にか、どこかに行ってしまったらしい。相変わらずのんびりと口を動かしている牛の横を過ぎようとした途端、足が何かを蹴とばした。

びちゃっという音とともにぬかるみに落ちたのは、錦で作られた比羅夫の幞頭だ。それがなぜここに、という疑問が胸に萌《きざ》したのと、四脚門の右手に建つ小子房の前に、二人の男がしゃがみ込んでいるのに気づいたのは、ほぼ同時。

　彼らの傍らには一枚の戸板が置かれ、小柄な人物が頭から布をかぶせられて、その上に横たわっている。先ほどの雷雨を衝《つ》いてここまで来たと見え、男たちは共にぐっしょり濡れそぼち、足元には小さな水たまりが出来ていた。

「おい。診てもらいに来たのであれば、とりあえず病人を建物の中に入れてはどうじゃ。そんな冷たい土の上では、治る病も治らぬぞ」

　綱手の呼びかけに、男たちがのろのろと顔を上げた。親子であろう、顔立ちがよく似通《にかよ》っている。父親と思しき初老の男が、「で、ですが」と怯えを含んだ声を絞り出した。

「その……よろしいんでしょうか。ここにいるのは、病人でございますよ」

「それを治すのが、わしの仕事じゃ。だいたいおぬしら、そのために雨の中を来たのじゃろう。さあ、さっさと上がれ」

　綱手に叱咤され、二人はのろのろと戸板をになった。重い足取りで敷居をまたぎ、上がり框《がまち》に戸板を下ろす。

　その時、急に強く風が吹き、門脇の槐《えんじゅ》の枝が音を立てて揺れた。病人を覆っていた布の端が大きくめくれ、その胸元までが露《あら》わになった。

あ、と声を上げて、戸板の前後に座った男たちが腰を浮かせる。それと同時に名代は思わず、ひっと息を呑んだ。横たわる人物に向かって、引き寄せられるように一歩近づいた綱手の足音が、妙に高く耳を打った。

堅く眼を閉ざしたまま、ぴくりとも動かぬ病人の顔は、一面、豆ほどの大きさの疱瘡《ほうしん》に覆われ、元の容貌はおろか、年齢も性別すらも分からない。かろうじて微《かす》かに上下する胸が、そこに横たわるのが生きた人間であると告げていた。

皮疹《ひしん》は灰色の瞼《まぶた》や唇、更には喉から肩先にまで散り、いずれも膿《うみ》を含んで腫《は》れ上がっている。その様はまるで、腐肉《ふにく》にびっしりとたかった蛆虫《うじむし》そっくりだ。あまりに異様なその相貌《そうぼう》に、酸《す》っぱいものが胸にこみ上げる。名代は病人とその家族の前であることも忘れ、己の口元を両手で押さえた。

「これは――」

さすがの綱手が声を震わせる。しかしすぐに、まくれ上がった布をばっと病者に打ちかけ、

「いつからじゃ。いったいこの疱瘡は、いつから出始めたのじゃ」

と、うなだれる男たちに詰め寄った。

「一昨日の夜からです。その二、三日前から、頭が痛いの、熱があるのとぼやいて、横になっていたんでございますが」

「そのうち熱も下がったんで、おいらたちもほっとして、店の番を頼んでいたんです。けどほんの一日で、やっぱり身体が重いと言い出し、あっという間に全身にこんな腫物《はれもの》が出来てきやがって――」

よく見れば布端からはみ出した病人の髪は長く、安っぽい挽《ひ》き櫛《ぐし》がその中ほどにからみついている。二十歳《はたち》そこそこと思しき青年がうっと声を詰まらせたところからして、どうやら病人は彼の女房らしい。

「店、店じゃと」

「へえ。さようでございます。あっしらは家族三人で、東市《ひがしのいち》で桶を売っているのでございます」

嗚咽《おえつ》を漏らす男の肩を叩き、父親が応《こた》える。その顔を穴が開くほど睨み付けてから、綱手は両の手で髪を掻《か》きむしった。

「そうか。あ奴らの熱が下がったのは、そういうことじゃったのか」

「なんと仰いました」

名代の問いにはお構いなしに、綱手は門の方角を振り返った。

門の外にはいつしか人垣が出来、泣きぬれる男たちをしげしげと眺めている。全身を布で覆われて大路を運ばれる人物に興味を惹《ひ》かれ、ここまで付いてきたのに違いない。

「おい、名代。あの野次馬どもを追い払って来い」

物見高い表情で囁き合う彼らを指し、綱手は不意に「それから」と声を低めた。

「悲田院に行き、うちの病人をあちらの寮に二、三十人、移させてくれと頼んでこい。この際、女も男も一緒で構わん。とにかく長室を一棟、空にしろ」

牛の角にかけられ、腹からずるりと太い腸をはみださせた老爺、激しい吐血を繰り返し、息も絶え絶えになって運び込まれてきた娘……名代はこの半年で、無惨《むざん》な容体の人々を、数えきれぬほど見てきた。

そんな時も決して取り乱さなかった綱手がいま、顔を青ざめさせ、唇の端をぴくぴくと引きつらせている。それでいてその声は地を這うように低く、必死に冷静を装っているのが、かえって不気味であった。

（——疫神じゃ）

恐怖におののいた比羅夫の声が、唐突に耳の底に甦《よみがえ》った。

何かが起きている。それも綱手や比羅夫を驚愕させ、心から震え上がらせるほどの凶事《まがごと》が。

病人の瞼を、唇を、一面埋め尽くしていた無数の膿疱《のうほう》。白い蛆虫そっくりのそれがわさわさと蠢《うごめ》き、今にも自分の身体を這い上って来る想像に襲われ、名代は目の前の綱手の腕を摑んだ。

そうでもしないと激しい足の震えのあまり、その場に頽《くずお》れてしまいそうであった。

「つ、綱手さま。これはいったいどういうことですか」

男たちは先ほど、痘瘡《とうそう》が女の身体に現れたのは、高熱が下がった後と語った。では解熱《げねつ》は快癒ではなく、新たな病苦の前触れと言うのか。

長室で安らかに眠っていた流民の女。ひどく軽い足取りで仲間を迎えに来た夏女の笑顔が、脳裏でぐるぐると回っている。

まさか。そんなはずはあるまい。必死にそう打ち消す端から、豌豆《えんどう》そっくりの巨大な膿疱が、記憶の中の女たちの顔にぶつぶつと生じてゆく。

「――裳瘡《もがさ》（天然痘《てんねんとう》）じゃ」

え、と顔を上げれば、綱手の双眸は名代ではなく、まるで目に見えぬ敵を睨みつけるが如く、まっすぐ虚空《こくう》に据えられている。激しく肩を上下させ、綱手はもう一度、「裳瘡じゃ」と繰り返した。

ひどく冷たく、震えを帯びた声であった。

「醜い痘瘡も激しい熱も、それであれば説明がつく。もう何十年も昔、この国を襲った流行り病が、またもやってきたのじゃ」

（裳瘡――）

名代はこれまで一度も、その名を耳にしたことはない。だが目の前の綱手の表情は、それがどれほど恐ろしい病であるかを名代にもはっきりと悟らせていた。

「すぐに文《ふみ》を書くゆえ、典薬寮の高市真公さまに届けろ。医師を京内に遣わし、疫《えき》癘《れい》が広がらぬよう、手立てを講じていただかねばならん」

昨冬、ひどい咳病《がいびょう》が都で流行った折も、綱手は典薬寮の差配《さはい》など要請しなかった。つまり裳瘡なる病は、施薬院だけでは太刀打《たちう》ちできぬほど恐ろしいということか。

「いま、わしらが目にしている病人は、ほんの前触れに過ぎぬ。おそらくこれから京のあちこちで、患者が続々と現れるぞ。一刻も早く手を打たねば、都はまさに疫神の跳梁《ちょうりょう》する地獄と化すに違いない」

脳裏の女たちの顔はいまや、耳と言わず鼻と言わず、白い膿瘡で覆われ尽くしている。もはや瞼を開けることも出来ず、はあはあと喘ぐ口の中にまでびっしり疱疹を生じさせたその顔が、不意に自分の面にすり替わる。

また風が吹き、木々がざわめく。

それが目に見えぬ疫神を運ぶ疫風とも思われ、名代は低い呻《うめ》きを漏らした。

空に垂《た》れ込めた低い雲が風に流され、生き物のようにゆっくりと蠢いた。

第二章　獄《ごく》　囚《しゅう》

板戸一枚隔《へだ》てた奥の間から、荒い息が聞こえてくる。――ああ、いかん。また病人が苦しんでいる。

浅い眠りから引き戻され、猪名部諸男《いなべのもろお》は顎先《あごさき》まで引き上げていた夜着をばっと跳ね上げた。

その途端、忙《せわ》しい息遣いが頭の中でがんがんと響く。違う。これは隣室からのものではない。自分の呼気だ。

ここ数日、休む間もなく看病をしていたせいで、全身は泥で塗り込められたように重い。加えて昨日、疲れた身体を引きずって西市《にしのいち》まで出かけたのが悪かったのか、口から洩《も》れる息はひどく熱く、こめかみがじんじんとうずく。どうやらひと眠りしている間に、熱まで出てきた様子であった。

両の瞼《まぶた》をこすると、驚くほどの目脂《めやに》が夜着にぼろぼろと落ちる。諸男は不思議に冷めた思いで、自らの額に手を当てた。

「諸男さま、諸男さま。起きておいでですか」

縁先で声を張り上げているのは、諸男につけられている従僕《じゆうぼく》だ。連子窓《れんじまど》から差し込む陽が、ひどく眩《まぶ》しい。諸男は板戸越しに「どうした」としゃがれ声を返した。

「朝餉《あさげ》をお持ちいたしました。あの、ご病人の分はどうしましょう。大盤所《だいばんどころ》（台所）に、粥《しるかゆ》でも炊かせますか」

この従僕はこれまで、用を言い付けても三度に一度は聞こえぬふりをしてきた。そんな彼が今朝に限って、頼んでもいない朝餉を運んできたのは、おおかた家令《かれい》頭《がしら》に様子を見て来いと命じられたからだろう。諸男は彼から見えぬのをいいことに、唇の端を強く歪《ゆが》めた。

現在の諸男の主《あるじ》である藤原房前《ふささき》は、朝堂《ちょうどう》にその人ありと呼ばれる辣腕《らつわん》の参議。半年前、縁もゆかりもない諸男を面白がって雇い入れたことからも知れる如《ごと》く、少々酔狂《すいきょう》な一面を併せ持つ人物でもあった。

この屋敷の者たちはみな、そんな主には従順だが、どこの馬の骨とも知れぬ諸男に対しては、今もって慇懃《いんぎん》無礼《ぶれい》な態度を崩さない。今、隣の部屋で休んでいる官人を連れ戻った際の彼らの目つきを思い出し、諸男はちっと小さく舌打ちした。

戸の向こうからは旨《うま》そうな汁の匂いが漂ってくるものの、不思議に食欲はない。それでもせめて病人のために湯冷ましぐらいもらうか、と考えたそのとき、諸男は官人が臥《ふ》せる隣間から、寝息一つ聞こえて来ないと気付いた。

おかしい。昨夜までは堅く戸を閉め切ってもなお、高熱に喘《あえ》ぐ彼の呼気が響いていたというのに。

（——ああ）

腹の底がじんと冷たくなり、不思議な諦念《ていねん》がゆっくり手足をひたす。

哀しみや狼狽《ろうばい》はない。あの男は今ようやく、長い病苦から解き放たれたのだ。自分の投薬の甲斐《かい》がなかったとはいえ、諸男はその事実にわずかな安堵《あんど》を覚えていた。

「諸男さま？」

戸の向こうで従僕が、焦《じ》れた声を上げる。諸男は慌てて小さく咳払《せきばら》いをした。

「いや、朝餉も粥もいらん。用があれば呼ぶゆえ、下がっていろ」

「さようでございますか。かしこまりました」

階《きざはし》を降りる苛立《いらだ》たしげな足音を他所《よそ》に、諸男は堅く閉め切られた隣室にゆっくり向き直った。

十日前、宮城《きゅうじょう》で倒れた官人を連れ帰り、結局、そのまま自室で養生させることにしたのは、決して元侍医《じい》の責務感からではない。ただ、高志史《こしのふひと》なにがしと名乗った施薬院使部《せやくいんしぶ》の態度が腹に据えかね、咄嗟《とっさ》にその鼻をあかしてやろうと思っただけだ。

医術など嫌いだ。ましてや貧しい者、身寄りのない者を無償で診察する施薬院のお綺麗《きれい》さには、考えるだけで反吐《へど》が出る。

医師に対する憎悪のあまり、とっくに放擲《ほうてき》した医術に再び手を染める矛盾《むじゅん》に、一抹《いちまつ》の可笑《おか》しさを覚えなかったわけではない。しかしその時は己の行動の奇妙さよりも、目の前の彼らを――染み一つない布のように真っ白な理想を掲げる施薬院を出し抜いてやることに、心が囚《とら》われていた。

それがまさか、こんな結果を招こうとは。

隣室はしんと静まり返り、己の荒い息遣いだけが頭蓋に響く。諸男は重い板戸を静かに開けた。

一人の男が薄縁《うすべり》の上に横たわっている。その顔は豆ほどもある膿疱《のうほう》に覆《おお》い尽くされ、白濁《はくだく》した眸《ひとみ》が虚空《こくう》に向かってぽっかり開いていた。

激しい熱に浮かされ、悶《もだ》え苦しんだのだろう。鉤《かぎ》なりに強張《こわば》った指が、何かを摑もうとするかの如く天井《てんじょう》に向かって突き立ち、その傍《かたわ》らには薬湯《やくとう》の入っていた木椀が転がっている。

自分が初めて診《み》たとき、この男は高熱と四肢《しし》の痛みに苦しんでいるだけだった。それがたった十日で、かくも無惨《むざん》な亡骸《なきがら》に成り果てようとは。

ねじけた木の根そっくりな男の手を、諸男は摑んだ。早くも強張り始めた指を一本一本伸ばし、身体の脇にそっと添えた。

かっと見開かれた瞼は、その裏に膿疱が生じているせいで、閉ざしてやろうにもなかなか思うようにならない。それでも苦心の末、どうにか瞼を半分まで下ろし、大きく一つ、息をついた。

この男の全身に丘疹《きゅうしん》が浮かび始めたのは、五日前。数日来の高熱が引き、この様子なら明日にも家に帰れると、当人に告げた矢先だった。

最初、針で突いたほどの大きさだった丘疹は、あっという間にぷっくり膨《ふく》れ、わずか一両日で紅色に滲《にじ》んだ膿疱に変じた。無論、自宅に戻らせなど出来はしない。薬を飲ませても吐き戻し、再度の高熱にのたうつ男に、諸男は我が目を疑った。

ただの風病《ふうびょう》であれば、こんな膿疱は生じない。これは今まで接したことのない未知の病《やまい》だとの直感に急《せ》かされ、あわてて自室を走り出た。

学問に明るい房前は、邸内の一角に文蔵《ふみくら》（書庫）を拵《こしら》え、権勢にものを言わせて貴重な書物を買いあさっている。物言いたげな家令を押しのけて文蔵に飛び込み、諸男は目についた医学書を手当たり次第、書架《しょか》から引き抜いた。

『新修本草』、『諸病源候論』、『黄帝内経』……薄日の差しこむ蔵の真ん中にしゃがみ込み、片っ端から書物を繰《く》っていた手が止まったのは、『備急千金要方《びきゅうせんきんようほう》』という真新しい書物を開いた時であった。

――治豌豆瘡方

豌豆瘡《わんとうそう》の名には、聞き覚えがある。まだ都が飛鳥《あすか》に置かれていた頃、百済《くだら》から渡来した仏像をある豪族が海に投げ捨てたところ、全身に瘡《かさ》が生じる病が流行した。確かその瘡が豆に似ていたことから、豌豆瘡との病名がついたはずだ。

「これか――」

激しい高熱も、おびただしい膿疱が全身に現れる症状も、そっくりだ。間違いない、と胸の中で呟《つぶや》いた途端、背筋に冷たいものが這い上がる。諸男は膝の上の『備急千金要方』を、荒々しく閉じた。

おぼろな記憶によれば、その後、豌豆瘡は全国で猛威を振るい、都はわずか三月《みつき》で荒廃。果ては時の大王《おおきみ》までが、「身を焼かれ、打たれ、砕かれるようだ」と泣き喚《わめ》きながら亡くなったのではなかったか。

その後も時折、諸国で小規模な流行こそ起こったものの、日本では都における豌豆瘡の流行はもう百年以上発生していない。ただ隣国の新羅《しらぎ》では、この病は都の内外で頻繁に発生し、一夜に何千人もの人々が亡くなったこともあると聞く。そう、まさに疫神《えきじん》の権化《ごんげ》とも呼ぶべき恐ろしい病こそ、この豌豆瘡なのだ。

（新羅――）

そうだ。自分が連れて帰ってきたあの男は、遣新羅使の一員としてかの国に渡り、つい先日帰国したばかりではないか。間違いない。一行はかの国で、豌豆瘡に罹患《りかん》したのだ。そして病は長旅の間に次々と随員の命を奪い、果ては健康な男たちの背に乗っかって、まんまとこの京に入りこんだのだ。

長い旅から戻った者はみな、帰京時に佐保《さほ》の河原で禊《みそぎ》を行なうのが慣例。遣新羅使一行も古き衣《ころも》を焼き、新たな衣服に身を包んで、旅の穢《けが》れを祓《はら》った上で、ようやく京に入ったのだろう。

だが修祓《しゅうばつ》なぞ、疫病の前にはなんの効果もなかった。唯一為《な》すべきだったのは、使節が大宰府《だざいふ》に帰着した時点で、彼らをひとところに押し込め、新たな発病者が現れなくなるまで、何があってもそこから出さぬことだったのだ。

おそらく今頃、大宰府はもちろん、使節団が通った沿道の村々では、同様の症状に苦しむ者たちが相次いでいよう。いや、畿外ばかりではない。諸男が引き取った官人がそうであるように、京に戻り、それぞれの家に帰った随員もまた、全身を瘡に覆われ、高熱に喘いでいるはずだ。

（そして――）

不思議なほど冷静な心持ちで、諸男はいつの間にか膝先から滑り落ちていた『備急千金要方』をのろのろと拾い上げた。

知らず知らずとはいえ、自分はそんな病に取りつかれた男を、この邸宅に連れ込んでしまった。彼に付きっ切りで看病をした自分の背には今、恐ろしい疫神がおぶさっているはずだ。病人と同じ厠《かわや》を使った家人《けにん》、食事を運んできた老僕とて、それは同じに違いない。

祓えも禊も、何の役にも立たぬ。誰も発症していないだけで、この邸内にはもはや豌豆瘡の種が蒔《ま》かれてしまった。あとはいつ誰が最初に、病に倒れるかだけだ。

——大黄《だいおう》五両を煮て飲ませよ。蜜《みつ》を瘡の上に塗る場合は、そこに升麻《しょうま》を加えてもよい。

——黄連《おうれん》三両を水二升に入れ、八合まで煮詰めて、頓服《とんぷく》せよ。青木香《せいもつこう》二両を水三升に入れ、一升まで煮詰めて、頓服してもよい。

侍医だった頃、宮城の医学書には一通り目を通したものの、この『備急千金要方』なる書物に見覚えはない。きっとほんの数年前に唐で記され、外国《げこく》商人の手でこの家にもたらされた貴重な書物なのだろう。

それだけにここに記されているものはおそらく、唐国での最先端の治療法に違いないが、一つの病に対して複数の記述が行なわれているのは、それだけこの病の根治が困難との意味だ。

自室に戻ると、諸男は奥の間に横たわる病人の顔をのぞきこんだ。

手足や顔はおろか、頭皮や陰嚢《いんのう》にまで浮き出した膿疱は黄色に変じ、額に載せた濡れ布はほんの四半刻《しはんとき》で湯に浸したように温まっている。

諸男に出来ることは、ほとんどないのかもしれない。しかしそうと知りつつも諸男は、熱に喘ぐ唇に水を含ませ、「薬を買いに行ってくる。すぐに戻るから、心配するな」とその耳元で囁《ささや》かずにはいられなかった。

黄連や大黄、青木香は、比較的安価な生薬《しょうやく》。蜜（蜂蜜）は貴重な品だけにそう簡単に手に入るまいが、小豆《あずき》の粉を卵白に混ぜて塗布《とふ》すれば、似たような効果が得られるのではないか。

だがそう考えながら向かった西市では、どこを探しても卵がない。やむを得ず市の人足《にんそく》をしている宇須《うず》にどうにかならぬかと頼み、病人には水に溶いた小豆の粉を塗ってその代わりとしたのは、つい昨日だというのに――。

熱が上がってきたのだろう。頭が割れるように痛み、こめかみが激しく脈打っている。ふらつく身体を励まし、諸男は目の前の骸《むくろ》を見つめた。

自分もいずれはこの男の如く、全身を瘡で覆われて息絶えるかもしれない。だが不思議に、恐怖はなかった。

人はみな、いつか死ぬ。この世でどれだけの名声を得、財を成そうとも、死ねばその功績は無となり、いずれは存在すら忘れ去られる。

五年前、無実の罪によって獄舎《ごくしゃ》に繋がれたあの時に、侍医である自分は死んだ。恩赦《おんしゃ》によって獄から出され、こうして房前卿の家人として暮らす日々は、たまたま与えられた余生に過ぎない。ならば豌豆瘡に罹《かか》り、醜い肉塊となって息絶えたとて、なにを思い煩《わずら》うことがあろう。自分の推察が正しければ、どうせこの都は遠からず、累々《るいるい》たる死骸の折り重なる死の町となるのだ。

「そうだ、みな死んでしまえばいいのだ」

そう呟いたとき、諸男はその言葉こそが、己がこの五年間、胸底に封じていた本心だったと気づいた。

施薬院の者たちにいわれのない憎悪をぶつけた理由も、そう考えれば納得がゆく。そう、自分は獄舎へ追いやられた五年前からずっと、己を取り巻く全てを憎み続けていたのだ。

全身が恐ろしく重く、指一本動かすのも億劫《おっくう》でならない。もう、いいではないか。苦しいことばかりの世の中にしがみついて、何の得があろう、と胸の底で何者かが囁く。その甘い誘いに身を任せられればどれだけ楽だろうと思った途端、激しい焔《ほのお》が諸男の目の前に散った。

腐臭《ふしゆう》の漂う暗い獄舎、汚泥《おでい》の中を這い回らされた灼熱《しやくねつ》の夏の日。そして自分を嘲《あざけ》り、貶《おとし》めた人々の数多《あまた》の顔が、脳裏に小さく明滅する。

獣《けもの》のような低いうめきが、喉《のど》の奥から自《おの》ずと洩れた。

「――いや、違う。違うぞ」

諸男は死骸の枕上に這い寄った。そこに置かれた薬湯の水差しの蓋《ふた》を片手で払い、中身を一息に飲み干した。

こみ上げてきた苦い痰《たん》を吐き捨てると、壁際の櫃《ひつ》から施薬院の使部と争って求めた大黄の袋を取り出す。薬用の碾磑《てんがい》（石臼《いしうす》）に、その中身を一度にぶちまけた。

そうだ、こんなところで死んでなるものか。寧楽《なら》が疫神の跋扈《ばつこ》する都となるのであれば、自分はその様をこの眼で見てやる。それこそが、自分を無実の罪に陥《おとしい》れた者たちへの復讐だ。

瞼の裏の膿疱に押し上げられ、傍らに臥す男の遺骸は、いつしか再び薄目を開いている。それをじろりと睨《にら》みつけ、諸男は碾磑を力一杯挽《ひ》きはじめた。

何度も失敗を庇《かば》ってやったにもかかわらず、引っ立てられる自分を冷淡な目で見送った、同輩の侍医。諸男に憧れていると語った癖に、取り調べに際しては一様に自分を罵《ののし》ったという薬生《やくせい》たち。――そして仮牢《かりろう》に自分を訪ねてきた、薬司采女《やくしうねめ》・絹代《きぬよ》の小さく白い顔。

帝のおわすこの京に疫病が入り込んだと知れば、彼らはどれほどうろたえるだろう。それを思うだけで、長らく忘れていた笑《え》みが口元に浮かんでくる。ごりごりという音が軽くなるのを待たず、諸男はまた一掴みの大黄を碾磑に投げ入れた。

身体がかっと火照《ほて》り、額に薄っすら汗が滲み始める。それを袖端で拭《ぬぐ》い、どれだけの時間、夢中で碾磑を挽いていたのか。

「おおい、諸男。諸男ってばよ」

またしても自分を呼ぶ声に我に返れば、連子窓から見える陽はずいぶん高くまで昇っている。

「何の用だ」

と、不機嫌に応じてから、諸男はその声の主《ぬし》がこの邸宅の家人ではないと気付いた。

「何の用って言い方があるかよ。頼まれていた鶏卵を、わざわざ届けにきてやったんじゃねえか」

からかうような口調に、諸男はあわてて立ち上がろうとした。だがその足はなぜか思うままに動かず、嫌な汗が両脇をぐっしょりと濡らしている。

「宇須《うず》か」

四つん這いで戸口に這い寄りつつ尋ねると、おうよ、という明るい声がすぐに戻ってきた。

「遅くなってすまねえな。昨日頼まれた鶏卵十個、耳をそろえて持ってきたぜ」

「そこにはおぬしのほかに、誰かいるのか」

「いいや、俺一人だ。それにしても諸男、おめえ、うまいことやったじゃねえか。ついこの間まであんな獄暮らしだったくせに、こんなお屋敷にもぐりこむとはよ。もっとも屋敷の門番どもは、おめえに用事があると言った途端、野良犬の仲間がやってきたと言いたげな顔をしやがったけどな」

けけけけ、という品のない笑い声を聞きながら、柱にすがって立ち上がる。全身で押しやるようにして、がたがたと立てつけの悪い扉を開けた途端、眩しい陽射しが視界を塞《ふさ》ぎ、諸男はそのまま広縁《ひろえん》へと転がり出た。

「お、おい、諸男。どうしたってんだ。諸男ッ」

太く熱い腕が諸男を抱き起こし、むっと濃い宇須の体臭が全身を包む。

かつて、同じ獄舎で嫌ほど嗅いだ仲間の臭いをひどく懐かしく思いながら、諸男は自分の荒い吐息が脳裏を暗く押しつぶしていくのを感じていた。

――内薬司の侍医であった諸男が、薬の合和の手続きを誤ったとして処罰されたのは、五年前の冬十月であった。

事の発端《ほったん》となったのは、喉の痛みを訴えた天皇に奉《たてまつ》られた薬。その封に記されるべき他の医師の名前がなく、加えてその封題が、納められていた薬と異なっていたことから、封に名を記していた諸男が、宮城内の犯罪を処罰する刑部省《ぎょうぶ》に捕らえられたのであった。

「違いますッ。その薬を作ったのは、わたしではありません。わ、わたしはその日は一日、薬園に出かけておりましたッ」

この日、宮城では天皇や皇后、更には皇子皇女《おうじこうじょ》たちがそろって風病を引き込み、内薬司は上を下への大騒ぎ。それだけに内薬正《ないやくのかみ》は執務室の机にいつの間にか届けられていた薬を、よく確かめもせぬまま後宮《こうきゅう》に回した。だがいざ薬を奉る段になって、封題がおかしいと天皇に薬を奉る采女たちが言い出し、事態が明るみに出たのであった。

刑部省判事は当初、多忙の合間を縫って薬を作ったものの、何らかの理由で封題を誤ったのだろう、と諸男を追及した。しかしその尋問に、諸男は頑《がん》として反発した。

そもそも自分は、調薬なぞ行なってはいない。このため諸男は、かねてより薬を調じる際につけている帳面のうち、手元にあった直近の記録を示して、自らの潔白を主張した。だが判事はそれに対し、今回の合和はわざと帳面に記していないのだろうと、蛇を思わせる無表情な眼を諸男に据えるばかりだった。

「なおもお疑いであれば、薬園の者たちにお確かめくだされ。いくら問われましても、わたしはその薬を作ってはおりませぬ」

だがどれだけ反論しようとも、現に封に諸男の記名がある以上、いったんかかった嫌疑《けんぎ》を解くのは難しい。

とはいえ薬の中身は毒ではなく、帝が求めた通りの喉の薬。それだけに判事は、神妙に過《あやま》ちを認めれば、ただの失態で済もうと諸男に告げた。とはいえ薬を合和した覚えのない諸男からすれば、してもいない過誤を肯《うけが》うことなぞ出来ようはずがない。

（やられた――）

諸男はぎりぎりと歯を食いしばった。

諸男は元々、典薬寮《てんやくりよう》の使部。出世の糸口を求めて薬生となり、異例の抜擢《ばってき》を受けて侍医にまで上り詰めた。内薬司の同輩や部下が、そんな自分に妬《ねた》みとも憎しみともつかぬ目を向けていたことは、以前から気付いていた。

「どうやって内薬正さまに取り入ったのやら。まったく下種《げす》はわしらには思いもつかぬ手を使うゆえ、油断がならぬ」

と、聞こえよがしの悪口を言われた折も、一度や二度ではない。

それでも医師としての腕さえあれば、いつか陰口《かげぐち》など叩かれなくなると信じていた。だからこそどんな不条理にも耐え、誰にも後ろ指差されぬようにと、医術の研鑽《けんさん》に努めていた矢先のこの嫌疑。これは決して、偶然ではあるまい。誰かが——内薬司の誰かが自分を陥れんとしているのだ。

実のところ諸男は二年前に一度、桂枝茯苓丸《けいしぶくりょうがん》を合和している。自分を陥れた者はきっと、その際、自分が書き損じて捨てた封紙を秘かに保管し、今回、合和した喉の薬を包んだのだ。

それほど以前から、何者かが自分を陥れる機会をうかがっていた事実に、諸男は目の前が真っ暗になるほどの怒りに襲われた。

「わたしは陥れられたのでございます。他の侍医を——薬生や使部をお調べくださされ。必ずや、誰かがわたしに濡れ衣《ぬれぎぬ》を着せていることが判明するはずでございます」

しかし諸男以外の三人の侍医は、みな累代《るいだい》、天皇に仕えてきた医家の出。加えて、内薬司の薬生や使部たちは、事件を知るや雪崩《なだれ》を打つ勢いで諸男を誹《そし》り、それを刑部省判事の耳に入れたらしい。無論、当日、薬園にいたという諸男の主張を裏付けようとする者も現れるはずがない。

結局、約一月《ひとつき》の取り調べの後、諸男はろくな抗弁の機会も与えられぬまま、合和

の過ちを隠蔽《いんぺい》せんとする不届き者として、終身の徒刑《ずけい》を命じられた。己の無実を訴

え、再度の取り調べを求めた頑《かたく》なさが、かえって刑部省判事の心証を害した末の判

決であった。

「ば、馬鹿な。せめて、せめて内薬正さまにお目通りを。あのお方であれば、わた

しの申す事が嘘ではないとお分かりくださるはずでございます」

刑部省の取り調べは厳しい。拷問《ごうもん》すら珍しくない中で、諸男が無傷でいられたの

は、侍医という立場を判事たちが憚《はばか》ったゆえだろう。だがその時の諸男には、そ

れを僥倖《ぎようこう》と思う暇《いとま》などなかった。

自分がいったい、何をした。貧家の出でありながら、わずかな伝手《つて》を頼りに薬生

となった。懸命に勉学を続け、並み居る医師を尻目に、弱冠《じやつかん》二十五歳で侍医に抜

擢された。それが、罪なくして獄に堕《お》とされるほどの咎《とが》なのか。

内薬司の同輩侍医は、三歳年上の倭 池守《やまとのいけもり》、共に六十を越えた老医師の難波薬師《なにわのくすし》

小角《おづぬ》と御立 連清与人《みたちのむらじきよひと》の三人。薬生や使部の中にも自分を嫌う者はいたろうが、さ

すがに御薬を使って他人を蹴落《けお》とすような真似《まね》が出来るのは、侍医に限られていよ

う。

誰だ。三人のうち、いったい誰が自分を陥れた。

日の差さぬ刑部省の仮牢で、諸男は必死にそのことだけを考え続けた。終身の徒

刑という重い処罰も、除名免官という非情な沙汰《さた》も、もはや念頭にはなかった。目に見えぬ敵への激しい怒りだけが、憔悴《しょうすい》しきった身に青白い焔を点《とも》していた。

後宮十二司の一つ、薬司に勤める采女の絹代が諸男を訪ねてきたのは、一月《ひとつき》の仮牢収監《しゅうかん》を経て、左獄への押送《おうそう》が決まった日の深夜であった。

薬司采女の仕事は、後宮で天皇や皇后に薬を奉ること。職務を通じて諸男と昵懇《じっこん》となった絹代は、体系だった医術こそ学んでいないものの、下手《へた》な医師にも負けぬ医薬の知識を備えた聡明な女であった。

互いに多忙ゆえ、ゆっくりと語らう時を持ったことは数えるほどしかない。しかし諸男は無口で頭のよい絹代を、すでに生涯の伴侶《はんりょ》と思い定めていた。

賂《まいない》を渡したのか、牢舎からは見張りの姿が消えている。絹代のひそやかな足音が、今更のように牢内の静寂《せいじゃく》を際立《きわだ》たせた。

諸男と絹代の仲は、薬司や内薬司では周知である。青ざめ、血の気を失った恋人の姿に、自分が咎人となった今、絹代は宮城で肩身の狭い思いをしているのだと諸男は気づいた。

怒りに煮えたぎっていた胸が、冷や水をかけられたようにすっと冷えた。うら寂しい風が、哀しげな音を立てて荒涼たる胸裏を吹き抜けた。

「絹代」

近づこうにも首枷《くびかせ》足枷《あしかせ》が邪魔で、思うように身動きができない。それでも必死に檻口《おりぐち》ににじり寄る諸男に透明な眼を向け、絹代は獄から半間《はんげん》も離れた場所に立ちすくんだ。ただでさえ骨の細い身体が、獄舎の中ではぽきりと折れてしまいそうなほど儚《はかな》く映った。

「絹代、信じてくれ。御薬を作り、封題を施したのはわたしではない。わたしは誰かに陥れられたんだ」

「それは――それは本当でございますか」

絹代の声はひどくかすれ、震えている。手燭《てしょく》を持つ手の白さが、闇に慣れた諸男の眼に痛かった。

「ああ、本当だ。どうしてわたしが嘘を言おう」

「ならば、その証《あかし》はおありなのですか」

「証、証だと」

驚いて呟いた諸男に、絹代は「はい」と畳《たた》みかけた。

「もし諸男さまの潔白を示す証左があれば、わたくしにだけはお教えください。そうすればわたくしは、諸男さまを信じ続けることができます」

早口に語る絹代に、諸男は身動きを止めた。

おかしい。先ほどから絹代は、諸男の潔白の証拠を引き出すことだけに懸命になっているかのようだ。

己の妹背《いもせ》が徒罪《ずざい》に処せられるのだ。並の女子《おなご》であれば、これから自分はどうすればいいのかという不安をまず訴えるはず。それにだいたい無実の証拠なぞがあれば、諸男がとっくに刑部省にそれを主張しているとは思わぬのか。

そう考えれば、いくら賂を積んだにせよ、ただの采女である絹代が自分を訪ねてこられたのも奇妙にすぎる。しかも絹代は先ほどから牢から離れて立ちつくし、格《こう》子《し》の間から突き出した諸男の指先一つ、握ろうとしない。

「どうなさいました。諸男さま」

じっとりと湿った牢の中で、絹代の持つ灯《あか》りだけが、大きく左右に揺れている。そのたびに四方の壁に伸び上がる彼女の影が、絹代を身内から喰《く》らい尽くした化け物の如く映った。

「……なんでもない。そろそろ帰れ」

薬司勤務の絹代は、どの侍医とも言葉を交わす機会がある。そのうちの誰か――そう、自分を陥れた何者かが、諸男の様子を探ってくれと彼女に頼んだ可能性とて、皆無《かいむ》ではないのだ。

鉄製の首枷をがしゃがしゃと鳴らし、諸男は絹代に背を向けた。

諸男の豹変《ひょうへん》に驚いたのだろう。絹代が小さく自分の名を呼ぶ。それを拒《こば》むように、諸男は強く双眸《そうぼう》を閉ざした。そうしてどれだけの時が経ったのか。小さな吐息が聞こえ、やがて牢を出て行く足音が耳を打った。

ゆっくりと眼を開ければ、牢の中は再び漆《うるし》で塗り込めたような闇に戻っている。文目《あやめ》も分かぬその暗がりを、諸男は強く睨みつけた。自分がこれまで信じてきたものすべてが、底知れぬ闇に向かってさらさらと崩れていくような気がした。

絹代、と呟いた声はあまりに小さく、己の耳にすら届かない。

しかたがない。宮城とは、誰が敵か味方か分からぬ伏魔殿《ふくまでん》。この先もそこで生きて行くであろう絹代が、栄達の道を失った諸男を裏切ったとて、どんな文句を言えようか。絹代が悪いわけではない。ただ、そんな女と見分けられなかった己が愚かだったのだ。

とはいえ自らにそう言い聞かせても、心のどこかにはぽっかりと大きな穴が開いている。それだけに翌朝、暗いうちから仮牢を引き出され、古びた檻輿《かんよ》に押し込められても、諸男は獄卒《ごくそつ》に手向《てむ》かい一つする気にはなれなかった。

諸男の財産はみな、官に没収された。どうせこの先、仮に罪が赦《ゆる》される日が訪れても、内薬司にも——いずれは絹代を迎えるつもりだった我が家にも戻れはしない。

かつての自分は、もはや死んだのだ。ここにあるのはその骸に過ぎぬと思えば、人を人とも思わぬ獄丁《ごくてい》の態度も、古血《ふるち》や引き抜かれた髪がこびり付いた檻輿の恐ろしさも、何ら気にならなかった。

京では左京一条二坊と右京一条二坊にそれぞれ獄舎が置かれ、左京の左獄には窃盗犯や殺人犯、右京の右獄《うごく》には呪詛《じゅそ》や八虐《はちぎゃく》などの重罪に手を染めた者が収監される。そんな中、八虐の一つという大罪を犯した諸男が左獄に送られたのは、たまたまその時期、右獄で痢病《りびょう》が流行《はや》り、新たな獄囚の受け入れが停止されていたからに過ぎない。

だがその偶然が、諸男の獄舎生活にごくわずかな灯《ひ》をもたらした。

「なんでえ、てめえ、えらくしょぼくれた面《つら》じゃねえか。腹の具合でも悪いのかよ」

獄囚は五人ごとに一つの房《ぼう》に収容され、獄内では常に全員が一つの足枷につながれる。長い鉄枷の端につながれ、房の隅にうずくまった諸男に声をかけてきたのは、枷の反対端に繋がれた小太りの男であった。

年は諸男と同年輩に見えるが、よほど長い間、牢に入れられているのだろう。虱《しらみ》の住処《すみか》と成り果てた髪は背の半ばを覆い、肌はこびりついた垢《あか》で茶色く染まっている。それでいてその口振りは妙に恬淡《てんたん》として、新参者の諸男に対しても、旧知に巡り合ったかのように親しげであった。

とはいえ今は、そのからりとした表情が、ひどく疎《うと》ましい。諸男は抱え込んだ膝の間に顎を落とした。

「まあ、いいさ。そんな日もあるよな。俺は宇須だ」

気にする風もなくそう名乗った宇須が、次に話しかけてきたのはその翌日。同じ房に収監される五人が、朱雀大路《すざくおおじ》の溝《どぶ》の清掃に駆り出された折であった。

徒罪に処せられた者は、日中は河川改修や官衙《かんが》の修繕・清掃といった居作《こさく》（労役）に就かされる。一つの獄に入れられた五人は、互いが互いを見張り合い、一人が逃亡した場合は残る四人がその咎を負う定めであった。

京の中央を貫く朱雀大路は、幅四十八間《けん》。その西端を流れる幅四間、深さ半間の溝は、上流においてはほうぼうの邸宅や家々を流れる水路の源であり、下流ではそれらの家から出た排水を集める下水路でもあった。

寒さ厳しき冬だけに、汚水の臭いは思ったよりもひどくない。それでも汚穢《おわい》が混じった水はぬめりを帯び、鼠《ねずみ》の死骸までがぷかぷかと浮かんでいた。

「ふん、これでも人の死体じゃねえだけ、まだましなんだぜ」

思わず尻込みをした諸男ににやりと笑いかけ、宇須は諸男が手にしていた攩網《たもあみ》をひったくった。虫麻呂《むしまろ》と呼ばれている四十がらみの男にそれを押し付け、

「新入りはそこで叺《かます》を持ってろよ。――よし、おめえら、行くぞ」

と、残る二人にも顎をしゃくって、どぼりと溝に飛び込んだ。

京一の目抜き通りだけに、大路は朝早くから人通りが激しい。橡《つるばみ》墨色《すみ》の獄衣に身を包み、腹まで汚水に浸かって汚れをさらう宇須たちの傍らを、ある者は露骨に眉《まゆ》をひそめ、ある者は嘲笑《あざわら》うような笑みを浮かべて通り過ぎて行く。

「おおい、新入り。叺を持って来い」

見れば宇須たちはいつの間にか、十間も先で芥《あくた》をさらっている。大慌てで叺を引きずって彼らに駆け寄りながら、諸男は獄囚が居作に就かされる時刻が官人の出勤時刻より後であることに、少なからず安堵していた。

宮城の官人は、基本的に日の出とともに出勤する。これから先、自分がどんな場所で働かされるかは分からぬが、少なくとも宮城外での居作の際は、かつての同輩や絹代と顔を合わせることはなさそうだ。

弊衣《へいい》に身を包んだ今の姿を彼らに見られるぐらいなら、いっそ舌を嚙み切って死んだほうがましだ。そんなことを考えながら、水から引き上げられた芥を集めていた諸男は、何者かがすぐそばにしゃがみ込んでいるのに気づき、その場からぎょっと跳ね立った。

「ご、ごめんよ、驚かせて。えっと、君、名は、名は何だっけ」

狼狽したように声を上げたのは、虫麻呂だ。叱られた子どものように不安げに眼をしばたたくその姿に、溝の中で網を振り回していた宇須が、けけけと怪鳥に似た声を上げた。

「虫麻呂、そいつは俺たちとは違って、おめえの物言いにゃ慣れてねえんだ。あんまり驚かせるんじゃねえぜ」

宇須を振り返り、「そうなんだ」と眼を見張る虫麻呂の表情は、諸男より頭一つ分高い背や、分厚い胸板からは想像もつかぬほど幼い。少々舌ったらずの物言いや締まりのない口元なぞ、まるで子ども同然だ。

「おい、新入り。虫麻呂は身体は厳《いか》ついが、頭の中は見ての通りでな。ちょいと戸惑うかもしれねえが、そう承知して相手をしてやってくれ」

そう言って、宇須は黒い水の滴《したた》る網の先を虫麻呂に向けた。

「虫麻呂も虫麻呂だ。新しい顔が珍しいのは分かるが、そんなところで遊んでねえでさっさと手伝え。今日中に、五条大路から羅城門《らじょうもん》端まで終わらせなきゃならねえんだぞ」

大路の溝は南に行くほど汚れ、汚穢の量も増える。宮城に近い朱雀門界隈《かいわい》の溝を検非違使《けびいし》の下部《しもべ》が清掃しているのを目にしたことはあったが、南方の溝はこうして獄囚が清めていることを、諸男はこれまで全く知らなかった。

「あ、うん。でも――」

上目使いに宇須を見上げ、虫麻呂はいやいやをするように肩をゆすった。

「溝の中にずっといると冷たくて、身体がだんだん痛くなるんだもの。だったらおいらもこいつみたいに、芥を集めていたほうがいいや」

心が子どものままとはいえ、四十を越えた身に、寒空の下の溝浚《さら》えは応《こた》えるのだろう。しょぼんとうなだれる虫麻呂の肩を、諸男は「よし、わかった」と叩いた。

「じゃあ、交替だ。おぬしは叺で芥を集めてくれ、わたしが溝に入ろう」

えっと声を上げた虫麻呂の顔が、日に照らされたように明るんだ。

「本当。本当に代わってくれるの。――ええと、誰だっけ」

そう言われて、諸男はまだ同房の者たちに名乗っていないことに気付いた。

「諸男だ。猪名部《いなべ》諸男という」

もろお、と口の中で繰り返す虫麻呂の胸に、叺を押しつける。だが網を受け取って溝に歩み寄り、諸男はすぐに己の言葉を悔《く》いた。

数間先に堰《せき》が設けられているせいで、溝の汚れは先ほどよりひどくなっている。犬か、それとも狐か。ぐずぐずに腐った獣の死骸を水底から引き上げていた宇須が、無理をするなと言いたげに、髯《ひげ》に覆われた頰を歪めた。

「おめえも物好きだな。どうしてもやるんなら、今からあの堰を外すからよ。おめえは堰を洗ってくれ」

振り返れば、なるほど先ほどまで諸男たちを監視していた物部《もののべ》（囚獄司《しゅうごくし》の下級役人）が、二人がかりで水を満たした桶を運んでくる。宇須は他の二人を手伝って竹で組まれた堰を外すと、全身ずぶ濡れになってそれを道へと押し上げた。

どれだけの歳月、汚水に浸かっていたのだろう。堰はそれ自体、鼻が曲がるほどの悪臭を放ち、水草とも人髪ともつかぬ長いものが、あちこちにぞろりとからみついている。

先ほどまで淀《よど》んでいた溝の水が、ゆるやかに流れ始めている。疲れた顔で宇須たちが水から上がってきたのは、洗い終えた堰を元に戻すまでひと休みということらしい。

道端に座り込む彼らに背を向けて、諸男は竹で組まれた堰を束子《たわし》で洗い始めた。虫麻呂が手伝おうとするのを首を振って断り、柄杓《ひしゃく》で汲《く》んだ水をかける。

宇須はしばらくの間、そんな諸男を興味深そうに見つめていた。だが不意に衣の裾《すそ》をしぼりながら、「おめえ、虫麻呂みてえな奴を見ても、あんまり驚かねえんだな」と呟いた。

「大概の奴は慣れるまでの間は、虫麻呂を気味悪がるか、小馬鹿にするのによ。

——なあ、おめえら」

隣に座っていた二人の囚人が、決まり悪げに首をすくめる。そんな彼らに、宇須はまたしてもけけけと笑い声を浴びせかけた。

「そういう者もいると、書物で読んだことがあるのでな」

「書物だと」

うむ、とうなずいたものの、それ以上、口を利く気にはならない。

何か言いかけた宇須を無視して、諸男は堰に更に水をかけた。

ぞろりと長く伸びた黒いものが、火に焙《あぶ》られた蛭《ひる》のように堰から離れ、溝に向かって流れて行く。

洗い終わった堰を宇須たちが元の場所に戻すと、物部は五人を腰縄につなぎ、大路を南に下った。溝内の堰は、四、五町おきに設置されている。清掃といってもすべての溝を浚《さら》うのではなく、堰の周囲に堆積《たいせき》した芥を集めればいいということらしい。

「諸男、今度はおいらが溝に入るね」

次の堰まで来ると、虫麻呂が手にしていた叺を諸男に押し付け、ざぶんと溝に飛び込んだ。

汚れというものに無頓着なのだろう。網すら使わず、素手で汚穢をすくおうとする虫麻呂の頭を、監視していた物部が笞《むち》の柄《え》で小突いた。

「まったく、汚い奴だな。網ぐらい使え」

「おいおい、こいつには何を言っても無駄だぞ。なにせそこらへんの犬っころよりも、頭の働かぬ奴だからな」

違いない、と物部たちが顔を見合わせて嘲笑する。そんな彼らをきょとんと見上げる虫麻呂のあどけなさに、諸男は我知らず両の拳を握りしめた。

虫麻呂に知恵がないのは、彼のせいではない。それにもかかわらず虫麻呂を嘲る獄卒たちが、自分を不条理な境涯《きょうがい》に陥れた何者かの姿と重なったのであった。

唇を嚙みしめて伏せた眼が、溝の中で芥をすくう宇須のそれとぶつかる。剣呑《けんのん》な諸男の表情から、なにか察したのだろう。その途端、宇須は「おおい、諸男。こっちに来てくれ」とのんびりした声を上げた。

「なにをぐずぐずしているんだ。さっさと来いよ」

片頰を歪めて顎をしゃくる宇須に渋々歩み寄り、諸男は大きな息をついた。

そんな諸男をちらりと横目で眺め、

「――なあ。てめえ、何で徒刑なんぞになったんだ」

と、宇須がぽつりと問うた。

「……そういうおぬしはどうなんだ」

諸男の反問に、宇須は何がおかしいのかわずかに頰を歪めた。

「俺か。俺は少しばかり嘘をついて、人さまの物を頂戴しただけさ。ただ物や銭だけ頂戴するつもりが、ちょっと手筈《てはず》が狂って、相手に怪我をさせちまったけどな」

「虫麻呂はどうなのだ」

壊れた桶を溝に投げ捨てた者がいるのだろう。ばらばらに腐った木の板を水底から網ですくいながら、宇須は「あいつか」と声を低めた。

「あいつは自分の兄を殺《あや》めて、獄に送られてきたんだ。兄と言ったって、知恵のなさをいいことに、あいつを毎日、牛馬の如くこき使う嫌な奴だったらしくてな。喧《けん》嘩《か》になって力まかせに突き飛ばしたところ、打ち所が悪くて死なれちまったらしい」

律《りつ》の規定に従えば、己の兄姉を殺害した場合は、遠流《おんる》。それが徒罪で済んでいるのは、虫麻呂が兄に酷使されていた事実を、判事が汲んだゆえらしい。

「刑部省の者どもも、決して情け知らずではないのだな」

諸男が呟いたとき、けたたましい水音と「こらあッ」という叱責が背後で弾《はじ》けた。

振り返れば、足でも滑らせたのか、虫麻呂が溝の中でひっくり返り、太い四肢をばたつかせている。

汚水が溝の周囲に盛大に跳ね飛び、物部たちの衣を汚した。

「まったく、お前は何をさせても役に立たんな」

濡れ鼠になって起き直った虫麻呂に、物部が怒声を浴びせつける。風を切る笞の音が起き、虫麻呂が「痛ッ」と叫んで肩を押さえた。

「ご、ごめんなさいッ。ごめんなさい」

虫麻呂が悲鳴を上げながら溝を這い出し、地面にうずくまる。その肩先を力いっぱい蹴飛ばし、物部は汚水で黒く染まった虫麻呂の背を更に激しく笞打ち始めた。見る間に虫麻呂の衣が裂《さ》け、背に血がにじむ。牛を思わせる野太い悲鳴が、辺りに響き渡った。

やめぬか、と思わず声を上げそうになった諸男の腕を、宇須が強く摑んだ。

「よせ。余計な口出しをするんじゃねえ」

「されど——」

「あいつらは、囚人を死なせるようなへまはしねえ。ここで庇うと、虫麻呂への嫌がらせがこの先ひどくなるだけだぞ」

道行く者たちが足を止め、悲鳴を上げる虫麻呂に興味深げな眼を向けている。その口元に一様に浮かんだ嘲笑に、諸男の腹の底が再びかっと煮え立った。

「ええい、放せッ」

諸男はどんと宇須の胸を突いた。だが宇須は手を離すどころか、駆け出そうとする胸倉をかえって摑み上げ、その場に諸男をねじ伏せた。

「分からねえ奴だな。獄にぶち込まれたばかりで苛々《いらいら》するのは分かるが、八つ当りはやめろ」

よほど荒事《あらごと》に慣れているのだろう。押さえつける力は鋼《はがね》のように強く、どれだけ抗《あらが》ってもびくとも動かない。

何もかも見通したような宇須の言葉に、諸男は目の前が真っ赤になるほどの怒りを覚えた。

その怒りは、宇須や物部だけに向けられたものではない。己の逆境も、自分をこんな立場に追いやった正体の知れぬ人物も、薄笑いを浮かべて道を行く者たちも――何もかもが憎かった。

やがて物部が笞を止め、動かなくなった虫麻呂の背に唾を吐きかけて踵《きびす》を返す。宇須は諸男を押さえていた腕から、ゆっくりと力を抜いた。

溝の中で固唾《かたず》を呑んでいた二人の囚人が、そろりそろりと虫麻呂に近付き、その身体を溝の脇まで引きずる。汚水を顔にぶっかけ、どうにか彼を正気付かせた。

「――覚えておけよ、諸男」

その一部始終を凝視《ぎょうし》する諸男の耳に顔を寄せ、宇須が低く囁いた。

「獄じゃまともな奴ほど、早く死ぬ。自分が生き残るためには、人を蹴落とさなきゃならねえんだ」

背中の痛みに耐えているのだろう。虫麻呂の口からは獣のような呻きが漏れている。通りすがる人々が、そんな虫麻呂に不気味そうな一瞥《いちべつ》をくれて足を急がせる。

「なあに、どうせここにいる奴は皆、人殺しや強盗ばかりだ。蹴落とそうがぶち殺そうが、何も気にすることはねえ。そう思えばここで生きていくのも、ちょっとは楽になるだろうが」

ではこの男も必要となれば、自分や虫麻呂を踏みつけにするのか。薄笑いを浮かべる宇須を横目で睨み、「わたしはなんの罪も犯しておらん」と、諸男はひと息に言った。

「人を傷つけも、殺めもしておらん。わたしは――わたしは濡れ衣を着せられただけだ」

そんな言葉なぞ、耳に胼胝《たこ》が出来るほど聞かされているのだろう。宇須が小馬鹿にしたように、ふんと鼻を鳴らした。

吐き気を催《もよお》すような溝の臭いが、更に強く漂ってきた。

投獄された当初、諸男は石造りの獄は筆舌《ひつぜつ》に尽くし難いほど寒かろうと覚悟をしていた。

だがいざ投獄されてみれば、獄では手枷足枷でつながれた仲間が自然と寄り添い合い、案外暖かく毎日を送ることができた。

その代わり、冬が去り、季節が春から夏へと巡ると、獄内は次第に暑くなり、やがて蒸し風呂のような有様へと移り変わった。

掃除が行き届いていないだけに、蓆《むしろ》には虫が湧き、各房はもちろん獄舎じゅうに凄まじい悪臭が充満する。そのあまりの激しさに、諸男は牢獄暮らしの惨《みじ》めさを改めて思い知った。

日々の居作で、身体は綿《わた》のように疲れ切っている。しかし暑さと悪臭はそんな諸男の眠りすら妨げ、飯もろくに喉を通らぬ日々が続いた。

「ふん、そんなことでくたばってちゃ、この先、やっていけねえぞ」

ある日、宇須はそう言って諸男の飯椀をひったくり、半ば残っていた麦飯を手づかみで己の口に押し込んだ。

その指の間からぼろぼろとこぼれた飯粒は、蓆にびっしり湧いた小虫に似ている。思わず顔を背《そむ》けた諸男の襟首《えりくび》を引っ摑み、宇須は獄の片隅の糞壺《くそつぼ》へと強引に顔を向けさせた。

あまりの悪臭に耐えかねてか、最近では獄使もよほどの用事がない限り、獄舎に入って来ない。おかげで糞壺は数日前から溢れ、丸々と太った蠅がその上をぶんぶんと音を立てて飛び回っていた。

酸《す》っぱいものが喉元にせり上がってくる。諸男は宇須の手を力いっぱい振り払った。そのはずみで、飯椀が溢《あふ》れ出た汚穢のただなかに飛び、びしゃりと音を立てた。

宇須は鼻の頭に皺《しわ》を寄せると、汚れた飯椀を顎で指し、「あれ、拾っておけよ」とぶっきらぼうに言い放った。

「ふざけるな。ちょっかいをかけたお前が悪いのだろう」

「ふん、ちょっかいじゃねえよ。そんなことじゃ、ここじゃ生きて行けねえと教えてやっただけさ」

居作からの帰路、通り雨に降られたせいで、獄囚たちはみな褌《ふんどし》一つになって、それぞれの衣を乾かしている。まだ生乾《なまがわ》きの衣を肩にひょいと羽織り、「まあ、見てな」と宇須は早口に続けた。

「なにせここの飯と来たら、一日一度の麦飯だけ。そこに加えてこうも風は通らねえ、濡れた服も乾かしてもらえねえと来ちゃあ、そろそろ誰か寝付く奴が出てくるからよ」

宇須の言葉に、諸男ははっと顔を上げた。獄に入れられて以来、意図的に忘れようとしていた昔の知識が、急に思い出されてきた。

そうだ。侍医として働いていた頃、炎熱の五月六月は決まって毎年、痢病や瘧《おこり》が流行したではないか。年によっては市中はもちろん、宮城の官人の中にも病人が相次ぎ、典薬寮の医師が忙しく走り回っていたと気づいた途端、背にうすら寒いものが走った。

宇須の言う通りだ。風通しの悪い石造りの獄、汚物が溢れた糞壺。こんなところにろくな食事すら与えられず寝起きしていれば、病人が出ないほうが不思議だ。

見廻せば、折しも飯器を下げに来たのだろう、まだ若い獄卒が、木組みの檻の向こうにしゃがみこんでいる。

「おい、飯椀をさっさとこっちに寄越せ」

檻の向こうで乱暴に命じる彼に、諸男は慌てて這い寄った。

「お願いでございます。糞壺を替えてくださいませ。それと薦も新しいものに――」

「なんだ、お前は」

まだ新参者なのか、手足ばかりがひょろりと長い彼は、突然近づいてきた諸男に、ぎょっと一歩退《ひ》いた。しかしすぐに口元にひきつった薄笑いを浮かべると、宇須が重ねて渡した飯椀を手にしたまま、「なにを血迷ったことを」と忌々《いまいま》しげに吐き捨てた。

「囚人の分際で、気ままをぬかすな。お前らはこれまで犯した罪を贖《あがな》うために、ここに入れられておるのだぞ。処遇に文句を申すなぞ、まったく思い上がりも甚《はなは》だしい」

「文句ではありません。わたしはただ――」

「ええい。うるさいッ」

檻にしがみついた指をぴしりと笞で打たれ、諸男ははっとひと膝退いた。

「な、なにをなさいます。わたしはただ、このままでは病人が出ると申し上げているだけでございます」

じんじんと痛む指を庇いながら喚く諸男に、獄吏はちっと舌打ちした。

「病人が出ようと死人が出ようと、知ったものか。差し出がましい口を叩きよって」

言うなり、獄卒は手元の木箱に、飯椀を投げ入れた。数が一つ足りぬことにも気づかぬまま、箱を後ろ手に引きずって外へ出て行く。その背を呆然と見送る諸男に、「だから言ったろう」と宇須が面白がるような声を投げた。

「どうせ俺たちは、世の中のあぶれ者。獄舎で病気になろうがくたばろうが、誰も気にかけちゃくれねえのさ」

毎夏、獄舎に痢病はつきもの。五人一室の房のうち、死人が一人も出ない房の方が珍しいと、宇須は他人事《ひとごと》のように語った。

「それでくたばるのが嫌なら、今のうちにせいぜい食って寝て、体力をつけておくんだな。病に罹ったときにてめえを救うのは、結局自分だけだぜ」

宇須の大声に、獄の端にうずくまっていた二人の囚人が決まり悪そうに顔を背ける。状況が分かっていない虫麻呂だけが、きょとんと諸男を見上げた。

そういえばあの二人はここ数日、諸男が残した飯を物陰でこっそり口に押し込んでいた。食欲がなかったのでそのままにしていたが、宇須はそんな諸男を見兼ね、わざわざ乱暴に飯を奪って、その行為を責めたのだろう。

この劣悪な獄にあっては、誰もが病に罹る可能性を有している。そして生き抜くためには、自らの身は己で養わねばならないのだ。

「なんだ、どうしたよ、諸男。獄卒が俺たちのために、何かしてくれるとでも思ってたのかよ」

宇須のからかいを背に振り捨て、諸男は溢れ返った糞壺に歩み寄った。汚物に半ば浸った飯椀を摑み上げ、孑孑《ぼうふら》の湧いた水桶で荒々しくゆすぐ。生乾きの自分の衣でそれを包むと、宇須たちに背を向けて、牢の隅にごろりと横になった。

宇須の言う通りだ。この獄から出られる日が来るかはともかく、今、己に出来る業は、ただ我が身を養うことだけだ。

翌日から諸男は居作の時も暇があれば身体を休め、どんなに食欲がなくとも、与えられた飯を無理やり口に押し込んで、日々を過ごすようになった。

獄内の悪臭は盛夏に差しかかるといよいよ耐え難く、蛆虫《うじむし》が汚物の中を微《かす》かな音を立てて這い回り始めた。だが諸男はそれらにも見て見ぬふりを決め込み、この生きながらの地獄を耐え忍ぶことだけをひたすら考えた。

夏の始めからこの方、諸男たちは羅城門外の橋の修繕工事に遣《つか》わされている。春に畿内を襲った嵐で橋脚が折れ、その架け替えが進められているためである。

灼熱の陽射しの下、木工寮《もくりょう》の工匠《こうしょう》に怒鳴《どな》られながら重い石を運び、柱を据えるのは、並大抵の苦労ではない。

しかしそれでも足元を流れる清らかな水は、身体じゅうにこびりついた汚れや悪臭を洗い流してくれるし、物部の目を盗んで川石をひっくり返し、慌てて這い出た沢蟹《さわがに》を口の中に放り込めば、わずかながらも腹の足しになる。

汚れた衣服は、それだけで病の温床《おんしょう》。朝一番に川水で衣を洗ってそれをまとい、働いている間に自らの体温と日光で乾かしもした。

「ふうん、なるほど。その手があったか。こりゃあいい、俺も明日からそうするか」

夕刻、腰縄で一列に繫がれて獄舎に戻る道すがら、諸男の背後を歩いていた宇須は、洗い上げられた衣の裾を感心した様子で摑んだ。

そして物部が近くにいないと確かめるや、前を歩く虫麻呂の背に、「おい、虫麻呂。腹の具合はどうだ」と声をかけた。

「あ――ああ、うん。大丈夫。さっきよりは随分楽になったよ」

「そうか、そりゃあよかったな」

とはいうものの、こちらを振り返った虫麻呂の顔は血の気が乏しい。そういえば虫麻呂は昼前から、下腹を押さえてしばしば藪陰《やぶかげ》に駆け込んでいた。

「獄に帰ったら、腹を温めたほうがいいな。飯も少し、控えめにしておけ」

諸男は思わず助言をしたが、虫麻呂がそれに従うはずがない。与えられた飯をぺろりと平らげたかと思うと、すぐに激しく腹を下《くだ》し始めた。

やれやれと舌打ちし、諸男は懐《ふところ》に入れていた木椀を宇須に向かって投げた。

「一口ずつ、ゆっくり水を飲ませるんだ。腹が痛くてそれどころじゃなかったら、口に含むだけでもいい」

痢病はとかく腹の痛みが案じられがちだが、もっとも恐ろしいのは、水便のせいで、体内の水気が奪われてしまうことだ。孑孑が湧いたような水でも、今は飲ませぬよりましであった。

わかった、とうなずく宇須に背を向け、諸男は檻へと近づいた。太い木組みを両手で摑むと、獄の入り口に向かい、おおい、と叫んだ。

「病人が出たんだ。誰か、薬をくれ」

薬だとよ、という声は、隣の房からのものだ。

檻に阻まれ、お互いの顔はまったく見えない。だがそこに含まれた嘲笑の気配に、諸男はむっと顔をしかめた。

「役人どもを頼ったって無駄だぞ」

振り返れば、ぐったりとした虫麻呂の頭を己の膝に乗せた宇須が、こちらを見つめている。感情のないその眼差《まなざ》しにいささかたじろぎながら、諸男は「馬鹿な」と吐き捨てた。

「そんなことはあるまい。獄囚が罹病した際は、医薬を与えて救療させよと、律《りつ》令《りょう》にも記されている。このまま放置するなぞ、死ねと言っているようなものじゃないか」

気色《けしき》ばむ諸男に、宇須は眉を寄せた。

「まだそんなことをほざいているのか。俺たちはどうせ獄の外でも内でも、誰からも必要とされちゃいねえんだ。そんな俺らを、役人が人並に扱ってくれるわけがなかろう」

そうだ、そうだ、という嘲りが、隣の房から響いてくる。その声にまさかと吐き捨て、諸男は裸木で拵えられた檻をいっそう強く摑んだ。

「聞こえないのか。薬を寄越せと言っているんだッ。病人がここにいるんだぞッ」

だが普段、囚人が騒げばすぐさま笞を手に飛んでくる獄卒は、いくら諸男が呼べど叫べど姿を現さない。

なんということだ。諸男は激しい眩暈《めまい》を覚えた。

それまで諸男は心のどこかで、自分たちは官によって管理されており、いくら常の扱いが劣悪であろうとも、見殺しにされることはあるまいと考えていた。さりながらそれはどうやら、甘い考えだったらしい。囚人はみなこの石牢で飼われる獣に過ぎず、獄卒や物部はその獣が病《や》もうが死のうがどうでもいいのだ。

もはや下すものすらなくなったのか、虫麻呂はどす黒い瞼を閉ざし、はあはあと荒い息をついている。

翌朝現れた獄卒は、ぐったりと動かぬ虫麻呂の姿に、さすがに使い物にならぬと思ったのだろう。その手枷足枷を外し、「しかたないな。今日は休ませてやれ」と言い放った。だが、「では薬をくださるのですか」という諸男の問いかけには、聞こえぬ顔で横を向いた。

「いい加減に諦《あきら》めろよ、諸男。虫麻呂は運が悪かったんだ」

もはや助からぬと決め付けているのか、宇須は野良犬の死でも話題にするに似た口調でそう囁き、さっさと獄を出て行った。

（諦めろ、だと――）

手当さえ迅速《じんそく》に行なえば、痢病は決して恐ろしい病ではない。獄卒に襟首を摑まれ、羅城門外へ向かう囚人の末尾につながれながらも、諸男はどうにか虫麻呂を救う手段はないかと必死に思い巡らせていた。

渇治湿除《かつじしつじょ》の効能がある猪苓《ちょれい》、胃水を補う茯苓《ぶくりょう》、体内の水滞《すいたい》を消し去る蒼朮《そうじゅつ》。このうち一つでもあれば、間違いなく虫麻呂の命を救ってやれるのに。どれだけ医術を学び、研鑽を重ねようとも、薬が手元になければ、自分はただの非力な男にすぎないのか。

降り注ぐ夏の陽に目を細めることすら忘れ、諸男はその場に棒立ちになった。次の瞬間、仲間とつながれていた腰縄をぐいと引かれ、つんのめるようにその場に倒れる。すぐ背後を歩いていた物部が罵言《ばげん》を上げ、さっさと立ち上がれとばかり、背中を笞で荒々しく小突いた、その時である。

「諸男、諸男ではないか」

聞き覚えのある声が、頭上で弾けた。

見上げれば、貧相な顎鬚《あごひげ》を蓄えた老人が、細い眼を見開いてこちらを凝視している。内薬司の侍医の一人、御立連清与人《みたちのむらじきよひと》であった。

確か清与人の家は、五条界隈。普段なら日の出とともに宮城に出勤するはずが、何らかの事情で遅刻し、獄囚の列と行き合ったのだろう。よりによって、かつての同輩に姿を見られた恥辱《ちじょく》に、かっと顔が火照る。諸男は言葉を失って唇を噛みしめた。

だが思いがけぬ邂逅《かいこう》の衝撃は、むしろ清与人の方が大きかったらしい。

「なんという有様じゃ。獄に落とされたとは聞いておったが、帝《みかど》に近侍《きんじ》していたおぬしが、かような姿に成り果てるとは」

言いながらこちらに歩み寄ろうとする清与人に、諸男はとっさに尻餅をついたまま後じさった。そのまま顔を俯《うつむ》けると大急ぎで立ち上がり、足枷を鳴らしながら、仲間の列に戻ろうとした。

「も、諸男――」

清与人は六十歳を過ぎてから、典薬寮より転任してきた老医師。そのせいか、目上の者への阿諛追従《あゆついしよう》を事とし、内薬司の官人の間では、ことあるごとに陰口を叩かれていた。当然、侍医の中での立場も弱く、もう三十年以上侍医の職にある難波《なにわの》薬師《くすし》小角《おづぬ》や、その子飼いの弟子でもある倭池守《やまとのいけもり》からは、常に顎で使われていた男であった。

自分を陥れた者は、同輩侍医のいずれかに決まっている。そう確信していただけに、諸男には清与人の狼狽がいささか意外であった。全身を朱に染めんばかりの屈《くっ》辱《じょく》がほんの少し薄らぎ、周りをうかがう余裕が出てきた。

顔を伏せたままであろうとも、物部や囚人《いまし》仲間が自分たちを興味深げにうかがっている気配は肌でわかる。諸男は縄で堅く縛められた両手をぐいと握りしめ、大きく息を吸い込んだ。

獄囚たちが再び歩き出すのに逆らって、その場に踏み止まる。身体ごとぐいと清与人を顧《かえり》みた。

「――難波薬師小角さまと倭池守さまは、お変わりございませんか」

物部が「おいッ」と怒鳴って肩を小突く。だが諸男はそれには振り返らぬまま、射るような眼差しで清与人を睨みつけた。

その勢いに気圧《けお》されたのだろう。老医師はごくりと一つ喉を鳴らし、あ、ああ、とかすれ声を絞り出した。

「お、お二方ともご健勝《けんしょう》だ。ことに小角さまはおぬしの身を案じておられたぞ」

「小角さまが――」

「ええい、いい加減にしろッ」

怒声とともに、鋭い痛みが諸男の額を襲った。物部が諸男と清与人の間に割り込みざま、笞で顔を打ったのだ。

かっと眉間《みけん》が熱くなり、生温かいものが鼻の脇から唇へたらたらと流れる。

それを拳で素早く拭うや、諸男は押さえつけようとする物部の手を肩で振り切り、立ちすくむ清与人に更に一歩近付いた。

「では倭池守さまはどうしておられます。お元気でございますか」

その瞬間、余所目《よそめ》にもはっきりと、清与人の眼差しが泳いだ。

「い、池守さまか。し、心配はない。おぬしが——おぬしはどうしておるだろうと案じながら、懸命に勤めに励んでおられるわい」

(——嘘だ)

その瞬間、諸男の周囲からすべての音が掻き消えた。

代々の侍医の家柄の出である倭池守は、諸男より三歳年上。若くして内薬司に配された割にその腕は未熟で、しばしば諸男を助手のように使い、合和を行なわせていた男である。

老齢で万事如才《じよさい》ない小角はともかく、あの高慢な池守が自分の身の上を案じるはずがない。清与人は間違いなく、自分に偽《いつわ》りを告げている。それは何故《なぜ》だと考えるよりも先に、あまりに明確すぎる答えが胸に落ちてきた。

(そうか、池守が)

小太りの割に身動きのすばしっこい池守の姿が、脳裏をよぎる。彼と最後に言葉を交わしたのはいつだったか、その時相手はどんな表情をしていたかまでが、妙に鮮明に思い出された。

　間違いない。自分を陥れたのは、倭池守だ。そう考えれば、絹代の不可解な態度を含め、すべてが納得できる。

　じんじんという拍動《はくどう》とともに、眉間から次々と血が滴る。立ちすくむ清与人の姿までが、あっという間に緋色《ひいろ》に滲んだ。

「ええい、この痴《し》れ者がッ」

　物部二人に強引に列に連れ戻された後も、諸男の脳裏には先ほど見出《みいだ》した答えがぐるぐると渦巻き続けていた。

　池守は傲慢《ごうまん》で、薬生や典薬寮の医師たちからの評判は極めて悪かった。しかし諸男は年上である彼を立て、合和を手伝わされても決してそのことを口外しなかった。それが――それがまさか、かような目に遭《あ》わされるとは。

「ぐずぐずするなッ。さっさと仕事を始めろッ」

　羅城門外まで来ると、物部は諸男たちを川へと追い立てた。その監視の目を盗んで、顔の血を洗いながら、諸男は強く唇を嚙みしめた。

　自分がいったい何をした。薬生だった頃から懸命に学問を重ね、内薬正の推挙を得て、侍医となった。合和に手間取っている者がいれば進んで手を貸し、暇を見ては自ら薬園に赴《おもむ》き、生薬を集めもした。それがかような罪に落とされるほどの大罪だったのか。

自分が死罪を免じられ、終生の徒罪に処せられたのは、池守としては予想外だったに違いない。しかし、それにもかかわらず、彼がそれ以上、こちらの命を狙おうともせぬのは、獄に追いやられた諸男が二度と己の前に姿を見せることはないと決めつけているからか。

先ほどの清与人とのやりとりは聞こえていたであろうに、宇須を始めとする獄囚は諸男を遠巻きにするばかりで、何の言葉もかけてこない。その気遣いをかえって情けなく感じながら、昨日建てたばかりの橋脚の方へと近づこうとした時である。

「おおい、気を付けろ。筏《いかだ》が来るぞ」

岸辺で大声が弾け、待つ間もなく、幅一間（約一・八メートル）ほどの筏に組まれた木材が上流から次々と流れてきた。

右京を経て羅城門外へと流れる佐保川は、加茂《かも》の山々を源流とする河川。このため木工寮は作事の折は必ず加茂に匠《たくみ》を遣わし、そこで切り出した木材を水運を用いて寧楽《なら》まで運ばせていた。

あちらこちらの岸にぶつかりながら流れてきたのだろう。木材はあちこちが傷つき、中には草をからみつかせているものもある。

それを見るなり、諸男ははっと顔を険《けわ》しくした。引き上げられたばかりの筏に近付くと、縄をほどいていた宇須を突き飛ばす。木材の端にからみついていた一本の草を、鷲摑《わしづか》みにした。

「これだ、これさえあれば――」

「どうした、諸男」

怪訝《けげん》そうに手元を覗き込んだ宇須に、諸男は声を低めた。

「宇須、筏の縄をほどく際、これと同じ草を見つけたら、根ごと集めておいてくれ。量は多ければ多いほどいい。頼んだぞ」

「何だ、こりゃ。ただの草じゃねえか」

顔をしかめて草をつまみ上げた宇須の手から、諸男は素早くそれを奪い取った。

「確かにこれはただの草だ。しかしこれさえあれば、虫麻呂は助かるかもしれんのだ」

なんだと、と目を見張った宇須に背を向け、諸男は再び川中へと戻った。

なぜこれまで気づかなかったのだろう。よくよく目を凝《こ》らせば、川岸のところどころには、木材にからんでいたのと同じ植物が茂っている。物部の目を盗んで片っ端から抜き取ったそれを、諸男は懐の奥深くに突っ込んだ。

一日の居作を終えて獄舎に戻れば、虫麻呂は朝よりも更にどす黒い顔で、虫の湧いた薦に横たわっている。

「宇須、頼んでおいた草は持ってきたか」

「ああ、これでいいのかよ」

諸男は集めた草の葉を、ちぎり捨てた。残った茎と根を指で細かく裂くと、隠してあった木椀に入れ、作事場からこっそり持ち帰った石ですりつぶした。

「諸男。それはいったい何だ」

「沢瀉《おもだか》といい、身体の水滞を除く薬草だ。本来ならば干した根を刻んで煎《せん》じるのだが、こんなものでも飲ませぬよりはましだろう」

宇須は弾かれたように諸男の顔を凝視した。いつも飄々《ひょうひょう》と動じぬ彼にしては、珍しい挙措《きょそ》であった。

市井《しせい》に暮らす人々は、病に臥《ふ》しても医師にかかる金なぞない。その辺りの拝み屋に頼んで消厄《しょうやく》の呪《まじな》いをしてもらうのがせいぜいだけに、こんなところで病人に薬が与えられることを、信じ切れぬような表情であった。

「いいか、虫麻呂。よく聞け。この沢瀉は尿をどんどん出すことで、身体の水を追い出し、解毒を行なう。少し苦いだろうが、つべこべ言わずに飲み込め」

「ということは、水もたくさん飲ませなきゃならないんだな」

そう独りごちると、宇須は水桶から両手で水をすくってきた。諸男の指先から沢瀉を舐《な》め取る虫麻呂の口元に、大きな掌《てのひら》をそっと近づけた。

「宇須。お前、この間は、虫麻呂は運が悪かったのだから諦めろと言っていなかったか」

低い声で問うた諸男に、宇須は平然と「ああ、確かにな」と首肯《しゅこう》した。

「けど助かる手立てがあるってのなら、話は別だ。細かいことを言うんじゃねえよ」

二人の看病が功を奏したのだろう。五日、十日と経つうちに虫麻呂の顔色は徐々に良くなり、夏の炎暑《えんしょ》が去る頃には再び居作に戻れるほどに回復した。

その間、他の房では痢病に罹《かか》る者が次々と出た。しかし諸男が居作の合間に他の房の者たちにも沢瀉の効能を伝えた結果、左獄では痢病で命を落とす者が激減した。

いつしか諸男は居作の間に、病に苦しむ仲間たちの相談を受けるようになっていた。居作の傍らに薬草を集め、その使い方を教えてやったために、再び季節が巡る頃には、諸男は獄囚はもちろん、獄卒からも一目《いちもく》置かれる存在となっていた。

無論、それで己の境遇に諦めがついたわけではない。かろうじて飢えぬ程度の飯、寒暑厳しき獄の暮らしは、事あるごとに倭池守への怨みを思い出させ、それは時に絹代への愛憎入り混じった不可思議な感情へとつながる。

とはいえどれだけ怨みに身を焼いたとて、所詮《しょせん》、自分はここから出られぬ身。獄の生活に慣れ、その苦しさをどうにかやり過ごすだけの知恵が付くに従って、諸男は次第にかつて宮城で侍医として勤務していた己のことを、まるで別人の如く考えるようになってきた。

しかしそんな諸男の生活は、入獄から三年が過ぎた冬の日、突如として一変した。西国《さいごく》で発生した大飢饉《ききん》を鎮《しず》めるため、天皇が全国に恩赦を布告したのである。

天災や疫病、はたまた瑞兆《ずいちょう》や天皇の代替わりの折に行なわれる恩赦は、獄囚には数少ない放免の機会。だがこの三年間に幾度か行なわれた恩赦では、軽微《けいび》な犯罪を起こした者ばかりが許され、諸男や宇須、虫麻呂はその例に入ったことがない。

それだけに、仲間ともども獄の庭に引きだされながら、諸男は宇須とうんざりと目を見交わした。だがつかつかとやってきた髭面《ひげづら》の物部は、そんな二人をちらりと見やり、

「このたびの恩赦は、常赦《じょうしゃ》では免《ゆる》されぬ者も八虐も、悉《ことごと》く赦除《ゆる》せとのお言葉だ。いいか、お前ら。悉くだぞ」

と、野太い声を張り上げた。

「なんだと――」

どよめきが、狭い庭を大きく揺るがす。諸男は人波をかき分けて、物部に詰め寄った。

「わ、わたしも許されるというのか」

「おお、そうだぞ。罪の軽重《けいちょう》に関わりなく、悉く許せとの仰《おお》せだからな」

「俺も、俺もなのか。本当か」

物部に摑みかかった宇須を、周りの使部があわてて引きはがす。

だが屈強な使部に両手両足を押さえつけられてもなお、宇須はまだ信じられぬとばかり、「本当か、本当なのか」とくり返し喚いていた。

「ええい、うるさい。真《まこと》と言ったら真だ。放獄は明日の日の出前。右獄左獄、同時の召し放ちだ。それぞれ、その後どこに行くかを考えておけ。間違っても、もう二度とここに戻るなよ」

うわあッと堰を切ったが如き歓声が、再び獄囚の間から上がった。同じ房の仲間と肩を叩き合う者、その場に突っ伏して嬉し涙に暮れる者……それぞれが赦免《しゃめん》の喜びを嚙みしめる中で、諸男はふと引っかかるものを覚えて、唇を引き結んだ。

物部は、飢饉を鎮めるべく恩赦が行なわれると言った。しかし飢饉なぞは、毎年どこかで起きており、正直、さして珍しくない。それが何故《なにゆえ》今回に限って、これほど大規模な恩赦が実施されるのであろう。

（西国の状況は、それほど悪いということか）

飢えが流行れば、疫病が発生する。そして往々にしてそれらは、国使や運脚《うんきゃく》の民《たみ》とともに移動し、やがて都で猛威を揮《ふる》うのだ。

つまり薬によって獄に追いやられた自分は、今度は病の源《もと》のおかげで、獄を出るわけである。その皮肉に、諸男は自嘲《じちょう》の笑みを口端《くちは》に浮かべた。

翌朝、まだ暗いうちに枷を解かれて曳《ひ》き出された左獄の庭は、鍋の湯が音を立てて煮えたぎるにも似た、異様な熱気に押し包まれていた。誰もが口をつぐみながらも、合図の太鼓《たいこ》が鳴るのを今か今かと待ち構えている。

外の世界で家族が待ってくれている者は、出獄が楽しみでならぬのだろう。さりながら諸男は元々、天涯《てんがい》孤独の身。しかも右京にあった自宅は、獄に入れられる直前、官に召し上げられてしまっている。

この場でまるで自分だけが、よそ者のようだ。心細さを覚えた諸男の眼に、宇須と虫麻呂が人波をかき分けて近付いてくるのが映った。

「おおい、諸男。おめえはこれからどうするんだ」

その表情には、昨日の浮足立った色は微塵《みじん》もない。人の多さに怯《おび》える虫麻呂の腕を強く摑んだまま、宇須はうかがう目付きで諸男を仰《あお》いだ。

「何も決めていないな。そういうお前らは、行き先は決まっているのか」

「ふん、獄に十年も放り込まれていた俺に、帰るところがあるはずねえさ。とりあえず西市で人足でもして稼ぐつもりだが、何ならおめえも一緒に来るか」

思いがけぬ誘いに、一瞬、諸男は躊躇《ちゅうちょ》した。

宇須と共にいれば、住むところや生計《たつき》には困るまい。だがそう算を置く一方で、いささか油断のならぬこの男と、これ以上ともに過ごすことに対する警戒が胸に湧く。

「ありがたいが、少しやりたいことがある。機会があればまた会おう」

「そうか。じゃあその気になったら、いつでも市に探しにきてくれよな」

あっさりうなずく宇須の脇で、「諸男、諸男」と虫麻呂が無邪気な声を上げた。

「絶対に来てね。待ってるから」

「こら、虫麻呂。諸男が困ってるだろうが。そろそろ太鼓が鳴るから、行くぞ」

諸男の袖を摑もうとする虫麻呂の指をもぎ放し、じゃあな、と宇須が軽く手を上げる。それに小さくうなずき、諸男はもう一度、興奮した面持ちの獄囚たちを見廻した。

ここにいる者はきっと、獄を出た後の日々に思いを馳せ、心を躍らせているのだろう。しかし自分は違う。これから赴くべきところも、なすべきことも、己には何一つない。

無論、叶うならば倭池守の元に行き、丸々と太ったあの首を力いっぱい絞め上げてやりたい。いや、池守だけではない。口先だけは愛想のよかった難波薬師小角、ついでに常に他人の顔色ばかりうかがっていた御立連清与人の頬桁《ほおげた》の一つも殴り飛ばしてやれれば、どれほど胸が晴れよう。

さりながら、一介《いっかい》の庶人《しょじん》に落とされた自分が侍医である彼らに近付くなぞ、夢のまた夢。どれだけ復讐の手立てを考えたとて、それが果たせる可能性は万に一つもない。それに恐らく池守の側も、今回の恩赦を耳にし、諸男に意趣返《いしゅがえ》しをされまいかと、身辺に気を配っているはずだ。そんな最中《さなか》に下手に池守に近付いては、またどんな罪咎《つみとが》を着せられるかわかったものではない。

（ならばいっそ里中医《りちゅうい》として世に出、医術でもってあいつらを見返してやるべきなのだろうが——）

とはいえ実際のところ、諸男はもはや医師という務めにつくづく愛想が尽きていた。獄内において、医術で人々の命を救ったのはやむをえない。しかしそれによりて生計を立て、倭池守と同じ医師になるなぞ、二度とご免だ。

しかたなく諸男は獄を出ると、そのまま佐保川沿いの舟屋《ふなや》（水運業者）に飛び込み、荷運びをして銭を稼ぎ始めた。しかしどこかから、大赦《たいしゃ》で獄を出たばかりの身の上と知れたのだろう。ある日いきなり馘《くび》を言い渡され、再びわずかな銭だけを手に、路頭に迷う羽目となった。

（畜生——）

侍医から獄囚へ、獄囚から明日をも知れぬ浮浪人へ。日を重ねるにつれ、その境涯がますます心許《こころもと》なくなっていくのはどういうわけだ。

心が荒《すさ》めば荒むほど、自分をこんな逆境に追いやった倭池守への憎悪が募る。獄を出たときの諦念はどこへやら、何とかして池守に近付き、その命を奪ってやる術《すべ》はないものかとも考えるようになった。

いや、命を奪うだけでは、己の味わった苦痛には引き合わぬ。指の一本一本を折り、両の眼を刳《く》り貫《ぬ》き、その舌を抜いて初めて、あの三年の獄舎暮らしの辛さを奴に思い知らせてやれるのだ。

市にいるであろう宇須を頼れば、飯の一つも食わせてもらえるとは分かっている。だがわずかに残った矜持《きょうじ》と胸に湧く復讐の念が、その足を留める。

しかたなく路傍《ろぼう》の石に腰かけて空《す》きっ腹を抱えていると、腰縄につながれた男たちの列が目の前を過ぎた。

人口八万余の寧楽《なら》の都では、追《お》い剝《は》ぎや強盗といった犯罪は日々頻々《ひんぴん》と起きている。おそらくあの列は、あの恩赦後に獄舎に放り込まれた犯科人《はんかにん》だろう。そういえば列の前後を行く物部にも、どこか見覚えがあるようだ。

そんなことをぼんやり考えていたとき、一行の尻を歩いていた物部がふとこちらを見た。おや、というように首をひねったかと思うと、

「おお、お前だ、お前。——おおい、待ってくれ。あいつだ。触れが出ていた奴が、そこにいるぞ」

と、仲間たちを引き留め、大慌てで諸男に向かって駆けてきた。

「な、なんでございますか」

まさかあの恩赦は手違いで、彼らは自分を再び獄に投げ入れんと、京じゅうを探していたのだろうか。

諸男は思わず腰を浮かし、その場から逃げ去ろうとした。しかし物部はその前に両手を広げて立ちふさがり、「いやはや、こんなところでおぬしを見かけるとは、まったく僥倖《ぎょうこう》だったわい」と、四角い面をほころばせた。

「なにせおぬしは身寄りもなく、獄を出てからどこに行ったのやら、とんと見当もつかなんだからなあ。いや、こんなところにおったとは。よかった、よかったぞ」

その表情から推《お》すに、どうやら悪い話ではなさそうだ。それでもすぐに走り出せるよう身構えた諸男に、物部は「実はのう」とぐいと顔を寄せた。

「あるお方が、おぬしを探しておられるのじゃ。獄内に医術を使う面白い男がいるとお耳になされ、興味をお持ちになったらしい」

「わたしをですと」

諸男はその瞬間、絹代が自分を探しているのではと思った。だが笑み崩れながら物部が挙げた名は、あまりに意外な人物であった。

「聞いて驚くなよ。なんと中務卿《なかつかさきょう》房前さまが、おぬしを召し抱えたいと仰せなのだ」

なにを言われたのか分からず、諸男は眼をしばたたいた。そんな諸男に「よかったなあ」と笑いかけ、使部は言葉を続けた。

「実は中務卿さまはなかなか酔狂《すいきょう》なお方でなあ。三月ほど前、面白い男が左獄にいるとの噂を聞かれ、おぬしに興味をお持ちになられたそうな」

さりながらその直後、当の本人が大赦により放免されてしまったため、房前は囚獄司の役人に、諸男をぜひ家従として雇いたい、見かけたならすぐに自邸に連れて来いと命じたという。

「これほどありがたいお話はまたとあるまい。さあ、来た来た」

腕を摑まんばかりの勢いに、諸男はどうしたものかと逡巡《しゅんじゅん》した。

何せ藤原房前は帝の叔父であるとともに、その皇后の兄。侍医であった頃に面識はないが、房前を通じて今の自分の境遇が内薬司に知れるのは避けたい。

だが強引に連れて行かれた邸宅では、家令頭が胡散臭《うさんくさ》げに諸男を迎えただけで、主《あるじ》の房前は多忙ゆえか、直《じか》に諸男を召そうとしなかった。

もともと房前は変わったところがあり、これまでもしばしば、出自《しゅつじ》の明らかではない唐人《からびと》や東国から来た怪しげな工匠などを雇い入れていたという。お前もどうせそんな胡乱《うろん》な輩《やから》だろうと言わんばかりの家令の態度に、諸男は不思議な心地よさを覚えた。

どうやら房前は、獄内で仲間を治した自分を面白がっただけで、それがかつて御薬合和過誤を起こした侍医とは気付いていないらしい。そして少なくともこの屋敷にいれば、あの倭池守に近付ける機会も巡ってくるのではないか。

そう腹を決めてしまえば、住むところばかりか、過分な手当まで与えられる暮らしは決して悪いものではない。かくして屋敷の者たちの冷たい眼差しを受けながら、房前邸の家人となったのが、昨年の夏。だがその後、暇をもてあまし、手なぐさみにと様々な生薬を買い集めているうちに、結局、一度も主に目通りせぬまま、自分が病に倒れようとは――。

「――ねえ、諸男。諸男、聞こえてるの」

誰かが耳元で、自分の名を呼んでいる。

聞き覚えのある声に眼を開けようとした途端、全身に鈍い痛みが走る。思わず諸男は、うっと呻いた。

「あっ、宇須。諸男が今、何か言ったよ。ほら、瞼もぴくぴくしてる」

「うるせえなあ。諸男は具合が悪いんだ。そっとしておいてやれよ、虫麻呂」

諸男は重い瞼をどうにか押し開けた。真っ先に視界に飛び込んできた天井は染みが浮き、隅には大きな穴が開いている。

堅い枕の上で頭を巡らせば、宇須と虫麻呂がなぜか卓をはさんで、黄色い紙を小さく折りたたんでいる。こちらが気になってならぬのだろう。そわそわと諸男を振り返った虫麻呂が諸男を見て、「ああっ」と素《す》っ頓狂《とんきよう》に叫んだ。

「ここは――」

という諸男のしゃがれ声に、宇須が振り返り、「おっ、ようやく気付いたな」と笑った。

「おめえってば、まったく大変だったんだぜ。俺が鶏卵を持って行ってやったところまでは、覚えてるだろう」

そう言いながら、宇須は諸男の傍らに這い寄り、胡坐《あぐら》をかいた。

己が置かれていた状況を思い出し、諸男はがばと褥《しとね》から起き直った。その途端、またしても激しい痛みが、全身を貫く。低く呻いた諸男の背を軽く叩き、「まだ寝てろ。今朝までひでえ熱だったんだからよ」と、宇須はそっけない口調で言った。

見廻せば、傾き、破れた壁の隙間から、草の生い茂った荒れ庭がのぞいている。

人のしゃべり声や荷車の音が聞こえてくるところからして、ここはおそらく、市近くの二人のねぐらなのだろう。

　それにしても、部屋じゅうに散乱しているこの黄色い紙切れは何なのか。いやそれ以前に自分はいったいいつの間に、こんなところに連れて来られたのだ。

「おめえ、俺の顔を見た途端、安心したみてえに倒れちまってよ。しかも水でも飲ませようと思って部屋に押し入ってみりゃ、そこには瘡《かさ》だらけの死人が寝かされてるじゃねえか。しかたねえから家令を呼べば、えらく声のでかい小柄な爺《じじい》が飛んできてよ。死穢《しえ》がどうの、疫神がどうしたとすげえ剣幕で喚かれて、まったくまいったぜ」

「そうか、あの死体を見つけられてしまったのか」

　もともと房前家の家令頭は、諸男をよく思っていない。それだけに病人が亡くなったことに目くじらを立て、諸男を宇須に押し付けて、そのまま屋敷から叩き出したのだろう。

　しかたがない。それも当然だ、と呟く目の前に、宇須は水の入った椀をぬっと突き出した。

「けどまあ、おめえは屋敷を追い出されたおかげで、助かったようなもんだよな。あんなひでえ瘡病みと一緒にいながら熱だけで済むとは、まったく運の強い奴だぜ」

「それはどういう意味だ」

「どういうって——ああ、そうか。おめえは十日あまりも熱に浮かされていたんだから、知るはずがねえか」

　どこから話せば、というように、宇須が無精髯に覆われた顎に手を当てる。諸男は手渡されたばかりの水の椀を傍らに置いた。

「あのな、諸男。実はおめえが寝ている間に、京のほうぼうで瘡が流行り出してよ。おめえを雇い入れた中務卿さまも、二、三日前から臥せっておいでだそうだ」

　それはある意味では、なんの不思議もない。何せあの屋敷に疫神を引き入れてしまったのは、他ならぬ自分なのだから。しかし——。

「待て。おぬし今、京のほうぼうと言ったな。つまりわたしが臥せっていた間に、都には疫病が広まったというわけか」

「ああ。どこもかしこも、ひでえ有様だ。特に左京の南、八条から九条あたりに病人が多いみてえだな」

　まるで他人事のように言って、宇須はくつろげられた胸元をぼりぼりと掻いた。

「どんな症状なんだ。詳しく教えてくれ」

「おめえはどうも熱だけで済んだみてえだが、そんな幸運な奴は十人に一人か二人。たいていの奴は全身にぼこぼこと豆ほどの白い瘡を拵えて、ひでえ熱に苦しみながら死んでってらあ」

早くも乾き始めた唇を、諸男はゆっくりと舐めた。

自分の診立ては間違ってはいなかった。遣新羅使が持ち込んだ病はこの十日あまりの間に、灰の底の熾火《おきび》がいっせいに焔を噴き上げる激しさで、京の人々に襲いかかったのだ。

畿内に数多《あまた》いる里中医は――貧者を無償で診察するという施薬院の者たちは、この病が豌豆瘡《わんとうそう》だと気づいているのだろうか。

諸男が考える限り、豌豆瘡は病人一人を死に至らせても終わりはしない。患者からその周りの者、更にその周囲の者へと、野火《のび》が枯野を焼き尽くす激しさで伝ってゆく恐ろしい病だ。

手当も虚《むな》しく死んでいった官人の末期《まつご》の様が、脳裏にありありと浮かぶ。全身を覆った蛆虫の如き瘡、何かを摑もうとするかのように強張った指。

いったん始まった感染は、もはや誰にも止められぬ。これから都はあのような死骸が累々《るいるい》と重なる、無間《むげん》の地獄と化すに違いない。

「お偉い大宮人《おおみやびと》（公卿）の中には、病を避けるため、近江《おうみ》や山背《やましろ》の別宅に家移りなさるお方もおいでらしいぜ。まったく金のある奴らは違うよなあ」

「でも宇須、三軒隣の工人《こうじん》の一家も、こんなところには住んでられんと言って、一昨日、引っ越していったじゃないか。京から逃げ出しているのは、大宮人さまだけじゃないよ」

虫麻呂が紙を折っていた手を止め、口を尖《とが》らせた。

小さな黄色の紙片を何十枚、何百枚と折っているのだろう。丸々とした虫麻呂の指先が黄色く染まっているのをぼんやり眺め、「それでお前たちは京を捨てないのか」と、諸男は問うた。

「捨てるって――俺たちがか」

どういうわけかその問いに、宇須はふんと鼻を鳴らした。

「馬鹿にするんじゃねえよ。こういうときだからこそ、ひと稼ぎできるんじゃねえか」

「ひと稼ぎだと」

おうよ、と言いながら、宇須は虫麻呂が折り上げたばかりの紙を一枚、卓の上からひったくった。がさがさとやかましい音を立てながら、諸男の目の前で手早く開いた。

色むらの目立つ黄色い紙の中央には、文字とも紋様ともつかぬものが墨で記されている。その紋様を折り込むように再び紙を折り、宇須はそれを卓にぽいと投げ戻した。

「知らねえだろ、諸男。いま京じゃ、常世常虫《とこよのとこむし》さまが下される、効き目あらたかな禁厭札《まじないふだ》が評判なんだぜ。常世常虫さまってのは、人の掌ほどもあるでっかい虫の形をなさってな。山梔子《くちなし》の葉の上に時折現れなさるから、そのお札もこうやって山梔子の実で黄色に染めるんだ」

「常世常虫さまだと――」

そうさ、と言いながら、宇須は大きな口の端をぐいと歪めた。

「人ってのは愚かなものでよ。やれ病だ、やれ戦《いくさ》だとなると、何かすがるものが欲しくってならねえらしい。最近じゃ一枚銭百文《もん》、二百文という値をつけたって、札は次から次へと飛ぶように売れていくぜ」

「宇須、おぬし――」

世情が乱れれば、流言《りゅうげん》や迷信がはびこるのは世の常。ましてや本邦《ほんぽう》にほとんど例のない病が相手となれば、禁厭や怪しげな薬に頼るなというほうが無理な話だ。

くく、と含み笑う宇須を、諸男は呆然と見つめた。だがすぐに大きく溜め息をつくと、「――いつから、そんな商《あきな》いを始めたのだ」と低い音吐《おんと》で問うた。

「市の裏に祠《ほこら》を建てて、万病に効くって噂を流したのは、もう半年も前さ。そのときはほとんど札も売れなかったんだがな。たまたま始まった瘡の流行のおかげで、まったく笑いが止まらねえや」

そうだ。宇須はもともと、こういう男だった。それにしても疫病の流行に乗じてひと稼ぎしてやろうとする図太さには、まったく驚くしかない。

そんな諸男の感慨を破るように、虫麻呂が、「宇須、宇須。ここにある紙は全部折れたよ」と声を上げた。

「よし、じゃあ、出来た分を叺《かます》にしまっておけ。その一枚一枚が大枚の銭になるんだ。一枚も損なうんじゃねえぞ」

うん、と素直にうなずいて、虫麻呂が土間から巨大な叺を運んでくる。卓の上に山のように積み上げられた札を、まるで落ち葉でもかき集めるように叺に無造作に放り込んだ。

頭のいい宇須は、病の流行を知るや否《いな》や、禁厭札の効き目をほうぼうで吹聴したのだろう。おそらく諸男が寝付いていた間にも、二人は何百枚もの札を売りさばき、何も知らぬ人々を右往左往させたのに違いない。

今この時も都のそこここでは、瘡に全身を覆われ、高熱に喘ぎながら死んで行く者たちが無数にいる。そしてその一方で何の効能もない禁厭札は、虫麻呂の不器用な手で折られ、宇須の巧みな弁舌に乗せられて、次々と売れて行くのだ。

もしかしたら自分を叩き出した房前邸の家令も、今頃は宇須たちの拵えた禁厭札を、麗々《れいれい》しく邸内に貼っているのかもしれない。諸男は思わず自分の胸元を押さえた。

「おい、どうした、諸男。どこか痛むのか」

宇須がその挙措に目ざとく気づき、眉をひそめた。

だが、違うと言おうとした諸男の口から飛び出したのは、どうにも抑えきれぬ笑い声だった。

「も、諸男。どうしたの」

虫麻呂が怯えたように眼をしばたたく。その無邪気な表情が、いっそう諸男の笑いを誘った。

そうだ。どれほどの死病が京を覆い尽くそうが、宇須はそれを踏み付けにして銭を稼ぎ、自分はここで生き続ける。

その明確な目的のためには、他人の嘆きも苦しみも、諸男たちには関係ない。世の中がどのように推移しようと、己は己の生き様を貫くしかないのだという分かりきった事実が奇妙なほどおかしく――そして哀しかった。

笑えば笑うほど、病み上がりの身体はずきずきと痛み、胸底に渦巻くおかしさと哀しさはますます募ってくる。

しかしそれでもなお諸男は褥の中で身体を折り、腹を押さえて、激しく笑い続けずにはいられなかった。

虫麻呂が叺に両手で投げ入れている禁厭札が、そんな自分に投げかけられる散華《さんげ》の如く映った。

宇須と虫麻呂の看病の甲斐あって、諸男は意識を取り戻してから五日ほどで、床《とこ》を払うことができた。瘡が生じず、高熱のみで症状が引いた諸男からは、どうやら病も広まりづらいらしい。注意深く観察したものの、彼らに罹患の気配がないことに、諸男は内心、安堵を覚えた。

とはいえ、都中に疫病が広まっている昨今、油断は禁物だ。ことに虫麻呂は何が汚なく、何が清潔であるのかもよく理解できない。このため諸男は床上げのその日から、手洗いや着替えの必要性を二人にやかましく説き、せめてこれ以上、この家に豌豆瘡《わんとうそう》が入りこまぬようにと努めた。

宇須と虫麻呂は毎夕、山梔子で染めた紙を山ほど買ってきては、夜じゅうかかってそれにでたらめな印を描いて折り、翌朝、完成した禁厭札を叺に詰めて出かける。

二間《ふたま》に庇《ひさし》を巡らした一軒家は手入れが悪く、上がり框《がまち》や竈《かまど》なぞは半ば崩れかけている。一日二度、虫麻呂が拙《つたな》い手付きで炊く粥《しるかゆ》をすすりながら、諸男は宇須の頭のよさに、改めて舌を巻いていた。

飢饉、旱魃《かんばつ》、日食……天変地異が起きる都度、巷《ちまた》では様々な流言飛語《りゅうげんひご》が飛び交い、人心を惑わせる。豌豆瘡の流行に便乗して新興の神の験《げん》を吹聴するばかりか、もっともらしい札まで売って銭をかき集める才覚は、諸男には到底及びもつかない。

(こういう男が本当の悪人なのだろうな)

夜中も油を灯《とも》し、せっせと札を作る横顔をぼんやり眺め、そんなことを思いもした。

「おい、宇須。毎日そんなにたくさんの呪符《じゅふ》を作って、本当に全部売れているのか」

ある日、諸男の問いかけに、宇須は紙を折る手を止め、髯に覆われた頬をにっと歪めた。傍らに置いてあった酒の瓶子《へいじ》を摑み上げて中身を一口あおり、手元に滴を落とさぬよう、袖で素早く口元を拭った。

「おう、もちろんだぜ。おめえもすっかり良くなったようだし、なんなら禁厭札売りを手伝いがてら、見物に来るか。なにせここのところの疫病の広まりようときたら、まったくひでえもんだ。おかげでこっちは札が羽根がついたみてえに売れて売れて、虫麻呂と二人じゃ手が回らねえからよ」

「本当?　本当に諸男も手伝ってくれるの」

　宇須の向かいに座っていた虫麻呂が、ぱっと顔を明るませる。

　その無邪気な表情と二人の生業《なりわい》の不釣り合いに戸惑いつつ、諸男は「あ、ああ」と曖昧《あいまい》に頤《おとがい》を引いた。

「だがわたしは、物売りをしたことがない。かえって足を引っ張るかもしれんぞ」

「大丈夫だよ。銭をもらって、札を渡せばいいだけだもの。なんならおいらが教えてやろうか」

「おい、虫麻呂。静かにしねえか」

　嬉しさのあまり、がたがたと卓を揺すり始めた虫麻呂の手を、宇須が鋭く叩いた。その途端、虫麻呂が今にも泣きだしそうに顔を歪める。虫麻呂の気を逸《そ》らそうと、諸男は慌てて宇須に向き直った。

「それにしても、宇須。町中の様子は、それほどひどいのか」

　常世常虫の札がここで作られていると知られては、まずいのだろう。炎熱の夏にもかかわらず、宇須は可能な限り板戸を閉め切り、夜中も汗止めの布を額に巻いて、札を作っている。それゆえ諸男はここが西市近くの陋屋《ろうおく》と告げられてはいても、外の様子はほとんど見ていない。

　半べそをかき始めた虫麻呂の頭を少々乱暴に撫《な》でながら、「おうよ」と宇須はうなずいた。

「これまでも得体の知れねえ病は幾度も流行したが、今度ばかりはちょっと違うようだぜ。あちこちの医者は毎日毎日運ばれてくる病人を前に、打つ手がねえと青ざめているらしいし、宮城のお役人もばたばた寝付いてるって噂だ」

　朝堂ではかろうじて政務が行なわれているが、官人の相次ぐ病欠に、いつ廃朝《はいちょう》（政務停止）が触れ出されても不思議ではないらしい。

　正体のわからぬ病への恐怖に、心すさむ者も多いのだろう。京内では昨今、追い剝ぎや盗賊が頻発……薬匱《くすりのくら》や里中医の元には薬を求める者が連日詰めかけ、乱闘騒ぎも珍しくないと宇須は語った。

「そんな時はもちろん京職《きょうしき》が出張るんだが、あいつらも眼に見えねえ病が相手となると恐ろしいんだろうな。喧嘩を引き分けるときもへっぴり腰だし、騒ぎが終わればさっさと引き上げて行きやがる」

　都の治安維持に当たる京職は、京内で売買される物品の値段の安定にも眼を配る部署である。だがそんな京職の役人までもがかような体《てい》たらくとあって、京の物価はうなぎ登り。薬草の類《たぐい》はもちろん、滋養がある肉や魚にも、驚くほどの高値がついているという。

　また一方で、京外の商人が病を恐れて都に近付かなくなったため、市はどこも空き店だらけ。おかげで自分たちはどこで禁厭札を売っても平気なのだと、宇須は低く笑った。

その表情はひどく楽しげで、病への恐怖は微塵もない。その胆力《たんりょく》に、諸男は改めて感服した。

「ねえねえ、宇須。もう紙がなくなっちゃうよ。今日はこれだけでおしまいなの」

指先を黄色く染めた虫麻呂がせがむのに、宇須は顎で土間を指した。

「紙売りがおっ死《ち》んで、染め紙が買えなかったんだから仕方ねえだろう。ぶつくさ言ってねえで、手が空《あ》いたなら粥を炊けよ」

宇須は最後の一枚を、ひどく乱暴な手付きで折りはじめた。三和土《たたき》で米を研ぎ始めた虫麻呂の背に、その代わり、と野太い声を投げた。

「明日は諸男の手も借りて、思いっきり高値で札を売るからな。小競り合いに巻き込まれねえよう、気をつけろよ」

「おい、ちょっと待て。わたしはまだ手伝うとは言ってないぞ」

異を唱えた諸男をめんどくさげに振り返り、宇須は折り上げたばかりの札を膝先に投げて寄越した。

よほど安物の紙を使っているのだろう。端がよれ、染めも滲んだその札は、霙《みぞれ》に打たれてしおれた小菊に似ている。

こんな有難味の欠片《かけら》もない札が続々と売れるほど、都は混迷の中にあるのか。しかも宮城の官人までもが相次いで病に臥しているとなれば、今頃は皇族に近侍する侍医も必死の形相《ぎょうそう》で、疫病を避ける手立てを考えていることだろう。

（だとすれば、あの倭池守《やまとのいけもり》もまた――）

胸の底にくすぶり続けていた怨みが、熾火が風を得た勢いで、ちろちろと赤い焔を上げる。

医師は患者から病を移される折も多い。里中医であればあれこれ口実を設け、診察を拒めようが、天皇の病を癒《いや》す侍医では、かような真似《まね》も叶うまい。そうだ。もしこのまま豌豆瘡が猛威を揮い続ければ、あの恐ろしい病はいずれ憎き池守の息の根すら止めてくれるのではないか。

何もかもを失った諸男には、もはや怖いものはない。この身を陥れた同輩や、足枷につながれながら居作に励む自分を汚《けが》らわしげに眺めた京の者がどうなろうと、知ったものか。そう思えばあの恐ろしい疫癘《えきれい》が、まるでこの身に代わって遺恨《いこん》を晴らしてくれる頼もしい助っ人とすら思えてくる。

再び酒をあおり始めた宇須を横目に、諸男は形の悪い禁厭札をのろのろと拾い上げた。けばけばしい黄色が、宇須や虫麻呂のみならず自分の指先まで染め上げてしまいそうなほど鮮やかであった。

翌日、叺を背負って宇須たちと共に家を出れば、大路は閑散《かんさん》とし、長く続く市の築地塀《ついじべい》を夏の陽がぎらぎらと照りつけていた。

むせ返る暑さにもかかわらず、大路沿いの家々はいずこも堅く戸を閉ざし、動く影は諸男たち以外にはない。何もかもが死に絶えたような光景に、諸男はその場に立ちすくんだ。

「ここは――ここはまことに、西市の傍《そば》なのか」

「おうよ。あっちが宮城、あれが羅城門。それ、いま聞こえてきた鐘は、観世音寺《かんぜおんじ》のものさ」

なるほど南から響いてくる神《かむ》さびた音は、京一の名鐘《めいしょう》と称される観世音寺の梵鐘《ぼんしょう》の音だ。だがそれすらが聞き間違いではと疑われるほど、都の変貌《へんぼう》は激しかった。

右京八条二坊の西市は、左京の東市とともに平城京八万人の暮らしを支える公設市場。十町の敷地に五百とも千とも言われる小店がひしめき合い、更にその塀の外では市内での商いを許されぬ小商人が、びっしりと露店を連ねていたはずだ。

さりながら今、門を覗きこめば、市中はしんと静まり、背を丸めた売り子がところどころで、しなびた蔬菜《そさい》や古びた桶を売るばかり。かつて露天商が用いていた莚や柱が塀の際に積み上げられ、丸々と太った犬が三頭、物陰でがつがつと何かを食い漁《あさ》っていた。

その足元には黒い液体が沁《し》み出し、眼に染みるほどの腐臭《ふしゅう》が、辺りに充満している。慌てて顔を背けた先では、こればかりは常と変わらぬたくましさで繁茂《はんも》する夏草の藪から、白く乾いた骨がのぞいていた。

行き倒れの亡骸は使部が集め、京外に葬《ほうむ》るのが定め。しかし昨今の病のあまりのすさまじさに、京職も手が回らないのだろう。傾きかけた露店の柱の裾にぞろりとからみついた黒髪が、微《かす》かな風に揺れていた。

「今や京の二軒に一軒には病人がいる有様だし、寝ついた者の二人に一人は、熱か瘡のせいでくたばるのさ。——どうした、諸男。命拾いしたありがたさが、今になって身に沁みたかよ」

宇須によれば、京に最初の患者が現れたのは三月半ば。つまり諸男があの官人を房前邸に連れ帰ったのと、ほぼ同時期であった。

市の桶売りだったその女は、疱瘡におおわれた姿で施薬院に担《かつ》ぎ込まれたが、わずか数日で口中まで白い瘡に埋め尽くされて息絶えた。それと前後して、彼女の夫や父親、更には近隣の者たちもが相次いで同じ病に倒れ、疫神はあっという間に、都を覆い尽くしたという。

「普通なら真っ先にくたばるのは、身体の弱い子どもや爺と決まってるが、この病ばかりはそうとも言えねえらしい。疫神の方が避けて通りそうな名うての武官が、わずか数日で逝《い》っちまったこともあるそうだ。おかげでまだ元気な奴らまでもが、今日は誰がやられるか、あいつかそれとも自分かと、お互いの面を恐々《こわごわ》うかがいあってる有様さ」

姿の見えぬ疫神への恐怖が、心も身体も蝕《むしば》んでいるのであろう。市人はみな疲労に顔を黒ずませ、出来の悪い木偶《でく》のように身を縮こまらせている。それでいて、巨大な叺を背負った宇須と虫麻呂を見るや、誰もがはっと表情を明るませるのは、常世常虫なる神の存在がそれだけ人口に膾炙《かいしゃ》しているためだろう。

実際のところ、追い剝ぎや強盗、また飢饉が蔓延《まんえん》する街区にあっては、別に人死《ひとじに》なぞ珍しくはない。つい昨日まで元気だった男が事故に遭い、明日には冷たくなるのもいつもの話だ。

しかしそういった災厄《さいやく》は本来、日々の飯にも事欠く庶人のみに付きまとうものだったのに、今回の疫病の爪牙《そうが》の前には、身分の高下《こうげ》も貧富の差も意味がない。美々《びび》しい官服に身を包んで出仕する官人も、牛馬の如く市で売り買いされる奴婢《ぬひ》も、病の前にはなんの分け隔てなく倒れ、高熱に喘ぎ、豆の如き瘡に全身を覆われて息絶える。

その無差別な死は、この国の身分秩序や規範がなんの役にも立たぬことを衆人に如実に思い知らせ、疫病の恐怖をその心に強く叩き込むのであった。

とはいえ生来知恵の足りぬ虫麻呂には、人々がなぜこれほど怯えているのか、よく分からぬらしい。鼻歌を歌いながら歩く虫麻呂を、瓜にたかる蠅を暗い顔つきで追っていた女が、奇異なものを見る眼で仰いでいる。それには気付かぬまま、市の小道を先頭に立って進んだ虫麻呂は、細い路地を幾度も折れた末、一軒の空き店の軒先《のきさき》で宇須を顧みた。「今日はこの辺りにしようよ」と言うなり、返事も待たずに叺を降ろした。

「ああ、そうだな。ここでいいぜ」

宇須がうなずいた途端、わっというどよめきが背後で上がった。

驚いて振り返れば、幾人もの男女がほうぼうの路地の陰からこちらを見つめている。お互いを探り合うように顔を見合わせたかと思うと、次の瞬間、奔流《ほんりゅう》の勢いで三人に駆け寄ってきた。

「み、皆さまは常世常虫さまのお使いでございましょう。お、お札を、お札をお与えくださいッ」

先頭の初老の男が銭袋を握りしめて叫ぶや、わしも私もという声がそれに続いた。

主《あるじ》に命じられ、禁厭札《まじないふだ》を買い求めに来たのだろう。品のいい絹の襖《あお》に身を包んだ青年や、涼しげな目鼻立ちの女童《めのわらわ》も、中には混じっていた。

「常世常虫さまの禁厭札は、一枚三百文とうかがっております。銭ならここにございます。さあ、これでお札を、お札をください」

必死の形相で宇須に詰め寄る女を、虫麻呂が太い腕で遮《さえぎ》る。

宇須はしばらくの間、口元に薄い笑みを浮かべ、そんな彼らを睥睨《へいげい》していた。だが不意に軽く片手を上げると、

「すまねえが、今日から禁厭札の値は一枚五百文だ。それだけの手持ちがある奴だけ、こいつの前に並んでくれ」

と、立ちすくむ諸男を顎で指した。

米一斗《と》が三十文で買える当節、五百文は庶人にとって、目の玉が飛び出るほどの大金である。

そのあまりの悪辣《あくらつ》さに、諸男はとっさに宇須の顔を凝視した。だが宇須はそれを無視して、さあさあ、と人々をうながすように手を叩いた。

「このところ疫神の勢いがあまりに激しすぎ、常世常虫さまはそれを抑えるのにお疲れなんだ。今、お札をいただいておかねえと、次に売りに来られるのはいつになるか分からねえぜ。さあ、どうした。お札が要る奴はいないのか」

棒立ちになった人々の中で真っ先に動いたのは、まだ十歳前後と思《おぼ》しき二人の女

童だった。

主一家全員の札を求めるべく、金を預かってきたのだろう。片方が懐から小袋を引っ張り出し、その中身を朋輩《ほうばい》の掌にぶちまける。小指の先ほどの銀粒を二人がかりで一つ、二つと数え、それを諸男にまっすぐ差し出した。

「銀二十両あります。これで買えるだけ、お札をください」

「銀二十両ってことは、銭にして二千文か。おおい、諸男。こいつらに四枚、渡してやれ」

宇須が猿臂《えんぴ》を伸ばし、女童の手から銀を摑み取る。何か言いたげな少女たちをぐいと肘《ひじ》で押しやり、「次は誰だ」と四囲《しい》を睨《ね》めつけた。

「わ——わしにも一枚くだされ」

「わたしも、わたしも買いますッ」

その途端、人々がいっせいに銭袋を掲げ、大慌てで諸男の前に並び始めた。

札を納めた懐を大事そうに押さえて駆けてゆく老婆、二十枚もの札を買い占める裕福そうな男……そんな彼らに顔を背け、一人、また一人と去ってゆくのは、五百文もの大枚を持ち合わせぬ者たちだ。やせこけた少年がちらりと投げた眸《ひとみ》の暗さに、諸男の胸底に鈍い痛みが走った。

「なに、四百文しかねえだと。ふざけるな。そんな金で、ありがたい常世常虫さまのお札をやれるもんか」

　怒声に振り返れば、宇須が中年の男を足元に突き倒している。だが退けられた相手はそれに激昂《げっこう》するどころか、散らばった銭を地面に這いつくばってかき集め、

「どうか、どうか、この銭でお札を譲ってくれ。頼むッ」と、宇須の前に両手をついた。

「他の奴らが五百文で買っているものを、おめえにだけ安く売るわけにはいかねえ。出直して来な」

　宇須がすげなく言い放つ間にも、禁厭札は次々売れて行く。無事に札を買い求めた者の眼には、地面に額をこすりつける男の姿がひどく忌《い》まわしく映るのだろう。強く唇を引き結び、逃げるようにその場を去ってゆく。

「そ、そんな暇はない。うちの娘は一昨日から瘡が出始め、お医師より覚悟しておけと言われているんだッ」

　男は宇須の半袴《はんこ》の裾を、両手でむずと摑んだ。

「多伎児《たきこ》はわしが商いをしくじり、借財を拵えた時も、なんの文句も言わず酒家《しゅか》に働きに出てくれた孝行娘だ。そんな娘を死なせては、わしも女房も生きてゆけん。頼むッ」

「気持ちはわかるが、そう言われてもなあ。身内の病を治してやりたいのは、誰だ

って同じだろう」

「どうしても足りんと言うなら、わしの家を物代《ものしろ》（代金）にしてくれ。そ、そうだ。それならいいだろう」

　娘の病によほど動揺しているのか、男は顔を青ざめさせて叫んだ。

「なに、家をだと」

「そうだ。場所は薬師寺南の西一坊大路沿い。今でこそ商いは止《や》めているが、かつては男衆《おとこし》を二人も雇っていた、間口二間の水屋《みずや》（水売り業者）だ。これなら十分、銭の代わりになるだろう」

　宇須は探る表情で、すがりつく男を見下ろした。だがすぐによし、とうなずくと、男が必死に差し出す銭を両手で押し返した。

「そこまでの覚悟とありゃあ、放っちゃおけねえ。家の証文をくれりゃあ、すぐにお札を渡してやるぜ」

「ほ、本当か。その言葉に、偽りはないなッ」

　右京薬師寺南は大小の商家が建ち並び、大勢の物売りが行き交う繁華な町筋。男の店がよほどひどい古家でも、その値は本来、数百貫を下らぬはずだ。

「おめえ、俺たち常世常虫さまのお使いを疑うのか。本来なら家を物代になんてのは認めねえが、そこまで言われちゃ放っておけねえじゃねえか。——おい、諸男」

「なんだ」

「おめえ、禁厭札を一枚持って、この男の家までついて行ってくれ。念押しするまでもねえが、札はこいつの家の証文と引き換えだ。わかったな」

「あ――ありがとうございます。ありがとうございますッ」

顔をくしゃくしゃに歪め、男がその場にうずくまる。口元に薄ら笑いを張りつけた宇須が、ひどく慇懃《いんぎん》な態度で彼を助け起こし、その背を軽くぽんぽんと叩いた。

すると男は血走った双眸《そうぼう》に涙を湛《たた》え、感極まった様子で宇須の腕にしがみついた。

その瞬間、薄ら寒いものが諸男の背中を走った。狂っている。そんな思いが、唐突に胸にこみ上げてきた。

その感慨は決して、効験《こうげん》のほども知れぬ札と家財を引き換えにする、目の前の男だけに向けられたものではない。

他人を押しのけてでも禁厭札を買おうとする人々も、前代未聞の混迷を千載一遇《せんざいいちぐう》の金儲けの機会としか考えぬ宇須も、病の流行を喜ぶ自分も、みなこの灼熱の陽射しに思慮を焼き尽くされ、生きることのみに執着する狂人《たぶれびと》と成り果てている。

しかしこの命ある限り、諸男は京の者を怨まずにはおられぬし、もはや何人《なんぴと》も疫神の跳梁《ちょうりょう》を止められはせぬ。そう、今更、引き返しは出来ぬのだ。

頭上に高く昇った陽が、諸男の足元に短い影を曳いている。それが今にも蠢《うごめ》き出し、唾棄《だき》すべきこの身を地の底へ引きずり込むような気がした。

「さあ、早く。早く来てくれ」

男にうながされ、諸男は足早に市を出た。

常であればこの季節、辻々には瓜売りや水売りが立ち、貴賤《きせん》相手に達者な売り声を張り上げているはずだ。しかしいま、陽炎《かげろう》立つ大路に人影はなく、蝉《せみ》の声がひどく虚《うつ》ろに響き渡るばかりである。

獄囚による溝さらいすら、ろくに行なわれていないのだろう。刺すような異臭と煎《い》り付ける陽が、諸男の視界をくらりと歪ませた。

男を追って薬師寺南にたどり着けば、なまじ殷賑《いんしん》を極めていただけに、町筋の衰《すい》亡《ぼう》は著しい。かつては大勢の客が訪れたであろう店々は、あるものは外から板が打ち付けられ、あるものはすべての板戸が開け放たれ、がらんとした家内が丸見えになっている。

やがて連れて行かれたのは、表店《おもてだな》と住居が棟続きの商家であった。連れ合いと思しき初老の女を急かして紙と硯《すずり》を運ばせるや、

「ちょっと待っててくれ。証文を書かせるのに、手師《てし》（代筆業者）を呼んで来なきゃな」

と、男はそのまま表に駆け出そうとした。

「いや、手師は要らん。証文はわたしが書こう」

「なんだ、あんた。字が書けるのかよ」

驚きの声を上げる男を無視して、渡された紙に諸男は筆を走らせた。

「それで、家を明け渡す期日はいつにすればいい」

「期日だと」

問われてようやく、自分が投げ出そうとしている対価の大きさに気付いたのだろう。男はわずかに顔を青ざめさせた。

「あんた、どうしたんだい」

「うるせえ、おめえは黙ってろ」

土間に突っ立ったままの妻を怒鳴りつけるや、彼は両の拳を握りしめた。諸男にくるりと向き直り、よし、と己を鼓舞《こぶ》するようにうなずいた。

「――明日だ。明日の朝までにはここを出て行く」

「明朝だと。そんな真似をして、大丈夫なのか」

常世常虫の禁厭札には、何の験《げん》もありはしない。それだけに諸男はつい、男の無謀を止めた。だが彼は何かを振り払うように首を横に振り、「いいと言ったら、いいんだ」と、声を荒らげた。

「こっちがそう言っているんだから、その通り書け。早くしろ」

当人にここまで言われては、引き下がるわけにはいかない。言われた通りに証文を書くと、諸男は懐に納めていた常世常虫の禁厭札を男に差し出した。

その途端、土間で固唾を呑んでいた妻女が足半《あしなか》を蹴散《けち》らして板間に駆け上がり、

「ありがたいッ。これさえあれば、多伎児は助かるんだね。すぐに施薬院に行って、これを持たせてやるよ」

と、諸男の手からひったくった札を額に押し頂いた。

（施薬院だと——）

予想もしていなかった場所の名に、諸男は目を剝《む》いた。

「待て。おぬしの娘はいま、施薬院に預けられているのか」

普段、病人のために尽くす医師とて、一皮むけばただの人間に過ぎない。未曽有《みぞう》の疫病が都を襲った今、施薬院の者たちは日々尽きぬ患者を前に、さぞ狼狽していよう。もしかしたら治療を放棄し、院を閉鎖しているやもとすら思っていただけに、当惑が舌をもつれさせた。

「ああ、そうだよ。施薬院のお医師以外、いったい誰があたしたちみたいな者を診てくれるんだよ」

「けど、このお札さえあれば、娘をあそこから出してやれる。家はなくなっちまうが、この季節ならその辺の橋の下でも寝起きできようさ。さあ、急げ。多伎児を迎

えにいくぞ」

もはや諸男なぞ眼中にない顔つきで、夫婦は転げるように家を飛び出していった。

もともとの借金に加え、四百文の銭を集めるため、めぼしい家財道具を売り払ったのだろう。水屋と聞いていたものの、調度《ちょうど》と呼べる品は家内にほとんどない。

唯一、黴《かび》の生えた水桶が竈《かまど》の傍らに積み上げられているのに目を投げてから、諸男は証文を握りしめて立ち上がった。三人で市に運び入れた禁厭札は、もうすべて売り尽くされた頃だろう。もしかしたら宇須たちは今ごろ、新しい紙の仕入れ先を探すべく、秋篠《あきしの》川沿いの紙屋を訪ね歩いているかもしれない。

下手に探しに行き、すれ違いになっても面倒だ。先にねぐらに引き上げるかと思いながら店を出れば、薄暗い屋内に慣れた眼に、真夏の陽は眼の裏を灼《や》くほど眩しい。

羽音が聞こえて空を仰げば、あまりに明るすぎ、青さを失った夏空の果てを、一羽の鴉《からす》が飛んでゆく。天翔《あまか》ける彼らには、疫病に苛《さいな》まれながら地を這う人間の営みは、ひどく愚かしく映るのだろうか。それとも次々息絶えて行く人の姿に、この夏は餌に困らぬとほくそ笑んでいるのか。

いっそ、後者であればいい。そうすればこの疫癘《えきれい》に心弾ませる鬼畜《きちく》は我が身だけではないと、心慰められる。

「おい、お前。そんなところで何を突っ立っているんだ。暑気あたりか、それとも気分でも悪いのか」

歯切れのいい声が、不意に諸男の耳を打った。

頭を巡らせば、麻の布衫《ふさん》をまとった青年が一人、まっすぐこちらへやってくる。言葉に詰まった諸男を遠慮のない顔つきで見廻し、軽く鼻を鳴らした。

「なんだ。具合が悪いわけじゃなさそうだな。ところでお前、この辺に水屋があったのを知らんか。多伎児って女の親が営んでいた店なんだが、どこもかしこも空き家同然で分かりゃしねえ」

それは先ほど証文を受け取った水屋か、と驚いて目を上げ、諸男は男に見覚えがあると気付いた。

そんなに昔ではない。少なくとも自分が牢を出た後だ、と考えていると、男の側があっと声を上げた。

「どこか覚えがあると思ったら、畜生。おめえ、藤原房前さまの家令じゃねえか。おいこら、俺の顔を忘れたとは言わせねえぞ」

そうだ。あれは新羅よりの到来物が払い下げられた日。生薬を譲ってほしいと頼んできた、施薬院の使部ではないか。名は——名は確か、高志《こし》の何がしとか言ったか。

「あの時はよくも、言いたい放題言いやがったな。おめえが馬鹿にした施薬院じゃ今、お医師が己の身を擲《なげう》って病人を診てるんだぞ。どれだけ自分が物知らずだったか、少しは考え直したらどうだ」

その瞬間、目の前が真っ暗になるほどの憎悪が、諸男を襲った。

（——滅びてしまえばいいのだ）

すべての医師も、寧楽《なら》もこの京も。どうせ自分はもはや、何一つ取り戻すことは出来ぬのだから。

死が蔓延し、誰もが這いつくばるようにして生にしがみつくこの地獄にあって、施薬院はまだ人々を救わんと奔走《ほんそう》している。その事実がひどく忌々しく、憎らしくてならない。

使部は顔を真っ赤にして、まだ何か喚き続けている。握りしめたままの証文を懐に押しこみ、諸男はそんな使部に体当たりを食らわせた。

「な、なにをしやがるッ」

という怒号にはお構いなしに、そのまままっすぐ夏陽の弾ける大路を駆け出した。

「おい、てめえ。待ちやがれッ」

病み上がりの身だけに、喉の奥にすぐ血の味がこみ上げてくる。

それを懸命に飲み下すと、諸男は足をもつれさせながら、ただひたすら乾いた道を走り続けた。

先ほどと同じ鴉であろうか、そんな諸男を嘲笑うかの如く、どこかでギャアッと耳障《みみざわ》りな声が響いた。

第三章　野《の》火《び》

――どこかで、鴉《からす》が啼《な》いている。その不吉な声に唇を噛み、名代《なしろ》は額ににじんだ汗を袖で拭《ぬぐ》った。

「誰かッ。桶《おけ》の水が空《から》になっているぞ。さっさと新しい水を汲《く》んで来いッ」

隣の長室《ながむろ》で、綱手《つなで》が怒鳴っている。それに「はい、すぐに」と叫び返しながら、名代は顔を真っ赤にした病人の頭をまたぎ越した。

「名代さま、大丈夫です。拙僧《せっそう》が参りましょう」

ひと足早く広縁《ひろえん》に出てきた隆英《りゅうえい》が、桶を摑んで裏の井戸へ駆けて行く。毛が伸び始めた頭に布を巻き、褌《したばかま》の裾をからげたその姿は、もはや僧侶には見えない。みるみる遠ざかる背に「ありがとうございます」と礼を述べ、名代は急いで長室へ取って返した。

「み、水を――」

高熱にうかされた患者が、ぜえぜえと喘《あえ》ぐ。しかしこういった場合、下手《へた》に水を飲ませるとかえって命を縮めることを、施薬院《せやくいん》の者たちはこの一月《ひとつき》で嫌と言うほど思い知った。

せめて渇きが癒《い》えるようにと、海松《みる》と塩を搗《つ》き合わせた粉を病人の口に含ませながら、名代は長室じゅうに響く人々の呻《うめ》きに、耳を塞《ふさ》ぎたい思いに囚《とら》われた。

最初の疫病患者が春の終わりに運び込まれて以来、裳瘡《もがさ》を病《や》み、施薬院に担ぎ込まれる病人は日に日に増える一方である。ただの庶人《しょじん》だけではなく、休日に自宅で倒れた官吏や衛士《えじ》、更には諸社寺の僧尼《そうに》禰宜《ねぎ》など、その数は通いの患者を合わせれば、とっくに千人を越えている。

宮城《きゅうじょう》も無論、疫病の流行に知らぬ顔を決め込んでいるわけではない。畿内の諸社に奉幣使《ほうへいし》を派遣し、悪疫鎮護《あくえきちんご》の祈りを捧げさせているが、都じゅうでいっせいに鎌首をもたげた裳瘡は、そんなことで治まる様子はない。

以前から施薬院に収容されていた病者のうち、症状が軽微な者は拝み倒すようにして退院させ、残る者は悲田院《ひでんいん》の殿舎《でんしゃ》に移した。しかしそこまでして敷いた裳瘡患者受け入れの態勢も、凄まじい勢いで広まる疫病を前にしては焼け石に水。いまや三棟の長室は疫病罹患者《りかんしゃ》で満ち、特に重篤《じゅうとく》な病人を収容している離れとて立錐《りっすい》の余地もない。

しかも綱手や名代たちの懸命な看病にもかかわらず、全快する患者はほんの一握り。高熱に喘ぎ、全身を瘡《かさ》に覆《おお》われた病人は、一人また一人と冷たくなり、駆使《くし》丁《ちょう》の密翳《みつえい》の手で佐保《さほ》川・秋篠《あきしの》川岸の葬地へ運ばれてゆく。

裳瘡の初期症状は急激な熱。それは五日ほどで一旦下がるが、患者にとってこれはほんの始まりにすぎない。

解熱から一、二日もすると、病人の全身には発疹《ほっしん》が現れ、再び高熱を発する。発疹は紅斑《こうはん》から始まり、丘疹《きゅうしん》から水疱《すいほう》、更に膿疱《のうほう》へと推移。その間、患者は絶えず激しい熱に苛《さいな》まれるため、やがて咳《せき》を伴う呼吸不全を起こし、二人のうち一人は必ず死に至るのである。

あまりに高い熱が、胃の腑までを焼き尽くすのだろう。欲しがるがままに患者に水を与えると、彼らはみなそれを吐き戻し、苦悶しながら息絶える。また病状の篤《あつ》い者の中には、激しい嘔吐《おうと》や下痢を併発した末、全身の穴という穴から血を噴きださせて亡くなる例もある。

綱手は再三、典薬寮《てんやくりょう》に応援を要請しているが、そちらはそちらで官人の診察に忙しいのか、ろくな返事はない。それだけに施薬院の者たちは八方塞がりとはこのことかと歯がみしながら、目の前の病人の苦痛を少しでも和《やわ》らげるべく、奔走《ほんそう》を続けていたのであった。

「誰かッ、この媼《おうな》の顔に瘡が出てきたぞ。早く塗り薬を持って来い。――おい、誰もいないのかッ。名代ッ、広道《ひろみち》ッ」

綱手がまた、大声を張り上げている。今度こそ長室を飛び出し、名代は「今、お持ちしますッ。しばし待ってください」と怒鳴り返した。

「ええい、この忙しいのに広道はいかがした」

走り寄った名代に舌打ちし、綱手は声を低めた。

「現れたばかりの瘡は、手当次第では引っ込むこともある。さすれば熱も下がり、この者の命も助かるやもしれぬのに」

「広道さまは今、多伎児《たきこ》の両親を呼びに行っております」

「多伎児じゃと。――ああ、あの女子《おなご》か」

瘡が生じ始めた老婆の額に濡《ぬ》れ手拭《てぬぐ》いを置いてから、綱手は一瞬痛ましげに眉《まゆ》を寄せた。ならばしかたない、と呟《つぶや》き、腰に提《さ》げていた手拭いで己の首筋をごしごしとこすった。

綱手は施薬院の者たちに、病人に接した後は必ず手を清め、口を漱《すす》ぐよう命じていた。汗を拭う際は必ず手巾《しゅきん》や袖を用い、病人に触れた手では決して、己の身体を触らない。そんな口やかましい注意が功を奏しているのか、不思議に施薬院の使部《しぶ》の中で裳瘡に罹《かか》る者は、今のところ皆無《かいむ》であった。

「多伎児の容体は如何《いかが》じゃ。確か一昨日《おととい》、離れに移したのだったな」

「はい。今朝から更に熱が上がり、もはや譫言《うわごと》しか申しません」

「そうか。ならば仮に正気に戻ったとしても、決して当人に瘡のことは教えるな。せめて少しでも楽に、命を終えさせてやれ」

綱手の囁《ささや》きに、名代は無言でうなずいた。

女の裳瘡患者の中には、瘡に塞がれた自らの顔に絶望し、生きる力を失う者も珍しくない。京内では無事に床上《とこあ》げまでこぎつけたにもかかわらず、水に映った己の痘痕面《あばたづら》に絶望し、井戸に身を投げて死んだ娘もいると噂されていた。

有効な治療が見つからぬ今、患者に出来ることは対症療法しかない。瘡には猪膏《ちょこう》で拵《こしら》えた塗り薬を用い、高熱に喘ぐ患者には熱冷ましを飲ませる。そしてもはや命助からぬ者には、少しでも安らかな時を与えてやることが、今できる精一杯の手当であった。

かつて綱手たちの往診を請うた多伎児は、十日前、二人の朋輩《ほうばい》と共にここに運び込まれてきた。熱に浮かされながらの彼女たちの説明によれば、夏女《なつめ》はそれに先立つ数日前、醜い瘡にのたうち回りながら、右京の店で息絶えたという。

もともと身体が弱っていたのか、多伎児の同輩たちは最初の発熱に耐えきれず、入院の翌日に相次いで死んだ。そして一人残された多伎児もまた、水疱が現れてからは刻々と病状を悪化させ、遂に意識まで混濁《こんだく》し出したのであった。

多伎児の両親は娘が担ぎ込まれて以来、毎日のようにその様子を見に来ていたが、一昨日を最後に顔を出さない。それだけに広道はいよいよ悪化する多伎児の容体を前に、せめて最期《さいご》に彼女を両親に会わせてやろうと、その生家《せいか》へ飛んで行ったのであった。

「それにしても名代。広道が戻り次第、おぬしは一度家に帰れ。かれこれ五、六日もここに泊まりきりじゃろう」

「ありがとうございます。ですが、私は大丈夫です。綱手さまこそ少しはお休みください」

この一月、目の前の医師はろくに休憩を取っていない。飯は厨《くりや》から運ばれてくる結び飯のみで済ませ、夜はほんの数刻、手枕で横になるだけ。往診には可能な限り応じ、少しでも時間が出来れば書物を繰《く》って治療法を模索する。その奮闘ぶりに、慧相尼《けいしょうに》などは先に綱手が倒れまいかと案じ顔を隠さなかった。

「わしの事なら気にするな。だいたい、医師がいま踏ん張らずしていかが致す。それに先ほど、皇后宮職《ぐうしき》から使いが来てな。明後日《あさって》の夕刻には、ようやく宮城より医師二名が遣《つか》わされるそうじゃ。わしはそれを待って、ゆっくり休ませてもらうわい」

「ですが――」

名代が躊躇《ためら》ったのは、粉骨砕身する綱手を残して休息する後ろめたさゆえではない。むしろ、逆だ。

京の町筋はいまがらんと静まり返り、人々はみな稼ぎにも出ず、蒸し暑い家の中で息を殺して、疫神《えきじん》が過ぎ去るのを待っているという。

そんな恐怖と混乱に満ちた都において、施薬院は唯一の治療の場。それだけに名代はいつしか、ここにいれば姿の見えぬ裳瘡から逃れられるのではないかという、根拠のない望みを抱いていた。

仮に病人から疫病を移されたとしても、ここには薬がある。綱手がいる。なまじ正体の知れぬ裳瘡が相手だけに、名代は施薬院から外に出ることが、あまりに恐ろしくてならなかった。ついこの間まで、一日も早く施薬院から抜け出したいと思っていたことなぞ、もはや頭からすっぽり抜け落ちていた。

「おぬしに暇を取らせんとするのには、理由があるのじゃ。ついでに、比羅夫《ひらふ》の店の様子を見て来てくれまいかと思うてな。あ奴め、最初の裳瘡患者が現れたのを目にして以来、とんと顔をのぞかせぬ。生薬《しょうやく》の仕入れの件もあり、一度、施薬院に来るよう伝えてほしいのじゃ」

用を言いつけられては、断りようがない。不安におののきつつ、名代が渋々うな

ずいたとき、

「た、大変。大変、綱手さま」

と片言で喚《わめ》きながら、密翳《みつえい》が長室に駆け込んできた。

「なんじゃ、どうした」

跳ね立った名代と綱手を交互に見やり、密翳はもどかしげに施薬院の門を指した。ついで重症の患者が収容されている離れを指差し、名代には理解できぬ異語で何やらまくし立てた。

「どうしたのでしょう」

「わからん。名代、見て来い」

立ち上がった名代を先導し、密翳は階《きざはし》を駆け降りた。夏草が茂る庭を横切って蔵の角を曲がり、名代はたたらを踏んだ。

記憶にある顔の中年の男女が、戸板を前後して荷《にな》っている。人目を憚《はばか》るようにきょろきょろと四囲《しい》を見廻すのを指し、「あれ。そう、あれ」と密翳がもどかしげに言った。

「あれは、多伎児の両親じゃないか」

間違いない。一昨日まで連日ここに来ては、病苦に喘ぐ娘を前に、涙に暮れていた二人だ。

戸板の上には、何者かが頭から布をかぶせられて横たわっている。布端からのぞいた細い手には、びっしりと膿瘡《のうそう》が生じ、なぜか小さな黄色の紙片が握らされていた。

まさか、と息を吞《の》み、名代は二人の行く手を遮《さえぎ》った。

「待て。そこに寝ているのは、うちの患者だろう。多伎児をいったいどこに連れてゆくつもりだ」

険《けわ》しい表情で詰め寄る名代に、夫婦はちらりと顔を見合わせた。

戸板の前を担いでいた父親が、「どこでもいいだろう。うちの娘を連れて帰るのに、いったい何の文句がある」とぶっきらぼうに言い、名代を肩で押しのけて歩き出そうとした。

「なんだと、ふざけるな」

密翳が自分たちを呼びに来た意味が、ようやく分かった。彼らは離れから、勝手に多伎児を連れ出そうとしているのだ。

冗談ではない。明日をも知れぬ重態の娘を連れ帰り、彼らに何が出来る。下手をすれば裳瘡を移され、親子とも共倒れになる恐れすらあるというのに。

「ふざけるなとは、こちらの台詞《せりふ》だ。ここに運び込まれて以来、娘の病状は日に日に悪くなるばかりじゃないか。もはや、かようなところに任せてはおけん。さあ、多伎児。わしらと一緒に帰ろうな」

名代は慌てて、戸板の端を摑んだ。すると男は急いで戸板を下ろすや、片手で名代の胸を突いた。

「余計な真似をするな。施薬院は多伎児の熱が上がろうが瘡が出来ようが、何もできなかったじゃないか。こんな場所にいては、うちの娘は殺されちまうわい」

男は名代を睨《にら》みつけ、そのはずみにずれた布を丁寧《ていねい》にかぶせ直した。ついで、紙片を握る多伎児の指を、愛《いと》おしげに両手で包み込んだ。

「この常世常虫《とこよのとこむし》さまのお札《ふだ》さえあれば、もはや多伎児の病《やまい》は治るんだ。それがわかったら、さっさと退《ど》け」

「お札だと。お前、なにを言ってるんだ」

昨今、畿内諸社寺では盛んに消厄祈願《しょうやくきがん》が行なわれているが、その効果は一向にうかがえない。そんな最中、常世常虫などといういかにも胡散《うさん》臭い神に、験《げん》があろうものか。

声を荒らげた名代にはお構いなしに、二人は再び戸板を持ち上げた。そのまままっすぐに門へと向かう足取りは迷いがなく、まるで名代や密翳の姿なぞまったく視界に入っていないかのようだ。

待て、と呼びかけようとした声を、名代は呑み込んだ。

多伎児の命は明日をも知れない。ならば病人の呻きが満ちる施薬院に留まるより、両親とともに最期を迎えた方が幸せなのでは、との思いが胸をよぎったのだ。

どれだけ懸命に手を尽くしても、水疱は止むことなく現れ、病人はすぐに弾《はじ》け消える水泡《みなわ》の如く死んでゆく。そして人々もまた、他に行くところがないから施薬院を頼るだけで、ここにいれば命長らえられると信じているわけではない。

薬を与えても与えても、息絶えてゆく人々。名代たちの努力を嘲笑《あざわら》うように膨《ふく》れ上がる無数の水疱。夥《おびただ》しい死の坩堝《るつぼ》に抗《あらが》う術《すべ》はないが、さりとて抗うことを止められもしない。——そう、自分たちは無力だ。

見る見る遠ざかる戸板の端で、白い布がひらひら揺れている。夏の陽を受け、眩《まばゆ》く輝くそれは、まるで別れを告げるべく振られた多伎児の掌《てのひら》のようだ。

また風が吹き、布がはためく。

名代は強く唇を噛みしめ、瞬《まばた》きもせずにそれを見つめ続けていた。

施薬院待望の助っ人が典薬寮から寄越されたのは、その翌々日であった。

しかし密翳に導かれて庭に回りこんだ人物の姿に、綱手は「なんじゃあ。真公《まきみ》さまではないか」と、あからさまな落胆を顔に浮かべた。

「なんだとはご挨拶《あいさつ》だな。わたしとて一応、典薬寮の医生《いせい》上がり。御医師ほどの腕はないが、少しは物の役に立つだろう」

綱手の放言を気にする風もなく沓《くつ》を脱ぎ捨てた高市真公《たかいち》は、典薬寮の事務官。えらの張った顎《あご》や天井につかえそうなほど高い背丈から、しばしば武官と勘違いされる男である。

宮城の内外ともに瘡瘡が蔓延《まんえん》する昨今、官人の治療に当たる典薬寮の多忙さは、誰もが承知している。しかしそれでもせめて、見習い医師たる医生を寄越してくれればよかろうに。

綱手は汗止めの布を巻いた額に、不機嫌な皺《しわ》を刻んだ。

「朝堂《ちょうどう》は何を考えておられる。かような時に御医師を市中に遣わし、民草《たみくさ》を救わずしてどうするのじゃ。これでは手伝いなぞ寄越されぬほうが、よっぽどましじゃわい」

「まあまあ、そう怒るな。典薬寮もいま、官人の診察に大忙しでな。嘴《くちばし》の黄色い医生でも、余所《よそ》に回すのは惜しいのだ。すまんがわたしで我慢してくれ」

言いながら真公は、階を一段飛ばしで上った。板の間にずらりと横たわった患者を広縁から眺め、小さく息を呑んだ。

それなりに覚悟はしていたのであろうが、高熱に喘ぐ患者が詰め込まれた長室の有様は、名代や広道すら時に目を逸《そ》らすほどに凄惨《せいさん》であった。

隅から隅まで敷き詰められた褥《しとね》の上に、半裸の病人が所狭しと並べられている。高熱に震え、喘鳴《ぜんめい》を漏らす彼らの額を必死に冷やし、薬を含ませるのは、主に名代と密翳の仕事だ。

毎年、病人が増える夏は、一時的に直丁《じきてい》や水仕女《みずしめ》を雇うのだが、京じゅうが疫病に脅《おびや》かされている今日、施薬院に働きに来ようという変わり者は、なかなか見つからない。このため汚れ物は悲田院の人々が片端から集め、子どもにも手伝わせて洗濯する。しかし高熱のため、意識が混濁した患者の中には、尿意や便意をうまく伝えられぬ者も多く、糞尿《ふんにょう》に塗《まみ》れた寝具をやむなく焼き捨てることも頻繁《ひんぱん》であった。

四方を山に囲まれた寧楽《なら》の夏は風が乏《とぼ》しく、蒸し暑い。それだけに長室内には始終、むせ返るような悪臭と熱気が淀《よど》み、追っても追っても寄りつく蝿が、患者の頭上を我が物顔で飛び交っていた。

「ここに来る途中もほうぼうで病人を見かけたが、疫病の勢いは衰えるどころか、日に日に激しくなっているようだな」

「宮城内でも、似たようなものでございますか」

「議政官のうち臥《ふ》せっておられるのは、今のところ中務卿《なかつかさきょう》・藤原房前《ふささき》さまだけだ。しかし六位以下の官人の間では、鼠《ねずみ》が子を産む如く、日ごとに病者が増えている。死人の数も、そろそろ五十名を超えたのではないかな。帝《みかど》や皇子《みこ》・皇女《ひめみこ》がたが罹患なさってはならぬと、内薬司《ないやくし》の奴らもぴりぴりしているわい」

さようでございますか、と相槌《あいづち》を打ち、綱手は長室に踏み入った。今朝運び込まれたばかりの青年の枕元にしゃがみ込み、手際《てぎわ》よく脈を取る。胸元をくつろげ、そこに豆粒ほどの水痘《すいとう》がびっしり浮かんでいるのを確かめると、「薬を塗っておけ」と密醫に顎をしゃくった。

高熱から水疱へと病状が進んだ者は、大半が全身を膿疱に覆われて落命する。発疹を早期に見つけられた場合、塗り薬で丘疹を抑え、そのまま治癒へ導ける例もあるのだが、なにせこうも人手が少なくては、病状の観察すらままならない。それだけに疲労に眼を落ちくぼませた綱手の横顔には、焦燥《しょうそう》と怒りの色が濃くにじみ出ていた。

そんな綱手を横目で眺め、真公はやおら両の袖をからげた。手近な患者の枕元に腰を下ろしながら、

「そういえば、智積《ちさか》は最近、こちらに顔を出したか」

とかたわらの名代を振り返った。

「馬医の智積さまでございますか。いえ、そういえば、とんとお見かけしておりません」

「そうか。実は五日前、衛門府《えもんふ》付きの医師が病死してな。その後任に、智積が抜擢《ばってき》

されたのだ。とはいえあ奴は馬の病はともかく、人間の診療なぞほとんどできん。きっと施薬院に相談を持ちかけるだろうと思うたのだが、そうか、来ておらぬか」

馬医を武官医師へと転任させるなぞ、常であれば到底考えられない。しかし疫神の跳梁《ちょうりょう》甚《はなは》だしい昨今では、そうも言っておられぬのだろう。しかもそんな智積がいまだ施薬院に顔を見せていないことから察するに、彼もまた衛門府の門部《かどべ》（宮城門の守衛）や衛士の診察に忙殺されているのに違いない。

都じゅうのそこかしこが、形の見えぬ疫病にどんどん食い尽くされてゆく。名代はぶるっと身体を震わせた。

「それで名代。施薬院ではいったい、患者にどんな薬を飲ませているのだ」

「はい、裳瘡に罹ったばかりの患者には、柴胡《さいこ》の煎《せん》じ薬を与え、解熱を促します。それでも病状が進み、瘡が出始めた場合、まだ丘疹のうちであれば猪膏で作った塗り薬を使い、瘡が引っ込むのを待ちます」

患者の瞼《まぶた》をひっくり返していた綱手が、こちらに背を向けたまま名代の言葉を補った。

「熱冷ましは柴胡に限らず、黄連《おうれん》でも連翹《れんぎょう》でも少しは効果があるようじゃ。とは申しても、これなら覿面《てきめん》に効くという薬は、いまだ見つかっておりませぬ。よしと思った治療法があれば、片っ端から試してくだされ」

「わかった。それにしてもこれほど大勢の病人に薬を与え、蓄えはあるのか。この騒ぎで、京の薬匱《くすりのくら》はどこも薬値を吊り上げていると聞くが」

「ありがたいことに、施薬院相手にあくどい商売を目論《もくろ》む店はないようでしてな。むしろどの店も、一日も早く特効薬を見つけてくだされと、どんどん薬を運んできてくれますわい」

もっとも昨日、名代が訪ねた比羅夫の店は、堅く板戸が閉ざされ、呼べど叫べど応えはなかった。隣で細々と商《あきな》いを続けていた土器屋《かわらけ》によれば、比羅夫はかれこれ一月前に突如店を閉ざし、夜逃げ同然に姿を晦《くら》ましたという。

最初の裳瘡患者を眼にしたときの怯《おび》えようを思えば、そのいち早い遁走《とんそう》は理解できぬでもない。だが同じく医薬を務めとする比羅夫の失踪《しっそう》に、綱手は激しい衝撃を受けたらしい。名代から事の次第を聞くや、無言で長室に戻って行った後ろ背は、かつて見ぬほど寂しげであった。

病とは恐ろしいものだ、と名代は思う。それは人を病ませ、命を奪うばかりではない。人と人の縁や信頼、理性をすら破壊し、遂には人の世の秩序までも、いとも簡単に打ち砕いてしまう。

多伎児の両親が娘を無理やり連れ帰ってから、すでに二日。あの夥しい痘瘡は今頃、彼女の白い喉《のど》を塞ぎ、その息の根を止めていよう。

こんな混乱のただなかでも、毎日京中を巡回して、飢人《きじん》や孤児を収容している隆英によれば、京では最近、疫病に効くという触れ込みの祠《ほこら》や拝み屋が急増しているという。多伎児の両親が口走った常世常虫なる神も、そのうちの一つだろう。

人並みの思慮を有していれば、これまで聞いたこともない神のお札と施薬院、どちらに信が置けるかすぐに判ぜられように。まるで寧楽じゅうの人々が、激しい熱に浮かされ、狂奔《きょうほん》のただなかでもがいているようだ。こんな日々が続けば、寧楽は――この国はどうなってしまうのか。

「世が平穏な時であれば、禁厭《まじない》の類《たぐい》は人心を安んじるのにもってこいなのです」

そう溜め息をつく隆英に言わせれば、禁厭や呪符《じゅふ》に頼る人々は、どれだけ施薬院への入院を促しても首を縦にしないらしい。

昨日まで元気に水を汲んでいた女が、今日には高熱に倒れ、明日にはぽっかりと眼を見開いた骸《むくろ》に変わる。そんなあまりに残酷な有為転変《ういてんぺん》に接した人々には、得体の知れぬ怪しげな禁厭が、暗闇に差す一条の光明《こうみょう》と映るのであろう。

本来ならばその光明は、施薬院や官が行なう治療や、隆英や慧相尼が説く仏の導きであるべきだ。さりながら施薬院に収容された病人までもがばたばたと亡くなる最中《さなか》にあっては、効くか効かぬか判然とせぬ薬や、腹の足しにもならぬ仏の教えがどれほどの力になろう。ならば奇跡を起こす神の方が信じられると考える人々の胸中が、名代には痛いほどに理解できた。

患者の容体を一人一人確かめ、熱が激しい者には解熱剤を与え、丘疹が始まった者には薬を塗る。名代は不慣れな真公を手助けしながら、

「それにしても、真公さま。典薬寮からの助っ人は、確か二人とうかがっておりました。もう他には、誰も来てはくださらないのですか」

と、囁きかけた。

「ああ。わたしももう一人連れて来たかったのだが、典薬頭《てんやくのかみ》さまが諾《うん》と言うてくださらなかったのだ」

施薬院に人手を割きたくない典薬頭の気持ちもわかる。しかし典薬寮が診《み》るべき官人は、約二千人。それに比べ、施薬院では現在綱手一人の肩に、八万余の京の人々が荷われているのだ。

「もう一度――もう一度、典薬頭さまにお願いしていただけませんか」

名代は思わず、声を上ずらせた。

「ご覧の通り、施薬院ではいま、綱手さまがお一人で奮闘しておられます。更に疫病が広がったなら、どうにも手の施しようがありません」

そうだ。それに万が一、綱手が倒れでもしたら、この施薬院は――毎日、都じゅうから押し寄せる病人はどうすればいいのだ。そう思っただけで、名代の背を冷た

いものが這い上がってくる。

「医術に通じたお方でなくとも構いません。ほんの一人か二人、手が増えるだけで、綱手さまも楽になるはずです。お願いいたします」

本心を言えば、京の人々などどうでもよい。ただ、この施薬院がなくなれば、自分もまた疫病に襲われるかもしれぬ。

一度こみ上げてきた不安は、言葉を連ねれば連ねるほど大きくなる。濡らした手巾を患者の額に戻すのも忘れて、名代は頭を下げた。

「わかっておる。わかっておるのだ。もちろん、それが出来ればいいのだが――」

「やめろ、名代。真公さまを困らせるんじゃねえ」

鋭い叱責に振り返れば、離れの患者の薬を取りに来たのだろう。空の薬壺《やくつぼ》を片手に提げた広道が、庭からこちらを睨みつけている。壺を投げ出して長室に上がり込むや、広道は物も言わず、いきなり名代の頬を殴りつけた。

その場に倒れ込むほどの力を振るわなかったのは、四囲に臥せる病者への気遣いか。突然の暴力に啞然《あぜん》とする名代の襟髪《えりがみ》をひっ摑み、広道はそのまま大股に階《きざはし》を降りた。

「な、なにをするんです」

「いいから来い。この糞ったれがッ」

庭のただなかに名代を突き飛ばすや、広道は仰向《あおむ》けに倒れた名代の上に馬乗りになった。襟首を両手で握り、血走った眼で名代を睨み下ろした。

「てめえ、真公さまがどれだけの覚悟で、ここに来てくださったと思ってるんだ。好き放題ぬかすのも、いい加減にしやがれ」

「す、好き放題ではありません。わたしは少しでも皆のためになればと」

「ふざけるな。てめえはただ、自分が命長らえることだけを考えてるんだろうが。施薬院を言い訳にするんじゃねえ」

本心を暴き立てられ、顔がかっと火照《ほて》る。だが次の瞬間、その羞恥《しゅうち》を覆い隠す激しさで胸に湧いたのは、己でも思いがけぬほど唐突な怒りであった。

自分はそもそも、この施薬院に来たくて来たわけではない。それなのになぜ自分は今、こんな死と病が満ち満ちた場所で、蛆虫《うじむし》のように這いずり、罵声《ばせい》を浴びせ付けられているのだ。

あまりの憤懣《ふんまん》に、目の前が真っ赤に染まる。名代は広道の下腹を、力いっぱい蹴《け》り上げた。

日頃おとなしい名代が反撃するとは、思ってもいなかったのだろう。蛙《かえる》がつぶされるような声を上げて、広道が名代の上から転がり落ちる。その身体を力任せに突きのけながら、「な――なにが悪いんだッ」と、名代はひび割れた声で喚いた。

「誰だって、命は惜しいに決まってるじゃないか。知った顔で俺を責めやがって、どうせあんただって腹の中じゃ、どうして疫病を避けようかと思ってるんだろうがッ」

裳瘡が流行《はや》り始めてからこの方、広道は自ら志願して、重症患者の世話に当たっていた。手が空《あ》けば隆英とともに京内を巡り、路傍に倒れた病人の収容にも努めている。

それだけに頭の片隅では、正しいのは広道であり、己は言いがかりをつけているだけとは承知している。

だが、自分はこんな吹き溜まりに好んで身を置いている広道とは違う。医師なぞ嫌いだ。それにもかかわらず、しきりに医術を学べとうながす綱手にも、反吐《へど》が出る。

施薬院は貧しい人々の病を癒《いや》し、その命を助ける場。ならばそこで働く自分が己の命を惜しんで、いったい何が悪い。我が身を案じて何が悪い。人命を救うために働く者は己の命を投げ捨てよとは、道理に合わぬではないか。

辺り構わぬ怒声を上げる名代に、広道はもちろん真公までが唖然としている。さりながらいったん堰を切った憤懣《ふんまん》や恐怖は、そう簡単に収まるものではない。名代は子どもが駄々をこねるように、地団駄《じだんだ》を踏んだ。

「こんなところで、これ以上、働いていられるか。裳瘡はどうせそのうち国じゅうに広がり、この国の者すべてを殺すんだ。だったらどれだけ糞にまみれて働いたって、無駄じゃねえかッ」

「――ならば、さっさとここから出て行け」

低い声に顧《かえり》みれば、いつの間にか綱手が広縁に立っている。汗と埃《ほこり》に汚れた顔を腰の手拭いで拭い、顎で門の方角を指した。

「病人のそばで騒ぎ立て、黄泉《よみ》への道行きを妨げる使部なぞ、ここにはいらぬ。疫病が恐ろしければ、まだ病の広がっておらぬ畿外へなりと、さっさと去れ」

「まあまあ、待て。綱手」

真公が慌てて飛び出してきて、綱手を宥《なだ》めた。

「名代は疲労のあまり、気が立っているのだ。許してやれ。これ以上人手が減っては、みな困るだろうが」

謝れ、とうながすように、真公がこちらに目くばせする。その取り成し面《づら》がかえって癇《かん》に障《さわ》り、名代は拳を握りしめた。

そんな挙措《きよそ》が目に入ったのか、綱手がふんと鼻を鳴らした。

「真公さまはさよう仰《おつしや》るが、人の生き死にの何たるかも分からぬ使部なぞ、こちらから願い下げでございますわい。まったく、これまでこやつに診察を手伝わせてきたのは、何だったのでございますかのう」

望んで手伝いをしてきたわけではない。それに無理やり医術を学ばせようとしたのは、綱手の側ではないか。

これ以上話をしても無駄だと、名代は身を翻そうとした。しかし綱手は思いがけぬ敏捷《びんしょう》さで庭に駆け降りると、いきなり名代の髪をひっ摑んだ。「見ろ」と、無理やり長室内に顔をねじ向けさせた。

「な、なにを――」

「いいからよく見るのじゃッ」

改めて命じられずとも、熱に赤らんだ病人の顔、はあはあと荒い喘鳴には、これまで嫌というほど接してきた。唇を結んで顔を背《そむ》けた名代を小突き、

「これが死にゆく者の醜い姿としか思えぬのであれば、さっさと出てゆけ。おぬしのような者に看病されては、皆が気の毒じゃ」

と、綱手は怒気をはらんだ声を張り上げた。

いったいこの医師は、何を言っているのだ。いくら眼を凝《こ》らしても名代には、そこに横たわるのは疫神に取りつかれ、死に向かって突き進む哀れな病人としか映らない。

「よいか。疫病に罹り、もはや快癒の見込みがないとしても、この者たちはみな生

きたいと望み、そのために足掻《あが》いておる。ならばわしらはその願いを容《い》れ、少しでもみなが命長らえるよう努めるのみじゃ」

馬鹿な。高熱に喘ぎ、庭先の喧嘩《けんか》も耳に入っていない彼らが、生きんとしているというのか。詭弁《きべん》としか思えぬ物言いに、激しい反発が胸に湧く。しかし綱手はそんなことにはお構いなしに、言葉を続けた。

「人はみないずれ死に、土に還《かえ》る。わしやおぬしもその定めからは逃れられぬし、わしらの親も祖父も――そしてまたわしらの子や孫もみな、同じ道をたどる。おぬしは今、己の命を惜しみ、死にたくないとぬかしたな。されど何百年何千年という時の流れの中で見れば、その願いは所詮《しょせん》、一瞬の雷光の如きもの。これまで数えきれぬほどの人々が、おぬし同様の望みを抱き、むなしく死んでいったのじゃ」

言い換えれば、と続ける口調が、不意に静かなものに変じた。

「今おぬしがどれだけ足掻き、悶《もだ》えようとも、あと百年もすれば、それを知る者は一人もいなくなる。そして無論その時には、おぬしの身体は土に還り、おぬしという男がいた証《あかし》すら、この世にはなくなっているであろうよ」

（いつかは、土に――）

その瞬間、名代は自分の足元に、巨大な穴がぽっかり開いた気がした。穴の底から吹き上がるなまぐさい冷風が、己の身体を底も知れぬ闇に引きずり込む幻が、脳裏を駆け巡った。

　名代はこれまで我が身の今に思いを馳せるのに精一杯で、来《こ》し方行く末に目を向ける暇なぞなかった。それだけに人生の卑小さを指摘した綱手の言葉が、ひどく恐ろしく、不気味に感じられた。

「だったら……だったらなおのこと、今、このときを必死に生きねばならないじゃないですか」

　反論する声が先ほどよりはるかに小さくなっているのが、自分でも分かる。それを認めるのがどうしても癪《しゃく》で、名代は頭に浮かんだ言葉を懸命に唇に乗せた。

「どうせいつか死んでしまうんだったら、かえって好きなことをしなきゃなりません。だっていずれは自分が何をしたかすら、皆から忘れ去られてしまうんでしょう？」

　そうだ。自分は施薬院でなぞ働きたくなかった。宮城の塀のあちら側で、出世をしたかった。今、こんなところで病人の看護に追われ、病に倒れては、そんな夢すら果たせなくなってしまう。

　人は生まれ、人は死ぬ。自分もその運命から逃れられぬのであれば、自らが欲するままに生きたほうがいいではないか。

　何かにすがるかの如く握りしめた拳が、夏の最中にもかかわらずひどく冷たく感じられた。

「なるほど、それは確かに道理じゃ。さように出来ればどれだけ楽か、わしとてたまに夢見ぬでもない」

されど、と綱手は静かに続けた。

「己のために行なったことはみな、己の命とともに消え失せる。じゃが、他人のためになしたことは、たとえ自らが死んでもその者とともにこの世に留まり、わしの生きた証となってくれよう。つまり、ひと時の夢にも似た我が身を思えばこそ、わしは他者のために生きねばならぬ」

「人のために、ですと――」

「おお。わが身のためだけに用いれば、人の命ほど儚《はかな》く、むなしいものはない。されどそれを他人のために用いれば、己の生には万金《ばんきん》にも値する意味が生じよう。さすればわしが命を終えたとて、誰かがわしの生きた意味を継いでくれると言えるではないか」

立ちすくんだままの名代の膝《ひざ》が、微《かす》かに震えた。

宮城で出世栄達をしたい。こんな忌《い》まわしい場所から逃げ出したい。その思いは先ほどから、何ら変わっていない。

だが憧れの宮城に身を置けば、自分は本当に満足するのか。すぐに下官《げかん》として生涯を過ごした父や祖父を越えようと足掻き、また無理な望みに身を焦がし始めるのではないか。

自分が何を望み、悶えようとも、世の中は何事もなかったように推移する。ならば己という存在はいったい何のためにこの世に居り、何をし得るのか。

「綱手さまは……綱手さまはそう考えられたがゆえに、医師になったのでございますか」

自分でも思ってもいなかった問いが、口から滑り落ちる。

綱手は一瞬、虚《きょ》を突かれたように黙り込んだ。握りしめたままの手巾で、もう一度つるりと顔を撫《な》でる。「そうかもしれぬな」とぶっきらぼうに呟いて踵《きびす》を回《めぐ》らすと、立ちすくむ真公の肩を軽く叩《たた》いた。

「真公さま、戻りましょうぞ。患者を待たせておりまする」

「あ、ああ」

真公が綱手と名代を見比べながら、のろのろと長室へと引き上げて行く。そんな二人の背を見つめ、名代は大きく肩を上下させた。

死ぬのは怖いし、病は恐ろしい。人間、死ねばそれまでだとも、いまだに思う。しかし死ねばそれまでだからこそ、自分は今なにをなすべきか。そして、なにが出来るのか。

(もう少し——もう少しだけ、ここにいてみるか)

少なくともここで働いていれば、仮に病に倒れたとて、己の生きた意味を誰かがわずかなりとも継いでくれる。死と恐怖が蔓延したこの都にあって、それはとても得難いことではあるまいか。

広道に殴り飛ばされた頰が、ずきずきと痛む。名代は広縁に置かれた水桶に手を突っ込み、中に放り込まれている麻布を絞って、頰に当てた。

階《きざはし》に座り込んでいた広道が、そんな名代を横目で睨んだ。

「なにやってんだ。出て行くんじゃなかったのか」

決まり悪げに口ごもった名代をじろりと睨み、けっと足元に痰《たん》を吐いた。

「残るんだったら、ぐずぐずしてねえでさっさと動け。まったく、おめえは本当に愚図《ぐず》なんだからよ」

今までなら腹が立ったはずの悪態が、不思議に癇に障らない。それどころかしかめっ面の同輩に、これまで覚えたことのない親しみすら抱き、名代が広道を見上げた、その時である。

あの、という澄んだ声がした。あわててその方角を顧みれば、門に続く植え込みの脇に、一人の女が佇《たたず》んでいる。

年は三十がらみ。風が吹けば折れそうなほど細い身体と、背で一つに結わえた黒髪の豊かさの不均衡が、不思議な色気を醸《かも》し出している女であった。

その顔色から推《お》すに、病人ではない。ごほんと咳払《せきばら》いをして立ち上がった広道が、小走りに女に近付いた。

「どうなさいました。どなたかのお見舞いですか」

「あ、いえ――」

女はしげしげと広道を見つめ、節の浮き出た手をためらうように胸の前で組んだ。

「お二方は施薬院のお方でしょうか。実は、お願いがありまして」

はあ、と身構えた広道に、「わたくし、ここで働きたいのです」と女は思い詰めた様子で言った。

「施薬院は今、京じゅうの病人を一手に受け入れておられるとか。わたくし、少しであれば医薬も扱えます。病人の看病にも慣れております」

えっと声を上げたのは、名代だけではないのだろう。広道の背が大きく揺れる。

こんな混乱の最中に施薬院で働きたいなぞ、酔狂というより何かの間違いとしか思えない。頬の痛みも忘れて二人に駆け寄った名代をちらりと見て、広道は軽く咳払いした。

「お言葉はありがたいのですが、ここで働くということは、疫病のすぐそばで働くことと。もしかすると病に取りつかれるやもしれぬのですよ」
広道の念押しに、女はそんなことは百も承知とばかり、「はい、わかっておりま
す」とうなずいた。
「必要とあれば、誓詞《せいし》を書いてもよろしゅうございます。もっともわたくしの生死
を気に病むお人は、もうどこにもおりませんが」
夏の日に照らされた女の横顔は、洗いさらされた布のように白い。誰もが病の恐
怖に怯え、奔走している昨今においては珍しい、諦念《ていねん》すら漂う表情であった。
「おい、綱手さまを呼んで来い」
広道から肘《ひじ》で突かれ、名代は返事もせずに走り出した。
どんな理由があるのか知らないが、このご時世、こんな奇特な女を逃すわけには
いかない。長室に飛び込むや、有無を言わさず綱手の腕を掴み、「早く、早くお越
しください」と名代は叫んだ。
「なんじゃ、今度はどうしたのじゃ」
「とにかく急いでお越しください。ここで働きたいという女性がおいでなのです」
「なに。まことか」
目を見張る綱手を引きずるようにして庭に戻れば、袖をからげたその姿に、一目
で医師と気付いたのだろう。女は綱手に深々と頭を下げ、ここで働かせてほしいと

再び述べた。

「ふうむ。こんな折節《おりふし》にのう。それはひどくありがたいが」

人手は喉から手が出るほど欲しい。仮に粥《しるかゆ》炊きしか出来ぬ不器用者でも、一人いるかいないかでは大違いだ。

ただ改めて眺めれば、女の身拵《みごしら》えは質素ながらも小綺麗《こぎれい》で、麻の上衣も染《し》み一つない。折り目正しい物言いや態度は、その日暮らしの庶人とは見えないが、さりとて宮城勤めの女官や高官の屋敷で働く水仕女が、わざわざ施薬院の手助けを申し出るのも不自然だ。

同様の疑念を抱いたのだろう。無礼を承知で尋ねるが、と綱手は低い声で問うた。

「なぜ、かような折に施薬院で働こうと思うた。差し支えなければ、教えてくれぬか」

女は一瞬、躊躇うように視線を泳がせた。しかしすぐにまっすぐ綱手を見つめ、

「人を探しております。京じゅうの人々が押し寄せるここであれば、いつか巡り合えるのではと思いまして」

と、静かに言った。おとなしげな面差《おもざ》しの裏にひそむ頑《かたく》なさを物語るような、淡々とした声であった。

「人探しじゃと。それはかような時節に、難儀じゃな」

「はい。ですが、元より困難は覚悟しております」

ふうむ、ともう一度顎を撫で、綱手は誰にともなく小さくうなずいた。己の後ろ首を軽く拳で叩き、よし、と呟いた。

「そういう仕儀であれば、来てもらおう。ただ、なにせいま施薬院は、見ての通りの忙しさでなあ。もしかすると給金すらろくに払えぬかもしれんが、そこは許してくれよ」

「分かっております。どうかお気になさらないでください」

小さく微笑《ほほえ》み、女はありがとうございます、と頭を下げた。

「さあて、では仕事に戻るとするか。——ええと、おぬしのことは何と呼べばいいのじゃ」

「はい。絹代《きぬよ》と申します。姓はございません。ただの絹代、と」

「絹代、絹代か。わしは里中医の綱手、こちらは施薬院使部の広道と名代じゃ。ところでおぬし、碾磑《てんがい》は使えるか」

「はい、使えます」

「おお、それはよかった。ではすぐに柴胡を挽《ひ》いてくれ。ついでに煎じ薬を作ってもらえれば、大変助かるのじゃが」

絹代にせわしく命じながら、綱手がせかせかと長室に引き上げていく。

京の者はよほどの下賤《げせん》でもない限り、みな姓を有している。名しか名乗らなかったのは、何らかの事情があるのだろう。もしかしたらこんな未曽有《みぞう》の混迷の中で人探しをしているのも、それに関係があるのかもしれない。

階を上がる綱手と絹代の頭の上で、丸々と太った蠅が弧を描いて飛んでいる。綱手の指示に一つ一つうなずきながらそれを追い払う絹代の手の白さが、名代の眼にひどく鮮明に残った。


いざ働かせてみれば、絹代は驚くほど役に立つ女子《おなご》であった。

碾磑や薬研《やげん》の使い方に長《た》けているのはもちろん、病人の衣を替え、全身を拭う際も、無理に手足をひっぱったりはしない。どこをどう動かせば着替えをさせやすいか、薬を匙《さじ》で飲ませる際はどのぐらいであれば一口で飲み下せるかといったことまで、教えるまでもなく会得《えとく》していた。

「ありゃあ、ただの女じゃねえな。どこかの里中医の元ででも、働いていたんじゃないか」

広道は疑わしげに眉間《みけん》に皺を刻んだが、ともあれ彼女と真公が加わったことで、看護がずいぶん楽になったのは事実である。

長室の見廻りを増やせば、発疹が生じたばかりの患者にも迅速《じんそく》な手当ができる。わずかながら入院患者の死者数が減ったのも、二人のおかげに違いなかった。

「だったらなおさら、あと一人か二人、典薬寮が人手を寄越してくれればいいのですがねえ」

「馬鹿か、おめえは。まだそんなことを言っているのか」

厨《くりや》の大鍋で薬を煎じる名代に、広道が呆《あき》れ顔を向ける。いつでも逃げ出せるように腰を浮かせながら、「だって、そうじゃないですか」と名代は抗弁した。

「疫病の勢いがいくら甚だしいと言ったって、典薬寮にはまだ少しは人手があるはずです。それが真公さまお一人しか寄越してくださらないなんて、理不尽ですよ」

「おめえは本っ当に何も分かってないな。典薬寮の連中にとっては、施薬院がどうなろうと知ったこっちゃねえんだよ」

えっと息を呑んだ名代を「もっと薪《たきぎ》をくべろ」と叱り、広道は煮えたぎる薬鍋に目を落とした。

「おめえだってそうだっただろう。官人はみな施薬院への赴任を左遷のように思っているし、典薬寮の奴らだってそれは同じこと。これまで一度もまともな医師を寄越してくれたことがねえのが、なによりの証拠だ」

定めでは、典薬寮の医師・医博士は毎日交替で施薬院に詰めるはずだが、それが果たされたことは皆無に近い。それだけに真公は以前から、せめて医生だけでも毎日施薬院に勤務するようにと計らってくれたが、腕は未熟な癖に権高な彼らは、事務官の言うことなどまるで聞かず、月にほんの数日、顔をのぞかせる程度だった。

「典薬寮の奴らはきっと、今回の綱手さまの請願にも知らん顔を決め込んだんだろう。そこで真公さまが義憤に駆られ、自ら志願して、ここに来てくださったってわけさ」

「そんな――」

絶句した名代の手から薪を奪って竈《かまど》に放り込み、「しかたないさ」と広道は呟いた。

「典薬寮の連中だって、所詮はただの人間だ。いやむしろ、常日頃、厳重に守られた宮城の内側にいるからこそ、あいつらは疫病が蔓延した町中での診察なぞご免なんだろうよ」

だがいたるところに屍《しかばね》が重なり、悪臭漂う死の都であっても、そこにはまだ生きようと戦う人々がいる。一人でも多くの者を救いたいと奔走する自分たちがいる。その奮闘に見て見ぬふりを決め込むとは、それでも医師の端くれか。

目の前が暗くなるほどの怒りを覚えた名代をちらりと見やり、「まあ、宮城は宮城で、色々大変なんだろうけどな」と、広道は早口で続けた。

「官人は何人くたばったって構わんが、帝やそのご家族が裳瘡《もがさ》に罹ってみろ。典薬頭や内薬正《ないやくのかみ》を筆頭に、その部下たちまでそろって首が飛ぶぞ」

宮城では医師や医博士たちはもちろん、経籍図書《けいせきずしょ》を管理する図書寮の官人までが総出で医書をひっくり返し、日々、駆瘡薬《くそうやく》の処方や治療法が模索されているのだろう。しかし一向にその効果が聞こえてこない事実からして、裳瘡に手をこまねいている点は、宮城の内も外も変わらなさそうだ。

「こうなっちゃあ、典薬寮の奴らなんぞあてにはしねえ。ただ誰でもいいから、一日も早く裳瘡の治療法を見つけてくれねえかなあ」

広道の呟きとは裏腹に、日が経つにつれて裳瘡患者は次第に宮城の高官・皇族の中にも増えていった。しかし相次ぐ上卿病臥《しょうけいびょうが》の報せに混じって、もっとも名代たちを仰天《ぎょうてん》させたのは、長らく寝付いていた藤原房前の訃《ふ》であった。

光明《こうみょう》皇后の異母兄である房前は、朝堂を支える藤原四兄弟の中でももっとも首《おびと》天皇の信頼厚い人物。そんな彼の病没は、綺羅星《きらぼし》の如き地位や栄誉すら、疫神の跋扈《ばっこ》の前には無力であるという事実を如実に物語っていた。

聞けば天皇は股肱《ここう》の臣《しん》の死に、大臣に準じる葬儀を行なうよう命じたが、房前の妻子はそれを固辞し、簡素な葬礼を営むことを選んだという。

別に帝の申し出に恐懼《きょうく》したわけではあるまい。要は房前家の者たちは、葬事に当たる官人の任命や大量の賻物《ふもつ》の下賜《かし》を待つよりも、一刻でも早く亡骸《なきがら》を葬り、疫病から遠ざかることを選んだだけだ。

（房前さまほどのお方の病ともなれば、典薬寮も思いつく限りの薬を進上しただろうに――）

いったい何を飲ませれば、裳瘡に勝てるのだ。名代は人気《ひとけ》のない回廊の隅で頭を抱え、深い溜め息をついた。

都に最初の病人が出てから、すでにひと月。病は京以外にも飛び火を始め、大宰府《だざいふ》を含む西国《さいごく》諸国、畿内の各国からも病人発生の報せが届いている。

間の悪いことに、一昨年の飢饉《ききん》はいまだ尾を引き、食い詰めた民が里を捨てて、流民《るみん》となる例は後を絶たない。都に行けば何とかなろうと寧楽《なら》に押し寄せた人々は、折からの空腹と疲れのせいであっという間に疫病の餌食《えじき》となり、そのまま施薬院へと担ぎ込まれる。そうでなくとも夏は、痢病《りびょう》や霍乱《かくらん》（熱中症）が流行する季節。これから更に暑くなったなら、京にはどんな阿鼻叫喚《あびきょうかん》の光景が繰り広げられることか。

次々と押し寄せる病人の列、甕《かめ》に入れられて運び出されてゆく死人たちに日々接していると、名代は自分がすでに生きながら地獄に落とされているのではと思うことがあった。

どれだけ血眼《ちまなこ》になっても、瘡瘡を食い止める手段は見つからず、疫神の魔の手はもはや壮麗なる宮城の奥にすら伸び始めている。だからといって自分たちが諦《あき》めては、この都は本当に死の国へと変わる。今は出来ることをひたすら努めるしかないと互いを励まし合って、ひたすら看病に明け暮れている最中、誰もが内心恐れていた事態が施薬院を襲った。

悲田院に瘡瘡患者が発生したのである。

最初に倒れたのは、入院患者の汚れ物の洗濯していた老婆だった。ある日いきなり高熱を発した彼女は、水疱の発生まで行き着かず、ほんの一晩寝ついただけで息を引き取ったが、翌日から悲田院では熾火《おきび》が風を得た勢いで、病に臥す老人が相次いだ。

「これはいかん。具合の悪い老人どもを、すぐに別棟に移せ。それと洗い物は以後すべて、わしらがやる。悲田院の者には手を出させるな」

病が人から人へと移ることは知っていても、まさか汚れ物を経て感染するとは思ってもいなかったのだろう。綱手はぎりぎりと奥歯を鳴らし、凄まじい形相《ぎようそう》で己の浅慮《せんりよ》を悔いた。

「それと隆英どのは、子どもたちを一棟に押し込め、しっかり監督してくれ。あやつらの悪童ぶりはよく承知しておるが、この夏が終わるまではなるべく外に出すな。文字や算術を教えるいい機会と思うて、手習いでもさせておけ」

とはいえ幾ら強く言いつけても、遊び盛りの子どもが大人しくしているはずがない。わずか数日で手習いに飽き、施薬院や悲田院の庭に這い出した彼らを、綱手はこれまで以上の激しさで片っ端から怒鳴り付けた。すると童たちは叱られれば叱られるほど面白がり、隆英や慧相尼の目を盗んで、居室にしている長室を抜け出す。

そんなことを繰り返していたある日、薬蔵に生薬を取りに行った名代は、庭の隅を走り抜ける小柄な影に、おやっと眉を寄せた。

(あれは太魚《たうお》じゃないか)

また抜け出したのかと舌打ちをする名代に気付かぬまま、太魚は子犬のような敏捷さで植え込みを回り込んだ。お仕着せの麻の衣が葉叢《はむら》の陰に翻り、突然地中に吸い込まれるようにするりと消える。驚いて駆け寄れば、塀の裾には人一人がかろうじてくぐれる破れ目が開いていた。

(おいおい、待て。こんな時に外に出たってのか)

なんてことだ。抜け出したのは太魚一人らしいが、万が一、彼が町中で裳瘡に罹患しようものなら、それはあっという間に子どもたちの間に広まろう。

ああもう、と頭をかきむしり、名代は腹這いになった。植え込みを両手でかき分け、塀の破れ目に強引に身体を突っ込んだ。

放埒《ほうらつ》に茂った夏草が、垢《あか》に塗《まみ》れた首筋をちくちくと刺す。乾いた砂の眩《まぶ》しさに、名代は目を細めた。

(畜生《ちくしよう》、後で絶対に板でここをふさいでやる)

胸の中で吐き捨てながら顔を上げれば、目の前に広がる大路《おおじ》は静寂に包まれ、長く延びた道の果てで、春日山《かすがやま》の滴《したた》るような新緑が夏陽に輝いている。

軽い足音が聞こえた。名代は慌てて身を起こし、角を曲がって行く影を追って走り出した。

後をつけられているとは考えてもいないのか、少年の足取りに迷いはない。水が足りぬのだろう、夏にもかかわらず葉を黄ばませた木蓮《もくれん》の梢《こずえ》が、そんな太魚の足元に黒々とした影を落としていた。

太魚の悪童ぶりは、これまでに嫌というほど思い知っている。そう疑って凝視すると、少年の懐はこころなしか膨らみ、小脇にも麻袋らしきものを抱え込んでいるようだ。

慧相尼や隆英はここのところ、院内の些事《さじ》に目を配る余裕がない。太魚は彼らの多忙さに乗じて、資財を盗み出したのかもしれない。

こうなればまずは、太魚の行く先を突き止めるとしよう。こんなご時世ではあるが、場合によっては太魚を悲田院から叩き出すことも検討せねばなるまい。

五条大路《おおじ》で道を右に折れると、太魚は朱雀《すざく》大路をまっすぐに突っ切った。かと思うと不意に足を止め、家と家の間に延びる細道にもぐり込む。そのまま迷路の如く曲がりくねった路地を進み、やがて傾いた掘立小屋が建ち並ぶ小路へと入って行った。

（おいおい、市に行くんじゃないのかよ）

名代は四囲を見廻した。もう何年も人が住んでいないのだろう。ほうぼうの蓆《むしろ》屋根は朽《く》ち、倒れた柱には蜘蛛《くも》の巣がかかっている。草に覆われた井戸も釣瓶《つるべ》が放り出されたまま静まり返り、動く者の姿は一つとてない。

都の浮浪民は、一万人とも二万人とも噂される。おそらくこの小路ではかつてそんな人々が、息をひそめて暮らしていたのだろう。そして浮浪民を生まれ故郷に帰さんとする京職《きょうしき》が彼らを一斉に摘発した後は、住む者もなく朽ち、かような有様と成り果てたのに違いない。

だがよく目を凝らせば、茅屋《ぼうおく》の凄まじい荒れ具合にもかかわらず、路地は不思議と綺麗に掃《は》き清められ、折れた柱や破《や》れ蓆はすべて、道の一方に寄せられている。もしかして、誰か住んでいるのか。物影から首を突き出す名代の目の前で、太魚は一軒の廃屋へと近づいて行った。

壁と柱があるだけ周囲よりましだが、それでも傾いた屋根にはぽっかりと大きな穴が開いている。到底人の住まいとは思えぬ陋屋《ろうおく》を覗き込み、「おおい、爺《じい》さん。生きてるかい」と、太魚は声をかけた。

「おお、まだ生きておるぞ。おぬしも息災《そくさい》か。よかったのう」

こんなあばら家の住人の割に、その返事は妙に張りがある。そこに漂う老獪《ろうかい》な気配に覚えを感じ、名代は唇だけでまさかと呟いた。

「そうでもねえよ。とうとう、悲田院にも病人が出ちまったんだ。おかげでおいらたちは危ないからって一棟に閉じ込められ、今日だって出てくるのに苦労したんだぜ」

「まあ、それは時節柄しかたあるまい。綱手とて、おぬしらの身を案じるがゆえに、さような策を取ったのじゃろう」

「冗談じゃねえや。あんな鬼みてえな爺《じじい》に案じてもらわなくたっていいのによ」

そのやりとりを皆まで聞かず、名代は蓆が撥《は》ね上げられた陋屋に駆けこんだ。驚き顔で振り返る太魚を突き飛ばし、「比羅夫どのではありませんかッ」と叫んだ。

間違いない。土間の片隅に敷いた蓆の上に座りこんでいるのは、施薬院出入りの薬《くすりの》匱《くら》の主《あるじ》、久米《くめ》比羅夫だ。

げっと叫んで立ち上がりかけた比羅夫の腰に、大慌てで名代はしがみついた。咄《とっ》嗟《さ》に逃げ出そうとした少年を顧み、

「ええい、動くな、太魚ッ。ここで逃げ出したなら、明日の晩まで飯は抜きだぞッ」

と怒鳴りつけると、双眸《そうぼう》を見開いて比羅夫に向き直った。

「どういうことですか、比羅夫どの。なぜこのようなところに――」

言いさして、はたと言葉を失ったのは、膝の下で何かが砕ける感触を覚えたからだ。

見れば、薄暗い土間には口のほどけた麻袋が落ち、米と豆が一面に散らばっている。名代の眼差《まなざ》しを追って土間を見おろし、比羅夫は「おぬし、何をしてくれるのじゃッ」と悲鳴を上げた。

「早く集めぬか、これはわしの命の飯じゃ」

そう喚いて名代を蹴り飛ばすや、そのまま土間に這いつくばって米と豆をかき集め出した。

「太魚も手伝わぬか。ぼんやりするな」

あまりの狼狽《ろうばい》ぶりに面食らいながらも、名代は命じられるまま、比羅夫が持ち出した桶に米と豆を拾い集めた。

かつての比羅夫は万事に抜け目なく、人を高みから見下ろすような傲慢《ごうまん》さがあった。それが今はどうだ。土間を這いずって、食い物を必死にかき集める様は卑屈で、言うことを聞かねば、皺だらけの手でこちらを縊《くび》り殺しそうな荒々しさすら備えている。

いつからここに住んでいるのか、その髭《ひげ》は伸び、着たきりらしき袍《ほう》は饐《す》えた臭いを放っている。およそ京一の薬匱の主とは思えぬ変貌ぶりに、名代は我が目を疑った。

眼をぎらつかせて米と豆を集めると、比羅夫は取られまいとするかのように桶を小脇に抱え込んだ。ぜえぜえと息を切らし、名代と太魚を見比べた。

「太魚、おぬしがこ奴を連れてきたのか。誰にも知らせるなと申したに、面倒な真似をしよって」

「ち、違うやい。おいら、言われた通り、誰にも知らせずにここまで来たんだい」

「その通りです、比羅夫どの。私は太魚が施薬院を抜け出したのを見つけ、こっそりその後を追ってきただけです」

言い募る二人を睨みつけ、比羅夫は腕の中の桶に丁寧に蓆の切れ端をかぶせた。それを板間の端に置くと、「これでまたしばらくは、食い物の心配をせずに済むのう」と桶の胴を嬉しげに撫でた。

先日、名代が訪《おとな》った比羅夫の店は、堅く板戸が閉め切られ、どうやら店じまいをしたらしいと近隣の者は語った。裳瘡に怯え、京から逃げ出したとばかり思っていた彼が、よもやこのように形《なり》を替え、京中のあばら家に暮らしているとは。

「それにしても、こんなところで何をしておられるのですか、比羅夫どの」

「まったく、愚かなことを聞かれますなあ。病を避けておるのに決まっておりましようが」

その口の悪さだけは、かつての彼といささかも変わっていない。それにわずかな安堵《あんど》を覚え、名代は早口に畳みかけた。

「それでしたら、こんな陋巷《ろうこう》でなくても、人里離れた京外に別宅を建てればよろしいはず。その程度の財物はおありでしょうに、何を好き好んでこんな場所に」

「ふん。しかたありますまい」

そう吐き捨て、比羅夫は足先に落ちていた木切れを拾い上げた。八つ当たりのように、それを外に向かって力一杯投げつけた。

「別宅を建て、人を置けば、その分、身の回りの者から病を得る恐れが増えます。疫病に罹りたくなければ、己の身は己で養わねばなりませぬのじゃ」

なるほど、比羅夫の言葉にも一理ある。疫病の伝染の最大の原因は、人同士の接触。とはいえそれで店を畳み、こんな廃屋に身を隠すとは、比羅夫はよほど自らの命を惜しんでいると見える。

「かく申す名代さまは、施薬院から疫神を背負うて来てはおられますまいな。まあ、あの綱手さまのことじゃ。使部や駆使丁どもには、折ごとに身体を清めさせ、病に罹らせぬよう気を配っておられましょうが」

汚らしいものを眺めるような比羅夫の目付きに気圧《けお》され、はあ、と名代は相槌を打った。

「じゃが人とは不便なもので、飲まず食わずでは暮らせませぬ。とはいえ自ら市に出かけては、それこそ疫神の思うつぼ。ならば誰か信頼できる者に、食い物を届けてもらわねばなるまいと思うておった矢先、悲田院の童どものことを思い出しましてな。二日ほど裏門で待ち構えた末、折しも出てきたこ奴に銭を渡し、食い物を運んできてくれと頼んだのでございまする」

太魚の顔は施薬院からほうほうの体《てい》で逃げ出したあの日に覚えた、と比羅夫はなぜか自慢げに付け加えた。

「今や都の者は誰が疫神に取りつかれておるやら、知れたものではありませぬ。されど悲田院の子であれば、まだ少しは安堵できますでなあ。口にするものを持って来させるには、これ以上の者はおりますまいよ」

とはいえ悲田院が比羅夫に米を与えているなぞ、名代はこれまで誰からも聞いたことがない。おそらく太魚は受け取った銭を懐に入れ、勝手に蔵から食い物を盗み出しているのだろう。小ずるげに上目を使う少年の頭を小突き、名代は大きな息をついた。

「それにしてもいったいいつまで、こんなところに暮らすおつもりですか」

「流行り病とて、いつまでも人々を苦しめ続けるものではありませぬ。あと四月《よつき》、いや三月《みつき》もすれば、必ずや病人は減り、この混乱も収束いたしましょう。それまでの辛抱《しんぼう》と腹をくくれば、かような陋屋での寝起きも、さして苦にはなりませぬわい」

もともと自分には、妻も子もいない。奉公人に給金を分け与え、残った財物は信頼できるかつての同輩に託してここに隠棲《いんせい》したと、比羅夫は付け加えた。

これが秋冬であれば我慢もしがたかろうが、幸い、季節は夏。食い物と寝る場所さえあれば、なるほど生き延びることは不可能ではなさそうだ。

よいしょと呟いて、比羅夫は土間の隅の水桶へと近付いた。投げ込まれたままの杓子《しゃくし》で桶をかき回し、喉を鳴らして水を飲んだ。

「名代さまもいかがでございますか」

そう言って差し出された杓子の中には、小さな孑孑《ぼうふら》が泳いでいる。慌てて首を横に振った名代を一瞥《いちべつ》し、比羅夫はその水をうまそうに飲み干した。

「それにしてもご用心なされませよ。古来、医師は患者から病を移されることが多いもの。かつて諸国で裳瘡が流行った折も、ほうぼうの国に派遣された典薬寮の医師が幾人か亡くなりましたでなあ」

思いがけない話に、名代は何ですとと驚きの声を上げた。

「いま、なんと。この国では以前も、裳瘡が流行ったのですか」

「なんじゃ、名代さまはそんなこともご存じありませぬのか」

言いながら比羅夫は、指を一つ、二つ、と折った。四本目を折りかけたところで元に戻し、

「ああ、改めて数えれば、三十余年も昔じゃ。それを知る者も、もはや京には多くなかろうなあ」

と大きな溜め息をついた。

「あれは、今の帝の父君の御世《みよ》。わしが典薬寮に出仕を始めたばかりの頃でございます。畿内及び紀伊と伊賀《いが》、それに東海道の数国に裳瘡が流行りましてのう」

幸い、季節が冬だったせいか、今回のような爆発的な流行には至らなかった。だがそれでも、典薬寮の医師と官吏はこぞって病者が出た国に派遣されたと比羅夫は語った。

そう聞けば、最初の患者が施薬院に運ばれてきた際、比羅夫があれほど狼狽したのも納得出来る。陋巷に寝起きして命長らえんと画策したのも、かつての経験あればこそか。

「その折、共に働いた老医師から聞いたのでございますが、裳瘡とは奇妙な病でございましてな。一度罹患して回復した者は、二度と罹らぬそうでございます。わしもあの時、ごく軽く裳瘡に罹っておったならば、これほど怯えはしませぬのじゃが」

そう言われてみれば確かに、施薬院に運ばれてくる病人には老人が少ない。それはてっきり壮年や若者の方が感染の機会が多いからだと思っていたが、前回の裳瘡流行の置き土産《みやげ》だったというわけか。

「じゃによって名代さまや広道さまは、決して病に侵《おか》されぬよう、気を付けなされよ。綱手さまはまず心配いりますまいが」

「それは、どういう意味でございますか」

問い返した名代をしげしげと眺め、比羅夫は「まさか、名代さま」と声を上《うわ》ずらせた。

「綱手さまの異相《いそう》を、これまで不思議と思われなんだのでございますか。あの柑子《こうじ》の皮の如き面は、まさに裳瘡がもたらした痘痕《あばた》。おそらくあの御仁《ごじん》はかつて裳瘡に罹り、命からがら生き延びられたのでございましょうよ」

名代は目を瞠《みは》った。裳瘡から生還した病人はみな、首や額に小さな痘痕が残る。確かに、綱手の異だがその痘痕が激しく、顔じゅうに散ったとすればどうだろう。

相そっくりになるではないか。

しかしあれほど激しい痕跡を全身に留めているとなれば、綱手はかつてまさに生死をさまよう病苦を味わったはずだ。綱手の年齢から考えれば、当時、彼は二十歳過ぎというところか。場合によってはすでに妻子がいたとしても、おかしくはない。

(もしや、綱手さまがあれほど懸命に瘡瘡と戦っておられるのは――)

そうだ。そう考えれば、あの奮闘ぶりも理解できる。かつて自分を襲い、おそらくは親しい者たちの命すら奪った瘡瘡に、彼は数十年の時を経て、再び挑《いど》まんとしているのだ。

――ひと時の夢にも似た我が身を思えばこそ、わしは他者のために生きねばならぬ。

いつぞやの綱手の言葉が、胸を過《よ》ぎる。綱手は三十余年前、いまの都以上の地獄を見たのだ。そして一人生き残った己《おの》が身の儚さも、人の命の短さも思い知ればこそ、残された命を他人のために使おうと思い定めたのだろう。

(なんというお方だ――)

名代が息をついたとき、かんかん、と金物を打ち鳴らすけたたましい音が、家の裏で響いた。

「神虫さまの御渡りじゃぞぉ。病に苦しむ者は、おすがりするがよい」

「ありがたい神虫さまの御渡りじゃあ。皆、出てこおい」

という喚呼《かんこ》が急に沸《わ》き起こり、またやかましく鉦《かね》が打ち鳴らされる。どうやらこの家の真裏の大路を、二、三十人の男女が練り歩き出した様子であった。

「なんですか、あれは」

頭の中をかき回さんばかりの大音声《だいおんじょう》に、名代は顔を上げた。傍らの比羅夫もまた、「ああ、またか」と、うとましげに声の方角を見やった。

「あれは常世常虫とやらいう神を拝む禁厭師《まじないし》と、その信者どもでございますわい。この半月ほど、毎日、ああやって界隈《かいわい》を歩き回っておりましてな。まったく耳ざわりと言ったらありませぬ」

常世常虫、と名代は小さく呟いた。聞き覚えがある。確か多伎児《たきこ》の両親が信奉《しんぽう》していた神の名だ。

「あいつら、東西の市に、よく姿を現わしているらしいよ。こないだ西市をのぞいたら、野郎どもが禁厭札をなんと一枚七百文もの高値で売ってたぜ」

太魚が口を挟むのを、比羅夫が凄まじい形相で振り返った。

「悲田院に帰る際は寄り道するなと、いつも口が酸っぱくなるほど申しておろう。そんなところへ行き、病を得たらどうするのじゃ」

「ふん、平気さ。市の門からちらっと眺めただけだもの」

　太魚がうそぶく間も、鉦の音は止むことなく響き続けている。常世常虫の名を呼ぶ声がどんどん大きくなってゆくのは、新たな信者が次々と行列に加わっているからだろう。だがその中に時折、「新羅《しらぎ》の神、帰りませ。帰りませ」という叫びが混じるのは、どういうことだ。

　声の方角を目顔で指し、「常世常虫だけかと思えば、どうやら別の神にも祈っているようですね」と、名代は尋ねるともなく呟いた。

「ああ、新羅の神がどうしたという奴でございましょう。わしも詳しくは存じませぬが、外を行き交う者の囁きからうかがうに、どうもここのところ巷《ちまた》では、裳瘡は新羅から渡ってきたとの噂があるようでございますな」

「新羅――」

「さよう。あ奴らが盛んに唱えておるのは、疫神をそちらに帰らせようとする呪言《じゅげん》でござろう。なにせ日本《ひのもと》は島国。嫌な病はみな、国の外から参りますでなあ」

　そういえばいつぞや慧相尼は、この春に新羅から戻ってきた使節団は、かの地で謎の病に罹ったらしいと噂していた。

　今となれば、分かる。遣新羅使を襲った病は、裳瘡だったのだ。そして生き残った使節団は、己の背に恐ろしい疫神がおぶさっていることなぞ知らぬまま、この国に引き上げてしまったのだ。

都の者とて愚かではない。最初の患者が使節帰国直後に現れたことや、官人が寄り集まる酒家の女が次々裳瘡に罹患したことなどから、疫病は新羅からやってきたと気づいたのだろう。

（そういえば、いつぞや新羅渡来品の市で倒れた官人も、裳瘡に罹っていたのかもしれないな）

羽栗《はぐり》と呼ばれていた若い役人はあの時、同輩の病は長旅の疲れによるものと言い張った。しかしその際の動揺ぶり、座り込んだ仲間に近付くまいとする態度……遣新羅使節団の一人であった羽栗はあの時点で既に、それが異郷で仲間を死に追いやった病と察していたのに違いない。

あの病人は、藤原房前の家令《かれい》を名乗る猪名部諸男《いなべのもろお》が連れ帰った。他の高官に先駆けての中務卿・藤原房前の逝去《せいきょ》は、それが原因なのではないか。

そしてもしあの折、羽栗が隠し事をしなければ。そうすれば自分たちはもっと早く、裳瘡に対して手が打てたのでは。

もはや取り返しのつかぬ過去に、名代は拳を握りしめた。爪が掌に食い込み、肩がぶるぶると震えた。

「そういえば名代さま、施薬院ではいまだ、あの密翳《みつえい》とか申す駆使丁を雇っておられますのか」

　唐突に比羅夫が、素《す》っ頓狂《とんきょう》な声を上げる。はっと我に返った名代は、その思いがけなさに、一瞬、言葉の意味を捉えかねた。

「え——ええ、さようですが。それがなにか」

「お気を付けくだされよ。疫病の流行は時に、人の身体ばかりか心まで蝕《むしば》みまする。異《と》つ国の民はこの京に多うございますが、中でも密翳はその容貌《ようぼう》から、誰の目にもすぐ本邦の者でないと知れますからのう」

　疫病が新羅からもたらされたとの風聞《ふうぶん》が広まっている今、京人の恐怖と憎しみは、ともすれば病を持ち帰った使節や新羅人に向けられかねない。そんな中、明らかに異国人と分かる密翳が彼らの目に触れたらどうなることか、と比羅夫は頰を強《こわ》張《ば》らせた。

「それは考え過ぎでしょう。だいたい密翳は波斯《はし》国の出であって、新羅人ではありませんよ」

「いいや。名代さまは、病の恐怖に駆られた者がどんな所行を為《な》すか、まだ分かっておられぬ。波斯人であろうが、崑崙《こんろん》人であろうが、そんなことは問題ではありませぬ。人は極限まで追い詰められれば、自分たちと相容《あいい》れぬものを排除し、抹殺《まっさつ》せんと躍起《やっき》になるのでございます」

そう語る比羅夫の眉根は強く寄せられ、濁った眸《ひとみ》ははるか昔の記憶をたどるかのように、宙に据えられている。ぎゅっと引き結ばれた唇の硬さに、名代はもしや、と声を上ずらせた。

「かつての裳瘡の流行の折、何かあったのでございますか」

「ああ、ありました、ありましたぞ。なにせ今よりもなお、医薬が乏しかった世でございましたでなあ」

ことに自分が派遣された紀伊国はひどかった、と続けた口調は、感情を失って平《へい》板《ばん》に乾いていた。

「名代さまはご存じありますまいが、紀伊は深い山と荒れ狂う海に挟まれた国。それだけに紀伊の者は元々、海の彼方《かなた》から流れ着く者たちを幸事や禍事《まがごと》を伴う輩《やから》と考え、ひどく恐れ、また同時に崇《あが》めておりましてな」

裳瘡がなぜ、紀伊国で流行したのかはわからない。しかし比羅夫たちが派遣された時、紀伊国ではとある浜に一年ほど前に流れ着いた舟が、この地に病を運んできたと噂されていた。

人は時に親《ちか》しい者のみで寄り集まり、他者を排除せんとする。ましてや海の向こうから「何か」が渡来すると信じる彼らの目には、その舟が自分たちの社会を蝕むべくやってきた災いの象徴と映ったのに違いなかった。

「わしらはずっと紀伊国衙《こくが》に詰めておりましたゆえ、その舟を我が眼で見てはおりませぬ。されど紀伊国の官人によれば、当時、それは岩の多い浜に引き上げられ、口のきけぬ物乞いの住処《すみか》になっていたそうでございます」

住む家も帰る先もない彼にとって、雨風をしのげる舟は、ありがたい住処だったのだろう。しかし病におののく者たちの目に、どの里にも属さぬその姿は災いの権化《ごんげ》と映った。

「ある日、国兵が一人、血まみれになって国衙に転がり込んで参りました。近隣の村々の者が鋤《すき》や鍬《くわ》を持って浜へ押し寄せたのを止めんとして、怪我をしたのでございます。知らせを受けて、国衙の兵どもはすぐさま武具を取って飛び出して行きました。されど奴らが駆け付けた頃には、すでに手遅れじゃったそうでございます」

物乞いを寄ってたかって殴り殺し、舟に火をかけた村人たちは、ただ、我が身に降りかかった疫病を避けたかっただけだったのだろう。さりながら得体の知れぬ病への恐れは時に、病に為す術《すべ》のない自らへの怒りと相まって、弱き者に対する暴力にと変わる。

血祭に挙げるのは、別に誰でもよいのでございます、と比羅夫は硬い声で続けた。

「いえ、言い換えれば、血祭に挙げられる恐れは誰にでもあるとも言えましょう。

つまりもはや皆が正気を失っているこの都では、誰がいつ屠《ほふ》られるか、知れたものではありませぬ」

　お気を付けくだされよ、と比羅夫が念押しする間にも、「新羅の神、帰りませ」という叫びはどんどん大きくなる。その喚声が今にもなだれを打って、この家に押し寄せてくる気がして、名代はぶるっと身を震わせた。

　その途端、比羅夫は足裏に火箸《ひばし》でも押しつけられたように跳ね立ち、一間《けん》あまりも後ろに飛びすさった。

「ど、どうなさいました。寒気がおありでございますか。もしや、ここまでの道中に裳瘡を拾ってまいられたのではありますまいな」

「違います。ただ比羅夫どののお話があまりに恐ろしく、つい身震いしただけです」

「それはまことでございましょうな」

　比羅夫は壁に背中をぴったりとつけ、名代の顔色をうかがっている。彼を安心させようと、名代は大袈裟《おおげさ》に胸を叩いた。

「本当ですから、ご安心ください。それにしても比羅夫どの、かような所にいては、やはり身の毒です。もし差し支えなければ、私とともに施薬院にお越しになりませんか」

「馬鹿を仰いますな。病人がひしめく施薬院になぞ行けば、わしはあっという間に、死病に取りつかれてしまいますわい」

日常的に裳瘡患者に接している名代は、もはや死を「穢《けが》れ」として忌避《きひ》する暇がない。しかし比羅夫は、医薬の場たる施薬院の米や豆は病に染まっていないと考える一方で、施薬院に足を踏み入れることは、そこに蔓延する病への感染につながると怯えている。

その一貫性のない考え方が、一見冷静な比羅夫の錯乱《さくらん》ぶりを物語っている。恐怖に顔を引きつらせる目の前の老人を、名代はわずかに憐《あわ》れんだ。

「わしは、どこにも行きませぬ。この家で裳瘡が収まるのを待ちまする。言っておきますが、名代さま。万が一、太魚が病みついても、他の童に米を運ばせないでくだされよ。一人の子が病みつけば、病はすでに他の童へも移っておりましょうでな」

「そんなこと言ったって、誰も米を持って来てくれなくて困るのは、あんたなんじゃないかい」

太魚が口を尖《とが》らせるのに、何を言う、と比羅夫はせせら笑った。以前よりこけた頰に影が落ち、色の悪い唇がぐいと片頰に引き寄せられる。ひどく太々《ふてぶて》しく、その癖、不吉さの漂う笑いであった。

「おぬしが来なくなったら、その時はその時じゃ。人間、水さえあれば、五日や十日は死なぬもの。命と引き換えと腹をくくれば、しばらくは辛抱できようて」

その覚悟には感嘆するが、酷《きび》しき夏はまだまだ続く。すでに七十を超えた身で、かような陋屋に寝起きしていては、瘡瘡に罹患する前に、瘧《おこり》でも起こすかもしれない。とはいえ命綱の桶を傍らに引きつけた比羅夫の形相を見るに、彼を施薬院に引き取ることは難しそうだ。

だが省みれば、施薬院の外に出ることを怖がり、己の命一つを大事に抱え込んでいたかつての己は、そんな比羅夫とひどく似ている。

我が身の安全ばかりを考え、周囲の者を押しのけてでも生き長らえようとするのは、人の哀しい性《さが》。とはいえ名代が綱手や広道の叱責によって、自らの生きる意味を考え直した如く、人間はみなあさましい我意《がい》とともに、他人のために命を用いる優しさをも持ち合わせているはずだ。

裳瘡が収束すれば、比羅夫もいずれ人の心を取り戻そう。そのためにも一日も早く疫病が鎮静することを、名代は願わずにはいられなかった。

比羅夫に別辞を告げて陋屋を出れば、なまじ屋内が薄暗かっただけに、外の陽射しが眼に痛い。駆け出そうとする太魚の襟髪を、名代は素早く摑んだ。

「なあ、ちょっと放しとくれよ。おいら、逃げ出さねえからさ」

「いいや、駄目だ。悲田院に帰るまでは、おとなしくしていろ」

もつれ合うようにして小路を出れば、一つ向こうの辻を、老若男女《ろうにゃくなんにょ》様々な人の群れが常世常虫と新羅神の名を叫びながら過ぎて行く。頭上近くまで昇った夏の陽が、彼らの足元に黒々とした影をわだかまらせていた。

畿内では十年ほど前から、行基《ぎょうき》とかいう僧侶に率《ひき》いられた者たちが、池の造成や架橋などの土木作業に勤《いそ》しんでいるという。残念ながら名代には信心というものがいま一つ理解できないが、あれほど多くの信者を集めているのだ。自分が知らぬだけで、行基にしても常世常虫にしても、もしかしたらそこには本当に何かの利益《りやく》があるのだろうか。

そうだ。もし——もし、全身を膿瘡に覆われ、ぴくりとも動かぬまま横たわっていた多伎児が回復し、あの列の中にいるのならば。そうすればこの恐怖と絶望がはびこる京にも、わずかな望みがあるということではないか。

しかしいくら目を凝らしても、降り注ぐ陽射しはあまりに白々と明るく、人々の顔をかえってぼんやりと霞《かす》ませるばかりである。思い出したように頭上で鳴き始めた蟬《せみ》の声が、高らかに響く呪言や鉦の音に重なり、名代の脳裏をかき乱した。

行列はうねる蛇のように長々と延び、辻の向こうへと消えてゆく。彼らの声がやがて耳を澄まさねば聞こえぬほどに遠のくと、名代は無意識に詰めていた息を大きくついた。

　わかっていたはずだ。多伎児の姿が、列にあるわけがない。やはり多伎児は死んだのだ。だいたい本当に神仏がおわすなら、なぜこれほど激烈な疫病が都に流行るのだ。

　だが他人を信じず、ただ自分の命一つを大事に抱え込む比羅夫のような者ばかりが生き残るとすれば、それはあまりに哀しく、また無惨《むざん》にすぎる。

　名代は空いた片手を強く握りしめた。

　この狂奔の日々は、いったいいつ終わるのか。比羅夫は秋が来れば病の流行は収まろうと語ったが、果たしてその時まで、この寧楽に人種《ひとだね》は残るのか。

「おい、名代ってば。どうしたんだい。帰るんじゃなかったのか」

　太魚の促しに助けられる思いで歩き出せば、施薬院の門前には相変わらず黒山の人だかりが出来ている。

　戸板に乗せられ、はあはあと荒い息をつく少年。頭から汚れた麻布をかぶって、道端に力なく座り込んでいる老婆……。門の内側から彼らを迎え入れる際は、恐怖など微塵《みじん》も感じぬのに、外側から眺めると足がすくむのはどういうわけか。

　門内に飛び込もうとした太魚の襟首を、名代は待てと引っ張った。「おい、裏手に回ろう」と、その耳元で囁いた。

「弱虫だな。おいらは平気さ」

小馬鹿にしたように鼻を鳴らし、太魚は己の襟元をぐいと両手で整えた。止めようとする名代の手をかいくぐって、彼が病人で混み合う施薬院の門に駆け込んだ途端、「た、太魚ッ。あんた、どこに行ってたのッ」と叫びながら、慧相尼《けいしように》が奥の殿舎から飛び出してきた。

その眼はどういうわけか吊り上がり、ふくよかな顔は蒼白《そうはく》に変じている。よほど取り乱しているのか、足元は裸足《はだし》のままだ。

階《きざはし》を一段飛ばしに駆け降りた彼女は、太魚の両肩を摑もうと手を伸ばした。だが急にその手を止め、雷に打たれたようにその場に立ちすくんだ。胸の高さに上げた両腕をがたがたと震わせると、何かから逃げようとするかの如く、一歩、後ろによろめいた。

さすがの太魚がきょとんとした顔で、そんな慧相尼を見上げる。名代は二人に慌てて近付いた。

「どうしたのです、慧相尼さま」

「な、名代どの――」

慧相尼ははっと我に返った様子で、名代の腕を摑んだ。

その掌は血が通っていないのではと思われるほど冷たい。普段はよく動く唇の端が、ぴくぴくと痙攣《けいれん》していた。

「こ、こんなときにどこに行っていたのよ。それも太魚と一緒だなんて。黒丑《くろうし》が
――黒丑が、熱を出したのよ」

「なんですと」

「大急ぎで他の子どもから引き離して、空いている蔵に寝かせたわ。けど他にも二、三人、様子のおかしい子どもがいるの。真公《まきみ》さまがいま綱手さまとご一緒に、全員を診てくださっているけど」

くらりと目の前が暗くなる。そんな馬鹿な、という呻きを、名代は奥歯でかみつぶした。

こんな事態を防ぐために、綱手は悲田院の子らを一棟に集め、患者との接触を禁じたのではないか。しかもよりにもよって、まだ幼い黒丑に病魔が取りつくとは。

言葉の意味が分かっていないはずはあるまいに、太魚はぽかんと口を開けて、慧相尼を仰いでいる。その顔がいつになく年相応に幼く見えた刹那《せつな》、火のつくような泣き声が奥庭から響いてきた。

「あれは――」

尋常ならざる啼泣《ていきゅう》に、名代は駆け出した。

古びた蔵の階にしがみついた男児が、顔中を口にしてわんわんと泣き喚いてい

る。その背後では両目を真っ赤にした隆英が、懸命に彼を階から引きはがそうとしていた。

「駄目なのじゃ、白丑《しろうし》。お願いだから、聞き分けてくれ」

「やだやだやだやだッ。隆英さま、どうか黒丑を出してやって。黒丑は暗いところが大っ嫌いなんだ。だから、どうしても閉じ込めるって言うなら、おいらも一緒に中に入れてよ」

じたばたと暴れる白丑を押さえつける隆英の頬には、滂沱《ぼうだ》の涙が伝っている。それを拭いもせぬまま、隆英はもがく童を力一杯抱きしめた。

「許せ。許してくれ、白丑。それはどうしても出来ぬ。黒丑は病なのじゃ。それが癒えるまで、この蔵で療養させねばならぬのじゃ」

「どうしてだよ。り、隆英さまなんか、大嫌い。黒丑を、黒丑を返してよおッ」

握りしめていた木偶《でく》人形を振り上げた白丑が、隆英の頬を、鼻を、ところ構わず打った。しかし隆英はそれを避《さ》けようともせず、少年を抱く手に更に力を込めた。

階にどしりと尻を下ろし、すまぬ、と震える声を絞り出した。

「皆を救うためには、おぬしの弟を外に出すわけにはいかぬ。わしをどれだけ嫌《きろ》うても、憎んでも構わぬ。されどどうか――どうか、得心《とくしん》してくれ」

ぽたぽたと落ちる涙が隆英の腕を濡らし、階へと滴る。立ちすくむ名代の眼に、その姿は蔵を守ろうとする忠実な衛士の如く映った。

双子《ふたご》である白丑と黒丑は、二体の木偶人形とともに悲田院の前に置き去りにされていた乳飲み子の日も、互いに手を握り合っていたという。ましてや兄として、懸命に弟を守ろうとしてきた白丑からすれば、このように黒丑を取り上げられることは、己の半身を引き裂かれるほどつらいはずだ。

しかし子どもはとかく病に罹りやすく、また症状を激化させることも多い。いかに双子が仲良くとも、瘡瘡に罹患した黒丑をこのまま外に出しておけぬのは、当然であった。

「やだやだやだッ。黒丑、黒丑ぃッ」

泣き叫ぶ声は次第に小さくなり、やがて微かなしゃくり上げに変わった。その小さな身体を片手に抱いたまま、隆英は節くれだった拳でぐいと己の顔を拭った。堅く閉ざされた蔵の戸を、涙に濡れた眼でふり仰いだ。

「名代、いったいどこに行っていた」

振り返れば、広縁に真公が立っている。幽鬼の如く髪をふり乱したその顔を見た途端、名代の胸にざわりと嫌な波が立った。

「慧相尼どのから今、黒丑の件を聞きました。それであとの子どもたちはいったい」

名代の問いを断ち切るように、ああ、と真公は太い吐息をついた。ちらりと背後を振り返ると、

「私ではどうとも決められぬ。綱手さまがいま、広道と話し合っておられるが――」

と、言葉を切った。誰かに聞かれるのを恐れるような小声で、「みな、駄目やもしれぬ」と口早に付け加えた。

真公の呟きを耳ざとく聞き咎《とが》めた隆英が、白丑を抱いたまま立ち上がり、「どういうことでございます」と広縁に近付いてきた。

「駄目とはいったい、いかなる意味でございます。お教えくだされ、真公さま」

「い、いや。それはまだ言えぬ。最後は綱手さまが決められるであろうよ」

それより、と真公は泣き疲れて眠り始めた白丑に顎をしゃくった。

「とりあえずその子を、どこかに寝かせてはどうだ。目を覚まし、また弟の入れられている蔵を見て暴れられては、おぬしも困るだろう」

なるほど、真公の言葉にも一理ある。だがそう説く声が、微かに震えていると感じたのは、果たして気のせいか。

隆英もまた、同様の不審を抱いたのだろう。まさか、とかすれた声でうめくと、白丑の小さな身体を離すまいとばかりに抱きすくめた。

「よもやとは思いますが、施薬院の方々はすべての子を一所に押しこめようとお考

えではありますまいな」

　いつにない早口で言葉を続けながら、隆英は真公を睨み据えた。

「さ――さような無体《むたい》は、拙僧《せっそう》が許しませぬぞ。この子らは拙僧と慧相尼どのが襁褓《むつき》を替え、乳代わりに粥《しるかゆ》を与えて育てた大事な子ども。黒丑一人であれば、みなの命を救うためと思うて、泣く泣く我慢もいたしましょう。されどすべての子らを見殺しになさるおつもりであれば、拙僧はそなたさまがたを終生お怨みいたしますぞッ」

「落ち着きなされ、隆英どの。まだそうと決まったわけではありませぬ」

「要らぬ慰めを仰いますな。先ほど、他の子どもたちを診に来られた折の綱手さまのお顔。あのように沈鬱《ちんうつ》で暗いお顔は、拙僧はこれまで拝したことがありません。綱手さまはすでに、子ら全員が裳瘡に罹っておるとお考えなのでしょう」

　そうだ。隆英の言葉は思いすごしではない。悲田院の一棟に全員を隔離していた以上、病の種がもはや子どもたち全員に蒔《ま》かれていることは充分に考えられる。

　庭木に止まった蝉が、耳を聾《ろう》するほどの大音声で鳴いている。夏陽が眩しく頭上から照りつけているにもかかわらず、なぜかそれがみな、幾重《いくえ》もの帳《とばり》を隔てた向こう側のことのように感じる。喉の奥に氷の塊を詰め込まれるにも似た息苦しさを覚えながら、名代は血の気《け》を失った真公の横顔を見つめた。

大人は他人との接触が病の拡散につながると説けば、おとなしく長室で寝ていてくれる。しかし、そうでなくとも人の言うことを聞かぬ悲田院の子どもたちはどうだ。そうだ、つい先ほども名代は、太魚が勝手に外を往き来しているのを目の当《ま》たりにしたばかりではないか。

（まさか――）

恐ろしい想像に、名代は息を呑んだ。

まさか。いやそんなはずはあるまいと懸命に胸の中で繰り返したとき、人の気配が背後に差した。振り返れば、綱手がわめき続ける隆英をじっと見つめている。

かっと双眸を見開き、頬を蒼白に変じたその顔に、名代は瞬時にして、自分の想像が的中しつつあることを悟った。

現在の施薬院の肩には、平城京八万の人々の命がかかっている。次々と運び込まれてくる患者を助け、更なる感染を防ぐためにも、病をばらまきかねぬ子どもたちは何が何でも封じ込めねばならない。悪童たちをこのまま放置し、綱手以外の施薬院の者全員が病に倒れては、京の滅亡は必定《ひつじょう》だ。

そして子どもたちの腕白ぶりを熟知している隆英は、彼らを待ち受ける運命を誰よりもはっきり理解している。だからこそ白丑を手離すまいと、あれほど必死になっているのだ。

隆英はまだ、綱手の姿に気付いていないらしい。燃えるような眼で真公を睨み、

「どうしても――どうしても子どもたちを押しこめるのであれば、いっそ拙僧も共に行かせてくだされ」と、声を絞り出した。

「裳瘡に罹ったといって、全員が全員、息絶えるわけではありますまい。病に倒れた子らの面倒を見るためにも、誰か一人は必要なはずでございます」

この死病から、幼い子どもたちが生還できるわけがない。隆英はそれも承知の上で、わが身を擲《なげう》ち、死にゆく子どもたちの先導を務めようとしているのだ。

白丑・黒丑兄弟の顔が――憎たらしい太魚の姿が、隆英や慧相尼の後を鶏の雛《ひな》のようについて歩く幼い童たちの笑みが、次々と胸をよぎる。

時に腹立たしいほどの悪戯《いたずら》をしかけ、時に明るい笑い声で悲田院の老人たちを喜ばせたあの子どもたち。さりながら疫病の猖獗《しょうけつ》を食い止め、悲田院・施薬院に集まる命を救うには、そんな彼らを非情にも見捨てねばならぬ。

本来、それは飢民《きみん》を救い、病者を癒す両院の為すべき所行ではない。しかし京じゅうに疫病が蔓延した今、そんな生ぬるいことを言ってはおられない。

名代は傍らの柱にすがりついた。下肢《かし》の力が抜けるまま、ずるずるとその場に座り込みながら、奥歯を力一杯食いしばった。

（なぜ私たちが、かように無惨な真似をせねばならぬのだ）

本当にここは、人の世か。やはり自分たちはいつの間にか、蛆にたかられた屍が這いずる黄泉国に、生きながら落ちているのではないか。

怒りとも哀しみともつかぬ熱いものが、出口を求めて腹の底でのたうっている。この世にはまこと、神も仏もおらぬのか。己の口を両手で押さえ、名代は喉の奥から漏れる呻きを必死に堪《こら》えた。

「正気でございますか、隆英どの」

真公が硬い口調で問いただす。それを最後まで聞こうともせず、隆英は「おお、正気でございますとも」と声を荒らげた。

「拙僧はこの悲田院の子らの親代わり。そして世の親というものは、子どもが危機に見舞われたとき、それを見捨てはせぬはずです」

「あ――あたしは嫌だよ、そんなことッ」

ひきつった絶叫が、隆英の言葉を遮った。

見れば慧相尼が我が身を両腕で抱きしめ、がたがたと全身を震わせている。隆英と白丑から少しでも遠ざかろうとするように後ずさると、手近にいた真公にすがりついた。足元をよろめかせ、その場にぺたりと尻餅をつくと、「病気の子どもと共に閉じ込められるなんて、みすみす死にに行くようなものじゃないかッ」と喚いた。

「あたしはそんな犬死には、ご免だよッ。死にたけりゃ、自分一人で死んどくれッ」

言い募る慧相尼を、隆英は哀しげに見つめた。しかしすぐに「確かに無駄死にやもしれません」と呟き、腕の中で眠る白丑を愛おしげに見下ろした。

「されどこの子らはみな、縁あってここに参った御仏《みほとけ》の子。ならば御仏に仕える我らは、最後までその子らを守り、世話をしてやらねばなりますまい」

隆英の言葉に、真公は両の手を拳に変え、肩を震わせて天を仰いだ。何かを堪えるように大きな息を幾度か繰り返し、やがてぐいと首をひねって隆英を見つめた。

「隆英どの。そなたさまがかほどに覚悟なさっているのであれば、わたしは今、なにも見なかったと――」

その瞬間、真公の言葉を遮って、綱手が「お待ちくだされッ」と叫んだ。階を駆け降り、真公の袖を摑んで強引に己の後ろに追いやると、

「まことにそれでよろしいのか」

と、隆英に低く問うた。

「はい、かまいませぬ」

そう応じる声は、普段、慧相尼に叱り飛ばされ、右往左往する彼とは思えぬほど落ちつき払っていた。

真公が天を仰いで、肩を落とす。その彼に軽く目礼すると、隆英はゆっくりと綱手に向き合った。

「しばし、あの蔵をお貸しください」

と言って、黒丑が入れられたままの蔵を目顔で指した。

「現在、悲田院におる子どもは、太魚を筆頭に二十一人。そのうち十人はまだ乳飲み子ゆえ、全員が寝起きするにしても、あそこで充分でございます」

物心ついた子どもの中には、隆英の目を盗んで逃げ出そうとする者もいるだろう。それを防ぐには外から鍵のかかる蔵がよいと、隆英はまるで米や麦の保管について語るような口調で言った。

「水は、食い物はどうするのだ。腹を空かせては、子どもたちが哀れではないか」

真公が言い募るのに、隆英はくしゃりと顔を歪《ゆが》めた。太い眉がぶるぶると震え、堰《せき》を切ったように眸《ひとみ》が潤《うる》む。ぽたぽたと滴る涙をあわてて袖で拭き取り、

「無論、ある程度は運び入れます。ですがどのみち熱が出て参れば、水や食い物もすぐに受け付けなくなりましょう」

と言う語尾は、先ほどまでとは別人のようにか細かった。

「並みの大人は最初の高熱を乗り越え、二度目の熱とともに水疱を出します。ですが子どもらはおそらく、そこまで持ちはいたしますまい。一人が発症すれば――他

の子どもに広がるまで、あっという間でございましょう。仮に病が癒える者がいても、さしたる量は要りませぬ」

隆英を含めたこの場の誰もが、子どもたちは生きて蔵を出られまいと分かっている。しかしそれでも隆英は最後の一人まで世話をし、生死を共にする覚悟なのだ。

隆英は懸命に息を整え、顔を拭った。震える声で綱手の名を呼び、腕の中の白丑に目を落とした。

「この子たちはみな、拙僧が連れて参ります。悲田院を、どうかよろしくお願いいたします」

「あいわかった。もはやこれ以上は、悲田院の者を死なせはせぬ」

綱手は静かに隆英に歩み寄った。涙の跡を留めた白丑の頬を、太い指先でそっと撫でた。

頭上から照りつける陽が余りに眩しすぎ、その表情はよくうかがえない。しかし綱手の唇がわずかに動き、許してくれという声なき呟きが漏れたのを、名代は明らかに見た。

「――さあ、白丑。これより支度を整え、皆と一緒に弟のところへ参ろう。心配はいらんぞ。拙僧も共にゆくでなあ」

白丑を揺すり上げ、その頬に己の頬をこすりつけると、隆英はもはや周囲には目もくれず、静かに身を翻した。

澄んだ夏の陽が、その後ろ背を淡くかすませる。墨染の法衣《ほうえ》が、不思議なほど明るく輝いた。

「う――うわああッ」

地面に尻餅をついたままの慧相尼が、両手で土をかきむしって咆吼《ほうこう》する。その爪の間に血がにじんで滴り、黒い土を更に深い闇の色へと染めた。

今を盛りと鳴きしきる蟬が、慧相尼の慟哭《どうこく》をかき消そうとするかの如く、更に耳障りな声を上げた。


隆英への信頼ゆえか、子どもたちはみなで蔵に移ろうという言葉に疑問の声一つ上げず、与えられていた長室からおとなしく一列になって庭に出た。

「何故でございます。何故、子どもらを蔵に押しこめねばならぬのですッ」

事の次第を聞かされた絹代は血相を変え、激しく綱手に食ってかかった。だが隆英はそんな絹代をきっぱりと制すると、「どうぞご案じくださいますな」と泣き笑いの表情で、首を横に振った。

「それよりも絹代どのも、どうか御身《おんみ》大切にお過ごしくだされ。施薬院の皆さまには、京の皆の命が委《ゆだ》ねられておりましょう」

名代は広縁でそんなやりとりを聞きながら、列の最後尾を歩む太魚に、じっと目を注いでいた。

蔵への移動が何を意味するのか、頭のいい太魚はすでに理解しているのだろう。普段からよく動くその眼は常にも増して落ち着きがなく、ともすれば列から飛び出す隙をうかがっているかに見える。

（――逃げろ）

名代は胸の中で、そう呼びかけた。それを声に出せぬ我が身が、情けなくてならなかった。

真公は先ほど隆英に、子どもたちを連れて逃亡しろと言おうとしたのだろう。裳瘡に感染した子らが逃げ出せば、京の病人は更に増える。しかしだからといって、従容《しょうよう》と死途《しと》に就く彼らの命を惜しんで悪いはずがない。

（畜生。いつも言うことを聞かないくせに、なんでこんなときだけおとなしくしているんだ）

もし裳瘡に罹患していれば、子どもたちの命はあと数日しかない。そのかけがえのない数日を、狭く暗い蔵で終えさせる。そんな無惨が許されてなるものか。

こみあげる激情に目の前が白み、くらりと眩暈《めまい》がする。大きく息をついてそれを堪えたとき、太魚がふとこちらを顧みた。

その顔はわずかに火照り、額には汗が浮いている。ほんの半刻ほど前までは、そんな気配は微塵もなかったが、もしやすでに発熱が始まったのか。

息を呑んだ名代に向かい、太魚は唇を片頰に引いておとなびた笑みを浮かべた。両の手を口に当てるや、おおい、と当たり構わぬ大声を張り上げた。

「あのさ。あの爺に、おいらはしばらく米を持って行けねえと伝えとくれよ」

突然の呼びかけに、綱手や絹代がぎょっと振り返る。太魚はそれを、にんまり笑って見廻した。

「おいら、隆英がやかましいから、一緒に蔵に入ってやるだけさ。十日もすりゃあ出てくるからよ」

「太魚——」

「なんでえ、情けない顔をするなよ。実はおいら、まだ少しだけ、部屋に米を隠してあるんだ。ついでがありゃあ、それだけでも爺に届けとくれよ」

己の体調の変化に、太魚が気づいていないはずがない。名代はこみあげてくるものを堪え、「分かった。分かったぞ」と幾度も大きく首肯《しゆこう》した。

「必ず出て来いよ。お前が戻って来なきゃ、比羅夫どのは飢えて死んじまうんだからな」

当たり前だろう、と言わんばかりに太魚が笑うのが、視界の中でぼやけて滲む。

頭上でやかましく鳴く蟬の声が、堪えても堪え切れぬ嗚咽《おえつ》をかき消してくれるのが、今の名代には何よりありがたかった。

すべての子どもたちが蔵に入り、糒《ほしいい》や水が運び込まれると、最後に隆英自身の手で内側から扉が閉ざされる。大きな鉄の錠《じょう》を握り締めた絹代は真っ赤な眼をぐいと袖端で拭い、深く息をついた。

震える手で錠を扉にかけ、重い音とともに鍵を回す。赤子《あかご》を胸に抱きかかえるに似た手付きで、それを己の懐に納めた。

「……戻るぞ。救わねばならぬ患者は、まだ山のようにおるからな」

綱手が自分に言い聞かせるように呟いて、踵を返す。真公が、絹代が唇を引き結んで、それに続いた。

「ぐずぐずするな、名代」

綱手の険《けわ》しい促しが、ひどく哀しげに聞こえる。はい、とうなずいてその後に続こうとして、思わず名代は背後を振り返った。

高床に土居桁《どいげた》を組み、その上に材を交互に積み上げた校倉《あぜくら》は、古いせいで柱が痩《や》せ、ところどころに隙間が空いている。その古びた蔵の隙間から、幾対《いくつい》もの眸がじっとこちらを凝視《ぎょうし》している気がしたのだ。

（太魚、白丑――）

そんなわけがない。きっと今頃、隆英は子どもたちを優しく諭《さと》し、御仏の教えでも説いているはずだ。

しかしそれでもなお、蔵の暗がりから誰かがこちらを見つめている気がしてならない。そこにいるのは自分たちが見殺しにせねばならぬ子どもたちと隆英か。それともこれまで救うことができなかった、何百何千という死人か。

子どもたちと隆英は死ぬ。だがそれでも自分は生きねばならない。そして生き残る者たちには、為《な》さねばならぬ務めがあるのだ。

「いいかげんにしろッ」

突然、怒号とともに、綱手が名代の襟首を摑んだ。

「今は隆英どのたちの志を無にせぬためにも、ひたすら患者に手当を施すのみじゃ。さあ来いッ」

引きずられるようにして長室に向かえば、そこではいつも通り、無数の病人が病に喘いでいる。その姿が隆英に――白丑たちに重なるが、さりとて目を逸らすようにして庭先に目をやれば、遠くに子どもたちの入った蔵の屋根が見える。

（ち――畜生ッ）

名代は横たわる患者のただ中に駆け込んだ。その額に置かれた濡れ手拭いを片っ端からひったくり、冷たい水で漱《すす》いで手荒く絞る。

　傍らを見れば、綱手も真公も、絹代も広道までもが、何かに憑《つ》かれたかのように立ち働いている。誰もが子どもたちを見殺しにするつらさを、病者を救うことで忘れんとしているのだ。

　生温かい手拭いを、次々麻笥《おけ》に投げ入れる。夏にもかかわらず冷たい水が、やる方のない怒りに火照った指先をかすかに冷やした。

　この日から施薬院の者たちは皆、これまで以上の懸命さで寝食を忘れて看病に当たるようになった。夜はほんの束の間まどろむだけで、交替で長室の病人の様子を見にゆく。

　絹代はその間に皆の目を盗み、子どもたちの入った蔵の様子をうかがいに行っていたが、いったい隆英が子らをどう制しているのか、呼べど叫べど返事がないらしく、蔵から戻る絹代の眼はいつも真っ赤に変じていた。

　そうして数日が経ったある日、井戸に水を汲みに行った名代はふと、かつて子どもたちが暮らしていた長室の外を通りがかり、息を呑んだ。中庭に面した格子窓から縄がぶら下がり、その先に小さな麻袋が提げられているのに気付いたのである。

　そういえば蔵に入る直前、太魚はまだ米を隠していると言っていた。

（そうだ――）

太魚の助けがなければ、いずれ比羅夫の食糧は尽きる。裳瘡に怯える彼には不本意であろうが、今はまず比羅夫に悲田院の子どもたちの感染を告げ、今後の暮らしについて考えさせねばならない。

急いで麻笥を置くと、名代は周囲に誰もいないのを確かめ、こっそり長室に入り込んだ。

蔵に入るに当たり、隆英が整頓を命じたのだろう。夜着と衾《ふすま》は部屋の片隅に積み上げられ、磨き込まれた板間には埃《ほこり》一つ落ちていない。

隆英にうながされるままに掃除をする子どもたちの姿が脳裏をよぎり、胸が詰まる。歯を食いしばってそれを堪え、名代は格子の隙間から手を伸ばして、そこに提げられた袋の縄を引き上げた。その中に二合ほどの黒米が入っていることを確かめ、袋を懐に突っ込む。足半《あしなか》をつっかけて庭に飛び降りると、いつぞや太魚が通り抜けた塀の破れ目から大路に出た。

昼下がりの街区ではところどころで数人が寄り集まって、立ち話に興じている。つい数日前まで大路に人影がなかったことと、彼らの表情がいずれも険しいことに軽い不審を抱いたが、今はそれを問いただしている場合ではない。

「なんじゃ、名代さまか」

ここだけは相変わらず人気のない路地裏で名代を迎えた比羅夫は、何かに思い至った様子で表情を引き締めた。名代の背後に誰か隠れているのではと疑うように、視線を忙《せわ》しげに戸口に向けた。

「もしや、わしの言葉を道理と思い、あの駆使丁を連れて来られましたのか」

名代は一瞬、なにを言われたか理解できなかった。あわてて記憶を探り、そういえば比羅夫が密翳《みつえい》の身の上を案じていたと思い出す。

その間の無言をどう勘違いしたのか、比羅夫は「やめてくだされよ、名代さま」と声を尖らせた。

「ここはわしがようやく見つけた隠れ家でございますぞ。疫神を祓《はら》わんとする暴徒に殴りこまれてはたまりませぬ。密翳を匿《かくま》うなら、よそを当たってくだされ」

「そういうわけではありません。ただ――」

と名代が言いかけたその時、耳を聾するばかりのどよめきが朱雀大路の方角で上がった。

ついでかんかんと金物を打ち鳴らす音と、

「常世常虫《とこよのとこむし》さまァ、お助けくださいませッ」

「新羅の神じゃ、新羅の神を追い払え。このままでは我が国は、あの忌まわしい神によって滅ぼされるぞッ」

という絶叫が、名代の耳を叩いた。

岩を嚙む奔流《ほんりゅう》を思わせるその叫びは、以前のそれとは比べものにならぬほどに荒々しい。

ぎょっと怯え腰になった名代に、比羅夫はちっと舌打ちした。顎で声の方角を差し、わざとらしく溜め息をついた。

「今日は朝からずっと、あの騒動でございますわい。奴らの叫び声から推すに、どうやら中納言《ちゅうなごん》さまがお亡くなりになったそうでございますから、まあしかたありませぬな」

「中納言さま……ああ、多治比県守《たじひのあがたもり》さまがお亡くなりになったのですか」

少し前から寝付いていると噂だった高官だ。だが、何故だろう。名代はふと、その名前に引っ掛かりを覚えた。

その刹那、またしても鉦が鳴らされ、今度は「新羅の奴らを殺せッ」という物騒な咆吼が、街区の向こうで響いた。

「新羅はこの国を滅ぼすために、疫神を放ちやがったんだッ」

「そうだッ。多治比県守さまがお亡くなりになったのがその何よりの証左だッ」

大勢が足を踏み鳴らす音がどどッと起こり、新羅を呪う罵声が轟《とどろ》く。禍々《まがまが》しい怨嗟《えんさ》に満ちたその声に、名代はあっと膝を打った。

そうだ。覚えがあるのも道理だ。二年前、日本にやって来た新羅使一行の糺《きゅう》問《もん》・国外追放に当たった議政官こそ、他ならぬ多治比県守ではないか。

新羅国はその折の日本の対応に遺恨《いこん》を抱き、昨年、派遣された遣新羅使を謁見《えっけん》もせずに追い払った。そして恐ろしい疫神は、日本にすごすごと戻ってきた彼らの肩に乗っかり、まんまとこの国に入り込んで、京の人々ばかりか新羅使を叩き返した高官の命を奪ったとすれば――。

冷たいものが背筋を這い上がる。まさか、と名代は瞠目《どうもく》した。

多治比県守が裳瘡に斃《たお》れたのは、ただの偶然だ。だが、最初の疫病患者が京に現れてから、すでに三月。風の噂では中務卿房前亡き後の朝堂を支える、右大臣藤原武智麻呂《むちまろ》、式部卿《しきぶきょう》宇合《うまかい》、兵部卿《ひょうぶきょう》麻呂の三兄弟までもが病臥していると囁かれ、疫神に対する人々の恐怖は、もはや限界に達している。

加えて民衆の困窮に一向に手を打たぬ官、昨年同様の旱魃《かんばつ》への苛立《いらだ》ちも相まって、人々の怒りはもはや煮えたぎった油も同然の有様だ。そんな最中の多治比県守の死は、沸きたぎる油に投げ入れられた一粒の水滴となり、京の人々の忿怒《ふんぬ》を思いもかけぬ方向へ四散させたのでは。

「殺せッ。新羅人どもを殺すんだッ」

という雄叫《おたけ》びが、鉦の音を縫って轟いた。

「そうだ、そうだッ」

「異《と》つ国の奴らを血祭に上げろッ。あいつらが病を京に持ち込んだんだッ」

その怒声は次第に膨れ上がり、いまや天をどよもすほどの轟音《ごうおん》へと変わりつつある。間違いない。彼らは今やはっきりと、疫病への怒りを新羅への憎悪にすり替えようとし始めている。

畜生、こんなときに、と名代は拳を握りしめた。

京に暮らす渡来の民は三千とも五千とも言われているが、そのほとんどはこの国の者と結ばれ、日本に帰化した唐《とう》人や新羅人。これらの人々は、一見、日本の民と区別がつかぬため、いきなり暴徒に襲われる恐れは低かろう。

危ないのはむしろ、一見しただけで外国《げこく》の民と分かる波斯国や崑崙、天竺《てんじく》などからの渡来人。以前、比羅夫に指摘されたように施薬院の密翳なぞ、まさにそれだ。

「あの様子では、これから京のあちこちでは、異国の者が襲われる騒動が相次ぎましょう。密翳とやらをすぐに、どこぞに匿いなされ」

浜辺で燃え上がる小舟の幻が、火花のように脳裏に明滅する。紀伊国の人々に撲《ぼく》殺《さつ》されたという物乞いの姿が、青い眸に褐色の肌の密翳に重なった。

名代は懐に入れていた黒米の袋を、土間に力一杯叩きつけた。比羅夫に向かってぐいと顔を寄せると、

「いいか。太魚はもう、ここには来ない。これが最後の食い物だと思って、大事に

食えよ」

と、早口でまくし立てた。

「どういう意味でございます。太魚はいったいどうしましたのじゃ」

一瞬にして比羅夫の顔色が変わり、全身がわなわなと震え出す。その姿を見た途端、自分一人、安全なところに身をひそめる比羅夫への怒りが、腹の底で疾風《しっぷう》の如く渦巻いた。目の前の皺首を絞め上げてやりたい衝動を懸命に堪えながら、

「五日前、あいつらは裳瘡に罹って、蔵に押しこめられた。いいか、食い物が欲しけりゃ、これからは自分で市に買いに出ろ」

とひと息に言い放つや、名代は比羅夫を突き飛ばして路地へと飛び出した。

命を惜しむのは、人間の性《さが》。しかし太魚はなぜ死出《しで》の旅に臨んでもなお、比羅夫を助けようとしたのか。比羅夫はなぜそうまでして、自らの命を惜しむのか。そして、常世常虫の信者たちはなぜ、おびただしい死に対する怒りを、新たなる犠牲によって拭おうとするのか。

「殺せ。新羅の民を殺すんだ――ッ」

界隈に響き渡る声は、憎悪だけをにじませている。その怒号に背を叩かれながら、名代は強い陽の照りつける道を施薬院へと駆けた。

傾きかけた屋根の向こうにのぞく空は眼に痛いほど明るく、晒《さら》したように白い雲

が一つ、ぽっかりと浮かんでいる。ひどく澄明なその雲の色が、今はかえって恐ろしかった。

第四章　奔《ほん》流《りゅう》

　宇須《うず》たちが西一坊大路《おおじ》の水屋《みずや》に家移りをした後も、常世常虫《とこよのとこむし》の信者はうなぎ登りに増える一方であった。

　しかしいくら札《ふだ》が売れるからと言って、宇須と諸男《もろお》、それに虫麻呂《むしまろ》以外に札作りを手伝わせるわけにはいかない。しかたなく三人は夜を日に継ぐ勢いで懸命に禁厭《まじない》札を拵《こしら》えたものの、札は作る端から飛ぶように売れ、どれだけ用意してもきりがない。

　また宇須は家移りに合わせ、新たな紙屋を見つけてきたが、注文があまりに大量に過ぎ、製造が追いつかないのだろう。紙売りが運んでくる紙の山梔子《くちなし》色は、日を追うにつれてどんどん薄れ、遂にはよほど注意せねば染め紙とは分からぬほどになった。

「なあに、別に紙が黄色かろうと白かろうと、気にする奴らなんかいねえさ。構うこたァねえ。どんどん作っちまえよ」

そう嘯《うそぶ》いてから、宇須は札に適当な印を記す諸男を、「ああ、そうだ」と顧《かえり》みた。

「俺は今日は虫麻呂と一緒に、大安寺《だいあんじ》の界隈《かいわい》に行くからな。おめえは右京を回ってくれよ」

あまりの売れ行きに、最近、宇須は諸男と二手に分かれて札を売るようになっていた。京内の熱心な信者たちは、諸男たちがどこぞで札売りを始めたと聞けば、何もかもを放り出して駆け付け、手伝いをしてくれる。その献身ぶりは、諸男がたじ

ろぎを覚えるほどであった。

分かった、と宇須にうなずいてから、諸男はふと声を低めた。

「ところで、宇須。おぬしは最近、町の者を煽《あお》りすぎではないか。常世常虫の威徳

を述べるだけならともかく、疫病《えきびょう》が新羅《しらぎ》から来た神のせいと触れ回るのはやりす

ぎだろう」

「ちッ、虫麻呂。おめえ、告げ口をしやがったな」

かたわらの虫麻呂の頭を平手で叩《たた》くと、宇須は鼻の頭に皺《しわ》を寄せて、その場に尻

を落とした。

虫麻呂が途端に涙目になって、そんな宇須に這《は》い寄った。

「おいら、告げ口なんかしてないよ。ただ、宇須はこんな風に言って札を売ってる

よって、諸男に教えてあげただけさ」

「そういうのを告げ口って言うんだ。まったく、どうしようもねえ野郎だな、おめえは」

　言いながら宇須は床に山のように積み上げた禁厭札を、両手で乱暴にかき回した。摑《つか》んだ札を天井にぱっと投げ上げてから、横目で諸男をうかがった。

「だって、しかたねえだろ。このところ時折、禁厭札を買ったのに家族が死んだのはどうしてだと苦情を言ってくる奴らがいるんだ。そいつらを納得させるには、残念ながら疫神《えきじん》があまりに強すぎ、歯が立たないと言うしかねえんだからよ」

　不思議なもので、疫神が本邦のものではなく外国《げこく》からの今来神《いまきのかみ》だと述べると、文句をつけてきた者の半分までが、納得して引き下がるという。

「人間、とかく渡来の品には弱いもんだが、それは疫神だって変わらねえんだな」

と、宇須はさも可笑《おか》しげに、けけけけと笑った。

「それに町の噂によると、今回の疫病が新羅からやってきたことはまず間違いねえみたいだからよ。疫神を新羅の神と名付けたって、あながち嘘じゃなかろうが」

なるほど、宇須の言うことには一理ある。不満を抱く人々を黙らせるには、新たに敵となる存在を作り、そこに憎しみを向けさせるのが一番だ。

とはいえ、激しい恐怖に取りつかれた京の者たちは今、些細《ささい》な風説や流言飛語《りゅうげんひご》に振り回され、右往左往を重ねている。疫神を避けるには白犬の血を門口に塗ればいいとの噂が立てば、町辻から白い犬の姿が消え、百合《ゆり》の根を煮て食えばどんな熱も下がると評判になれば、人々が挙《こぞ》って土手を掘り返す有様だ。

そんな最中《さなか》、疫神は新羅から来たと吹聴《ふいちょう》すれば、人々はその噂をたやすく信じ、新羅はもちろん、やがてはあらゆる異《と》つ国の者を目の敵《かたき》にしよう。

今の己の暮らしが、宇須の弁舌のおかげで成り立っているのは承知している。だがあまりに度を越えた口舌《こうぜつ》は、時に思わぬ災厄《さいやく》を招くものだ。

言葉を選んでそう説く諸男に、宇須はぷいと横を向いた。土間の叺《かます》に禁厭札を手荒く突っ込み、それを担いで外に出て行こうとした。

「待て、宇須。どこへ行く」

「どこへって、大安寺へ札売りにさ。今日の虫麻呂の子守は、おめえに任せらあ。告げ口野郎の世話なんぞ、馬鹿馬鹿しくってやってられるかよ」

言い放って大路《おおじ》へと飛び出した宇須を、諸男は慌てて追いかけた。辻の真ん中で強引に腕を摑み、「ちょっと待て」と声をひそめた。

「いい折だから聞いておくが、おぬし、いったいいつまでこんな生業《なりわい》を続けるつもりだ。札を作れば作るほど銭が入るのだから、なかなか止《や》める気にならぬのは分かる。されどこれまでにすでに、五年や十年で使い切れぬほどの蓄えはできただろう」

人間、引き際が肝要《かんよう》だ。京の人々とて、愚昧《ぐまい》の輩《やから》ばかりではない。いつか必ず、常世常虫なる神は何の力もなかったと看取《かんしゅ》され、罵声《ばせい》を浴びせられる日が来よう。

禁厭札が効かぬと難詰《なんきつ》され、新羅の神なる存在を作り上げる必要に駆られたのは、まさにその前触れ。ならば偽りを暴かれ、人々から石もて追われる前に、こっそり商売を畳むべきではあるまいか。

しかしそうまくし立てる諸男に、宇須は鼻白《はなじろ》んだ顔で、「そんな先のことなんぞ、考えていられるかよ」と毒づいた。

「そうでなくたってこんな騒動の最中、明日がどうなるかなんざ、誰にも分からねえんだ。だったら今、やりたいことをやるしかねえだろう」

「やりたいことだと」

「おうよ。おめえは勘違いしているようだが、俺ァ別に銭が欲しくって、禁厭札を売っているわけじゃねえ。俺の言葉一つで大勢が右往左往している様が、ただ面白くってならねえんだ」

言いながら宇須は、髭《ひげ》に覆《おお》われた口元ににやりと笑《え》みを浮かべた。

「だってそうだろう。長らく獄にぶち込まれ、来る日も来る日も溝《どぶ》さらいばかりさせられてた俺の拵えた神に、都じゅうの奴らがすがり、役にも立たねえ札を目の色変えて買っていくんだ。こんな面白えこと、そう簡単に止められるかよ」

意外な反論に絶句した諸男に、「俺の親父《おやじ》は、あるお屋敷で家人《けにん》をしていてよ」と、宇須は急に話題を転じた。

「話はうめえし、ちょこっとだけだが算術も出来てな。だからお屋敷じゃあ何事にも気が利く奴だと、ずいぶん重宝がられていたらしい。けど主《あるじ》さまたちの前ではいつもにこにこしていた親父は、俺やおふくろの前じゃあ、勤めで嫌なことがあったと言っては暴れ、酒に酔っては手を上げるひでえ男だったのさ」

宇須の母親は元々、夫と同じ邸宅に奉公していた水仕女《みずしめ》。それだけに相次ぐ暴力に耐えかねた彼女はある日、幼い宇須を抱いて主の屋敷に駆け込み、家令頭《かれいがしら》に夫の仕打ちを訴えた。

「けどその場に呼び出された親父は、どうして妻がこんなありもしねえことを言うのかわからない。息子の痣《あざ》はきっと妻が自分でやったんだと、言いたい放題並べ立ててやがってな。ついにはおふくろが俺をいじめていると、家令頭に思い込ませちまったのさ」

当時七歳だった宇須は、必死に母親をかばった。しかし宇須の父はその弁明すら、健気《けなげ》な息子が母を助けようとしているのだと言いくるめ、その場を収めてしまったのであった。

「その時俺は、世の中、口が全てだと悟ったな。親父の嘘にうまく言い返せねえ己が、情けなくってしかたがなかったぜ」

弁舌さえ立てば、大概《たいがい》のことは自在になる。その事実を目《ま》の当たりにした宇須はそれ以来、ならば自分は己のこの口で、父親よりもっと大勢の者を動かしてやろうと誓ったのであった。

宇須が十二歳の春、父親は屋敷の池にはまって亡くなった。それから間もなく、母親が流行《はや》り病《やまい》で没すると、宇須は親類の仲立ちで東市《ひがしのいち》の塩屋に奉公に出た。そこで一緒になった仲間に誘われて詐欺《さぎ》に手を染め、以来、京職《きょうしき》に捕まるまでの十数年、口舌だけを頼りに世渡りを重ねてきたと、まるで他人事《ひとごと》のように宇須は語った。

「そんな俺にとっちゃ、この舌一枚で京じゅうの奴らがおろおろする当節は、面白くってたまらねえ。そりゃあ、金儲けだけが目的だったら、おめえのありがてえご忠告通り、ぼちぼち逃げたほうがいいだろうよ。けどここまで来りゃあ、常世常虫の禁厭札が効かねえと喚《わめ》く奴をどう納得させられるか、この宇須さまの腕の見せ所じゃねえか」

からからに乾いた唇を、諸男は無意識に嚙みしめた。

諸男にとって疫病は、己の怨《うら》みを晴らしてくれる天の助け。そして己の口舌のみで世を渡ろうとする宇須には、自らの力を試す場。ならばこのむごたらしい生き地獄にあって、自分と宇須は瓜二つの存在というわけか。

（いや、違う。わたしはこんな奴とは――）

打ち消した途端、胸の底でもう一人の自分が、どこが違うと言うのだ、と嘲笑《あざわら》う。その瞬間、諸男は、自分がかつての己とはひどく遠いところまで来てしまった気がした。

思い返せば無実の罪を着せられ、獄舎に暮らした日々でも、諸男は世を呪《のろ》おうとまでは思わなかった。しかし囚獄《しゅうごく》から解き放たれ、恐ろしい疫病と対峙《たいじ》した途端、心の底に燻《くすぶ》っていた怨みは焔《ほのお》と変わり、いっそ豌豆瘡《わんとうそう》によってこの国が滅べばよいとまで考えるに至った。

かつて、高熱に侵《おか》されながらも命拾いをした自分。だがあの熱が本当に蝕《むしば》んだのは、諸男の肉体ではなく、わずかに残っていた良心だったのではないか。

いや、そんなことは今更考えても、詮無《せんな》き話だ。諸男は最早、この国を憎むことをやめられない。そしてこの国もまた、疫病の流行を止められはせぬ。

気が付けば、額には大粒の汗がびっしり浮いている。諸男は袖の端でそれを拭《ぬぐ》った。肩で大きく息をついてから、宇須に向かって深々と頭を下げた。

「――わたしが考え違いをしていたようだ。すまぬ」

「ふん、気にするな。詫《わ》びてもらうような話じゃねえさ。けど、おめえがもうやめてえって言うのなら、別に引き止めやしねえぜ。これまでの分け前だって、持たしてやらあ」

どうする、とばかりに薄笑いを浮かべる宇須に、諸男は小さく首を横に振った。

そうだ。今の自分の望みは、己を罪に落としたこの京の破滅。ならば宇須に扇動された人々が新羅の神とやらを呪おうとも、またその結果、どんな騒動が起ころうとも、まったく関係ないではないか。

「わたしには行くあてがない。おぬしがそういう覚悟であれば、行けるところまで付き合おう」

(——壊れてしまえばいいのだ)

この京を守る秩序も、法《のり》も。その激しい動乱の中に我が身が巻き込まれ、砕け散ろうとも、もはやかまうものか。

それにしても、新羅の神とはうまく考えたものだ。まったく宇須の弁舌には恐れ入る。諸男がそう改めて感服した時、「おおい、大変だあ」という大声が、大路の果てで響いた。

振り返れば大きな包みを背負った男が一人、泡を食った顔でこちらに駆けてくる。ここのところ、一日置きにねぐらに紙を届けに来る紙屋であった。

「なんでえ。そんなに息せき切ってどうしたんだよ」

男は二人に近付くと、ぜえぜえと肩を上下させて、「ば、馬鹿野郎」と切れ切れにうめいた。

「これが急がずにいられるか。おい、宇須。おめえこないだから、今回の疫病は新羅の神のせいだと言い回っていただろう。つい今朝方、以前、新羅の使節を追い払った中納言さまが、お亡くなりになったそうだ。おかげで今、その中納言さまのお屋敷の門前じゃ、新羅の神がかつての怨みを晴らしやがったと言って、近隣の奴らが大騒ぎしているらしいぞ」

「何だって」

宇須と諸男の驚愕《きょうがく》をどう勘違いしたのか、紙屋は忌々《いまいま》しげに顔をしかめた。

「まったく、なんてことを言い触らしてくれたんだ。渡来の民は、京内の紙屋でも大勢働いているんだ。おめえたちのせいであいつらが憎まれたら、承知しねえぞ」

「そりゃあ、すまねえ。けどしばらくの間は、そいつらは外に出さねえほうがいいぜ」

「なに。どういう意味だ」

紙屋が眉《まゆ》を寄せるのには知らん顔で、宇須は嬉しげに両の手を揉みあわせた。さあ来たぞ、と呟《つぶや》くや、肩に荷《にな》っていた袋を揺《ゆ》すり上げ、一目散に大路を走り出した。

「おい、宇須。いきなりどうした」

慌てて諸男は宇須を追いかけ、その背に怒鳴《どな》った。

「どうしたって、その中納言さまとやらのお屋敷に行くのさ」

そう喚き返す顔には、なぜか晴れ晴れとした笑みが浮かんでいる。足取りも軽く朱雀《すざく》大路を横切りながら、宇須は突然、「新羅の神を追い払え――ッ」と、喉《のど》も裂けよとばかりの大声で喚いた。

背中の袋から禁厭札をひと摑み取り出すや、驚いて足を止める往来の人々に向けて、ぱっとそれを投げつけた。

染めの淡い小さな札は、強い陽射しの下ではただの紙切れにしか見えない。それを次から次へと雪のように振りまきながら、宇須は、

「常世常虫さまのご託宣《たくせん》だ。新羅の神を追い払えッ。このままでは我が国は、新羅の神によって滅ぼされるぞ――ッ」

と、幾度も幾度も怒鳴り立てた。

「常世常虫さまだと」

「新羅の神が何だって」

朱雀大路を行き交う人々が、口々にそう言いながら禁厭札を拾い上げる。

すでに中納言の訃報《ふほう》を耳にしているのだろう。恐ろしげに身をすくめ、禁厭札をそそくさと懐《ふところ》にしまい込む者もいた。

「今回の病はすべて、新羅の神がもたらしたものだッ。さすがの常世常虫さまも、異国の神が相手とあって、病を抑え込むのにご苦労しておられる」

宇須は芝居がかった仕草《しぐさ》で、四囲《しい》を見廻した。往来の人々がいっせいに、引き寄せられたように宇須を凝視《ぎょうし》する。彼らの眼差《まなざ》しを一身に浴びながら、宇須は空の一点をまっすぐに指差した。

「新羅の神を追い払えッ。そうすればこの疫病の流行も収まるぞッ」

「そ、そうだよ。そいつの言う通りだよッ」

甲高《かんだか》い声に顧みれば、頭から麻布をかぶった女が一人、宇須がまき散らした札を握りしめて身体を震わせている。

「あたいの酒家《しゅか》の女たちは、新羅から帰ってきたお役人の相手をしたせいで、次々とくたばっちまったんだ。おかげで店は閉めなきゃならなくなったし、あたいまでがこんな面《つら》さ。畜生ッ、すべて新羅の神が悪いんだッ」

そう喚いて布を引き剝《は》いだ女の顔は、左半分がおびただしい痘痕《あばた》に覆われている。死人のそれのように濁った眸《ひとみ》が、腫《は》れあがった瞼《まぶた》の下できょろりと動いた。

宇須の周りには、いつしか人垣が出来ている。その中から、女の叫びに呼応するように、「そうだッ。うちの息子も新羅の神のせいで死んだんだ」「俺の弟だって」という怒声が沸き起こった。

宇須は大きく両手を広げた。「常世常虫さまァ、お助けくだされ」と叫んで、空を仰《あお》ぐ。

その口元には抑えても抑え切れぬ笑みが浮かび、唇の端が小さくわななないている。しかしそれは諸男以外の人々には、この困難に立ち向かう神の使いの苦悩の表情と映ったに違いない。

「皆の衆、かつて新羅使を追い返した中納言さまは、新羅の神に取り殺されて亡くなった。このままでは京は疫神に食い荒らされ、この国の人種《ひとだね》は絶えちまうぞ」

「そ、そんなこと、させてなるものかッ」

そうだ、そうだ、という怒声がほうぼうから上がる。宇須はおおげさに首を縦に振った。己を取り巻く人々をぐるりと見廻すや、「ならば、新羅の神を追い払うしかないぞッ」と怒鳴り立てた。

「新羅から戻った奴らや異《と》つ国から来た者を、一人残らず血祭に上げろ。あいつらは新羅の神に通じているに決まっているぞ」

狂気じみたどよめきが、人垣に走る。宇須は大きく手を振ると、彼らを先導するように走り出した。

「そ、そうだ、殺せ。異国の奴らを殺すんだ」

「確か、大安寺にも最近、変な目鼻立ちをした坊主たちが来たと聞くぞ。あいつらもきっと、病を持ちこんだ奴らの仲間に違いない」

群衆の間から、叫びが上がる。先ほどの痘痕面の女が、

「施薬院《せやくいん》にもだよ。あたいは店の女たちを運び込んだときに見たんだ。縮れ毛で眸が青くって唇だけが赤々とした、どうにも不気味な野郎がいたよッ」

と吠え立てながら、宇須の後ろに従った。

いや、彼女だけではない。立ちつくす諸男の目の前で、何人、いや何十人もの男女が我も我もと宇須の後を追い、六条大路を東へ駆けてゆく。

「常世常虫さまだよッ」

「疫病を京に持ち込んだ新羅の神を、討伐に行かれるらしいぞ」

ほうぼうの辻で叫びが起こり、宇須に従う者たちは続々と増えていく。もはや止めようのないその人波に否応《いやおう》なしに呑《の》み込まれながら、諸男は群衆の先頭に立つ宇須の背を見つめた。

（これがおぬしのやりたかったことなのか——）

宇須はもともと、疫神は新羅から来たと言っただけ。だが疫病の恐怖に我を忘れた人々はいまや、異国から来た疫神と渡来の民を同一のものと考えて疑わなくなっ

ている。

宇須の言う通りだ。確かに巧みな弁舌は時に、他人を操ることすら出来る。しかし――しかし果たして本当にこれが、宇須の望みだったのか。

「殺せ、殺せ。異つ国の奴らを殺すんだッ」

「まずは大安寺だ。外国《げこく》の坊主どもを血祭に上げろッ」

逆巻く怒声に、おおっ、と呼応する人々の手には、いつの間にか鍬《くわ》や鉈《なた》、大刀《だいとう》といった武器が携えられている。

家族みなを、病に奪われたのだろうか。足元もおぼつかない老婆までが、震える手に棒切れを握りしめ、暴徒と化した男女の後をよたよたとついて行く。

巨大な奔流の如き人々の足元で、宇須が撒《ま》いた禁厭札が汚れた雪さながらに踏みしだかれている。足裏に伝わるその感触になぜか激しい胸の痛みを覚えながら、諸男は刻々と大きくなる人の流れに、ただただ身を任せ続けていた。

平城京左京六条四坊界隈に広大な伽藍《がらん》を構える大安寺は、飛鳥《あすか》京の百済大寺《くだらのおおでら》を前身とする官立寺院。その寺格は薬師寺《やくしじ》や興福寺《こうふくじ》、元興寺《がんごうじ》より高く、緑釉《りょくゆう》の瓦を置いた丹《に》塗《ぬ》りの金堂《こんどう》や京一の高さを誇る七重塔の豪壮さは、都人の誇りでもあった。

しかし今、六条大路に面した西大門は堅く閉ざされ、その前で何百人もの男女が目を吊り上げ、足を踏み鳴らして、口々に怒声を上げている。

「外国の坊主を引きずり出せッ」

「あいつらが連れて来た新羅の神を、この国から叩き出すんだッ。さもなきゃ都はこのまま、疫神に喰《く》い尽くされちまうぞ」

ええいッ、という気合とともに、数人の男たちが三間《げん》一戸《こ》八脚の門に突進する。だが、内側から閂《かんぬき》がかけられているのであろう。鋲《びょう》を打たれた扉は微動だにせず、大路の怒号とは裏腹に、門内は水を打ったように静まり返っていた。

「駄目だ。ぴくりともしねえ」

門に体当たりを繰り返していた男たちが、人々の輪の真ん中で仁王立ちになった宇須にばらばらと駆け寄り、悔しげに首を横に振った。

大安寺の僧の大半は、唐や新羅への留学経験を持つ学僧たち。ただ昨秋からは、林邑《りんゆう》（ベトナム）僧や天竺《てんじく》僧、唐僧など計七名がこの寺に暮らしており、いわば大安寺は寧楽《なら》屈指の大寺であるとともに、京内でもっとも外国に近い地でもあった。

遣唐使が波濤《はとう》を越え、決死の覚悟で招聘《しょうへい》した外国人僧は、この国の宝。今ごろ門内では、暴徒が押し入ってきた場合に備え、僧侶たちが慣れぬ手に弓刀を取り、必死の備えをしていよう。

不意をついての襲撃ならともかく、武具を調《ととの》えて立て籠もった中に無理に押し入れば、怪我人が出るのはむしろこちらだ。宇須は唇を一方に引き歪《ゆが》め、片足でどすんと地面を踏み鳴らした。

「しかたがねえ。新羅と関わりがあるのは、この寺ばかりじゃなかろう。ここは諦《あきら》めて、他所《よそ》に回れ」

「そうだ、そうだ。新羅へ使いとして渡っていた役人どもを、先に血祭に上げろ。九条の酒家にやってきていたあの下っ端役人を、全員ぶち殺すんだッ」

十数人の男たちが吠えながら、宇須の指示も待たずに踵《きびす》を回《めぐ》らす。よほど気が急《せ》いているのか、中にはせっかく握っていた鋤《すき》を足元に叩きつけ、両手を振り回しながら走って行く若者もいた。

この春に帰国した遣新羅使は、二十人程度。彼らがいったいどこの官司の役人であるかは、もはや知る術《すべ》もない。

しかし怒りに我を忘れた人々は、そんなことなぞ考える暇もないのだろう。うおおッという雄叫《おたけ》びとともに走り去る彼らを目を細めて見送り、宇須は不意に両手を大きく広げた。

「いいか、みなよく聞け」

その瞬間、大安寺を取り囲んでいた人々が、一斉に水を打ったように静まり返る。宇須は瞬《まばた》きもせずに彼らを見廻すや、

「常世常虫さまは、京を祓《はら》い清めよと仰《おお》せだぞ――ッ」

と、神がかりの巫覡《ふげき》の如く、天を仰いで大声を上げた。

「この都はいま、疫癘《えきれい》に喰い尽くされ、瘴気《しょうき》と血泥《ちどろ》に淀《よど》みきっている。穢《けが》れたものはすべて川に投げ捨て、疫神を運んできた者全員の息の根を止めろ。忌《い》まわしきものをみな叩き壊す以外に、疫病から逃れる手立てはないぞッ」

「う、宇須。おぬし、この上、なにを申すのだ」

諸男はさすがに舌をもつれさせて、宇須の肘《ひじ》を強く摑んだ。だが宇須はせせら笑いながらそれを振り払うと、「まあ、見てな」と、周囲には聞こえぬほどの声で囁《ささや》いた。

「これから面白いものが見られるからよ」

「面白いものだと」

宇須が世を怨み、無頼《ぶらい》として生きる道を選んだ男であることは、とうの昔に気づいていた。むしろその奔放《ほんぽう》さと聡明さを、頼もしいと感じたこともある。だがこのとき諸男は初めて、この男と関わりを持ってしまった己を、心の底から憎んだ。

もし宇須に出会わなければ、あのおぞましい獄囚の日々を生き抜けなかったことは承知している。しかしもしかしたら宇須は自分を、恥辱に満ちた左獄の日々よりはるかに凄惨《せいさん》な現実へ、引きずり込もうとしているのではないか。

今ならまだ、引き返せる。冷笑を浮かべたこの男に背を向け、いっさんにこの場から逃げ出せば。

さりながら小さく震えた諸男の足は、四囲から巻き起こった津波の如き咆吼《ほうこう》によって、その場に縫い付けられた。

「おお、そうだッ。壊せ、壊すんだ」

「外国の商人の店や住まいはもちろん、寺や官衙《かんが》だって手加減するんじゃねえ。俺たちの邪魔をする奴らは、全部、綺麗《きれい》さっぱり焼き払っちまえ」

その怒号に応じたかのように、火のついた松明《たいまつ》が一本、どこからともなく運ばれてくる。宇須は黒煙を上げる松明をひったくるなり、それを大安寺の門内へと投げ入れた。

力が足りなかったのだろう。築地塀《ついじべい》のてっぺんにひっかかった松明が、そのまま瓦を焦がして、ぶすぶす燻《くすぶ》り出す。いがらっぽい煙が界隈に漂い、やがて松明はどすんと音を立てて、築地塀のあちら側に落ちた。

「か、火事だ。水だ、水を持って来い」

それまでしんと静まり返っていた寺内が、突如、鼎《かなえ》の沸くが如き大騒ぎになる。

顔に張りつけた笑みをますます大きくすると、宇須は大路を埋め尽くす人々をわざとらしい仕草で顧みた。

「いいか、てめえら。何もかも全部、壊せ。京のなにもかもを壊し尽くすんだッ」

その声は低く、その場の全員には届かなかったであろう。しかし次の瞬間、群衆の間にざわざわと同意の声が広がったかと思うと、人々が見えぬ風に背を押されたかのように身を翻し、やがて何百人もの群衆が堰《せき》を切った勢いで大路を駆け出した。

彼らが口々に上げる呪詛《じゅそ》の声、そして地面を踏み鳴らす激しい音が、どどどッと大気を揺るがす。乾ききった道に砂煙が舞い上がり、雲一つなく晴れた空が白く濁る。その様はまるで、何もかもを呑みこむ大波にそっくりであった。

まだ十《とお》やそこらの少年が、腰の曲がった老爺《ろうや》が、眼を血走らせて、転がるように大路を走って行く。もはやどこが新羅人の家で、どこがそうでないかなぞ、念頭にないのであろう。堅く閉め切られた商家の戸を蹴破り、その奥から泣き喚く親子を引きずり出す人々の顔は真っ赤に上気し、地獄の邏卒《らそつ》もかくやと思わせる残虐さに歪んでいた。

「う、宇須。諸男ッ」

舌ったらずな呼びかけにはっと頭を巡らせば、大きな叺《かます》を背負った虫麻呂が、足をふらつかせてこちらにやって来る。

「馬鹿野郎。なんでこんなところに、のこのこやってきたんだ」

宇須が顔色を変えて、舌打ちする。そんな彼に、虫麻呂は怯《おび》えきった顔でしがみついた。

「この人たちは何なの。ねえ、どうしてみんなこんなに怖い顔をしているの。お、おいら、恐ろしいよお」

宇須を実の兄同然に慕う虫麻呂は、何とか彼に許してもらおうと札売りに出てきたのだろう。もしかしたら作りかけの紙片まで無理やり詰め込んだのか、その背の叺は、よく肥えた蚕《かいこ》を思わせるほどに膨《ふく》れ上がっていた。

宇須は顔をしかめ、虫麻呂の背から強引に叺を引きずり下ろした。その拍子《ひょうし》に口紐がほどけ、中から禁厭札がざっとあふれ出る。それを足先でかき集めると、宇須はこぼれた札もろとも、叺を傍らの溝に蹴り落とした。

宇須に褒められこそすれ、札を捨てられるとは思ってもいなかったと見え、溝に落ちた札を見下ろし、虫麻呂は泣き出しそうに顔を歪めた。

そんな彼の首根っこを摑んで、溝端から引き離すや、宇須は虫麻呂の脂《あぶら》の浮いた髪をぐしゃぐしゃと乱暴に撫でた。その頰を両手で押さえ、「こんなもの、もう大事にするこたぁないぞ」と、急に口調を和《やわ》らげた。

「それより、これからあっちこっちの家々が、俺たちにお宝をくださるんだ。俺と諸男はそれをいただいてから、家に帰るからな。おめえは一足先に戻って、飯の支度でもしてろ」

「う……うん。わかったよ、宇須」

家々を打ち壊す物音、雷鳴の如き人々の怒号に身をすくませながらも、虫麻呂はこくりと素直にうなずいた。

大安寺の門内に落ちた松明は、いつしかもみ消されたらしい。しかし興奮した群衆が、押し入った家に火を放ったのだろう。辺りにはいつしか再び、きな臭い煙が漂い出している。

雨の少ない季節だけに、下手《へた》をすれば火は近隣にも燃え広がるかもしれない。だが見廻す限り、井戸に水を汲《く》みに走る者は一人もおらず、人々の顔はむしろ灼熱《しゃくねつ》の焔に酔い痴《し》れているかのようだ。

どす黒い水の流れる溝を、何百枚という禁厭札が埋め尽くした様は、春の花が川面《かわも》を流れてゆく光景に似ている。そんな醜さと美しさがないまぜになった足元から顔を背《そむ》けると、諸男は落ちていた鋤を拾い上げて肩に担いだ。

「諸男、駄目だよ。そんなものを持っちゃあ、怪我をするよ」

「大丈夫だ、虫麻呂」

いつも宇須がするように、虫麻呂の頭を乱暴に撫でる。

「それよりも、気を付けて戻れよ。決して寄り道をするな」

こくりとうなずき、虫麻呂が後じさる。人並みの知恵を持たず、図体ばかり大きい彼が、なぜか今はひどく羨《うらや》ましかった。

「施薬院の門を今すぐ閉ざせじゃと。名代《なしろ》、おぬし、正気で言っているのか」

比羅夫《ひらふ》の家から駆け戻ってきた名代の言葉に、綱手《つなで》は調薬の手を止めて、半白の眉を吊り上げた。

「正気も正気、まともでございますッ」

常の名代であれば、綱手に気圧《けお》され、それ以上の抗弁もならなかったであろう。しかし今日ばかりは、どんな叱責にも怯《ひる》むわけにはいかない。額から滴《したた》る汗を袖で拭い、ぐいと膝を進めた。

最近の綱手は、施薬院にやってくる患者の診療に忙しく、ほとんど院の外に出ていない。怪しげな神々を信奉《しんぽう》し、不平不満を身の内いっぱいに詰めこんだ町の人々を一目でも見ていれば、自分の言葉が嘘ではないとすぐに分かるはずだ。

「おい、綱手。名代が偽りを言うはずはあるまい。念の為、衛士府《えじふ》に警備を頼んではどうだ」

傍らの真公《まきみ》が見兼ねた様子で、助け舟を出した。

「具合のよいことに、衛士府には智積《ちさか》がおる。誰かをひとっ走り、宮城《きゅうじょう》まで走らせようではないか」

「大急ぎでお願いします。こうしている間にも、暴徒どもがここに押し寄せるやもしれません」

口々に呪詛の声を上げていた彼らが、いつここを襲うか。足の裏をちりちりと焼かれるような焦燥に、名代が尻を動かした時である。

地鳴りを思わせる激しい蹄《ひづめ》の音が、裏門の方角で起こった。ついで甲高い馬の嘶《いなな》きが続き、「綱手ッ、いるか」という絶叫とともに、当の河内《かわち》智積が広縁《ひろえん》に走りこんで来た。よほど急いでいるのだろう。片手にはしっかりと竹の笞《むち》を握りしめたままであった。

「おお、智積。ちょうど今、使いを出そうとしていたところだ。この名代が、施薬院に暴徒が来るやもと案じているのだが、おぬし、何か聞いているか」

「なんだと。もうこの危難を承知しておったのか」

いつもにこにこと人懐《なつ》っこい笑みを浮かべている智積の顔は、今日ばかりは血の気を失って硬い。眉間《みけん》に刻まれた深い皺が、その容貌を十歳も二十歳も老け込ませていた。

「危難だと」

「おお、先ほど大安寺の小坊主が一人、息も絶え絶えで京職《きようしき》に駆け込んで参ってな。常世常虫とかいう神を信じる暴徒数百人が、大安寺を取り囲み、寺に火を放とうとしたと訴えたのだ」

小坊主の通報を受けるや、京職はすぐさま使部《しぶ》を物見に派遣。また同時に朝堂《ちょうどう》にも、衛士府による暴徒鎮圧を請願したのであった。

このところの疫病のせいで、宮城はほとんど機能停止に陥っている。とはいえ都の人々の間に怪しげな神祀りが広まっていることは以前から把握していただけに、要請を受けた各部署の動きは迅速であった。

「されど衛士府にも病人が大勢出ている最中だけに、暴徒を鎮圧できるだけの人手はすぐに集められん。それに相手がただの庶人《しょじん》となれば、武力で制圧することもためらわれるでなあ。それゆえとりあえずは、堅く門を閉ざし、家人《けにん》どもに自衛させるよう、ほうぼうの社寺や家々に告げ回っているのだ」

物見によれば、一度は大安寺を襲わんとした暴徒たちは、現在は略奪・放火を働きながら、東二坊大路や東一坊大路を北上しているという。

「ただ暴動を起こしたと言っても、所詮《しょせん》は鋤や鍬を武具代わりに用いる烏合《うごう》の衆。商家などはともかく、上《うえ》つ方《かた》のお屋敷までは手を出すまいが――」

問題は施薬院・悲田院《ひでんいん》のような令外官《りょうげのかん》や、京のほうぼうに建つ私寺だ、と智積は続けた。

「暴動に加担しているのは、何名ほどだ」

「物見は五百人から六百人と申しているが、実際のところ、誰が暴徒で誰がただの野次馬なのか、よくわからんらしい。扇動しているのが、常世常虫という神の札を売り歩いていた宇須《うず》なる男とまでは、知れているのだがな」

その場にいた誰もが、宇須、と呻《うめ》いた。

瀕死の多伎児《たきこ》が握りしめていた黄色い札が、名代の脳裏を過《よ》ぎる。あの常世常虫の札を売っていた男が首謀者となれば、もしや暴徒の中には多伎児の両親も含まれているのだろうか。

新羅から帰国した官人をもてなし、仲間ともども裳瘡に罹患《りかん》した多伎児。ころころとよく笑い、春の陽射しに似て朗らかだった彼女は、瞼の裏から耳の穴、女陰《ほと》の奥まで水疱《すいほう》に覆われた末、満足な言葉すら話せぬ肉塊となって、ここを出て行った。

施薬院は娘を救えなかったではないかと指弾されれば、返す言葉はない。しかし少なくとも施薬院の者たちは、彼女のためにできる限りのことをした。

京の人々はそんな施薬院の努力すら忘れ、どこにもぶつけようのない怒りを解き放たんと、あり合う武具を手に今、暴虐の限りを尽くしている。だとすれば自分たちはいったい何のため誰のために、寝食を忘れ、死の危険にさらされながら看護を続けてきたのだ。

　智積を呼ぶ声と共に、綿襖《めんおう》に身を包んだ衛士が庭に走り込んで来た。無駄のない動きで、さっと智積の前で膝をついた。

「お医師さま。朱雀門前で乱闘が起き、当方にも怪我人が出てございます。急ぎ、手当をお願いいたします」

「朱雀門前だと。奴ら、いつの間にそんな近くまで来たのだ」

「いえ、どうやら暴徒ではなく、騒ぎに乗じた物盗りの模様でございます。すべてひっ捕らえて、獄舎に連行しましたが、その際、数名の衛士が腕や足を折り挫《くじ》いたとか」

　やれやれこんなときに厄介な、と独りごちて、智積が立ち上がる。衛士の一人が運んできた薬籠《やくろう》を担ぎ、「ともあれ、気を付けろよ」と真公に念押ししたその時である。

　うわあッという喚声が、長室《ながむろ》の向こうで交錯した。蜂の巣をつついたにも似たその騒ぎは、およそ訓練を受けた衛士のものとは思いがたい。

　誰もがはっと身がまえた次の瞬間、「てめえら何者だッ」という広道《ひろみち》の怒号が喧《けん》騒《そう》を圧して響き渡った。

「ここは天下の施薬院だッ。おめえらみたいな狼藉者《ろうぜきもの》が、来る所じゃねえぞッ」

「しまったッ。正門だ、正門に向かえッ」

血相を変えた智積と真公が、転がるように部屋を飛び出す。一瞬遅れてそれに続こうとした名代の襟首《えりくび》を、綱手がむずと摑んだ。

「名代、おぬしは門外に並んでおる者たちを、院内に導け。されど決して、門を閉ざしてはならんぞ」

「こんな時に、何をおっしゃっているのです」

元々、淡海公《たんかいこう》藤原不比等《ふひと》の邸宅を改築して用いているだけに、施薬院の門はいずれも壮大な四脚門。今からでも遅くはない。しっかり閉ざして門をかければ、ろくな武具も持たぬ輩なぞ、容易《たやす》く退けられるはずだ。

「狼藉者が押し入ってきたら、どうするのです。綱手さまが何とおっしゃろうと、いまは門を閉ざすしかありませんッ」

「愚か者ッ」

そう怒鳴るが早いか、綱手は名代の膝を力いっぱい蹴飛ばした。倒れこんだ名代を苛立《いらだ》たしげに見下ろすと、薬草の灰汁《あく》が染みついた指で正門の方角を指した。

「先ほどの智積さまのお言葉を聞いておらなんだのか。あちこちで略奪や火事が始まったとなれば、怪我人たちはみなここを頼って来よう。そんなときに自らの命を惜しんで門を閉ざすとは、なんのための施薬院じゃッ」

言うが早いか、綱手は部屋の隅に置かれていた薬籠に手を伸ばした。あり合う薬を手当たり次第その中に詰めるや、立ち上がろうとした名代の横腹を再度蹴飛ばし、どすどすと足を踏み鳴らして庭に降りた。

「ま、待ってください」

じんじんと痛む横腹を押さえながら、名代は広縁の高欄《こうらん》にすがって立ち上がった。

何とか綱手さまを止めねば、と呻いて、よろよろと階《きざはし》を降り始めた時、奥の長室から密翳《みつえい》が慌てふためいた様子で飛び出してきた。

密翳は今もって、この国の言葉がわからない。外の騒動と苦しげな名代の姿に、盗賊が押し入ったとでも思ったのだろう。

蒼天の色の眸を真ん丸に見開き、心配げに何かしゃべり立てる密翳の腕を、名代は大急ぎで摑んだ。

「大丈夫だ、密翳。俺は怪我をしたわけじゃない」

それより、と名代は、綱手の去った方角を懸命に指した。

「綱手さまを止めてくれ。いいか、どれだけ怒られようとも、あの方をここに引っ張って来るんだ」

暴徒が外国の者の殺害を目論《もくろ》んでいたとしても、今は外に智積たちがいる。綱手を連れ戻すぐらいの余裕はあるはずだ。

綱手、という言葉を理解したのか、密翳は大きな口を引き結んでうなずくと、指し示された方角に駆け出した。

ふと振り返れば、三棟の長室の板戸が開き、幾人もの病人がこちらに不安げな目を注いでいる。名代はなんとか平静をつくろい、彼らに向かって大きく手を振った。

「大丈夫だ。みんな扉を閉めて、横になっていろ」

そうこうする間にも大路の喧騒は、刻々と激しさを増してゆく。

普段であればこんな時は、悲田院の老人や隆英《りゅうえい》たちが駆け付け、病人の世話を焼いてくれた。しかし今、隆英は子どもらと共に蔵に入り、疫病に罹患していない老人は悲田院の一棟に息をひそめている。つまりこの困難を乗り切るのに、誰の力も借りるわけにはいかぬのだ。

年に似合わぬ綱手の怪力を呪いながら、名代は詰所を出て、庭を斜めに横切った。すでに乱闘が始まっているのだろう。築地塀の向こうから、武具が触れ合う甲高い音や獣じみた咆吼が響いてくる。

「名代どのッ」

低い声に足を止めれば、普段は物置代わりに使っている殿舎《でんしゃ》の戸口から、絹代《きぬよ》が蒼白《そうはく》な顔を突き出している。名代は一瞬ためらってから、殿舎に踏み入り、後ろ手に扉を閉ざした。

診察の番を待っていた患者を大急ぎで収容したらしく、板間には数十人の老若男女《ろうにゃくなんにょ》が顔を強張《こわば》らせて座り込んでいる。中には、怯える女児の口を懸命に押さえる若い母親もいた。

「棒や農具を持った者たちが、並んでいた方々にいきなり襲いかかったのです。広道どのが飛び出して来てかばってくださいましたが、それでも数人のお方が逃げそびれて――」

途中で転びでもしたのか、絹代のこめかみは裂け、一筋の血がたらたらと唇の端に伝っている。ただ突然襲われた衝撃ゆえか、本人は痛みを感じていないらしい。両の手を強く握りしめると、絹代は絞り出すように言葉を連ねた。

「いったい皆が何をしたというのです。何故、皆を救うはずの施薬院が、暴徒どもに襲われねばならぬのです」

そうだ。突如襲撃された患者も――そして、暴徒と化した町の衆も、何も悪いことなぞしてはいない。だが疫病は無辜《むこ》の民の身体と心を蝕み、この京を無法の輩がはびこる悪逆の地へと変えてしまった。

絹代は奥歯を噛みしめ、激しく身体をわななかせている。その頤《おとがい》からぽとりと滴った血が、この不条理に立ち向かう自分たちの涙のように映った。

「広道さまは、まだ外なのですね」

はい、とうなずいて血濡れた膝を見下ろし、ようやく己の怪我に気づいたのだろう。絹代はこめかみの傷に、おずおずと指を伸ばした。

「わかりました。では、私も外に向かいます。絹代さまはここで、皆を守ってください」

大きく息を吸い込むと、名代は殿舎の扉を力一杯開け放った。言葉にならぬ喚き声を腹の底から上げながら、宙を飛ぶ勢いで正門へとひた走った。

全身を水疱に覆い尽くされて死んでいった何十人、いや何百人という患者の顔が――死の恐怖に囚《とら》われた比羅夫の顔が、白丑《しろうし》を愛《いと》おしげに抱きしめる隆英の顔が、次々と眼裏《まなうら》に浮かんでは消える。

疫病の流行は、誰にも止めようのない天災。だがその災厄と混乱にもてあそばれるしかない我が身が、あまりに腹立たしくてならなかった。

裳瘡患者のほとんどは、高熱に喘《あえ》ぎながら死んでゆく。その一方で、彼らを看病する自分たちは、業火《ごうか》の如き疫病がはびこる真夏の京で、人の世の不条理にじりじりとこの身を焼かれているのだ。

世の僧侶たちは時に御仏《みほとけ》の世に少しでも近付かんとして、ある者は水中に我が身を投じ、ある者は燃え盛る焔に自ら身を投じるという。もしかしたら京を荒れ野に変えるが如き病に焼かれ、人としての心を失った者に翻弄《ほんろう》される自分たちもまた、この世の業火によって生きながら火定入滅《かじょうにゅうめつ》を遂げようとしているのではないか。

もはや植え込みを回り込んでいる時間はない。放縦《ほうじゅう》に伸びた庭木を、名代は両手でがさがさとかき分けた。頬に当たる小枝に顔をしかめながら、大路に面した正門へと転がり出た。

「誰も中に入れるなッ。何としても食いとめよ」

がらがら声で叫んでいるのは、大きく開かれたままの正門に立ちふさがった智積だ。その向こうでは、数十人の暴徒と衛士たちが激しい戦いを繰り広げている。

いや、衛士ばかりではない。乱闘のただなかでは、真公が倒れた誰かから奪い取ったと思《おぼ》しき大刀を振り回し、そのかたわらでは広道が病人の看護で鳴らした強力《ごうりき》で、寄せ来る人々を片っ端から投げ飛ばしている。

そして門の脇に目を転じれば、そこでは綱手が鬼のような形相《ぎょうそう》で、物陰にひきずりこんだ怪我人を手当していた。その傍らで薬籠を広げて手伝いをしているのは、綱手を連れ戻しに行ったはずの密翳だ。

しかし肩口から血を流している衛士や、戸板に横たわってぴくりとも動かぬ若い女はともかく、太ももをざっくりと斬られてのたうち回る男は、明らかに施薬院を襲撃した叛徒《はんと》であろう。さりながら綱手は敵も味方も知ったことかとばかり、悶《もだ》える男の腹の上に座り込み、麻縄でぎりぎりと足の付け根を縛り上げんとしている。

味方のものか、敵のものか。そこここに出来た血だまりは早くも黒ずみ、踏みにじられた血泥が、夏陽を映じて青黒く光っている。血の臭いに惹《ひ》かれて集まってきた蠅《はえ》の羽音が、奇妙なほど鮮明に名代の耳を叩いた。

「怯むんじゃねえ。そこは施薬院だッ。そいつらを叩き殺しさえすりゃあ、好きなだけ疫病の薬が手に入るぞッ」

どこからともなく響き渡る大音声《だいおんじょう》に、寄せ手がいっそう活気づく。名代は馬鹿な、と呻いた。

蔵に納められた膨大な生薬《しょうやく》を強奪したところで、綱手や真公ですら治療法のわからぬ疱瘡を、無知な彼らが治せるものか。いや、あの声の主はおそらく、そんなことは承知の上で、人々を扇動しているのだろう。

「それそれ、そこにいる野郎は、外国《げこく》の奴じゃないか。為《な》す術もなく病に倒れていったみなの弔《とむら》いだ。施薬院に押し入る前に、まずそいつを血祭に上げろッ」

嘲《あざけ》りを含んだ声に、暴徒たちがいっせいに密翳に目を注ぐ。一瞬遅れて、あいつだッという叫びがほうぼうで弾《はじ》けた。

「密翳、逃げろッ」

　はっと血相を変えた広道の声に、密翳がその場から脱兎《だっと》の勢いで立ち上がる。しかし数人の男がその行く手を阻《はば》んで飛びかかり、密翳をその場に引き倒した。

「てめえら、なにをしやがるッ」

　広道が落ちていた大刀を拾って振りかざし、男たちに斬りかかる。その刹那《せつな》、押し寄せる暴徒のただなかから一人の男が飛び出してきた。手にしていた鋤で広道の刀を弾き飛ばすや、返す柄でそのみぞおちを打った。

　うぐっ、という呻きとともに広道が倒れ込み、腹を抱えて転げ回る。男らはその隙にどこからともなく取り出した荒縄で、密翳の身体をぐるぐる巻きに縛り上げた。なおも摑みかかろうとする広道を突き倒し、殴りつける。ぼろ切れのように動かなくなった広道に唾を吐きかけ、密翳の衿髪を握った。

「馬だ、馬に縛りつけろ」

「そうだ。そのまま大路を引きまわさせッ」

　名代は「そうはさせるかッ」と叫びながら、彼《いまし》らに向かって走り寄った。

　男たちの手を無我夢中でかいくぐり、密翳を縛めた荒縄の端を摑む。だが、やった、と思った次の瞬間、最初に広道を叩きのめした男の鋤の柄がしたたかに背を打ち、名代もまたその場にどうと転倒した。

「名代ッ、広道ッ。しっかりしろッ」

血の滲《にじ》むような絶叫は、半町ほど先で刀を振るう智積のものだ。

だがどれだけ彼らが勇猛果敢であろうとも、施薬院に駆け付けてきた衛士は十数人。たったそれだけの手勢では、後から後から押し寄せる暴徒の群れを防げるはずがない。

（せめて――せめて、綱手さまだけはお逃げいただかねば――）

倒れた際にくじいたのか、もがくたびに右足には激痛が走り、立ち上がることすらままならない。

見るからに本邦の人間である名代や広道には目もくれぬまま、男たちは縛り上げた密翳をどこかに引きずって行く。

思うようにならぬ足にぎりぎりと歯噛みしながら、名代は見る見る遠ざかる密翳の姿を睨《にら》み据えた。

「おい、どうした。事のついでだ。息の根を止めちまえよ」

剣呑《けんのん》な言葉に頭を巡らせば、髭面《ひげづら》の男が苦悶《くもん》する広道のかたわらにしゃがみ込んでいる。その口元に浮かぶ冷笑に、名代はこの男が首魁《しゅかい》の宇須《うず》だと確信した。

「無駄な殺生《せっしょう》はいらぬだろう。それよりも薬が入り用なら、衛士が足止めされているこの間に、蔵に押し入ったほうがいいのではないか」

鋤を肩に担いだ男がそう答え、爪先で軽く広道の横腹を蹴った。

「確かにその通りだけどよ。正直言やァ、俺は別に施薬院の薬なんぞ欲しくねえからな。それともおめえは違うのかよ」

宇須の言葉に、男が無表情に首を横に振る。

「――いや、わたしもいらん。施薬院の薬なぞ、見たくもない」

頬のこけたその横顔に、名代はあっと息を呑んだ。間違いない。あれは藤原房前《ふささき》家の家令《かれい》、猪名部《いなべ》諸男だ。

比羅夫はかつて、自分たちが出会った男は元侍医《じい》たる猪名部諸男とは同姓同名の別人だろうと言った。だが考えてみれば、医薬に無関係な男があれほど大量の生薬を買い求め、病に倒れた官人を連れ帰ったりするものか。

（なんということだ――）

人の命のはかなさを知る綱手は、人命を救うことこそが己の生きる意義と考えている。いや、綱手だけではない。真公も絹代も――広道やかくいう名代自身とて、その志は同じはずだ。

だがかつて宮城にその名を轟《とどろ》かせた名医は、怪しげな禁厭札売りと結託するばかりか、人々を救う施薬院を襲い、多くの者の命を危険にさらしている。全身の血が、ざっと音を立てて引いて行く。名代は低いうめきを上げた。

正体不明の病に翻弄され、どこにも持ちこみようのない怒りに駆り立てられた京の人々の気持ちは理解できる。さりながら仮にも侍医の職にあった者が、施薬院襲撃に加わるとは何事だ。

激痛を堪《こら》え、名代は両の肘をぐいと突っ張った。焼き鏝《ごて》を押しつけられるに似た痛みに絶叫しながら、諸男に向かって飛びかかった。

だがその途端、素早く振り返った宇須が、ひどく俊敏《しゅんびん》な動きで名代の足を払った。悲鳴とともに再び倒れた名代の腹の上に腰を下ろすや、両の腕で襟元を摑む。いたぶるように両手を引き絞り、ふうん、とからかうような声を上げた。

「身拵えからして、こいつは施薬院の下っ端だな。——おい、てめえ。こんなところで病人の世話を焼いているより、俺たちと一緒に病の源を追っ払わねえか」

「ふ、ふざけるなッ」

「ふざけているわけじゃねえぜ。おめえだってどうせ心の中じゃ、裳瘡《もがさ》にいつ罹《かか》るかとびくびくしているんだろう。だったら先のことなんざ考えず、今このときを好きに生きたほうがいいじゃねえか」

かつての名代であれば、その誘いに容易《たやす》く乗ったかもしれない。詰まる息にぜえぜえと喘ぎながら、名代は「馬鹿野郎ッ」と声を振り絞った。

「嘘っぱちの札を売るお前らの仲間になるぐらいなら、裳瘡に罹って死んじまったほうがましだッ。お前たちの札を信じて、いったいどれだけの人々が亡くなっていったと思ってるッ」

名代の罵倒《ばとう》に、宇須は口元の笑みをますます大きくした。

「なんだ。よく知ってるじゃねえか。だったらどんな手を尽くしたって、この疫病が収まりそうもねえことだって、分かっているんだろうに」

ああ、そうだ。そんなことは嫌というほど承知している。

綱手の懸命の調薬も、広道や密翳の看護も、いったん始まった疫癘《えきれい》の前には、なんの効果もない。しかし患者の病が激しければ激しいほど――そしてその死が逃れられぬものと分かっていればいるほど、自分たちはなおも自らの務めに邁進《まいしん》せねばならない。そうだ。死の前に無力である人々に向き合うためにこそ、施薬院は在《あ》るのだ。

「お――お前らみたいな詐欺師や似非《えせ》医師に、俺たちの仕事が分かってたまるものか。殺すならさっさと殺しやがれッ」

そう怒鳴った瞬間、諸男の顔がはっと強張った。

医師の魂をとっくに失った男でも、やはり似非医師と面罵《めんば》されると堪《こた》えるのか。その狼狽《ろうばい》ぶりを少しばかり痛快に感じながら、名代は堅く双眸《そうぼう》を閉じた。

裳瘡で死ぬかもとは覚悟していたが、まさかこんな形で殺されるとは思わなかった。

（まあ病に侵され、迫り来る死に怯え続けるよりは、はるかにましか――）

そう胸の中で呟いたとき、「畜生ッ、新手《あらて》が来やがったッ」という野太い叫びが思いがけぬほど近くで上がった。

ついで、どどっという激しい足音が辺りに満ち、悲鳴とも怒号ともつかぬ声がそれに続いた。

首元を押さえつけていた手が離れた気がして眼を開ければ、宇須がひどく忌々しげな顔で背後を睨んでいる。その眼差しの先では、騎乗した武官に率いられた数十人の衛士が、まっしぐらにこちらに押し寄せんとしていた。

いずれも短甲《たんこう》に冑《かぶと》をつけて胡簶《やなぐい》を背負い、手に手に鉾《ほこ》を掻《か》い込んでいる。その勇ましい姿に、施薬院の門を守っていた衛士たちの間から、わっと歓声が上がった。

「兵衛府《ひょうえふ》だッ。兵衛府の衛士たちが宮城から駆け付けてくれたぞ」

兵衛府は天皇の護衛や宮城の夜間警備など、主に朝堂の内廷を守る部隊。天皇の行幸《ぎょうこう》でもない限り、彼らが朱雀門外に派遣されることは滅多にない。

しかし何百人という暴徒による騒乱を知った太政官《だじょうかん》は、その制圧を衛士府だけに任せてはなるまいと判断したのだろう。それぞれが携えた武器のおびただしさと騎乗した武官の多さは、朝堂が暴徒に武力で当たると決意したことの表れでもあった。

　先頭の武官が馬の尻に笞をくれ、暴徒のただなかに突っ込む。四囲にぱっと血煙が上がり、幾人もの男たちがもんどり打つ。その様を目のあたりにした群衆が、顔に恐怖を浮かべて後ずさった。

「に、逃げろッ」

　どこからともなく悲鳴が上がり、大路を埋め尽くしていた人々がなだれを打って走り出した。

「逃すなッ、一人残らず捕らえよ。逆らう者は殺せッ」

　弓兵が放った矢のうなりが、号令に重なって響きわたる。

　激しく射込まれた征矢《そや》を受け、一町も先を駆ける男らが、ばたばたと倒れ伏す。刀を抜き放った衛士がそんな彼らの身体を踏み越え、更に逃げる暴徒を追いかけた。

「ぐずぐずするな、殺されるぞッ」

　仲間を見捨てて逃げるつもりなのだろう。宇須が諸男の腕を摑み、施薬院脇の路地に駆け込もうとしている。

「畜生、逃がすかッ」

　名代は落ちていた鋤を振り上げ、二人に向かって投げつけた。しかし宇須はそれをひょいとかわし、身動きのならぬ名代をにやりと振り返った。

「畜生ッ、誰か来てくれッ。ここに騒乱の首謀者がいるぞッ」

だが衛士たちは大路を逃げる暴徒を捕らえるのに懸命で、名代の絶叫に顧みもしない。

このままでは、騒動の首謀者をみすみす逃してしまう。あまりの悔しさに名代の視界がまっ赤に染まったとき、ひっという悲鳴が耳を叩いた。

絹代だ。様子を見に来たのだろう。門柱に半身を隠した絹代が、顔だけを突き出してこちらを見つめている。いや、信じられぬと言いたげに大きく見開かれたその眼が凝視しているのは、ぬかるんだ血泥の中にうずくまる名代でも、痛みに身悶える広道でもない。

ぶるぶると身体を震わせて、絹代は「諸男さま」と小さな声を漏らした。とはいえ宇須ともつれ合いながら小路に逃げ込もうとしている諸男の耳に、それは届いていなかっただろう。

次の瞬間、絹代は泳ぐような足取りで門から走り出た。「お待ちくださいッ」と叫んで、諸男の背に追いすがった。

「なんだよ、この女は。畜生、おい、どかねえかッ」

眉を吊り上げた宇須が、その腰を乱暴に蹴る。だが諸男の袖を必死の形相で摑ん

だ絹代は、

「わ、わたくしでございます。絹代ですッ。諸男さま、やはり都にいらしたのですねッ」

と辺り構わぬ大声を張り上げた。

「お、おぬし――」

諸男がぎょっと叫んで、その場に立ちすくむ。涙でぐしゃぐしゃに汚れた絹代の顔を呆然と見つめ、すぐに我に返ったように、その身体を突き放した。

「おい、なんだよ。この女はおめえの知り合いか」

「……いいや、知らぬ。顔も見たことのない女子《おなご》だ」

震える声で言い放った諸男に、絹代が「なぜさようなことを仰《おつしや》るのです」と大声を上げた。

「あなたさまが赦免《しやめん》されたと聞いて以来、わたくしはいつかあなたさまが来て下さるとお待ちしておりました。ですがどれほど待っても、あなたさまは来て下さらないばかりか、消息すら摑めぬまま。しかたなく、わたくしはこの施薬院に身を置き、あなたさまを探していたのです」

まくし立てる絹代に、諸男が何か言いたげに口を開く。だがすぐに強く唇を引き結ぶと、再び取りすがろうとする絹代を、両の手で突き飛ばした。倒れ込んだ絹代から逃げるかのように、二、三歩後じさった。

「こんな——こんな女は知らぬッ。わが妹背《いもせ》はわたしを陥《おとしい》れた男と通じ、わざわざ獄まで様子をうかがいに来たのだ。かような女とは、もはや関わりはないッ」

「それは誤解でございます。わたくしはあなたさま以外のお人と通じたことなぞありません」

「ええい、うるさいッ」

言うが早いか、諸男は這い寄ろうとした絹代の顎《あご》を、爪先で蹴飛ばした。顔を押さえてうずくまった彼女の横腹を、更に二度、三度と踏みつけた。

「ならばなぜ、獄にわたしの様子をうかがいに来たッ。隠していることがあれば話せとしつこく問い詰めたのは、なにゆえだ」

わたしを待っていただと、と続ける諸男の声は、名代の耳に不思議に哀しげに聞こえた。

「よくもまあ、そんなことを言う。獄のひどさ凄まじさが、薬司《やくし》の采女《うねめ》であったおぬしにわかるのか。虫に全身を喰われ、糞尿《ふんにょう》にまみれて眠る苦しみが——衆人環視の中、ぐずぐずに腐った犬の死骸を汚水のただなかから手づかみですくう屈辱《くつじょく》が、理解できるというのかッ」

「おい、昔話をしている暇はねえぞ」

全身をわななかせる諸男の腕を、宇須が強く摑んだ。

その眼差しの先では、数騎の武官が砂煙を上げながらこちらに近付いてくる。小《こ》札《ざね》作りの短甲が、血なまぐさい大路には不釣り合いなほど明るくきらめいていた。

ああ、としゃがれた声を絞り出し、諸男は両の手で強く己の顔をこすった。倒れ込んだままの絹代を底光りする眼で睨むや、宇須にうながされるまま、手近な路地へと駆けこんだ。

「ま、待てッ。絹代さまはあんたを探して、この疫病のただなか、施薬院に来られたんだぞ。それなのに、なんてことをしやがるッ」

眩《まばゆ》い夏陽がもたらす小路の影は、黒々と深い。その中に消えていく二人に少しでも近づかんと、名代は地面に必死に爪を立てた。

手爪の間に食い込んだ砂の痛みが、足の激痛をわずかなりとも忘れさせる。畜生、畜生――と喉を塞《ふさ》ぐ呻きは、宇須と諸男に向けられたものか、それとも施薬院を襲った暴徒たちやその根源となった疫病に向けられたものか。自分でも判断がつかない。言葉にならぬうなりを上げながら、名代は血の滲み始めた指をなおもぎりぎりと地面に突き立てた。

「おい、おぬしらは施薬院の者か」

「二人ともひどい怪我だ。誰か、お医師を呼んで来い」

頭上の武官の叫び交わしが、水中に響く音のようにひどくくぐもって聞こえる。その音のはるか彼方《かなた》に、遠ざかる諸男と宇須の足音が聞こえる気がして、名代は暗くなる意識の中でも懸命に、腕をもがかせ続けていた。

西に傾き始めた日輪が、薄靄《うすもや》に黄色く霞《かす》んでいる。

物陰に隠れて数名の衛士をやり過ごすと、宇須は諸男の背をどんと叩き、「そら、行くぞ」と東二坊大路に飛び出した。

ほんの四半刻前まで大路にひしめいていた群衆は、ことごとく兵衛府・衛士府の兵に蹴散らされ、界隈に動く影はない。

手向かいをして、斬られたのだろう、口と双眸を大きく開いた髭面の男が一人、辺りを朱に染めて、大路の真ん中に転がっていた。

通り過ぎざまにそれを見やり、ふん、と宇須は鼻を鳴らした。

「馬鹿な野郎だ。ろくな得物《えもの》もなしに兵に立ち向かったって、勝てるわけねえのにさ」

ぽっかり開いた口の端に止まっていた青蠅が、宇須の罵詈《ばり》に驚いたように飛び立つ。死体の懐からはみ出したくすんだ黄色は、常世常虫の札の切れはしだ。擦り切れ、男の血に汚れたその札を眼にした瞬間、諸男の胸にどす黒い怒りがこみ上げてきた。待て、という言葉が、おのずと口から滑り落ちた。

「おぬし、この男は誰のせいで死んだと思っているのだ」

ああん、というような声とともに、宇須が足を止める。わなわなと身体を震わせる諸男に怯みもせず、「まあそりゃあ、俺のせいなんだろうな」と呟いて、ぽりぽりと首筋を掻いた。

「けど俺は誰にも、衛士と戦えなどと命じちゃいねえぜ。ただ常世常虫さまは、都を祓い清めよと仰っている、疫神を運んできた者の息の根を止めろと言っただけだ。それなのにこいつらが勝手に思い込んで、略奪やら付け火やらをしたんじゃねえか」

悪びれた風もなく言い放ち、宇須は上目使いに諸男を見た。

「なにをそんな難しい面をしてるんだよ。まったく、おめえはいつまで経っても、そうやって自分だけは周りと違うと言いたげな顔をしやがってよ。だいたいあの女が何者だか知らねえが、八つ当たりもいい加減にしやがれ」

言いざま、宇須はすばしっこく辺りを見廻した。疲れを知らぬ若鹿の勢いで、そのまま再び大路を駆け出した。

そうだ。宇須の言葉はいつも正しい。自分の苛立ちは、決して彼のみに向けられたものではない。それを言い当てられた悔しさと怒りをどうにかなだめながら、諸男は渋々、宇須の後を追った。

つい先ほど、施薬院の門前で追いすがってきた絹代の白い顔が、脳裏に明滅する。

諸男を探すため、施薬院に来たと言った絹代。獄舎に放り込まれていた自分を訪《おとな》い、探るような言葉を連ねた絹代。

(わたしを——わたしを待っていただと)

そんな言い訳が信じられるものか。絹代も倭池守《やまとのいけもり》も御立連清与人《みたちのむらじきよひと》も、あの当時内薬司《ないやくし》にかかわった者たちはみな、自分を無実の罪に落とし、筆舌に尽くし難い辱《はずかし》めを与えた憎き仇《かたき》。それなのに——それなのに絹代はなぜ今更、自分を探しなぞしているのだ。

激しい混乱が、胸の焰に油を注ぐ。決して振り返るまいと己に言い聞かせ、諸男は奥歯を食いしばった。

三条大路を過ぎ、大安寺の伽藍を遠目に望む頃になると、界隈には一人、また一人と人影が戻ってきた。しかしそれと同時に沿道では、略奪の跡を色濃く留《とど》めた家屋敷が増え始めた。

押し入った暴徒が火を放ったのだろう。元は豪壮な商家だったと思しき家は、真っ黒な柱だけを残して焼け落ち、その前でやせこけた老人が両手で髪をかきむしりながら、ああ、ああ、と悲鳴とも呻きともつかぬ声を上げ続けている。

かと思えばその半町先では、衣を引き裂かれ、白い胸乳《むなぢ》や肩をむき出しにした三十路《みそじ》あまりの女が、虚脱しきった顔に涙の跡をとどめ、ぽかんと空を見上げていた。

暴徒の大半は衛士の出動を知るや、泡を食って逃げ出したのだろう。死骸はあの髭面の男以外には見当たらない。それだけにかえって目立つ暴虐の数々に、諸男は言い知れぬ虚しさを覚えた。

宇須はそんな諸男にはお構いなしに、四方八方に目を配りながら、茜《あかね》に染まり始めた道を駆けてゆく。四半刻ほどかかって薬師寺南のねぐらへ帰り着くと、「やれやれ参ったぜ」と息をつき、板間に大の字になった。

「宇須、お帰り。お宝ってのは、手に入ったの」

先ほどの狂奔《きょうほん》はすでに忘れ切ったのか、厨《くりや》で粥《しるかゆ》を炊いていた虫麻呂が邪気のない顔で笑う。宇須は首だけをもたげて、「それがなあ」と大げさに溜め息をついた。

「とんだ邪魔が入って、果たせなくてよ。けどまあおかげで、えらく面白いものを見せてもらったぜ」

くくく、と笑い、宇須は勢いをつけて起き上がった。

「それにしても常世常虫で稼ぐのも、行き着くところまで行っちまったみてえだな。このまま京に留まり、こっちまで瘡《かさ》に罹ってもつまらねえ。難波津《なにわづ》あたりにでも移って、しばらくのんびり暮らすとするか」

「せっかくこんな大きな家をもらったってのに、もう他所に行くの。おいら、ずっとここに暮らしたいな」

「なあに、二、三年経って、疫病が落ち着いた頃に帰ってくりゃいいさ。この家はもう、俺たちのものだ。ちゃんと証文だってあるし、空き家にしておいたって誰にも取られやしねえさ。なあ、諸男」

自信に満ちた宇須の声に、諸男はああ、と適当にうなずこうとした。しかしその瞬間、

——わ、わたくしでございます。絹代ですッ。諸男さま、やはり都にいらしたのですねッ。

という絹代の声が耳底に鮮明にこだまし、舌が口中で中途半端に固まった。

絹代の傍らで大きく眼を見開いていた施薬院の使部の顔が、いつぞや大蔵《おおくら》省の庭で自分を罵《ののし》った若い男の声が、次々と脳裏に甦《よみがえ》っては消える。

暴徒が押し寄せてもなお、閉ざされなかった施薬院の門。その脇で倒れ伏した男にまたがっていた老爺は、おそらく施薬院の医師だろう。

諸男は医者が人命を第一に考える気高《けだか》い存在などと、思ったことはない。むしろ

口先で仁愛を説きながら、裏では銭や損得で人命を計る分、医師ほど腹黒い者はいないとすら思っている。

かくいう自分とて、もし薬生となる以外に立身出世の道があったなら、迷わずそちらを選んだだろう。結局自分にとっても内薬司の者にとっても、医術はただの生計《たつき》に過ぎないのだ。

しかし不思議にも施薬院の者たちは、疫病満ちるこの寧楽《なら》に留まり、人々の命を救おうと粉骨砕身している。それに比べ、自分はなんと遠いところに来てしまったのか。そう思った途端、諸男の両膝はかたかたと音を立てて震え始めた。

あれほど怨んだ絹代が、施薬院の者たちが――憎くてたまらなかった倭池守すらが、手の届かぬ高みに輝く美しい星の如く思われた。

そうだ。泥濘《でいねい》に塗《まみ》れ、汚穢《おわい》をかきわけて今日まで生きながらえた自分は、己がとうに失った志をいまだ手にしている彼らを羨望《せんぼう》し、同時に憎まずにはいられなかったのだ。

（わたしは――わたしは今までいったい何をしてきたのだ）

獄舎から放たれ、宇須たちと行動を共にしながらも、自らは本当はなにを求めていたのか。歪んだ矜持《きょうじ》と怒りゆえに見失っていた本心が鎌首をもたげ、諸男は激しい眩暈《めまい》を覚えた。足を力なくよろめかせると、頭を両手で抱えてその場にうずくまった。

「諸男、どうしたの。ねえってば、大丈夫なの」

舌ったらずの悲鳴を上げて、虫麻呂が諸男にしがみつこうとする。激しく身をよじってそれを拒《こば》み、諸男は尻で部屋の隅へと後ずさった。

手負いの獣のような気分で四囲を見廻せば、宇須は板間に座り込んだまま、じっとこちらを見つめている。その唇に冷ややかな笑みが貼りつけられていると気づいた瞬間、諸男の背に冷たいものが走った。

(もしかして、この男はずっと、わたしを――)

とうの昔に分かっていたことではないか。かつて虫麻呂が熱病に倒れたとき、宇須は野良犬の死でも語るような口調で、諦めろと言った。聡明で弁の立つ彼にとっては、虫麻呂や諸男すらもが、己の掌の上で踊る愚かな傀儡《くぐつ》でしかない。

諸男はこれまで宇須に、自らの境遇を語ったことはない。しかし聡明な宇須は諸男の言動の端々、更には御立《みたちのむらじ》連清与人《きよひと》の存在などから、自分がかつて医師として相当の立場を得ていたことに、とっくに気づいていたはずだ。

(だから――だから宇須は、わたしを禁厭札作りに誘い込んだのか)

いや、違う。宇須が自分を巻き込んだのではない。あまりに激しい怒りゆえに、世を怨み、医師なるものを憎めばこそ、自分はこんな見え透いた詐欺に自ら加担してしまったのだ。

いわば目の前の男は、自分の陰惨な情念が招き込んだも同じ。それが嫌と言うほど分かるがゆえにかえって、諸男は我と我が身が呪わしくてならなかった。

そうだ。なぜ自分はこんなところに迷い込んでしまったのだ。かつての己はいったいどこに行ってしまったのだ。

「諸男、諸男ってば、しっかりしてよ」

這いよろうとする虫麻呂から逃げるように、更に尻で後ずさる。

そんな真似をしたとて、これまでの行ないから逃れられぬことは、十分承知している。柱だけを残して焼け落ちた家、口の端に太った蠅を止まらせた男の死体。すべてそれは、世を怨む諸男が招いた業《ごう》だ。

唇を歪めた宇須から目を背け、諸男は逃げ道を探すが如く四囲を見廻した。

今はとにかく、この二人の顔を見ていたくはない。厨から流れてくる甘い炊飯の匂いまでもがおぞましく、這うようにして奥の間に逃げ込みかけたとき、大路に面した表戸がどすんと鳴った。

風か。いや、何者かが板戸に体当たりを食らわせているのだ。

三人がそろって戸口を振り返るのと、表戸が再び鈍い音を立てたのはほぼ同時。心張《しんば》り棒《ぼう》が吹っ飛び、うおおッという雄叫びと共に、黒い影が瞬時の迷いもなく土間から上《あ》がり框《がまち》へ駆け上がって来た。

稲妻によく似た閃光が、板間に走る。宇須が声にならぬ叫びを上げて横っ飛びに転がった次の瞬間、腹の底に響く音とともに、刃の厚い鉈が先ほどまで宇須が座っていた場所に突き立った。

「てめえ、何者だッ」

鉈がかすったのだろう。誰何《すいか》する宇須の左肩から、ぼたぼたと鮮血が滴った。中年の男が一人、板間の真ん中で、棒のように細い足を踏ん張っている。突き立った鉈を緩慢《かんまん》な動きで引き抜き、宇須を顧みた。

その髪はぼうぼうに乱れ、両手脚には泥がこびりついている。大きく見開かれた双眸だけが、やせこけた顔の中で、雲母《きら》を張りつけたような鈍光を湛《たた》えていた。

「お――お前らのせいで――」

痰《たん》のからんだ声で言いながら、男は痩軀《そうく》には大きすぎる鉈を引きずって、一歩、宇須へと詰め寄った。

「お前らのせいで、多伎児《たきこ》は死んだんだ。多伎児だけじゃない。女房も施薬院から連れ帰った娘同様、身体じゅう瘡に覆われ、喘ぎながら死んでしまった。なにもかもあの――あの禁厭札のせいだ」

警戒心の強い宇須は、ごく数名にしかこのねぐらを教えていない。それにもかかわらず、なぜこの男は三人の住処《すみか》を探り当てたのだ。――いや、違う。

　諸男は双眸を見開いた。

　そうだ。ようやく気付いた。垢にまみれ、激しく面変《おもが》わりしているが、目の前の男はかつて、常世常虫の札と引き換えにこの家を譲り渡した水屋の主ではないか。

「俺たちのせいだと。ふざけるんじゃねえ」

　そう怒鳴りつつも、さすがに狼狽しているのだろう。宇須の眼は泳ぎ、左腕から滴った血が、早くもその足元に血だまりを作り始めている。

「禁厭札が万能じゃねえことぐらい、どんな馬鹿だって知っているだろう。それなのに女房子どもが死んだといって、こんな逆恨《さかうら》みをしやがって」

　あまりに多くの人々に札を売った宇須は、目前の男が誰なのか、いまだ思い出せないらしい。けたたましくしゃべり散らしながら、宇須はじりじりと板間の奥へと後ずさった。

　この家は奥に細長く、土間の突き当たりには裏の路地に通じる木戸がある。隙を見澄まして、裏口から逃げるつもりなのだ。

「うるさい、うるさいうるさいッ。お前らがいなかったら、こんなことにはならなかった。多伎児も女房も死なずにすんだんだッ。この――この疫神の手先めがッ」

　言うなり男は再び鉈を振り上げ、宇須へと突進した。

だが宇須が素早く後ろに跳んでそれをよけると、男は血だまりに足を滑らせ、どすんと派手に尻餅をついた。その拍子に、男の腕から離れた大鉈が土間に落ちる。宇須は髪を振り乱して、「今だ、逃げろッ」と叫んだ。板間の端にぺたんと座り込んだ虫麻呂に駆け寄り、無事な右手でその襟首を引っ掴んだ。

「なにをしていやがる。立て、立たねえかッ」

恐怖のあまり失禁したのか、半べそをかきながら立ち上がった虫麻呂の下半身は、ぐっしょり濡れそぼっている。

その腰を後ろから蹴飛ばし、宇須は奥の間に転がり込もうとした。しかし男は土間の鉈を拾い上げると、「に、逃がすものか」と再びその背に飛びかかった。

「わしは、わしはお前らを殺さねば、多伎児や女房に申し訳が立たんのだッ」

咆吼とともに振り上げられた鉈が、宇須の腰を砕く。ぎゃああッと血の凍るような叫びが上がり、真っ赤な飛沫《しぶき》が諸男の視界を遮《さえぎ》った。

「なにをするの。宇須をいじめないでよおッ」

割って入ろうとした虫麻呂が、突き飛ばされて背中から土間に落ちる。大きな身体が土壁に激突したと思った刹那、枯れ木を踏み折るような嫌な音が響いた。虫麻呂の太い四肢《しし》がびくりと強張り、ついで激しく痙攣《けいれん》し始めた。

「虫麻呂ッ」

いつも締まりのない笑みを浮かべていた口がぽかんと開き、白い泡がそこからぶくぶくと湧く。それを眼にした瞬間、諸男は自分でもわけのわからぬ雄叫びを上げながら、鉈を振り上げる男の背に飛びかかっていた。

さすがに不意を突かれたのだろう。たたらを踏んだ男が、横なぎに鉈を振り回す。その刃の重さにかしいだ身体に体当たりを食らわせると、諸男は倒れ伏した宇須に駆け寄った。血まみれの顔がわずかに動き、薄く開いた目が何かを求めるように揺れた。

まだ息がある。諸男は宇須の脇に己の肩を差し入れ、その身体を家の奥へと引きずった。

「ま、待てッ」

振り返れば、全身を血でぬらつかせた男が、必死に二人に追いすがろうとしている。

諸男は咄嗟《とっさ》に、壁際に積み上げられた古桶《ふるおけ》を蹴倒した。それに足を取られ、男が悲鳴《しん》とともに転倒する。宇須の身体をその場に下ろすと、諸男は男のみぞおちを渾《こん》身の力で踏みつけた。

人体には、急所とされる箇所が十数箇所ある。烏兎《うと》（眉間）、独鈷《どっこ》（顎の付け根）、天突《てんとつ》（鎖骨《さこつ》の間）、曲骨《きょくこつ》（下腹部中央）……中でも鳩尾《きゅうび》ともよばれるみぞおちは、上焦《じょうしょう》と中焦《ちゅうしょう》の境目で、ここを打たれた者はしばらくの間、息すら出来ぬ激痛に襲われる。

ぐおっという唸《うな》りがその口からほとばしり、血濡れた鉈が手から離れる。それをひったくって、再び宇須の身体を荷《にな》うや、諸男は後ろも見ずに水屋の裏口から路地へと飛び出した。

陽はすでに生駒《いこま》の山嶺に半ば没し、とろりと重たげな残光が、家々を朱に彩っている。いつあの男に追いつかれるかという恐怖に背を押され、諸男は早くも人気《ひとけ》の絶えた街区をよろめきよろめき、必死に北へと駆けた。

通りすがりに見つけた井戸に鉈を放り込み、ついで血泥に汚れた手足を洗う。鉈をひったくった際に、傷つけたのだろう。右の掌がざっくりと切れ、溢《あふ》れるように血が流れているのに、今更気づいた。

「おい、宇須。しっかりしろ」

ぴたぴたと頰を叩いても、宇須は青ざめた顔で低い呻きを漏らすばかりである。真っ赤に染まった衣を引き剝いで改めれば、腰から右尻にかけての肉が大きくこそげ取られ、拍動に合わせ、真っ赤な血がどくどくと傷口から湧いて来る。

駄目だ。これほど大きな傷では、急いで糸で縫い合わせたとしても、血は止まるまい。いっそここに捨てて行くか、との思いが、瞬間、胸を過ぎる。しかし諸男は大きく首を横に振ると、宇須を支えて立ち上がった。

急速に輝きを失いつつある夕陽が、二人の足元に黒々とした影を曳《ひ》く。蛇が這いずったような血の跡を長く残しながら、諸男はどこへとのあてもなく、ただひたすら足を急がせた。

自分を悪事に引き込んだ宇須が、憎くないわけではない。しかし怪我を負った彼をここで見捨てては、医師としてはもちろん、人として世に顔向けできぬ気がした。

（宇須、おぬしはこんなわたしを嘲笑うだろうな）

だがそう問いたくとも、背中の宇須は堅く眼を閉じ、ぜえぜえと荒い息を漏らすばかりである。その息に背を激しく打たれ、諸男はもつれる脚を懸命に励ました。

人の死には、これまで幾度となく立ちあってきた。侍医であった頃は、馬に頭蓋を踏み砕かれた遺骸や、消炭《けしずみ》の如く黒焦げた焼死体に接したこととてあった。

さりながら今こうして、刻々と弱ってゆく宇須の吐息を聞くにつれ、これまでどこか遠いものと思われていた死が、ひどく身近に、そして怖気《おぞけ》立つほど恐ろしいものと感じられてくる。

「死ぬな、宇須。もう少しだ、もう少しで休ませてやる」

人気のない路地を選んで、幾度も道を折れる。突如現れた斜《なぞえ》を草を摑んでよじ登ると、目の前がぽっかり広くなった。青臭い草いきれと水の匂いが鼻をつき、西空のわずかな残照が暗い川面を照らしている。どうやら秋篠《あきしの》川のほとりに出たようだ。

半ば滑り落ちるようにして土手を降りれば、岸には背の高さまで葦《あし》が生い茂り、到底身体を休める場所などない。諸男は葦の葉をかき分け、河原を下流へと向かった。

足をひたひたと洗う流れは、間もなく訪れる闇を先取ったように暗く、穏やかなせせらぎの音が川岸の人気のなさをいっそう際立たせている。

いま脛《すね》を濡らしている生温かいものは、秋篠の流れか、それとも宇須の血か。次第に輪郭《りんかく》を失ってゆく岸に目を凝《こ》らしながら、いったいどれほどの間、辺りをさまよったのだろう。

山の端《は》の最後の明るみが失せ、宵闇がふいと深くなる。それと同時に、宇須の息が急に細くなった。

ひいという長い引き息が、空のどこかに吸い込まれたように途切れる。肩に負った身体が、突然、重みを増した。

「宇須――」

呼びかけた声は、葦の葉ずれよりも小さく、諸男自身の耳にも届かなかった。

諸男はもう一度、宇須、と呼んだ。応《いら》えはない。ただ河原の葦が揺れ、流れの音が耳を突くばかりだ。

立ちすくんだ諸男の背を叩くように、このとき、息が詰まるほどの腐臭が川面を流れてきた。そのあまりの激しさに、諸男はその場によろめき、半尺あまりの深さの流れのただなかにうつぶせに倒れ込んだ。

立ち上がろうと突いた手が、ぐにゃりと柔らかいものを押さえつける。それとともに腐臭がいっそう強くなり、諸男は思わず二の腕で顔を覆った。

ぶん、と耳障《みみざわ》りなうなりが耳を叩き、なにか小さなものが一団となって宙に舞い上がる。激しい混乱と恐怖にもがく足が、粘った何かを踏みつける。氷のように冷たく、それでいて足首に絡みつくその粘りは、泥でも汚物でもない。傍らの宇須の身体を抱き上げることも忘れ、諸男は這いずるように岸辺に向かった。

それと同時に、春日《かすが》の山の端がぼおと明るみ、望《もち》には幾日か早い月が緩慢に顔を出した。赤みを帯びた月光が辺りに降り注ぎ、諸男の目の前を照らす。その途端、そこに広がった光景に、諸男はひっと声を上げた。

累々《るいるい》たる死骸が、狭い河原一面を覆い尽くしていた。いや、河原ばかりではない。水際にも、土手のそこここにも積み上げられた無数の死体は、腐り、融《と》け、混じり合い、どこまでがかつて一個の肉体だったのやら、皆目《かいもく》見当がつかない。

生前は若い女だったのだろう。諸男に踏み抜かれ、ぽっかりと腹に大穴を開けた死体の髪が、秋篠の流れの中で川藻のように揺れている。まるでそれだけが命あるものの如く長く伸び、放り出されたままの宇須の手足にゆらりとからみついた。

「やめろッ」

とっさに悲鳴を上げ、諸男は宇須の身体を死骸だらけの岸に引きずり上げた。裳瘡に倒れた何百人もの人々を、ろくな弔いもせぬまま放り捨てたのだろう。中にはまだ息があるうちに投げ落とされたのか、手近な草を摑み、這い上がらんとする姿勢のまま、土手の中ほどで息絶えている亡骸《なきがら》もある。

膨張し、妊婦の如く腹を膨れ上がらせた老爺。性別も生前の容貌も分からぬほどに獣に食い散らされた小さな死体……おぞましい腐臭が一歩ごとに諸男の鼻を口を眼を刺激し、骨の折れる音がぼきり、ぼきりと足元で響く。青白い燐光《りんこう》が葎の葉叢《はむら》で淡く光り、小さく瞬《また》いてすぐに消えた。

宇須の身体はいつしか冷え切り、その息が完全に絶えているのは、もはや検《あらた》めるまでもない。しかしどうしてもその亡骸を打ち重なる死骸の中に放り出せず、諸男は屍《しかばね》と骨のただなかをかき分けて宇須を運んだ。

大きく葉を茂らせた柳の根方にわずかな空き地を見つけ、転がり込むようにそこに腰を下ろした。

また誰かが、死骸を運んできたのだろう。土手の向こうではあはあと荒い息遣いが響き、それッとの声とともに、全裸の女がごろごろと土手を転がってきた。

年はまだ十三、四歳か。首筋に一つ、二つ、水疱が浮かんでいるが、まだあどけなさを残した顔は、死体とは思えぬほどに整っている。月光が照らしつけた青白く小さな胸乳《むなぢ》に、諸男はなぜか目を奪われた。

土手の吐息はすぐに遠くなり、河原にはまた静寂が戻ってきた。せせらぎの音に混じって聞こえるごく小さなざわめきは、腐肉を食《は》む蛆虫が死体の中を這いずる音か。いま川を覗き込めば、何十匹という魚たちが水中の死骸を喰おうと集まっているのが見えるやもしれない。

宇須、と名を呼び、諸男は膝に抱いた顔を静かに撫でた。

身体の血の大半を失ったせいで、無精髯に覆われたその頬は、わずかな間に一回りもやつれている。閉じても閉じても半開きになる口を片手で押さえ、

（宇須、おぬしは満足か――）

と、胸の中で問いかけた。

もし宇須が常世常虫なぞをでっち上げなかったならば、今日のような暴動は起きなかった。多伎児とやらいう娘は、尋常に施薬院で息を引き取っただろうし、虫麻呂や宇須が命を落とすこともなかったはずだ。

死と病が充満したこの京で、宇須は宇須なりに生きる道を追い求め、結果、己の弁舌ゆえに命を失った。だがそれはもしかしたら、自らの舌一つで世を動かそうとした宇須にとって、ひどく幸せなことだったのではあるまいか。

宇須は死んだ。虫麻呂もおそらく生きてはいまい。しゃくしゃくしゃくと肉を食む蛆虫は、いったいいつ宇須の身体を食らい始め、その身を土へと還すのか。

（わたしは何のためにここにいるのだ）

腐り、膨張し、血泥となって融けてゆくあの無数の骸《むくろ》も、病に罹る前はその生を謳歌《おうか》し、末期《まつご》に及んでは生きたいと呻いたはず。それにもかかわらず、なぜ彼らは死に、他人を憎み、羨むことしかできぬ自分だけが、こうして生き長らえているのだ。

人はみな、自らの存在に限りあることを知っている。それゆえに世の者は誰しも己の求めるものを追い、その生を充実させんともがくのだ。ならば人はいま生きるがゆえに、いつか死ぬのではない。いつか死ぬがゆえにそれまでの短い生を輝かせるのであり、いわば人を真に生かしているものは、いずれ訪れる死なのではないか。

諸男は神も仏も信じない。しかし死のみが充満するこの河原にあって、諸男は唐突に、己が何者かによって生かされていると感じた。

そうだ。生と死は決して相反するものではない。数えきれぬほどの死の中にあってこそ、たった一つの命は微《かす》かなる輝きを放つ。生と死、正と邪とは紙一重であり、腐りきった世の中にあってこそ、あの施薬院が崇高《すうこう》なものと映るが如く、世にはびこる全ての悪は、ほんの一かけらの善なるものを輝かせるために在るのだ。

（——ならば）

京じゅうを死が埋め尽くした今、悪事に手を染めながらもいまだ生き続ける諸男にも、何かしらの生きる意義があるということか。

ぽっかりと開いた宇須の唇に、一粒の涙が落ちる。一度堰《せき》を切ると、涙はあとからあとからこみ上げ、激しい嗚咽《おえつ》が諸男の喉を塞いだ。

——おめえはいつまで経っても、そうやって自分だけは周りと違うと言いたげな顔をしやがってよ。

宇須の冷ややかな笑みが、脳裏をぐるぐると回る。虫麻呂の頭を乱暴に撫でる手、病に倒れた諸男を助けた逞《たくま》しい腕。誰を傷つけても平然としていた彼の本心が奈辺《なへん》にあったのか、確かめる術はもはやどこにもない。

激しい混乱に引き裂かれながら、諸男は臘《ろう》の如く青ざめた宇須の顔を両手で抱え込んだ。涙で濡れた死人の顔が月明かりに光り、ほんの一瞬、かりそめの生気《せいき》を取り戻したかに見えた。

「宇須、お前は——お前はわたしを憎んでいたのではないのか。だからわたしを悪事に加担させたのではなかったのか。教えてくれ、宇須。なあ、そうだったのだろうッ」

がくがくと揺すった身体は泥のように重く、絶叫にも似た問いに応じる声はない。

さらさらと流れる川音が、諸男をなだめるように低く響く。滴る涙を拭いもせず、諸男は冷え切った宇須の身体にすがりついた。

赤い月を過ぎって、鳥が一羽、堤の向こうへ飛ぶ。その後を追うように流れた星が、夜空に淡い光芒《こうぼう》を描いた。

第五章　犠《ぎ》牲《せい》

その日、施薬院《せやくいん》に担《かつ》ぎ込まれた怪我人は、庶人《しょじん》だけで八十余人。出動した兵士などを合わせると、その数は百人を超えた。

だがそのどんな事実よりもなお施薬院に衝撃を与えたのは、暴徒によって連れ去られた密翳《みつえい》の亡骸《なきがら》が、羅城門《らじょうもん》近くの畑で見つかったことであった。

馬で大路《おおじ》を引きずられて、絶命したのだろう。荒縄で縛り上げられた身体は襤褸《ぼろ》切《き》れの如く擦り切れ、面相はおろか、どこが手やら足やらすら判然としない。ただ一房、かろうじて頭蓋にからみついていた鳶《とび》色の髪が、その肉塊が密翳であることの証《あかし》となった。

「密翳がなにをしたというのですかッ。あいつはどんなときも懸命に病人を看護し、みなを救おうとしていたのにッ」

名代《なしろ》はくじいた足を引きずって密翳の死骸に這いより、人目も憚《はばか》らずに泣き喚《わめ》いた。だが綱手《つなで》は人とは思えぬ姿となった骸《むくろ》を無言で見下ろしただけで、負傷者が収容された裏庭へと歩き出した。

植え込みの手前で足を止めると、「泣いても密翳は戻らぬ」と、険しい声を名代に浴びせかけた。

「それより、さっさとこちらを手伝え。捻挫や打撲《だぼく》程度であれば、おぬしでも手当は出来よう」

広道《ひろみち》はかろうじて意識を取り戻したものの、ほうぼうの骨を折られて、いまだ他の怪我人とともに寝かされている。それだけに、自分がすぐに動かねばならぬと頭では理解しながらも、名代は「嫌ですッ」と大声を上げた。

「衛士《えじ》やうちの患者はともかく、新たに収容された者のほとんどは、施薬院を襲った暴徒ではありませんか。もしかしたらその中には、密翳を縛り上げ、笑いながら馬の鞍《くら》に縄をくりつけた輩《やから》がいるやもしれぬのですよ。そんな奴らに治療を施すなぞ、私は何と言われてもご免ですッ」

綱手は肩が上下するほどの深い息をつき、「そうか」と唇を噛んだ。

「おぬしは先ほどの暴徒を、どうしても許せぬか」

「と、当然でしょう。そりゃ病《やまい》への恐ろしさのあまり、怪しげな神を信じたことは、気の毒と思わぬでもありません。ですが、だからといって、それが暴虐を働いていい理由とはならないでしょう」

衛士府によれば、暴徒に火をかけられた家屋・社寺は約二十軒、殺害された者は密醫を含めて十余名。そのうち半数は、日本の者でありながら誤って殺された無辜《むこ》の民《たみ》という。

施薬院に担ぎ込まれた怪我人の中には、我が子を助けんとして頭を割られた父親や、暴徒に乱暴された若い娘も混じっている。そんな人々を助けるのは施薬院の当然の務め。だがなぜ彼らを苦しめた暴徒たちにまで、医薬を分け与えねばならぬのだ。

眼を血走らせた名代に、綱手はしばらくの間、無言だった。しかしやがてぽつりと、「のう、名代」と呟《つぶや》き、ぎょろりとした眸《ひとみ》を宙に据えた。

「確かにおぬしの申しようは正しかろう。されど、まことに憎むべきはあの暴徒どもであろうか。わしらが真に怒りを向けるべきは、あ奴らをそこまで追い詰めた官ではあるまいか」

「なんでございますと」

「この三月《みつき》、官は都の惨状にいったい何をしてくれた。君が親であれば、民は子。その親が無策を決め込んだがゆえに、迷うた子は得体の知れぬ神なんぞを信じ、暴徒と成り果ててしもうたのではないか」

施薬院の蔵にはいまだ何十斗《と》という生薬《しょうやく》の在庫があるが、市井《しせい》の薬匱《くすりのくら》はみな薬を渇望する人々の足元を見て、その値を好き勝手に吊り上げる一方。また命を惜しむ里中医《りちゅうい》は次々と都を離れ、医者にかかりたくともかかれぬ者たちが、京内では続出している。

そんな人々がやむを得ず頼ったのが常世常虫《とこよのとこむし》であり、怪しげな禁厭札《まじないふだ》を売りつける輩とすれば、責められるべきは京の衆ではない。まことは疫病の流行に迅速な手を打てぬ官ではないか、と決めつける声は静かで、それだけにかえって隠しても隠し切れぬ怒りをにじませていた。

「暴徒は衛府《えふ》の出動によって鎮圧された。されどこのまま朝堂《ちょうどう》が疫病に確たる手を打たずば、第二第三の常世常虫が現れるぞ」

そうなれば民心は天皇を離れ、国中に暴虐の徒が溢《あふ》れよう。ことここに至っては、この疫病はもはやただの病ではない。国の基《もとい》を蝕《むしば》む恐ろしき業病《ごうびょう》なのだ。

しかしながら裳瘡《もがさ》は今や宮城《きゅうじょう》内でも猛威を振るい、この六月だけでも、十日に従四位下《じゅしいのげ》大宅朝臣大国《おおやけのあそんおおくに》、その翌日に大宰大弐《だざいのだいに》小野老《おののおゆ》、十八日には正四位下《しょうしいのげ》長田《ながたの》王《おおきみ》、そして遂《つい》に今日は中納言《ちゅうなごん》多治比県守《たじひのあがたもり》と、立て続けに四人もの高官が亡くなっている。もはや宮城が機能停止に陥りつつある今、これまで無策だった官が今更、新たな手を講じられるものか。

「せめて、如何《いか》なる薬が裳瘡に効くかだけでも分かればのう。病に抗じる手立てがあると知れれば、人心も少しは落ち着いてくれように」

人は未知のものに対して、多大な恐怖心を抱く。都の人々とて結局は、外国《げこく》から来た裳瘡の得体の知れなさに怯《おび》え、遂にはそれを新羅《しらぎ》の神と呼んで、無理やりねじ伏せようとしたのだ。

もし同じ疫病でも、痢病《りびょう》や咳病《がいびょう》など今まで国内で頻繁に流行したものであれば、これほどの狂乱は起こらなかったに違いない。

（新羅——）

なにかが名代の脳裏に引っかかった。

そう、この裳瘡は新羅から遣新羅使の肩に乗って、この国にまでやってきた。慧《けい》相尼《しょうに》も言っていたではないか。新羅に遣わされた大使は、かの国で流行《はや》っていた疫病に罹《かか》り、異国で虚《むな》しく息絶えた、と。

ああぁッ、と名代は声を上げた。そうだ。遣新羅使が波濤《はとう》を越えた時、裳瘡は新羅でも流行していたはず。つまりこの病に苦しめられているのは、何もこの都だけではないではないか。

「つ、綱手さま」

名代は両手で綱手の袖を握りしめた。

「新羅でございます。そうです、新羅の国では、裳瘡にどんな薬を用いているのでございましょう」

「なんじゃと」

綱手がはっと息を呑む。その驚愕《きょうがく》の表情にますます興奮しながら、「そ——そうですよ、綱手さま」と名代は言葉を連ねた。

「もしかしたら新羅では、我々の知らない治療法が裳瘡に施されていたかもしれません。春先に帰国した遣新羅使の方々であれば、それを知っているのではないですかッ」

朝鮮半島の大国・新羅は、こと土木や医術に関しては、常に日本より先んじた知識を有している。

新羅国王は昨年の遣新羅使を謁見《えっけん》も許さずに追い返したと聞くが、さすがにその使節の大使が病《や》み付いたとなれば、知らぬ顔はせぬだろう。もしかしたら医官を派遣して看病に当たらせたかもしれない。だとすれば生き残って帰国した使節たちが、本邦ではまだ知られておらぬ裳瘡の治療法に接している可能性は充分にある。

「副使さまを——そうです、副使さまをお探ししましょう。確か、大伴《おおとも》三中《みなか》さまなる副使さまは新羅で病に罹患《りかん》なさり、難波津《なにわづ》でしばらく療養なさってから、京に戻られたと聞いております」

いつぞやの慧相尼の言葉を思い出しながら、名代は声を張り上げた。

宮城には使節団の名籍《みょうじゃく》（名簿）があるだろうが、この混乱のただなかでは閲覧が許されぬ恐れがある。またそうでなくとも使節の随員はみな、自分たちが持ち帰った裳瘡が猛威を揮《ふる》っている事実に震え上がり、とっくに行方《ゆくえ》をくらましていよう。

だが、副使である大伴三中は、かつて大納言《だいなごん》にまで上った大伴御行《みゆき》の子息。五位《ごい》以下の下級官人ならともかく、名門・大伴家の出である三中がそうそう遠くまで逃げるはずがない。おそらくは都の屋敷の奥深くか、せいぜい畿内の別宅辺りに身を潜めているのではないか。

「副使さま、副使さまか」

綱手はううむ、とうなって腕を組んだ。

官吏といっても最下位の初位にすぎぬ使部《しぶ》が、遣新羅副使まで務めた上卿《しょうけい》に話を聞こうとするなぞ、不遜《ふそん》にもほどがある。とはいえ今は、そんな些事《さじ》を気にしている場合ではなかった。

どんな薬が裳瘡に効くのか、手がかりは何一つなく、ただ虚しく日々だけが過ぎてゆく。どんな小さな糸口でも、今はすがりつくしかない。

「よし。責めはすべて、わしが受けよう。行って参れ、名代」

はいッとうなずくと、名代は足を引きずりながら、施薬院を飛び出した。

荒ぶる海を渡る遣唐使・遣新羅使は、無事に往還を果たしただけでも快挙と言われる難事。しかしかろうじて使節の務めこそ全うしながらも、大使以下使節の半数以上を病死させた上、京に疫病をもたらしてしまった三中は今、筆舌に尽くし難い苦しみの中にいるであろう。

加えて今日、京を襲った暴虐の嵐は、三中に更なる恐怖を植え付けたはずだ。そんな中、施薬院の使部だと名乗って訪問したとて、おいそれと会ってくれるとは思い難いが、だからといって他の手立てを考えている暇はない。

(大伴家の屋敷は確か、右京の三条西三坊だったな)

添木《そえぎ》を当ててはいるものの、くじいた右足は一足歩むごとに飛び上がりたいほどの痛みを伝えて来る。思うがままにならない身体に歯がみしながら、名代はまずは大伴家の屋敷へと向かった。

衛士がまだ辻々で目を光らせていることもあり、大路を行きかう人影はさして多くない。焼け落ちた家、略奪の跡を留《とど》めた商家を横目に朱雀《すざく》大路を横切り、秋篠《あきしの》川東の土手道を南へと進む。

ろくな弔《とむら》いも行なわぬまま、病死者の死体を投げ捨てているのだろう。見下ろせば川の左岸は死骸で埋め尽くされ、むせ返るような死臭が羽虫《はむし》の群れの如く、顔に叩きつけてくる。うっ、と声を上げ、名代は袖端で己の口元を押さえた。

　河原では肉づきのいい野犬が二頭、手足を投げ出した男の腹に頭を突っ込み、呻《うな》り声を上げながら臓物を貪《むさぼ》っている。夥《おびただ》しい死のただなかにあって、それを糧《かて》に生きる犬たちだけがひどく色艶《いろつや》がよく、ふてぶてしげに肥えていた。

　土手道を進むにつれて、遺骸の数はどんどん増えてゆく。あまりの臭気に耐え兼ね、名代は土手を町の方へと降りた。風向きがいいのか、その途端、あれほど強烈だった腐臭《ふしゅう》がぴたりと止《や》む。口元から恐る恐る袖を外し、名代はぺっと唾を吐き出した。そうでもせねばまるで口の中に腐肉を含んでしまったようで、気持ち悪くてならなかった。

　やがてたどりついた三条大路は瀟洒《しょうしゃ》な屋敷がずらりと並び、どれが大伴邸やら見当もつかない。通りがかった物売りを呼び止め、もっとも豪奢《ごうしゃ》な邸宅がそれだと教えられたものの、その表門は堅く閉ざされ、皆目《かいもく》人の気配がない。

「ご免下さい。わたくし施薬院より参りました蜂田《はちだ》名代と申します」

　門や築地塀《ついじべい》は古びているがよく手入れされ、その向こうに見える板葺《いたぶ》きの屋根にも草一本生えていない。

　だが邸内からは呼べど叫べどことりとも物音がせず、もちろん、名代の訪《おとな》いに応じる者もいない。

　万一、三中が別宅に逃げ出していても、留守役ぐらいは置いていよう。空き家になっている道理がない。

　それなのに人の訪いをこうも拒《こば》むとは、やはり三中はここに暮らしているのではないか。そうだ、そうに違いないと大きくうなずき、名代は拳で更に板戸を叩き立てた。

「お尋ねしたいことがあってうかがいましたッ。なにとぞ、なにとぞご開門をッ」

　だがどれだけ呼べど叫べど、戸の内側からの応《いら》えはない。大伴三中の名を連呼し、中の者を慌てさせる手段もあるが、それが元でこの屋敷が襲われることになっては気の毒だ。

　こうなれば、根競《こんくら》べだ。夜じゅうここで見張りを続け、家人《けにん》がこっそり出てきたところを捕まえよう。

　そうと決まれば野宿の用意とばかり、名代は路地裏を回り、物陰に捨てられていた蓆《むしろ》を拾ってきた。幸い、季節は真夏。路傍《ろぼう》で眠ったとて、風病《ふうびょう》の恐れはない。普段であれば、野宿の際は野犬を警戒せねばならぬが、河原にあれほど多くの死骸があるのだ。わざわざ好きこのんで、生きた人間を襲いもすまい。

　人の出入りがあれば分かるように、門扉の前に小石を置く。溝《どぶ》のない塀際に横になり、陽射しを避けて蓆をかぶった。

（もし――もしすぐに薬が見つかれば、隆英《りゅうえい》どのや子どもたちは助かるのだろうか）

いいや、駄目だ。彼らが蔵に入って、もはや五日。狭い蔵内だけに、疫病は子どもたちや隆英を襲い、おそらくはすでに大半の命を奪っていよう。生への執着をむき出しにした、比羅夫《ひらふ》。死を恐れるあまり、密翳をなぶり殺しにした暴徒。そして子どもたちを見殺しにした自分たち。どこにもやりがたい怒りと悲しみに奥歯を嚙みしめ、名代は強く両目を閉じた。

疲れが溜まっていたのか、すぐに重い雲のような眠りが頭蓋に満ち、あっという間に手足がからめ捕られる。ほんのわずかな間まどろんだ気がして眼を開ければ、四囲《しい》はとっぷりとした闇に沈み、赤すぎる月が中空に高く昇り始めていた。

しまった、寝過ごしたか。小さく舌打ちをして屋敷を仰《あお》いだが、相変わらず邸内に人の気配はない。門前の石も、一分《いちぶ》も動かぬままだ。

より来る蚊に耐《た》え、名代はじっと月を見上げた。

何もかもが変わってしまった都にあっても、天にかかる月だけはかつてと変わらぬ姿で、少しずつ西へと傾いていく。もし、このまま裳瘡《もがさ》の治療法が見つからず、都から人種《ひとだね》が絶えたとしても、あの月はあるいは満ち、あるいは欠けながら、空に昇り続けるのだろう。だとすれば永劫《えいごう》同じ営みを繰り返す月に比べ、自分たちの何とちっぽけで愚かなことか。

目頭《めがしら》が熱くなり、月の輪郭《りんかく》がにじむ。どうやら気が弱っているらしいと感じつつ、袖口で目尻を拭《ぬぐ》ったとき、軽い足音が大路の彼方《かなた》で響いた。はっと身動きを止めて横目でうかがえば、手籠を提《さ》げた若者が一人、供も連れずに近づいてくる。

横になって息を殺す名代を、行き倒れた病人とでも思ったのだろう。若者はいささか大げさに名代を避《さ》けると、辺りを憚る小声で「おおい、誰かおりませんか」と門扉《もんぴ》の向こうに呼びかけた。

「私です、羽栗翼《はぐりのたすく》です。どうか、取次ぎをお願いします」

(羽栗、羽栗だと――)

名代は息を呑んだ。その姓には聞き覚えがある。遣新羅使が持ち帰った文物が払い下げられたあの日、広縁《ひろえん》から話しかけてきた青年だ。

彼はあの時、自分も使節として新羅に渡ったと語った。間違いない。大伴三中はやはり、ここにいる。

そんな名代の確信を裏付けるように、邸内でことりと物音がした。

「翼さまがお越しだぞ」

「三中さまにその旨《むね》をお伝えして来い」

というやりとりが、夜の静寂を破って交錯した。

蔀の端から眼だけをのぞかせ、名代は門を凝視《ぎょうし》した。

鈍いきしみとともに木戸が開き、白髪の家令《かれい》がぬっと顔を出す。注意深く四囲を見廻してから、「これは翼さま、お待ちしておりました」と小腰を屈《かが》めた。

「遅くなってすみません。今日は京内で、暴徒どもが大暴れ致しまして。つい先ほどまで衛士どもが辻々に立っており、なかなか出られなかったのでございます。この時節、衛士や官人とはいえ、病への恐ろしさに狂えば、なにをするか分かりませぬから」

「その騒ぎであれば、この屋敷までも聞こえて参りました。まったく恐ろしい限りでございます」

小石が崩れる音が、家令の詠嘆に重なる。

名代はがばと蔀を引き剝《む》いた。痛む足を引きずり引きずり、二人に向けて懸命に走った。

「お待ちくださいッ。大伴三中さまのご家令とお見受けいたします」

「な、なんだ、おぬしは」

その瞬間、家令の顔色が夜目にもはっきり青ざめた。

「この家はそんなお方のお屋敷ではない。人違いもいい加減にしろ」

家令同様、血の気を失った羽栗翼の袖を、名代は必死に摑んだ。その拍子《ひょうし》に倒れ込みそうになるのをかろうじて踏ん張り、「怪しいものではありませんッ」と押し殺した声で続けた。

「私は施薬院の使部で蜂田名代と申します。京に蔓延《まんえん》する裳瘡の治療の手立てについて、大伴三中さまにお尋ねしたきことがあるのです。どうか、どうかお取次ぎをお願いいたします」

「裳瘡の治療法でございますと――」

翼が怯え顔で、後じさる。両手に更に力を籠め、名代は彼に向かってぐいと顔を近づけた。

三月前、この男が同輩の倒れた原因を裳瘡だと告げていれば、今頃京はこんな有様にならなかったかもしれない。しかし今はそれを責めてもどうしようもない。月の満ち欠けが一度として逆に進まぬように、自分たちもまたひたすら前を向いて進むしかないのだ。

「昨今の京の様《さま》は、ご存じでしょう。施薬院の医師たちは今、如何なる薬が裳瘡に効があるのか、懸命に模索しております。聞けば大伴三中さまは裳瘡に罹りながらも一命を取り留められ、見事、ご帰朝なさったとか。もし新羅国における裳瘡の治療法をご存じであれば、どうか我々にお教えくださいッ」

応《いら》えはない。恐る恐る顔を上げれば、翼は薄い唇を呆然《ぼうぜん》と開いて、名代を見下ろしていた。

「あの、翼さま」

「――そなたさまは私や三中さまを糾弾《きゅうだん》せんがために、このお屋敷に押しかけたわけではないのですか」

その声は小さく震え、まだあどけなさを残した顔は、なぜか今にも泣き出しそうに歪《ゆが》んでいる。不審に思いながら、いいえと首を横に振ると、なぜか翼は、「そうでございますか――」と、安堵《あんど》とも落胆ともつかぬ声を漏らした。

「そういう……ええ、そういうことであれば、お入りなさい。三中さまもお会い下さるでしょう」

翼さま、という家令の制止を無視して、翼は先に立って門をくぐった。手籠を出迎えた従僕《じゅうぼく》に押し付けると、真っ暗な庭を足早に横切り、勝手知ったる様子で屋敷の奥へと進んだ。

邸内はしんと静まり、殿舎《でんしゃ》には一つの灯《あか》りも点《とも》されていない。月の光だけを頼りにいくつもの房を横切り、やがて翼は奥の間と思《おぼ》しき一間《ひとま》の前で膝をついた。

名代もまた、痛む足を折ってその場に座ったが、蔀戸《しとみど》に加え、外から板が打ちつけられているのだろう。室内は漆黒《しっこく》の闇に包まれ、黴《かび》と湿気の臭いが鼻先をくすぐる。およそ人がいるとは思われぬ部屋のただなかに向かい、翼は慇懃《いんぎん》に手をつかえた。

「三中さま、翼が罷《まか》り越してございます。些少《さしょう》でございますが、果物や魚などをお持ちいたしました。どうぞお召し上がりくださいませ」

「――そうか」

しゃがれた声が思いがけぬほど近くで響き、名代は我知らず飛び上がりそうになった。

よくよく目をこらせば、床畳《とこだたみ》が敷かれているのだろう。部屋の中央が一段高くなり、そこに誰かがうずくまっている。

その人物が自分にゆっくりと目を向けたことが、妙にはっきりわかった。

「――そやつは何者だ。誰の許しを得て、屋敷に入れた」

「はい。勝手とは存じましたが、私が案内させていただきました。これなるは施薬院の使部。新羅国における裳瘡の治療法を、三中さまにお聞きしたいと申しております」

「治療法、治療法じゃと――」

一瞬の沈黙の後、弾《はじ》けるような笑いが名代の耳を打った。およそ昨今の都にそぐわぬ、けたたましい哄笑《こうしょう》であった。

「こ、これは奇態なことを。この死に損ないに治療の手立てを教えろだと。はははははは、これはおかしい。施薬院とやらはうつけの集まりか」

ようやく闇に慣れた眼を注げば、室内はがらんとしてろくな調度《ちょうど》とてない。切れ切れに喚きながら、腹を抱えてのたうち回る男の姿に、名代は言葉を失った。

「笑止《しょうし》、笑止じゃ。帰国して以来、これほど奇態なことが他にあったじゃろうか」

ぎゃはははは、という高笑いは、怖気《おぞけ》立つ狂気すら孕《はら》んでいる。

ひとしきり笑い続けると、三中はひいひいと息をつきながら起き直った。ぞろりとした衣をひきずって、床畳を降りる。月光が薄く差しこむ敷居際まで来るや、その顔をぐいと名代に向かって突き出した。

「施薬院の使部ともなれば、いささかは医薬の心得があろう。この面《つら》を見てもなお、おぬしは、わたしに治療の手立てを問うか」

一筋の月影が照らしだしたその顔に、名代は思わず身を引いた。水疱《すいほう》の上に水疱を生じるような劇症も、高熱にのたうち、神仏を呪いながら息絶える激烈な末期《まつご》も、これまで施薬院で嫌と言うほど目にしてきた。だがそんな名代すらわが眼を疑うほど、目の前の三中の容貌は凄惨《せいさん》であったのだ。

親指の先ほどの凹凸《おうとつ》が鉛色にくすんだ顔を埋め尽くし、瞼《まぶた》や鼻までを歪めている。下唇が半ば失われているように映るのは、顎の肉が盛り上がり、腫《は》れあがったまま固まっているからだ。

それにしてもこれほどの瘂痕《あばた》を残すとは、三中はさぞや激しい瘡《かさ》に苦しめられたに違いない。よく命を取り留めたと思う一方で、施薬院でもついぞ見たことのない醜貌に身震いがする。

眼窩《がんか》の中に生じた瘡が、眼の向きすら変えてしまったのだろう。きょろり、と出来の悪い傀儡《くぐつ》のように眸を動かし、三中は焦点の合わぬ眼差しを名代に向けた。

「裳瘡を日本に持ち込んだことを怨んだ者が、わたしや翼を指弾してくれれば、いっそ楽じゃのになあ。こうやって息を殺し、日の光すら避けて暮らしておるせいか、不思議なことにだァれもわたしを殺《あや》めてはくれぬ」

か細いすすり泣きが、三中のしゃがれた声に重なった。

振り返れば翼がまっすぐ正面を見つめたまま、ぼろぼろと頰に涙をまろばせている。そんなかつての部下を見やり、三中は上半身をゆらゆらと揺すった。どうやら哀しげに首を横に振ろうとした様子であった。

そうか、ようやくわかった。三中は決して自らの命を惜しんで、屋敷に逼塞《ひっそく》しているわけではない。自ら作った日の光一つ差さぬ牢獄で、生きてこの国に戻ってしまった我が身を呪い続けているのだ。

無論、彼らは好きこのんで疫病を日本に持ち込んだわけではない。しかし己が犯した過《あやま》ちが大きければ大きいほど、その罪の意識は彼らの身を責め苛《さいな》む。三中や翼は町の人々の怨嗟《えんさ》に怯える一方で、誰かによって自らの行ないが糾弾されることを望んでもいるのだ。

「わ、私が悪いのでございます。国に戻るのをもう少し待ちましょうと、私が三中さまに申し上げていれば——」

「やめよ。今更、詮無《せんな》きことだ。おぬしは訳語《おさ》として、自らの務めをちゃんと果たしておった。それにあれ以上新羅に留まっておれば、使節の中に更なる病者が出ていたに相違ない」

三中によれば、使節に最初の病人が出たのは、大勢の見送りを受けて難波津を発《た》ち、瀬戸の内海、大宰府《だざいふ》を経て、いざ新羅へ渡ろうとした矢先。水や食糧補給のために立ち寄った壱岐《いき》で二名の下官《げかん》が高熱を発したのが、すべての始まりだったと言う。

「後から考えれば、その時すでに、疫病は新羅から壱岐・対馬《つしま》にまで広がっておったのだ。そんなことは知らぬまま、病人を壱岐に残して海を渡れば、新羅では裳瘡のせいであちこちの村が死に絶え、国王以下の王族はみな罹患を恐れて、後宮《こうきゆう》から一歩も出ぬ有様じゃった」

そうでなくとも、新羅は日本に対して遺恨がある。このため三中たちが持参した国書の受け取りや、内々に打診した新羅高官への対面はみな、国難を口実に取りつく島のない態度で拒まれた。

「あてがわれた宿舎は馬小屋と見まごうみすぼらしさじゃったし、大使さまやわしたちが病《や》みついても、宮城からは医官一人、遣《つか》わされなんだ。かくして我らは早々に新羅を辞し、逃げるように日本に戻ったというわけじゃ」

「医官は遣わされなかったのですか――」

足元に突然、深く暗い穴が開いた気がして、名代は己の膝を両手で鷲掴《わしづか》みにした。なんということだ。では新羅国における治療法を知る手立ては、もはやないのか。

絶句した名代を見やり、「ああ、そうじゃ」と三中はがらがらの声をしぼり出した。

「役に立てず、すまぬ」

傾《かし》ぐ首を揺らして頭を下げ、三中は焦点の合わぬ眼を宙に据えた。五臓六腑《ごぞうろっぷ》までも吐き尽くすような深い息をつき、「――それにしても」と呟いた。

「これまで数多《あまた》の国使が、往還の際に海の藻屑《もくず》となったというに、我らの船はなぜつつがなく日本に戻ってしまったのじゃろうなあ。嵐でも、はたまた雷でもよい。何者かが我らを船ごと海に沈めるなり、燃やすなりしてくれれば、都はこのように疫神《えきじん》に蝕まれずとも済んだじゃろうに」

風向きが変わったのだろうか。生ぬるい風が吹き込み、微《かす》かな腐臭が鼻先をくすぐった。

それがまるで京を跋扈《ばっこ》する疫神が自分たちを嘲笑《あざわら》っているかに思え、名代はこのままうわっと叫んで、走り出したい衝動に駆られた。

三中はまだぶつぶつと、裳瘡を伴い帰った我が身を悔いている。そんな呻吟《しんぎん》すら、今の名代の耳には半分も入ってはいなかった。

「ああ、思えば難波津を発った直後から、帆柱に海鳥が当たって死ぬわ、身に着けていた肌守りがなくなるやら、嫌な出来事ばかりが続いておったのじゃ。それがまさか、かような仕儀になるとは――」

「新羅国でなにか、薬に関する取りざたは聞いておられませんか。どんな小さなことでも結構です。どうかお教えくださいませ」

三中の怨みがましい声を、名代は無理やり遮《さえぎ》った。

「さて、副使に任ぜられたとはいえ、わたしは新羅の語はまったくわからぬでな。――どうであった、翼。なにかそれらしき話は耳にしたか」

三中の問いかけに、翼は大慌てで頬の涙をぬぐった。「いいえ、特に何も」と、消え入りそうな小声とともにうなだれた。

「なにせ新羅の宮城では、我々には下官一人近づいてきませんでしたから。噂話すらする相手がおらぬ有様で」

やはりここにも手がかりはないのか。全身の力がどっと抜けた思いで、名代が真っ暗な天井を仰いだとき、翼が「そういえば――」と何か思い出したように膝を打った。

「いまから三月ほど前でしょうか。遣新羅使の録事（書類係）だった男が裳瘡で亡くなり、遺骸の引き取り手がないということで、ほうぼうの官衙《かんが》を経《へ》めぐった末、私のもとに使いが来たことがございました」

話の脈絡《みゃくらく》がまったくわからない。名代はこいつは何を言い出すのだと思いながら、翼を見た。しかし彼は顔を紅潮させると、興奮した様子で言葉を続けた。

「その男が息絶えたのは、藤原中務卿《ふじわらのなかつかさきょう》さまのお屋敷。どうしても身寄りが見つからなかったため、やむをえず私が遺体を引き取って葬ったのですが、その折、亡骸の全身になにか白っぽいものが塗りたくられ、はてこれはなんの禁厭《まじない》だろうと思いました」

「白っぽいもの――」

このとき名代は初めて、これまで綱手のもとで働きながら、ろくに医術を学んでこなかった我が身を悔いた。

打ち身や打撲などの際、酢と小麦で練った薬を患部に塗布《とふ》することはあるが、それはおおむね生薬の色を映して茶色になる。白っぽい塗り薬とは、いったいどういうわけだろう。

首をひねった名代に、翼は「わかりませんか」と焦《じ》れた様子で叫んだ。

「亡くなったそ奴は、大蔵省の庭で新羅物が売り下げられた時に倒れた官吏です。ご存じの通り私はあの時、世話を買って出て下さった猪名部《いなべ》の何やらというお方に、彼をお任せいたしました。その男が亡くなり、骸に白い粉が塗りたくられていたということは、あの猪名部のなにがしどのは、そこで何らかの治療を試してらしたのではないでしょうか」

名代は声にならぬ声とともに、その場に跳ね立った。

猪名部諸男《もろお》。つい先ほど、暴徒たちとともに施薬院を襲ったあの男。よりにもよって彼が、裳瘡に倒れた官人に治療を施していただと。

「その男、いまはどこにおるのじゃ」

さすがに初耳だったのか、三中が勢い込んで口を挟んだ。

「それが屋敷から死人を出したことを咎《とが》められ、具合が悪く臥《ふ》せっているにもかかわらず、邸宅から叩き出されたそうでございます。――ただ、三中さま、お許しください。もしかすると、藤原中務卿さまがお亡くなりになったのは、私が仲間を見捨てたゆえかもしれません」

「なんじゃと。どういう意味だ」

「録事が宮城で倒れたとき、私はそれが新羅で一行を蝕んだ病と気付いておりました。ですが――ですが私はあまりの恐怖に、それに知らん顔をしてしもうたのです」

ああっと叫んで、翼が頭を抱える。しかし今は、そんな翼の後悔に関わっている場合ではない。

あの時、諸男は薬を大量に買い求めていた。つまり彼にはそれだけの薬を使いこなせる、医薬の技術があるということであり、だとすれば彼が官人の病の原因に気付き、何らかの治療を行なっていても不思議ではない。だが――。

(なぜ――なぜあのような、医師の風上《かざかみ》にも置けぬ男が、綱手さままでも手をこまねいている裳瘡の治療を行なえるのだ)

「おお、そういえば思い出したぞ」

と言いながら、三中が手を打った。翼の慚愧《ざんき》を忘れさせようとするかのような、唐突な態度であった。

「中務卿さまは学問に明るく、お屋敷の文蔵《ふみくら》(書庫)には図書寮《ずしょりょう》にも所蔵されておらぬ奇書珍籍が多く蓄えられていたと聞く。もしかしたらその男、ご蔵書の中に医学の典籍を見つけ、そこから裳瘡を治す手立てを知ったのではあるまいか」

その途端、翼はがばと顔を上げた。朱の色が射した顔じゅうを口にして、「それですッ、それでございますよ。三中さまッ」と叫んで、三中の手を握った。

そうだ、いかに諸男が優れた医師だったとしても、まだ疫病流行が始まったばかりの時期に、彼一人で裳瘡の治療法を獲得できたわけがない。だとすれば今すぐ房前《ふさ》《さき》邸に駆けつけ、諸男が参照したであろう医学書を繙《ひもと》けば、彼が用いた手立てを知ることができるのでは。

だがそう頭では理解しながらも、綱手よりも自分よりも先にあの諸男がこの疫病を治す手立てを知っていた事実が腹立たしくてならない。

なぜだ。諸男は施薬院を憎み、密翳を殺した仇《かたき》というのに。それなのに何故《なにゆえ》彼が、裳瘡の治療法を手に入れているのだ。

「どうした、名代とやら。聞こえておるのか。もしかしたら、これで病に苦しむ人々が助かるやもしれぬのだぞ」

頭はかっと火照《ほて》りながらも、手足ばかりは氷を当てられたように冷たい。もう一歩で望む知識が手に入るかもしれぬと知りつつも、その喜びはいっこうに湧いてこない。ただただ今は、あの諸男が憎くてならなかった。

「誰か、誰かあるかッ」

三中は名代にはお構いなしに、せわしく手を叩いて家令を呼び召し、手輿《たごし》の支度を命じた。手早く文《ふみ》をしたため、それを翼に手渡してから、瀟洒な紙扇《しせん》で名代の膝先を苛立《いらだ》たしげにつついた。

「これ、名代とやら。間もなく手輿の用意が調《ととの》うぞ。翼と共乗りして、すぐに藤原中務卿さまのお屋敷に行け。猪名部のなにがしが使っていたとおぼしき医書を手に入れて来るのじゃ」

弾かれたように顔を上げた名代を見やり、三中はにやりと頰を歪めた。盛り上がった疱痕のせいでひきつっていた顔が、そうすると更に恐ろしげな面構《つらがま》えとなった。

「なあに、心配は要らぬ。かような面相と成り果てたとはいえ、わたしはこれでも刑部省《ぎょうぶしょう》の中判事《ちゅうはんじ》。その権限をもってすれば、中務卿家の家人どもも否《いな》とは申せまい」

裁判・行刑を担当する刑部省の判事は、他家への立ち入りや、罪人を拘束する権限を与えられている。生前、参議としてこの国の中枢《ちゅうすう》を担っていた藤原房前の邸宅であろうとも、その要請を突っぱねることは出来ぬはずであった。

「お待ち下さい、三中さま。さすがにそれは、刑部卿さまのお許しをいただいてからになさるべきです」

狼狽《ろうばい》した顔で、預かったばかりの文を懐《ふところ》から引っ張り出す翼に、三中は馬鹿馬鹿しいとばかり、鼻の頭に皺《しわ》を寄せた。

「都じゅうが大混乱の最中《さなか》、正式な手続きを踏む暇はあるまい。それにだいたい刑部卿さまは半月前から、病を避けて山背《やましろ》の別宅にお移りじゃ」

「で、ですが」

「ええい、うるさい。刑部卿さまも主上《おかみ》も、それが百姓《ひゃくせい》の命をどれだけ救うことになるかとお知《せ》らせすれば、決してお怒りにはなられまいて」

名代と翼を急き立てるように、三中は扇の要《かなめ》でかつかつと床を叩いた。

「それらしい書物が見つかれば、そのまま施薬院に持ち帰り、病に苦しむ患者に治療法を試せばよい。あとのことはすべて、このわたしが引き受けてやる」

「三中さま――」

名代は三中の青黒い面相を仰いだ。

そう、少なくとも今は、猪名部諸男に対する憎悪に囚《とら》われている場合ではない。自分がなすべきことはたった一つ、裳瘡の治療法の発見だ。

小さく頭《かぶり》を振って、渦巻く感情を腹底に押しこめる。ありがとうございます、と一礼して、名代は立ち上がった。

それと同時に、庭先に手輿があわただしく舁《か》き入れられる。翼の手を借り、名代は白木造《しらきづくり》の階《きざはし》をよろよろと下りた。

輿によじ登りながら振り返れば、蔀戸まで閉め切られた室内は粘りつくような闇に沈み、そこに座しているはずの三中の姿ははっきりとうかがえない。暗がりの中に沈むおぼろげな輪郭をそれと見定め、名代は深々と頭を下げた。

それと同時に下人《げにん》が手輿を舁き上げ、そのまま転がり出るように大路へと飛び出した。

通り雨が近いのだろう。微かに水の匂いが漂い、べたりとした熱気が肌にまとわりついてくる。

土手道に上がった途端、またあの腐臭が輿を襲う。傍らの翼は鼻をつく臭いにも身じろぎせず、硬い顔で正面を見つめていた。しかし不意に大きな息をついて額に手を当て、「――礼を申し上げねばなりません」と、低い声を絞り出した。

「礼でございますと」

「はい、さようでございます。三中さまがあれほど多くのお言葉を口になさるのは、日本にお戻りになって以来、初めてでございました」

ぐすり、と洟《はな》をすすり、翼は言葉を続けた。

「裳瘡をこの国に持ちこまれたことを悔い、変わり果てたご自身のお姿を嘆かれ……そして何より、死病との戦いに打ち勝ってしまった己のお命を憎んでおられたあのお方に、そなたさまは罪滅ぼしの機会をお与えくださいました。そのことに私は心より、御礼申し上げます」

一度、命の危機に瀕《ひん》した人間は、なまじ死の恐怖を熟知しているがゆえに、その後、どんな苦悩に苛まれようとも、自らの命を絶とうとはしない。

裳瘡に罹患し、生死の境をさまよった三中もそれは同様。きっと彼はこの三月、別人の如く様変わりしてもなお生きんとする肉体と深い自責の念の間で、身が引き裂かれるが如き苦しみを味わって来たのだろう。

いや、三中だけではない。大蔵省で市が開かれたあの日。官人の高熱は裳瘡ゆえだと翼が告げていたならば、京が疫癘《えきれい》に蹂躙《じゅうりん》されることはなかったかもしれない。翼はさような己の罪と怯懦《きょうだ》を心底から悔いればこそ、遣新羅使の任を解かれた後も三中のもとに通い、お互いの傷をなめ合ってきたのだ。

（ああ――）

名代は腹の底から深く息をついた。これまでにいったいどれだけの人々が裳瘡によって命を奪われ、あるいは生きながらこの世の地獄を這いずることとなったか。

仲間思いの多伎児《たきこ》、やんちゃで手のつけられなかった白丑《しろうし》・黒丑《くろうし》兄弟、常に朗らかだった密翳……昨日と同じ今日、今日と同じ明日が続くと疑わず、彼らとただ笑い合っていた三か月前が、何十年も遠い過去の如く思われる。あの平穏な日々は果たして、もう一度、この国に戻ってくるのだろうか。

高い塀をめぐらした房前邸は、厳重に門が閉め切られ、三中邸同様、人気《ひとけ》がない。

しかし翼が拳で門を叩き、「開門、開門ッ。刑部中判事・大伴三中卿さまのお使いでございますぞッ」と、辺り構わぬ声で怒鳴り立てると、すぐにくぐり戸が開き、従僕と思しき初老の男が一人、強張《こわば》った顔を突き出した。

「中判事さまより、御家に所蔵されている珍書典籍を検《あらた》めよと命じられて罷り越しました。すぐに文蔵にご案内ください」

「文蔵ですと、それはいったい――」

当惑する従僕を押しのけると、翼は険しい表情で無理やり木戸をくぐった。懐から取り出した書翰《しょかん》を老僕の胸元に叩きつけ、「これは天下の民草《たみぐさ》を救わんがため。詮索《せんさく》は後回しに願いますッ」と叫んで、屋敷の奥へと向かった。

「い、いけません。文蔵の界隈《かいわい》はいま、女主《おんなあるじ》たる牟漏《むろ》女王さまの御下命で、誰も立ち入ってはならぬのでございます」

どうやら房前の正室・牟漏女王やその子弟たちは、疫病に慴伏《しょうふく》した都を捨て、畿内の領地にでも避難しているらしい。大半の従僕や侍女《じじょ》もまたそれに従った末、この屋敷には今、留守役の数人しかおらぬのだろう。深夜ということを差っ引いても、邸内はがらんと人気がなく、階《きざはし》や高欄《こうらん》にはうっすら埃《ほこり》が積もっている。

「何を言う。刑部中判事さまの御命令と申したのが聞こえなんだのですか」

「どうか、どうかお許しください。決して、判事さまに楯突《たてつ》くわけではありません。ただ、文蔵やその周辺には今、疫神が巣食っておるのでございます。実は、春の終わり、離れで暮らしていた医師が伴い帰った男が、瘡瘡で亡くなっておりまして――」

名代と翼は素早く眼を見交わした。そんな二人の挙措《きょそ》には気付かぬまま、家人は額に大汗を浮かべ、舌をもつれさせながら言葉を続けた。

「医師も同じ病に罹ったため、しかたなく暇を取らせましたが、その後も離れに出入りしていた家人を始めとして、この屋敷内だけでも十数人もの死者が出たのでございます。そしてついには御主《おしゅう》たる房前《おお》さままでお亡くなりになるに至り、牟漏女王さまは離れにはいまだ疫神がいると仰せられました。それゆえ今でも、離れとそれに隣接する文蔵には、誰も近寄ってはならぬのでございます」

「女王さまの御下命、よくよく承知いたしました。されど今はその疫神の住処《すみか》に用があるのです」

強引に家人を押しのけると、二人は用意の松明《たいまつ》に火を灯《とも》した。広縁を回って屋敷の奥へと進む。

留守番だけでは手が足りぬのか、広い庭は草が茂り、中でも北の一角には雑草が腰の高さまで繁茂《はんも》している。その向こうに瓦葺きの建物があることに気づき、名代は翼とうなずきあった。

振り返れば家人たちが恐ろしげに身を寄せ合い、じっとこちらを見つめている。その恐怖の表情を振り捨てるように、名代は茂った草のただなかに飛び込んだ。厳重に板戸が建てられた離れ屋にたどり着くと、広縁の板戸に体当たりを食らわせた。

松明の明かりに照らし出された板間は狭く、壁際に薄い衾《ふすま》が丸めて積み上げられている。その傍らの平几《ひらづくえ》の上に置かれているのは、施薬院でもよく見る碾磑《てんがい》やすり鉢だ。

室内には埃の臭いとともにかすかな生薬の香が漂っている。ここだ、と名代は胸の中で呟いた。

最初の病人が亡くなり、諸男がこの家から叩き出された後、ろくな整頓もされぬまま閉ざされたのであろう。奥の土間では、からからに乾いた水桶《みずおけ》の底で、鼠が一匹、干からびて死んでいた。

「名代どのは文蔵を見てください。私は離れを探します」

わかりました、とうなずきかけ、名代は身動きを止めた。

遣新羅使の一員だったあの官人は、ここで病死した。つまり牟漏女王が懸念した通り、この閉め切られた離れに疫病の残滓《ざんし》が留《とど》まっている恐れは、充分にある。

「お待ちください。私がこちらを探します。翼どのはどうぞあちらの蔵を」

名代はこれまで綱手を手伝って、何百人もの疫病患者に接してきた。疱瘡に罹患するのであれば、とうの昔に罹っているに違いない。それに様々な漢籍が納められた書庫を探すなら、訳語《おさ》である翼の方が適任だ。

「承知しました。ではお願いします」

名代の考えを知ってか知らずか、翼は小さく顎を引き、小走りに外へ出て行った。

その軽い足音が遠のくや、離れの中は急に静まり返り、襟元《えりもと》を撫でる空気までが心なしか冷たくなったように感じられた。

薄汚れた麻袋を壁際に見つけて取り上げれば、中には幾つもの古びた紙包みが納められている。その表に薄墨で走り書かれた文字が、薄暗い部屋の中、妙にはっきりと名代の眼を射た。

麝香《じゃこう》、甘草《かんぞう》、牛黄《ごおう》、訶梨勒《かりろく》、密抜《みつばつ》……様々な生薬の名が記された包みのうち、「大黄《だいおう》」と記されたものだけがひどく小さいのは、すでに大半を用いた後だからだろう。

こんな貴重な生薬をこんなところに放り出しているとはもったいない、と考えかけ、名代ははっと息を呑んだ。

「そうか。これは——」

間違いない。この袋の中身は、かつて諸男が買い求めた新羅からの渡来品だ。そう気付くや否や、汚《けが》らわしいものでも眺めるように自分たちを顧《かえり》みた諸男の顔が脳裏に浮かぶ。名代は我知らず、小さな舌打ちを漏らした。

室内は調度も少なく殺風景だが、置かれている平几も衾も決して粗末な品ではない。これほどの厚遇を受けながら、なぜ諸男はあれほど施薬院の者たちを小馬鹿にしたのだろう。その後、常世常虫なぞという怪しげな神を信奉するに至ったところからすると、もしかして彼は生まれ付き、ねじけた心を持った男なのか。

生薬を乱暴に麻袋に投げ入れ、名代はその口を力一杯縛り上げた。手についた生薬の欠片《かけら》を膝で拭い、ぐるりと室内を見廻した。

碾磑の底には粉薬が一摑みほど溜まり、口の部分にも茶色い生薬が突っ込まれたままになっている。

医術の才に優れ、いち早く裳瘡の治療法を見出し——そして密翳を死に追いやった諸男。まともに言葉を交わしたこともない彼への怒りと嫉妬《しっと》が、またしてもじりじりと腹の底を焼き始めている。その小さな焔《ほのお》に追い立てられながら、名代は丸められていた衾を乱暴に広げた。

その途端、湿っぽい埃がもうもうと立ち上り、目の前を白く霞《かす》ませる。げほげほと咳《せ》き込みながら、後ろに一歩後ずさったとき、もう一枚の衾と壁の間に、なにかが挟み込まれているのに気づいた。書物だ。まだ真新しい。

（これか――）

いまだ収まらぬ埃も忘れ、名代はそれに飛びついた。

諸男の放逐《ほうちく》後、片付けを命ぜられた従僕が、ろくに室内も確かめず、衾ごと壁際に押しこんだのだろう。書物の上下は斜めに歪み、はがれかけた題簽《だいせん》はよじれて柳の葉の如く丸まっている。

名代は震える手で、題簽を開いた。『備急千金要方《びきゅうせんきんようほう》』と記されたそれを片手で撫でつけ、折れ癖がついた帖《じょう》を恐る恐る繰《く》った。

――治豌豆瘡方

その五文字が視界に飛び込んできた刹那《せつな》、名代は自分でも訳の分からぬ叫びを上げて、外へと飛び出していた。

これで人々が助かる、という思いゆえではない。ただあの諸男に少しでも追いつくことが出来たのが、自分でも不思議なほど嬉しかった。

そうだ。諸男がかつて病人に施した治療法は、いま自分が手に入れた。もし施薬院がこれによって疫病を封じ込められれば、常世常虫を信じる者はやがて京に一人もいなくなる。ならば——ならばそれこそが、諸男に対する何よりの報復になるのではないか。

「ど、どうしました、名代どの」

埃まみれになった翼が文蔵から顔を出し、名代が鷲摑みにした書籍を見て、大きく息を呑む。

いつしか東の空はうっすらと白み、空に垂れ込めた雲までが深い藍に染まり始めている。刻々と明るさを増す空に捧げるように、名代は『備急千金要方』を高く掲げた。

書物に染み付いた黴《かび》の臭いが、湿気を孕んだ朝風に吹き散らされてゆく。西の山の端《は》に沈みかけた月が、水ににじんだような光を放っていた。

第六章　慈《じ》雨《う》

名代《なしろ》が『備急千金要方《びきゅうせんきんようほう》』を施薬院《せやくいん》に持ち帰った後の、綱手《つなで》の動きは敏速であった。名代の話もろくに聞かずに書物をひったくると、

——大黄《だいおう》五両を煮て飲ませよ。蜜《みつ》を瘡《かさ》の上に塗る場合は、そこに升麻《しょうま》を加えてもよい。

——黄連《おうれん》三両を水二升に入れ、八合まで煮詰めて、頓服《とんぷく》せよ。青木香《せいもっこう》二両を水三升に入れ、一升まで煮詰めて、頓服してもよい。

という、二カ条の治療法を読み上げ、「よしッ」と拳を握り締めた。

「黄連と青木香はともに、解毒《げどく》の効能がある。どちらも薬蔵に大量にあったはずじゃ。真公《まきみ》さまは大急ぎでこの二つを煎《せん》じて、片っ端から病人に飲ませてくだされ」

「わかったッ」

とうなずいて、真公が飛び出して行く。綱手はそれを見送ってから、「それと、

絹代《きぬよ》どの」と頭《こうべ》を巡らした。

「おぬしは悲田院《ひでんいん》まで行って、飼われている鶏から卵をもらってくるのじゃ。蜜の代わりに、卵白に升麻を混ぜて塗り薬を作るからな」

はい、とうなずく絹代の右頬は腫《は》れあがり、唇には大きな裂傷《れっしょう》まで出来ている。だがそれを気にするふうもなく、むしろ普段よりかいがいしく働く絹代の姿に、名代は彼女の中にある諸男《もろお》の影を感じた。

諸男と絹代は、いったいどういう仲なのか。なぜそうまでしてあの男を追っているのか。そしてあの男はいったい何者なのか——尋ねたいことは山の如くあるが、絹代はそんな名代の眼差《まなざ》しを拒《こば》むように、足早に悲田院へ駆けて行く。

もしここに広道《ひろみち》がいれば、もの言いたげな名代の首を絞め上げてでもすべてを聞き出し、それを絹代にぶつけただろう。しかしながらあばらを始め、ほうぼうの骨を折った広道は、いまだ一人で起きることすらできない。

昨日、諸男は絹代のことを、薬司《やくし》の采女《うねめ》だったと言った。だとすればそんな彼女がなぜこんな施薬院の水仕女《みずしめ》にまで身を落とし、諸男を探していたのか。

考えれば考えるほど、わからないことが増えてゆく。名代が寝不足の頭を両手でかきむしっていると、「おい」と綱手がこちらを振り返り、『備急千金要方』をひらひらと振った。

「ところで先ほどおぬし、よく分からんことを言っていたな。この書物に裳瘡《もがさ》の治療法が載っていると分かったのは、藤原中務卿《なかつかさきよう》さまのおかげということか」

まったく、綱手はこと治療以外となると、人の話をほとんど聞かない。名代は首を横に振った。

「いいえ、違います。中務卿さまの家令《かれい》がこの書物を見つけ、治療を施していた様子なのです」

家令じゃと、と呟《つぶや》く綱手に、名代はもう一度これまでの経緯《いきさつ》を語った。ついでに昨日、暴徒が施薬院を襲った折、絹代がその房前《ふささき》の家令、猪名部《いなべ》諸男にすがりついたことも付け加えた。

「猪名部諸男なる男のことは、噂に聞いた覚えがある。内薬司《ないやくし》にしても典薬寮《てんやくりよう》にしても、わしのような里中医《りちゆうい》には関わりなき話じゃと思うておったが、そうか、その男がこの書物をのう」

言いながら綱手はどこか複雑な顔で、己《おのれ》の手元に眼を落とした。

「それにしてもわけありとは察していたが、絹代どのがその諸男と関わりがある後宮《こうきゆう》薬司の女官とはな。ふん、宮城《きゆうじよう》の采女が働かせてくれと言ってくるとは、この施薬院もなかなか大したものじゃ」

綱手は普段から口が悪く怒りっぽいが、出自《しゆつじ》で人を差別したり、謂《いわ》れのない中傷を浴びせかける男ではない。しかし、なぜだろう。そのとき名代の耳には、綱手の声がひどく苛立《いらだ》たしげに響いた。

綱手自身もまた、自らの語調の強さに気づいたのか、わざとらしく咳払《せきばら》いをすると、「とにかく」と少々早口に続けた。

「そういうことであれば、この書物を施薬院に置いてはおけぬ。今夜のうちにでも書写し、藤原中務卿さまの元にお返ししろ。ああ、あと、大伴《おおともの》三中《みなか》さまにもくれぐれも御礼を申さねばな」

「それは――いかがなものでしょう」

先ほど、羽栗翼《はぐりのたすく》は施薬院門前まで名代を送り届けるや、「三中さまに早速、この旨《むね》をお知らせせねば」と言って、そのまま大伴邸へと帰って行った。

朝靄《あさもや》に煙《けぶ》るその姿が逃げるように感じられたのは、名代の思いすごしではあるまい。これまでも、そして今からも、彼らは都に蔓延《まんえん》する病人に接する都度、自分たちが犯した罪の重さにおののき続ける。名代が発見した『備急千金要方』は人々を救う希望の書であるとともに、翼と三中の罪を責める笞《むち》でもあるのだ。

名代の呟きに綱手が眉《まゆ》をひそめたとき、「おおい、薬が煮えたぞ」という真公の大声が庭の向こうで弾《はじ》けた。

「名代、手が空《あ》いていたら、柄杓《ひしゃく》と盃《さかずき》を持ってきてくれ」

助かったと思いながら、名代はその場を離れた。綱手の眼差しを背に感じつつ部屋を出ると、真公を手伝って、出来上がったばかりの薬湯《やくとう》を患者たちに配って回った。

高熱に喘《あえ》ぎ、名代たちの呼びかけにも応じぬ者、全身を覆《おお》う瘡を血が出るほどにかきむしる者、ぎゅっと瞼《まぶた》を閉じて、死の恐怖と懸命に戦っている者……名前も出自も知らぬ彼らの口元に盃を押し当てながら、名代は先ほどの綱手の声を耳底に甦らせた。

貴賤《きせん》いかなる人間であろうとも、命は一つしか持たない。それゆえに人を救う医師の務めは、この国の帝にも劣らぬほど尊い。少なくとも名代はこれまでずっと、そう聞かされてきた。

（だがもしかしたら、綱手さまは本心では――）

疫病発生直後から病人を診《み》てきた綱手は、裳瘡の治療法の判明を、本心から喜んでいよう。しかしその一方で彼は、特効薬を自分の手で見つけられなかったばかりか、猪名部諸男なる元侍医《じい》が先駆けて発見していたことに、一抹《いちまつ》の嫉妬《しっと》を覚えているのではないか。そう、諸男が裳瘡患者に何らかの治療を行なっていたと知り、自分が激しい苛立ちを覚えたように。

里中医である綱手は、どれほど人々の命を救おうとも、官から賞賛を受けたり、らしき卵を白身と黄身に分けていた。
厨では二つの竈《かまど》で薬湯が煮えたぎり、その前で絹代が、悲田院からもらってきた
救えぬのか。だとすれば医師とはなんと悲しく、哀れな務めなのだろう。
でも安んずる技。だがそれほどの神技を身につけつつも、彼らは己自身の心までは
賛に背を向けて、悪逆非道の徒となった。医術は人の命を救い、ひいてはその心ま
しかし綱手は豪放な口調の裏に、官医に対する妬《ねた》み嫉《そね》みを隠し、諸男は世人の賞
名部諸男が宮城に並ぶ者のおらぬ医師であったとの噂も、おそらく事実だろう。
綱手がこの施薬院になくてはならぬ名医であることは、誰もが承知している。猪
という疑念が兆《きざ》した。
(医師とはいったい何者なのだ――)
真公にせっつかれて厨に向かう名代の脳裏に、
「は、はい、ただいま」
「おい、麻笥《おけ》が空《から》になるぞ。厨《くりや》に行って、次の薬を持って来い」
よそ受けられぬ己の怪異な面構《つらがま》えを、嫌悪しているのでは。
らも、もしや綱手は心の奥底で、里中医である自分を――公卿《くぎょう》たちの恩寵《おんちょう》なぞお
禄《ろく》を与えられたりしない。施薬院にはなくてはならぬ名医との賞賛を恣《ほしいまま》にしなが
名代の姿にちらりと眼を上げると、木椀に入れた卵黄に匙《さじ》を添える。「一つ、飲

みなさい」と口早に促した。

「そんな。私はいいですよ。絹代さまがどうぞ」

「ええ。余ったら、もちろんわたくしも頂戴します。ただ、少しでも精をつけておかないと、裳瘡を封じ込めるより先に倒れてしまいますよ」

言われてみれば、昨日からほとんど休まずに駆けまわっているせいで、身体は芯が折れたかと疑うほどに疲れている。頭を下げ、卵黄をひと嚙みして飲み下してから、名代は絹代を上目使いに仰《あお》いだ。

「あの、絹代さま」

なんでしょう、と絹代が小首を傾げる。

「その……今、蔵の子どもたちはどうしているのでしょう。もし一人でも生き残っているのであれば、これらの薬を試させることは――」

その瞬間、絹代の顔が目に見えて強張《こわば》った。手にしていた卵を置き、「それは無理ではないかと存じます」と蚊の鳴くような声で言った。

「隆英《りゅうえい》どのたちが蔵に入れられてから、わたくしは毎日、ご様子をうかがいに参っておりました。最初の一日、二日はまだ人の気配があり、赤子《あかご》の泣き声も聞こえて来ました。ですが三日目からは何の声もなく、我知らず声をかけても、何の応《いら》えもございませんでした」

た。

「では――」

喉《のど》の奥がからからに乾いている。かすれた声で問うた名代に、絹代は双眸《そうぼう》を潤《うる》ませ、もはや名代の方は顧《かえり》みぬまま、丁寧な手つきで一つまた一つと卵を割り始めた。


「――わかりました。あの、絹代さま」

まだなにか、と言うように絹代が顔を上げる。

肌の色が白いせいだろう。右頬の腫れは痛々しいほど青黒く、その顔を一回りも大きく見せている。だがそのせいで歪《ゆが》み、常の半分ほどに細くなった眼の光の、なんと哀しげなことか。

「いえ、すみません。なんでもありません」

絹代に聞きたいことは、まだ他にも山ほどあった。あの諸男とやらとの関わりもその一つだ。

だが改めて考えれば、この女性もまた、綱手同様、医術に関わる身でありながら言葉に出来ぬ屈託《くったく》を抱え、この地獄の如き世にもだえ苦しんでいるのではないか。

違う。絹代だけではない。この世に生きる者たちはみな、他人には明かせぬ痛みを抱え、身を引き裂かれる思いとともに地を這いずっているのだ。大伴三中も羽栗翼も――もしかしたら、あの猪名部諸男とて、それは同じなのかもしれない。

名代は竈の鍋から、薬湯を麻笥《おけ》にぶちまけた。手伝います、という絹代を制して、それを廊下に運び出す。

もしここに今、子どもたちがいれば、卵を前にどれほど喜び、大騒ぎしたことか。

くじいている右足のせいで、一足ごとに身体が傾《かし》ぎ、薬湯が四囲《しい》に飛び散る。舌の根にとろりとまとわりついたままの卵が、ひどく苦く感じられた。

新しい薬が真っ先に効いたのは、裳瘡の症状が現れ始めたばかりの患者だった。額の濡れ手拭《てぬぐ》いがすぐに乾いてしまうほどの高熱が、煎じ薬を二、三日続けて与えれば、不思議なほどあっさり下がって行く。その後もこれまでの罹患者《りかんしゃ》同様、全身に丘疹《きゅうしん》が生じはするが、そこに卵白に升麻を混ぜた薬を根気よく塗り続けると、本来であれば膿《う》み、豆のように膨《ふく》らむ水疱《すいほう》は、そのままどこかに吸い込まれるように消えていった。

「しめた、これは効くぞ」

残念ながらすでに丘疹や水疱を生じさせた患者は、煎じ薬を飲ませてもほとんど効果はなく、相次いで死んでゆく。ただその一方で瘡が乾き、かろうじて命が助かった人々に塗り薬を与えると、治癒《ちゆ》後の痘痕《あばた》がわずかではあるが薄くなった。

無論、身体の弱い子どもや女の中には、早くから煎じ薬を飲ませたとて、その効果が出ぬ者も多い。しかしただやみくもに熱冷ましやかゆみ止めを与え続けていたこれまでに比べれば、裳瘡から生還する人々は飛躍的に増えた。

「よし。これじゃ。これならば、大勢の命が助かるぞ」

十日あまりをかけて薬の効能を確信すると、綱手は慧相尼《けいしょうに》にありったけの銭を出させ、市で大量の卵を買い付けた。ついでに雌鶏《めんどり》を十数羽購入し、悲田院の庭で飼わせることも忘れなかった。

とはいえ、もしあと十日、いや五日早く、この薬が見つかっていたならば、隆英と子どもたちは蔵に入らずとも済んだやもしれぬ。いや、悲田院の彼らばかりではない。薬を与えても効かず、夥《おびただ》しい水疱に眼や唇まで覆われながら、か細い呼吸を続ける患者たち。彼らもまたほんの数日、薬の発見が早ければ、このように死の淵をさまよわずとも済んだはずだ。

（許してくれ、太魚《たうお》。隆英どの――）

彼らが蔵に入って、半月。しんと静まり返った蔵には、もはや生きる者の気配はない。

彼らはなぜ、蔵に入らねばならなかったのだ。なぜ自分たちは彼らを助けられなかったのだ。己と彼ら、薬が見つかる前と後。その間に横たわる生死の分かれ目の理不尽さに言葉もなく、名代たちはただ必死に煎じ薬を作り、患者に与え続けた。

すでに最初の罹患者が出てから、約四月《よつき》。生きながらの地獄を経て、ようやく見つかった一筋の光明《こうみょう》である。施薬院の薬の噂は風の早さで京じゅうに伝わり、押しかけてくる病人の数は瞬《またた》く間に数倍となった。

さりながら病《やまい》で衰弱した病人は、まだ残暑厳しき最中《さなか》、京北の施薬院まで連れて来られるだけで体力を消耗する。いかに薬を与えても、患者が衰弱していては効はない。

ある日、綱手は自室に真公や名代たちを集めた。生真面目な顔でみなを見廻し、

「相談がある」と口を開いた。

「青木香はともかく、大黄は庶人《しょじん》でも比較的入手しやすい生薬《しょうやく》じゃ。更に升麻と鶏卵の塗り薬も、材料さえあれば、誰でも拵《こしら》えられる。ならばいっそ、この治療法を典薬寮に具申し、町辻に触れ出していただくのはどうじゃろう」

「それはいい。ぜひそうしましょう」

真っ先に賛同したのは、五日ほど前に床上《とこあ》げし、勤めに復帰したばかりの広道であった。とはいっても、その怪我はもちろん完治しておらず、腕は胸のあたりまでしか動かせない。加えて、大声を出すと胸が痛むとかで、その口調はかつての彼とは別人のようにおとなしかった。

「ううむ。ただなあ、綱手」

と、割って入ったのは、渋い顔をした真公であった。

「確かにおぬしの言い分はもっともだ。されど頭の固い典薬寮の御医師たちが、施薬院が見つけた治療法を、是《ぜ》とするであろうか」

その途端、綱手の眉間《みけん》に暗い影が走るのを、名代は見逃さなかった。痘痕に覆われた頰が、自嘲《じちょう》するように歪んだ。

「わしの如き里中医は、官医からすれば、所詮《しょせん》は下種《げす》。そんな者が始めた治療なぞ、役に立たぬと一蹴《いっしゅう》されようとお考えですか」

「いいや、そういうわけではない。最近の施薬院を見れば、あれらの薬の効果は、一目瞭然《いちもくりょうぜん》だ」

とはいえ、と続けながら、真公は苦しげに眉を寄せた。

「おぬしも知っての通り、宮城の御医師はほとんどが代々の医家の出。ことに昨年、医博士になられた倭池守《やまとのいけもり》さまなぞは、その頭《ず》の高さから、典薬寮の官吏全員から毛嫌いされているお人だ。他の医師や典薬頭《てんやくのかみ》さまが是と仰《おお》せられたとて、少なくとも池守さまだけはあれこれ文句をつけられよう」

倭氏は代々の天皇に近侍《きんじ》してきた、侍医の家柄。それが昨春、典薬寮にて医生《いせい》を指導する医博士に任ぜられたことに池守は不服を覚えており、些細《ささい》なことにも文句をつけてはばからぬと真公は語った。

医博士は典薬寮医師よりも地位が高く、時には最先端の医学知識を医師に教授もする重任である。それだけに、いくら施薬院が有効な治療法を具申したとて、倭池守が異を唱えれば、綱手たちの努力はすべて、無に帰してしまおう。

「どうしてまた、そんな権高《けんだか》なお方が医博士に任ぜられることになったのですか」

思わず呆れ声を上げた名代に、真公は「それがなあ」と言いながら、眉を上げ下げした。

彼によれば、池守の師はもう三十年以上前から侍医職にある難波薬師小角《なにわのくすしおづぬ》。池守はそんな師の寵愛《ちょうあい》をいいことに、内薬司でも数々の気随《きずい》を行なった。薬生《やくせい》や使部《しぶ》をいじめるばかりか、共に天皇に近侍する薬司の采女たちにまで高慢に接し、ついにはたまりかねた女官が皇后に不服を訴えた結果、典薬寮に異動となったという。

「池守さまは決して、腕は悪くないのだ。ただ、とにかく上の者にへつらい、ことあるごとに下の者を苛《いじ》める嫌な御仁《ごじん》でなあ」

「さりとてそんなお方が左降《さこう》されてもなお医博士に任ぜられるのじゃから、地位のあるお方はよろしゅうございますな」

感情のない声で呟き、「わかりました」と綱手は小さくうなずいた。

「そういう事情であれば上申《じょうしん》を行なうだけ、無駄でございますな。一人でも多くの者たちの命を救いたくてかようなことを申しましたが、まったく宮城とは嫌なところでございまするわい」

その声に、名代はごくわずかな安堵《あんど》の気配を感じとった。

間違いない。綱手はより多くの人々の命を救いたいと考える一方で、そのためにせっかく獲得した治療法を典薬寮に教えることに、屈託を覚えている。

無論、それが医師としての道に背《そむ》く嫉妬であるとは、彼とて自覚していよう。さりながらその自覚と、自分たちが始めた治療法を官医の手に委《ゆだ》ねることをよしとするかは、まったく別の話だ。

名代は痘痕だらけの綱手の横顔を仰ぎ見た。「あの」と声を上げながら、二人の間に割って入った。

「池守さまには内緒で、我々の治療法を典薬寮の御医師がたにお伝えするというのはいかがですか。煎じ薬も塗り薬も、五日も用いれば効果が出ます。それを目《ま》の当たりになされれば、御医師たちとて知らぬ顔は出来ぬのでは」

「それは確かに道理だ。されど宮城で難波薬師小角さまと倭池守さまに背くことは、医師の道を絶たれるも同然。血縁と身分がものを言う世の中で、そんな真似《まね》をする御医師はおらぬだろう。誰か、倭池守さまに談判できるお人がいれば別だがな」

なんてことだ。呆然《ぼうぜん》とした名代の肩に、かたわらの絹代がそっと手を置く。その温かさとひそやかさに、かえって為《な》す術《すべ》を持たぬ己の非力を思い知らされたその時である。

何かを打ち鳴らす澄んだ音が、どこからともなく響いてきた。梵鐘《ぼんしょう》や鉦《かね》のような楽器ではなく、薄い金鉢でも叩《たた》いているのだろう。一度気付いてしまうと、その音は耳障《みみざわ》りで、そして不審を覚えるほどに執拗《しつよう》である。

誰もが音の出処《でどころ》を探すように、目を上げた。なんじゃ、と呟いて、綱手が広縁《ひろえん》に歩み出る。

「外でしょうか」

広道の声に、真公がいいやと首を横に振った。

「そんなに遠くではない。施薬院か悲田院の敷地内だな。はて、いったい誰が――」

真公ははっと顔を強張らせた。あわただしく四囲を見廻し、いきなり裸足《はだし》のまま庭へと飛び降りた。

「どうなさいました、真公さま」

驚いて高欄《こうらん》際に寄る名代と綱手を振り返りもせぬまま、真公は「蔵だッ」と怒鳴った。もつれる足をもどかしげに動かし、泳ぐような足取りでその場を駆け出した。

「なんじゃと――」

綱手が絶句して、棒立ちになる。

蔵だと。それはもしや、隆英と子どもたちが入ったあの蔵か。

始めから幾人もの子どもらが高い熱を発していた上、逃げ場もない蔵に全員が閉じこもったのだ。遅まきながら薬の効果が確かめられた時点で、彼らはとうの昔に絶命し、その亡骸《なきがら》は腐るに任されているのに違いないと、誰もが諦《あきら》めをつけていた。

だが、最初の高熱が三日。その後、丘疹《きゅうしん》が膿疱《のうほう》、更に瘡《かさ》へとめまぐるしく姿を変えるまで約十日。もしかしたらいま蔵で金物を打ち鳴らしている何者かは、辛《かろ》うじて病に打ち勝ったのではあるまいか。そうだ。そうに決まっている。水にしても食糧にしても、ある程度はあの中に運び入れたのだから。

そして、今であれば――裳瘡の薬の効き目が証《あかし》できた今であれば、彼らを出してやることができる。

痛む足を励まし、名代は高欄を乗り越えた。その後を追おうとしてつんのめった広道が、顔をしかめてその場にうずくまる。懐に手を突っ込むと、鍵束を取り出し、「おい、待て、馬鹿野郎。鍵を持っていけッ」と名代に投げて寄越した。

それを引っ摑んで真公の後を追えば、耳障りな金音は蔵に近付くにつれ、いっそう高く、狂おしげなものに変わる。

生きているのは太魚か、それとも白丑《しろうし》か。いや、どんな悪戯《いたずら》坊主でも、可愛《かわい》げのない洟垂《はなた》れでも構わない。とにかく今は、誰かが生きていてくれさえすれば。

「そこにいるのは、誰だッ。すぐに開けてやるぞッ」

真公が叫び立てながら、鉄の錠がかかった分厚い扉を拳でがんがん叩いている。そんな彼を押しのけ、名代は震える手で錠前に鍵を差し込んだ。ぬるぬるとした汗で鍵が滑り、ぽっかり開いた鍵穴が妙に小さく見える。

「なにをぐずぐずしている。貸せ」

傍らから手を伸ばそうとする真公を肘《ひじ》で突き放すのとほぼ同時に、錠が外れる。鉄製の錠前が鈍い音を立てて、足元に落ちた。

「誰か、誰か生きているのか」

軋《きし》む扉を開け放ち、真っ先に蔵の中に入った真公の背が、一瞬にして凍りついた。湿っぽい熱気と、鼻が曲がるほどの腐臭が顔を叩く。名代は喉の奥にこみあげてきた悲鳴を、かろうじて呑み込んだ。

臭気を放つどす黒い液体が、爪先にどろりと流れてくる。その源は扉のすぐ内側にある、容貌《ようぼう》も性別も分からぬほどに腐り果てた小さな骸《むくろ》だ。

なんとか蔵から出ようともがき続けたのだろうか。顧みれば素木《しらき》作りの扉の内側には無数の掻き傷が刻まれ、黒ずんだ血が一面にこびりついている。

視界がぐらりと廻り、強い耳鳴りが脳裏をかき乱す。いや、違う。耳鳴りと感じたのは、天井を渦を巻いて飛んでいる、何十匹もの蠅の羽音だ。

いったいこれは、幾人の遺骸なのだろう。融《と》け合い、混じり合い、一人一人の区別すらつかぬ腐肉の中では、米粒ほどの蛆虫《うじむし》が蠢《うごめ》いている。

この世の地獄には慣れていると思っていた。だが今の都が地獄とすれば、目の前の有様はいったい何なのだ。

真公の額には汗が浮かび、がたがたと歯が鳴っている。その袖にすがりつくようにして、名代は蔵の奥へと進んだ。

施薬院・悲田院の調度《ちょうど》を納めている蔵は、方四間《けん》。あちこちに箱や雑器が積み上げられているせいで、一目ではその奥まで見渡せない。

「おおい、誰かいるのか。返事をしてくれッ」

悲鳴に似た真公の呼びかけに応じるように、またあの澄んだ音がかんかん、と響いた。近くで聞けば、その音は木枯らしの葉擦れよりも寂しく、今にも絶えてしまいそうなほど弱々しい。

「奥だ。あちらだぞ」

床は一面、どろりとした液体で覆われ、氷の如く冷たい流れが一歩歩むごとにひたひたと名代の沓《くつ》を洗う。

子どもたちの死体は、あるものは壁際に、あるものは調度箱の根方に整然と並べられている。先に息絶えた子らを、残る者が看取《みと》ったのは明らかだ。

蔵に入った後、すぐに亡くなった者もいれば、瘡に全身を覆い尽くされてもなお生き続け、遂に息絶えた者もいるのだろう。お仕着せの衣を着た死体が二つ、壁際で抱き合うようにして重なっている。一方の死体はほうぼうの骨が露出し、もはや生前の面影を偲《しの》ぶべくもない。さりながらまだかろうじて目鼻が判別できるもう一方には、あの双子の面差《おもざ》しが留《とど》められていた。

喉の奥にすっぱいものがこみ上げてくる。激しい腐臭が頭の中をかき乱し、目前の光景がくらくらと歪んだ。

子どもたちと隆英が従容《しょうよう》とこの中に入った時から、こうなることは予想していた。だが蛆虫に食われた小さな骸たちは、名代の生っ白《ちろ》い感傷を壊し尽くすほどに凄惨《せいさん》であった。

腐り爛《ただ》れた肉から突き出した骨の細さ、名代の握り拳とさして大きさの変わらぬしゃれこうべの白さ。これほど無惨《むざん》な光景が、果たしてこの世に存在するのか。

「誰だ。誰が生きているんだ。おい、返事をしろッ」

叫ぶ真公の声が、涙に潤んでいる。薄暗い蔵の奥を睨《にら》みつけ、真公が重ねて声を張り上げんとしたそのときである。

「ま――まきみさま――」

呻《うめ》きとともに、ずるりと何かがこすれる音がした。それと同時に、血膿《ちうみ》に塗《まみ》れた人影が、調度の向こうから肘で這いずって半身をのぞかせた。腐った子どもの亡骸が腕にでも触れたのだろう。びしゃりと湿った音がした。

その顔には一面に瘡が生じ、半ば開いたままの唇は蜂にでも刺されたように腫れあがっている。骨と皮ばかりにやせ衰えた身体の中で、えらの張った顎だけが、唯一かつての面影をにじませていた。

「隆英どのかッ」

絶叫をほとばしらせ、真公は彼に駆け寄った。助け起こそうとする腕を反対に摑み、隆英は肉の落ちた頰を痙攣《けいれん》させて、声を絞り出した。

「子どもらは、子どもらは誰か生きておりませぬか。誰か一人ぐらい、拙僧《せっそう》とともに生き長らえてはおりませぬか」

隆英の全身に生じた瘡は乾き、身じろぎする都度、床にぽろぽろと瘡蓋《かさぶた》が落ちて行く。わなわなと身体を震わせながら真公にすがりついた指は、腐肉の中に転がる白骨と見まごうほど細かった。

「黒丑も太魚も乳飲み子たちもみな、二日も経たぬうちに、次々と息絶えてゆきました。拙僧もまた激しい熱に臥《ふ》した上、かろうじて生き残った数人もみな、一人また一人と顔を真っ赤にして苦しみ出しました。それゆえ彼らを両腕に抱き、もはやこれまでと思い定めたのに――それなのにこうして目が覚めてみれば、辺りはご覧の通りの一面の暗闇でございます」

扉が開け放たれた蔵には、白々とした光が射し込み、床に置かれた死骸を照らし付けている。もはや闇と呼べるものなぞ、この蔵のどこにもない。

名代は、ああと呻吟《しんぎん》した。よく見れば激しく左右に動く隆英の眸《ひとみ》は白濁《はくだく》し、もはや目の前のなにも映してはいない。裳瘡のせいだ。隆英は全身ばかりか瞼や眼球にまで、膿疱が生じてしまったのだ。

「これはいったい、どういうことでございます。子どもたちは――拙僧の子らは、どこに行ったのでございます」

隆英のすすり泣きに身ぶるいしながら、名代は彼が現れた物陰を覗き込んだ。

積み上げられた木箱の間のわずかなくぼみに、腐り、膨張しきった死体が三つ、枕を並べている。その真ん中がぽっかり空き、傍らの箱に下げられた環《かん》に、どす黒い汚れが付いていた。隆英はそれを打ち鳴らし、助けを求めたのに違いない。

「名代、水を持って来い。いや先に、綱手どのを呼んでくるんだ」

疱瘡に感染しながらもこの半月を生き延びたのは、本来ならば僥倖《ぎょうこう》と言うべきだろう。しかし、このような有様を目の当たりにして、どうしてそれを寿《ことほ》げよう。いやむしろ神仏は、愛する子どもたちをみすみす死なせた隆英を、なぜ一人だけこの世に留めたのだ。

「子どもらは、子どもらはどこなのです。どうしてここはこのように暗いのでございますか」

血膿に汚れ、腐臭を放つ隆英の身体を、真公は無言で抱きしめた。こみ上げる慟《どう》哭《こく》を押し殺そうと口に突っ込んだ拳が、わなわなと震えている。

抑えても抑えきれぬ名代と真公の呻きをかき消そうとするかの如く、蠅の羽音がいっそう高く響いた。

蔵から担ぎ出された隆英は当初、自らが置かれた状況を理解できぬ様子であった。

真公や名代、それに飛んできた綱手に幾度となく、子どもらはどうしているのか、なぜこの部屋はこんなに暗いのだと問いかけた末、不意に何かに思い至ったように咆吼《ほうこう》し、やせ細った手足をもがかせ始めた。

「なぜ――なぜ拙僧のみが助かってしもうたのでございます。誰か、誰かお教えくだされ。白丑ッ、太魚――ッ」

身体が衰えきっているだけに、周囲の者を傷つけるだけの力はない。むしろ手荒に押さえつければ、そのまま息が絶えかねぬ衰弱ぶりに、綱手は「しかたがない。今は一人にしてやれ」とうめいた。

「ただ、憤死《ふんし》だけはせぬよう気をつけておけよ。泣き疲れた頃合いを見て、ごく薄い重湯《おもゆ》を与えろ」

隆英が生きていたとの知らせに、慧相尼《けいしょうに》は血相を変えて悲田院からすっ飛んできた。しかし激しく慟哭しながらのた打ち回るその姿を見るや、敷居際に腰が抜けたように座り込んだ。

真公の手を借り、よろめきながら立ち上がるや、そのまま脱兎《だっと》の勢いで逃げ去った彼女を、誰も咎《とが》められはせぬ。地獄よりも苦しいこの世において、災厄《さいやく》に近付きたくないと思うのは、生ある者ならば当然だ。

もがくだけの体力は尽きたらしいが、隆英を寝かせた奥の間からはいまだ、子どもたちの名を呼ぶすすり泣きが聞こえてくる。高く、低く響くその声を振り切るように、名代は庭の片隅に放り出されている荷車を曳《ひ》き出した。ついで厨に駆け込み、放り出されていた叺《かます》を荷車に積む。

子どもたちの死体を、あのままにはしておけない。経《きょう》を手向《たむ》けての埋葬《まいそう》は叶《かな》わねど、せめて腐り爛れた亡骸を集め、葬地である秋篠川《あきしの》の河原に運んでやろうと思ったのだ。

「この身体じゃ手伝ってやれんが、無理はするなよ」

広道が珍しく、いたわりの言葉を投げて寄越す。それに軽く頭を下げ、名代は鋤《すき》を手に蔵へと向かった。

ほんの一刻《いっとき》ほど扉を開け放していた間に、蠅はおおかた逃げてしまったらしい。蔵の中には蛆が這う微《かす》かな音だけが響き、入り口から差し込んだ薄日が、抱き合ったままの白丑と黒丑の亡骸を温めている。

ぐずぐずに腐った肉塊は、鋤でかき集める端から融け、むき出しになった骨がごろりと転がってくる。

それぞれ大切な品を懐に、蔵に入ったのだろう。それぞれの骸の側には様々な玩具類が落ちている。白丑と黒丑がいつも握りしめていた二体の木偶《でく》、紅の紐で作った髪飾り……記憶を刺激するそれらから必死に目を背け、名代は叺の中に片端から子どもたちの亡骸を放り込んだ。

少しでも手を止めれば、どうしようもない怒りや悲嘆が、叫び声となって腹の底からこみ上げて来そうだ。目の前の骸が、誰が誰やらわからぬ腐肉と化していることが、かえって救いであった。

液体の染み出す叺を苦心して荷車に積み込み、大路《おおじ》へと曳き出す。はあはあと息を切らせながら、陽の傾き始めた道をまっすぐ南へと下り始めた。

荷車から漂う激しい臭いに、大路を行き交う人々が慌てて左右に避《さ》ける。忌《い》まわしいものを見るかのような彼らの眼差しが、やる方のない怒りを一層掻き立てた。

ぼとり、と何かが落ちた気がして振り返れば、叺の口がほどけたのだろう。血膿に汚れた親指の先ほどの小石が、道の真ん中に誰かに忘れ去られたように落ちている。

叺に死体を入れる際に、誤って掻きこんだのだろうか。いや、違う。よくよく見れば小石には長い糸状のものが結《ゆ》わえられ、大きく曲がった釘がその中ほどにからんでいる。釣り針だ。

（太魚――）

そうだ。これは糸ではない。太魚が白丑と黒丑をそそのかして抜かせた、馬の尾毛だ。

名代たちに隠れ、興福寺の池の魚を釣っていた太魚。もしかしたら彼はいつか蔵から出る日が来れば、自作の釣り具を手に、思う存分、魚を取ってやろうと思っていたのか。

唇を引き結んで、顔を上げる。顧みれば大路にはこれまでの名代の歩みを告げるかの如く、叺から滴《したた》った血泥が点々と連なっている。

叺の死体は混じり合い、融け合い、どの肉塊が誰やらもはや知るすべはない。だがもしやそこに落ちている血泥は、膿は、あの太魚の身体の一部だったのではないか。

名代はがっくりとその場に膝をついた。四つん這いになって手を延ばし、汚れた釣り具を握りしめた。

「太魚——黒丑、白丑——」

留めようのない慟哭が喉にこみ上げる。

彼らを助けようともせず、為す術もなく蔵へと見送ったのは自分たちだ。あの時の光景がくっきりと思い出され、激しい後悔が胸を塞《ふさ》ぐ。

許してくれとは言えない。名代はただただ、覚えている限りの子らの名を叫んだ。

ぽたり、ぽたりと叺から滴る血泥の音が、そんな彼を慰めんとするかの如く、いつ止《や》むともなく続いていた。

いったいどれだけの間、大路に突っ伏して子どもたちの名を呼んでいたのだろう。

冷たい風が襟足《えりあし》を撫でた気がして顔を上げれば、辺りにはすでに薄闇が漂い、人の姿もほとんどない。

泥が詰まったような頭を打ち振って、名代は緩慢《かんまん》に身体を起こした。

異臭を放つ荷車の下には、どす黒い粘液が水たまりを作り、積み上げた叺に無数の蠅が羽音を立てている。乱暴に手を振ってそれを追い払うと、名代は重い轅《ながえ》に手をかけ、足をひきずりひきずり、再び道を南にたどった。

空は夕映えも伴わぬまま、ただ暗い藍色に沈み、遠雷が西峰の向こうで不穏な音を立てている。

五条の辻を折れ、秋篠川の河原へと向かう。ぜえぜえと喘ぎつつ土手上まで車を引き上げてから、単身、大路へと戻り、手近な家で松明《たいまつ》を一本譲り受けた。

鋤を河原に投げ落とし、背に松明をくくりつける。黒い液体を沁《し》みださせた叺をまず一つ両手で摑み、ひと息に土手を滑り降りた。

すでに川岸は漆黒《しっこく》の闇に包まれ、そこここから響く涼しげな瀬音が、秋篠の流れの豊かさを物語っている。

不思議なことに辺りに漂う死臭はごく淡く、松明の灯《ひ》が届く範囲にはただただ黒い地面が広がるばかりである。せせらぎの中に一つ二つ、夜目にも白いしゃれこうべが転がっているが、蠅の羽音も聞こえなければ、死人を食らう野良犬の姿も見当たらない。

これがつい先日まで、むせ返るような死臭が満ちていた葬地なのか。名代は腫れ上がった瞼を拭い、首をひねった。

施薬院で裳瘡《もがさ》の特効薬が見つかったこともあり、疫病で亡くなる人の数は一時より激減している。しかしそれだけで、河原がこうも綺麗《きれい》に片付くものだろうか。もしかしたら近隣の寺の坊主が、弔《とむら》う者もおらぬ死人を憐《あわ》れみ、骸をすべてどこかに運び出したのか。罹患の危険もあろうになんという無謀な真似を、と考えながら、名代は松明を掲げた。

夏草が繁茂《はんも》する季節にもかかわらず、河原はあちこち掘り返され、黒い土がむき出しになっている。そんな中、流れに張り出して青々とした枝を茂らせる柳の木を見つけると、その傍らに松明を突き立て、木の根方に鋤を打ちつけ始めた。

川辺ゆえか、湿った土はひどく柔らかく、あっという間に深さ半間ほどの穴になる。よし、あともう一、二尺掘ったなら、叺を埋めるのに頃合だと考えたとき、鋤の先の手ごたえが不意に重くなった。

松明で穴底を照らすまでもなく、穴の底から強い腐臭が漂い出す。名代にとっては、今やひどく馴染み深いものとなった臭いであった。

(ここは――墓だったのか)

河原が掘り返されているのも道理だ。この一帯に放置されていた亡骸は、運び出されたのではない。誰かの手で、川岸に埋葬されたのだ。

他人の墓の上に、子どもたちを埋葬するわけにはいかない。名代は掘り起こしたばかりの土を、大慌てで穴底にかけた。

すると突然、青白い火花が目の前に散り、次の瞬間、朧月《おぼろづき》を空から移してきたかの如き光が、ぼうと穴を満たした。

腹の真ん中が腐り落ちた死骸がその光に照らされ、目玉を失った眼窩《がんか》がぽっかりとこちらを見上げる。だが、驚きのあまり言葉を失った名代の目前で、光はあっという間に輝きを失い、そのまま土中に吸い込まれて消えた。

名代はひっと息を呑んで、大慌てで穴から這い出した。しかし地面に両手足をつき、恐る恐る穴底を見下ろしても、そこには先ほどの死骸の輪郭《りんかく》がうっすら見えるばかり。あの妙な光の名残《なごり》はどこにもない。

「な、なんだったんだ、いまのは――」

「あれは、鬼火《おにび》だ」

背後からの人声に、名代は思わずその場に跳び上がった。

こんな夜中、しかも京の葬地の一つである秋篠川のほとりに、まともな人間がいるはずがない。名代は穴の脇に突き立てていた松明を引き抜き、それを背後の闇に向かって突き出した。

声の主は風に吹かれたような足取りで近づいてくると、灯《あか》りが定かには届かぬ辺りで足を止めた。

「人を埋めたばかりの墓から、稀《まれ》に出てくる火だ。人に害はなさぬから心配するな。もっともその正体が何かは、わたしもよく知らぬのだがな」

言いながら、男は川上に向かって、無造作に顎をしゃくった。

「誰かを埋めに来たのであれば、もう少し上流へ行け。墓標こそないが、この界隈《かいわい》には軒並《のきなみ》、人が埋まっている」

なんだと、と呟く名代にはお構いなしに、男はもはや用は済んだとばかり、こちらにくるりと背を向けた。

いったいどういう暮らしをしているのか、身に着けているものは弊衣《へいい》に近く、ちらりと見えたその顔は茫々《ぼうぼう》たる髯《ひげ》に覆われている。

それにしてもあの茫洋とした足取りには見覚えがある、と思った途端、名代の背にすっと冷たいものが走った。

嗄《しゃが》れた声、ひょろりとした体軀《たいく》。いやまさか、そんなわけがあるものか。

全身の血が、音を立てて下がっていく。激しい眩暈《めまい》に足元をよろめかせながら、名代はいまと同じように、肉の薄い背中を見送った日のことを思い出していた。

春たけなわの、大蔵省の庭。異国の文物がずらりと並んだ広縁には目もくれず、あの背中は病《やまい》に倒れた官人の肩を支えて、名代たちの前を歩き去った。そう、今にして思えば、あれがすべての始まりだったのだ。

怒りとも哀しみともつかぬ何かが、腹の底で音を立てて鎌首をもたげる。名代は「待て」と呼びかけた。

瀬音に阻《はば》まれ、聞こえなかったのだろう。男の薄い背はこちらを振り返りもせず、そのまま暗がりに溶け入ろうとしている。

震える喉を懸命に励まし、名代はもう一度、男の背に声をかけた。

「待て――諸男」

男の肩が波打つように震えた。同時に名代のこめかみが、ずきずきと音を立てて動悸《どうき》を打ち始める。

傍らの土に差したままになっていた鋤に、片手をゆっくり伸ばす。藤蔓《ふじづる》を巻いた柄を握りしめ、音を立てぬように我が身に引きつけた。

「何者だ、おぬし」

言いざま振り向こうとする背に向かい、名代は松明を思い切り投げつけた。両手で鋤を振り上げるや、腹の底から雄叫《おたけ》びを上げ、諸男に向かって突進した。

だが諸男の側とて、ただ襲われるのを待ってはいない。横っ飛びに跳ねて松明をかわすと、ぶんと音を立てて振り回された鋤の刃を身を屈《かが》めて避けた。

湿った泥の上に放り出された松明が、夥しい火の粉を四囲に振りこぼす。ゆらめく灯りから逃げるように後ずさりながら、「おぬし、何者だ。常世常虫《とこよのとこむし》を憎む奴か」と、諸男はわめいた。

（常世常虫だと――）

諸男が自分の顔を覚えていないのは、当然だ。しかしなぜ、彼らが祀《まつ》っていた怪しげな神の名がここで出て来る。

燃え盛る松明の焰《ほのお》が、垢まみれの諸男の横顔をくっきりと彩っている。その足には鞋《かい》すらなく、ただぼろ切れで板がくくりつけられているだけであった。

暴徒たちが施薬院を襲撃したあの日、諸男と宇須《うず》の二人は小ざっぱりとした袍《ほう》と裙《くん》に身を包んでいた。それがなぜこんなところで、浮浪人同然の身形《みなり》をしているのだ。

そういえばあの騒動以来、常世常虫の名を聞く機会は激減している。もしかしたら諸男たちはあの暴動によって信者を失い、こんなところに逼塞《ひっそく》しているのか。宇須とやらの姿が見えぬのは、夜陰《やいん》に紛《まぎ》れ、飯でも盗みに行っているのだろう。だとすれば、ここで諸男をぶち殺したとて、誰にも知られずに済む。名代は鋤を握る手に、いっそう力を込めた。

「お、お前たちのせいで、密翳《みつえい》は命を落としたんだ。いいや、密翳ばかりじゃない。あの妙な禁厭札《まじないふだ》のせいで、いったいどれだけの者が医薬を拒み、病に侵されて死んでいったと思っているッ」

怒りのあまり喉が干上がっているのだろう。口を突くその声は、己のものとは思えぬほどかすれている。それを非業《ひごう》の死を遂げた者たちの怨嗟《えんさ》の呻きの如く感じながら、名代はじりじりと間合いを詰めた。

左右は川と土手。逃げ道はない。このまま息の根を止めることは、可能なはずだ。

しかし不思議にも、諸男は名代の言葉を聞くや、はっと身動きを止めた。それどころか天を仰いで大きく息をつき、その場にどさりと尻を落とした。拳に変えた両の手を膝に置き、まっすぐな目で名代を見つめた。

「そうか……わかった。怨みがあるのならば、好きに殺せ」

「なんだと」

思いがけぬ言葉に、名代はわが耳を疑った。殺せだと。誰もが自らの命を惜《お》しむこの世の中で、いったいこいつは何を言うのだ。

「仲間と思うた者たちも、もはやおらぬ。わたしの死がおぬしのためになるのなら、それこそがわたしが今日まで生きた意味なのだろう」

言いながら諸男は、蓬髪《ほうはつ》に覆われた頭を軽く俯《うつむ》けた。まるでこちらに首を差し出すかのような仕草であった。

この男は本当に、あの猪名部諸男なのか。激しい混乱に襲われ、名代は鋤を振り上げた腕を、ぶるぶると痙攣させた。

自分が知る諸男は、傲慢《ごうまん》で邪悪で——そして医術の腕に長《た》けた、忌まわしき男だったはずだ。それがなぜ、まるで別人の如き従順さとともに頭《こうべ》を垂れている。うなだれる諸男に襲いかかりたい衝動と、ここから逃げ出したい思いがせめぎ合う。とはいえ今、目の前の男を殺さずして、密翳たちの仇《かたき》はいつ討てるのだ。

地面に投げ出されたままの松明の焔は、いつの間にか随分小さくなっている。それがまるで自分の心の弱さを反映しているかに思え、名代は震える手に力を込めた。

言葉こそ通じねど、いつも朗らかだった密翳。きゃらきゃらと明るく笑っていた多伎児《たきこ》。面変《おもが》わりするほど夥しい水疱に全身を覆われ、絶望に蝕《むしば》まれながら息絶えて行った名前も知らぬ患者たち。数えきれぬほど多くの人々の顔が、脳裏で相次いで明滅する。やがてそれらが一つに溶けあい、誰が誰かも判別つかぬ施薬院の蔵の惨状に重なる。激しい憎悪が焔のように、腹の底から噴き上がった。

うおおッという咆吼とともに、名代は諸男に向かって突進した。目の玉が飛び出るほどに双眸を見開き、渾身《こんしん》の力で握りしめた鋤を、彼の首に振り下ろそうとする。

その刹那《せつな》、足下でぐしゃりという湿った音が上がり、名代の足が滑った。穴の脇に置かれたままになっていた叺を踏み抜き、その場に仰向けに転んだのである。

勢い余ったその手から鋤が放たれ、そのまま闇の彼方《かなた》に吹っ飛ぶ。しかしその瞬間、背の痛みよりもなお名代の心を覚ましたのは、自分が踏んだ衝撃で中身をはみ出させた、尻の下の叺の感触であった。

鼻の曲がるほどの臭気が、途端に四囲に漂い出す。足を包んだ腐肉の感覚が、火《ほ》照《て》っていた頭を瞬時に冷ました。

振り返れば、諸男は先ほどから微塵《みじん》も動かぬまま、双眸を堅く閉じている。何かに祈るにも似たその姿に、名代の全身は瘧《おこり》にかかったように震え出した。

（俺は——俺はいま、いったい誰のために、こいつを殺そうとしたんだ——）

密翳は確かに、暴徒と化した人々によって命を奪われた。だがそれは本当に、諸男たちの罪なのか。彼らはただ、疫病に混乱する京の人々の心に付けこんだだけ。そして少なくとも施薬院に押し寄せた何百という人々や悲田院の子どもたちの死と彼らとは、まったく関係がないはずだ。

だとすれば真実憎むべきは、諸男ではない。京を覆い尽くしたあの疫病だ。そう、自分はただ目の前のこの男に、どうにもやり場のない憎しみをぶつけようとしているのではないか。

まるで太魚が——白丑と黒丑が、腐り、融け合い、誰が誰やらも分からぬ姿となった子どもたちが、自分を引き留めてくれたかのようだ。

泥濘《でいねい》と見まごう彼らの骸の中から立ち上がると、名代は天を仰いで声にならぬ叫びを上げた。諸男の肩を突き飛ばしてその身体に馬乗りになり、彼の襟首を両手で引っ摑んでがくがくと揺《ゆ》さぶった。

「畜生《ちくしょう》、畜生、畜生——ッ」

目の前の男が憎くて憎くて、たまらない。しかしそれよりもなお憎いのは、この都を蹂躙《じゅうりん》し、数え切れぬほどの人々の命を一穂《いっすい》の灯火の如く吹き消した疫癘《えきれい》だ。

今ここで密翳の復讐を果たせば、身内を吹き荒れる怒りの嵐は、わずかなりとも和《やわ》らごう。だがそれは、どうにも抗《あらが》えぬ宿敵から目を背け、たまたま通りがかった野良犬に石をぶつけるが如きもの。そんなことをしたとて、亡くなった者は誰一人、戻りはせぬのだ。

名代の混乱が理解できぬのだろう。諸男は自分の腹の上にまたがった名代を、呆然と見上げている。

もしかしたら諸男はおびただしい死を目のあたりにする中で、自らの所業を悔《く》い、安らかなる死を願うようになったのかもしれない。だが今、この男にそんな永遠の安らぎを与えてなるものか。

名代は諸男の襟をいっそう強く引いた。額と額が接しそうなほど近くまで顔を近づけ、「――あんた、俺とともに施薬院に来い」と、低い声を絞り出した。

「以前あんたは宮城で倒れた官人を、『備急千金要方』の治療法を用いて、助けようとしただろう。施薬院は今、あの療法を都じゅうの者たちに施そうとしているんだ」

諸男《もろお》のこめかみがびくりと動く。死んだ魚そっくりだった眼に、ごくわずかな光が灯《とも》った。

「どういうことだ。なぜおぬしが、その治療法を知っている」

「あんたが中務卿さまのお屋敷に置いていった書物を見たんだ。あそこに書かれていた煎じ薬と塗り薬のおかげで、施薬院で命を救われる患者の数は、びっくりするほど跳ね上がっているんだぞ」

「それは……それは、まことか」

その瞬間、名代は目の前の男の顔に、ありとあらゆる感情が一度に湧き上がるのを見た。

当惑、悲しみ、憎しみ、そしてわずかばかりの歓喜。そして無数の感情が渾然《こんぜん》と融け合い、押し寄せる波に呑み込まれるように引いたかと思うと、その双眸が見る見る潤み、一筋の涙が目尻から耳孔《じこう》に向かって、つと流れた。

「わたしは――わたしはあの官人の命を救えなんだ。それにもかかわらず、同じ治療法が今、施薬院で役に立っていると言うのか」

その声は、こみ上げる激情を堪《こら》えるかのように弱々しい。

そうだ、と名代は彼を黙らせるように畳《たた》みかけた。

「あんたが見つけた治療法は、施薬院がこれまで試してきたどんな薬よりも効いているんだ。だから、なああんた、施薬院に来てくれ。あの本に記された治療法で、もっともっと大勢の京の奴らを救ってくれ。あんたは――あんただって、医者なんだろう」

綱手は勝手なことをと怒るだろう。真公や広道は、なぜ密翳の仇をと喚き散らすかもしれない。

無論、名代とて、諸男の所業を許すわけではない。だが真実憎むべき相手に気づいた今、この男を許しも殺しも出来はしない。

医師とて人だ。他人を憎みもし、時に罪を犯しもする。ならば同様に他者を殺《あや》め、傷つけた者であっても、人を救いは出来るはずだ。

諸男の双眸から次々とあふれた涙が、襟首を摑む名代の手を濡らす。その温もりを逃すまいとするように、名代は諸男の身体を更にがくがくと揺さぶった。喉も破れよとばかり声を張り上げ、諸男の名を呼んだ。

「なあ、頼む。いまの施薬院には、あんたの力が必要なんだ」

疫病はこの都を愛憎の奔流《ほんりゅう》のただなかに叩き込み、人間の醜い本性も、どうしようもない愚《おろ》かさも、共に白日《はくじつ》の下にさらけ出した。さりながらこの灼熱《しゃくねつ》と狂奔《きょうほん》の夏にあってこそ、人は誰かを救い、そのために戦い続けられるのだ。

懇願に答える声はない。ならば無理やりひきずって帰るまでだと考えつつ、名代は諸男の身体を突き放した。放り出したままの松明を拾い上げ、鋤を肩に荷《にな》う。ついで土の上に横たわった諸男を振り返り、傍らの叺を指差した。

「ただ、施薬院に戻る前に、こいつらを葬ってやりたいんだ。まだ土手の上にあと二つ、同じ叺がある。どこかまとめて埋めてやれる場所があったら、教えてくれないか」

諸男はのろのろと起き直った。濡れた顔を両手でこすりながら、「中身は施薬院の患者か」とくぐもった声で問うた。

「いいや、違う。隣の悲田院の子どもらだ」

子ども、と吐息だけで呟き、諸男は叺をゆっくり顧みた。

腐肉にまみれた叺を見ただけで、どれほどの悲劇が悲田院を襲ったのか察したのだろう。諸男は肩が上下するほどに深い息をついた。名代の手から松明を奪うと、「ついて来い。あちらなら、まだ場所はある」と言って、だだっ広い河原を先に立って歩き始めた。

慌てて後を追いながら見下ろせば、先ほどの穴の底は漆黒の闇に覆われ、一瞬だけ照らし出された亡骸の姿は皆目《かいもく》見えない。

この河原を埋め尽くしていたであろう、何百何千の骸たち。もはや問うまでもない。諸男はそのおびただしい死体を一人で埋め、弔い続けていたのだ。

「どうした。ぐずぐずしていると、施薬院に戻る頃には朝になってしまうぞ」

大慌てで諸男の後を追いながら、もしかしたら、と胸の中で呟いた。疫神《えきじん》が跳梁《ちょうりょう》し、いわれなき死のみが蔓延するこの京のただ中で、目の前のこの男もまた、何かに気づいたのかもしれない。

そう考えれば先ほどのあの涙も理解できる。生きながら死の淵をのぞいた諸男は、あのとき初めて、自分の生の意義を知ったのだ。

瀬音が急に高く、名代の耳を叩く。川水に洗われ、白々と光るしゃれこうべが、そんな二人をじっと見送っていた。

埋葬を終え、施薬院に引き上げる道中、諸男は名代に問われるがまま、ぽつりぽつりとあの河原にたどり着くまでの己の境涯《きょうがい》を語った。

相役から着せられた冤罪《えんざい》と、宇須たちとの出会い、恩赦《おんしゃ》による放獄。そして都を襲った疫病と禁厭札作り――そのあまりに激しい有為転変《ういてんぺん》は、名代の想像をはるかに超えていたが、それでもたった一つ、ひどく得心《とくしん》できることがあった。

「本当はあんた、心の底からの医師なんだな」

「医師だと」

日焼けした顔をしかめ、諸男はふざけるなと吐き捨てた。宇須とかいう仲間との暮らしで染みついたものだろうか。およそ侍医だった男とは思えぬほど、粗暴な声音《こわね》であった。

「おぬし、これまでいったい何を聞いておった。あの治療法が功を奏していると聞いたゆえに施薬院に行こうと決めたが、本心では医術なぞ二度とご免だ」

果たしてそうだろうか。話を聞く限り、この男はこれまでどんな逆境の中でも人命を救おうとし、そのために奮闘を続けてきたのではないか。

房前邸で病人に治療を施した一事を取っても、その理由が施薬院に対する反発ゆえだとは思えない。胸の中に医師としての志を抱き、それを無惨にも相役によって砕かれたからこそ、彼は施薬院をああも憎まずにはいられなかったのではあるまいか。

大路を北に進むにつれて、諸男の顔は強張り、名代の問いかけに応じる言葉も少なくなった。

この時刻、施薬院の正門は閉ざされている。路地に入り、閂《かんぬき》がかけられていない裏木戸を開け放つと、名代は荷車より先に、まず諸男の背を押すようにして、庭に入り込んだ。

「諸男。あんたに一つ聞いておきたいんだが」

「なんだ」

「あんたと絹代さまは、いったいどういう関わりがあるんだ」

ああ、という吐息が諸男の口から洩れた。

ここまでの話の中で、諸男は絹代はおろか、身辺の事情について、一言も語らなかった。そのあまりの不自然さがかえって、彼女に対するわだかまりを物語っていた。

「絹代は……あの女は、わたしの妻になるはずだった」

それは何となくわかっている。ならばどうして諸男は、暴徒が施薬院に押し寄せてきた日、あれほどの憎悪を込めて絹代を殴《なぐ》りつけたのだ。

「わたしが相役に陥《おとしい》れられた時、絹代は仮獄にわたしを訪ね、隠していることがあれば話せとしつこく詰め寄った。本当にわたしを愛《いと》おしく思っていたのなら、まずはわたしの無実を信じ、その疑いを晴らそうとするのが当然だろう。されど絹代はそうではなかったのだ」

獄舎での出来事を思い出しているのだろう。諸男の面に暗鬱《あんうつ》な翳《かげ》が落ちた。

「おおかた絹代は、代々の医家の出であるわたしの相役に乗り換えんとして、奴と手を組み、わたしの様子を探りに来たのだろう。まあ、よくある話だ」

「それは違うだろう。あの方はそんな人じゃないはずだ」

名代は思わず、諸男に食ってかかった。

そうと考えねば納得の行かぬ逆境に、諸男が陥れられたことは理解できる。しかしだからと言って、あの絹代がそんな女性でないことは、その後の彼女の行動が何より雄弁に物語っている。

幾ら突然罪を着せられたのが衝撃だったとしても、身近な者を誰かれなく敵と怨むのは見当違いというものだ。

「絹代さまはあんたに会いたいがために、施薬院に来られたんだぞ。本当に相役とやらに乗り換えたのなら、そんな必要はなかろう」

「ではなぜ絹代はわざわざ獄を訪れ、隠していることはないかとわたしを責め立てたのだ」

「それは、あんたを案じていればこそじゃないのか。たとえばその相役から、何か取引を持ちかけられたとか」

取引、と繰り返し、諸男は眉根を寄せた。

「どういう意味だ」

「そんなことまで、俺が知るものか。だけどあんたが気づいていなかっただけで、本当はどこかに身の潔白を証するような書き物が残っていたということはないのか。たとえば、そのすり替えられた封題の切れ端とか、薬の調合帳とか」

諸男の言葉を信じれば、その相役は封題の余りを使い、冤罪《ぶざつ》を作り上げたということになる。内薬司の調薬の仕組みはわからぬが、あの蕪雑な綱手ですら、薬を調じる際は必ず帳面に使用量を控えているのだ。侍医であればなおさら似たようなことを行なっているはずではないのか。

このとき不意に、諸男がその場に棒立ちになった。

「調合帳――そうか、そういうことか」

と呻いて両の手を強く握りしめた。

「どういうことだ」

「わたしはかねてより、合和の際に帳面をつけていた。わたしを陥れた人物は自分が用いた過去の封題の証拠を葬るべく、わたしの古い帳面がどこに隠されているかを探らんと、絹代に近付いたのだ」

なるほどつまり諸男の相役は、恋人の捕縛《ほばく》に動揺する絹代に近付き、諸男の身の潔白の証《あかし》が存在すれば、彼を助け出せるとそそのかしたということか。諸男が絹代の言葉に乗って、彼女に過去の調合帳の在《か》り処を告げたなら、先回りしてそれを破《は》棄《き》し、保身を図るつもりだったのだろう。

諸男は奥歯を食いしばった。わずかに白いものが交じった髪を両手でかきむしり、苦々しげに顔をしかめた。

「倭池守《やまとのいけもり》め、そういう腹だったのか。あの時それと気付いていれば、何らかの手を打てたものを」

「倭池守だって――」

その名には聞き覚えがある。名代はあわてて、諸男の腕を摑んだ。

「もしかしてそのお方は、侍医の難波薬師《なにわのくすし》小角《おづぬ》さまの子飼いのお弟子じゃないのか」

「なんだと。おぬし、何故それを知っている」

今度は諸男が驚愕《きょうがく》の声を上げた。

真公《まきみ》によれば、倭池守は高慢な嫌われ者という。なるほどそういう人物であれば、医家の出ではない諸男を憎み、無実の罪を着せたのも納得できる。

だが今の名代には、諸男の冤罪なぞ、正直、どうでもよかった。ただ、諸男によって池守の旧悪を暴くことができれば、施薬院は池守の妨げを受けずに、より多くの人々の命を救うことが出来るではないか。

諸男の両手を摑む手に、名代はぐいと力を込めた。

「その調合帳は、今いったいどこにあるんだ」

警戒する顔つきになった諸男に、名代は矢継ぎ早に施薬院と裳瘡の治療法を巡る顚末《てんまつ》を語った。

「あんたの調合帳を見つけ出し、それを倭池守さまに叩きつけるんだ。もちろんそれだけじゃ、あんたの身の潔白を証明はできないかもしれない。けどかつて池守さまが絹代さまに何らかの話をしてらしたとすれば、それを揺さぶりの手段に用い、我々の具申を認めさせられるじゃないか」

「ううむ。なるほど、それは確かに道理だが――」

なにせ諸男が官を追われたのは、今から五年も前。おそらく家屋敷はとっくに官没され、調合帳は内薬司の自室に置かれていた書類典籍もろとも、どこぞに売り飛ばされていよう。

「ただわたしの自宅にはあの当時、相当量の生薬が蓄えられていたはずだ。もしかしたらどこぞの医師か薬 贓《くすりのくら》が、書類などと共にそれらを買い受けている可能性は皆無ではない」

そうだとすれば、薬目的で諸男の私財を購入した人物が、生薬以外の品には手を付けぬまま、どこぞにしまい込んでいることも考えられる。

「ただこのご時世、宮城の各官司は政務を取りやめ、官人たちも病を恐れて京外に散っていよう。わたしの財物を購入した人物がいたとして、それを特定する手立てはあるのか」

諸男の言葉に、名代は「大丈夫だ」と大きくうなずいた。

罪人の財産の没収・売却を担当する贓贖司《ぞうしょくし》は、刑部省《ぎょうぶしょう》の被管官司。刑部省中《ちゅう》判事《はんじ》である大伴三中の力を借り、残されている記録を当たれば、その購入者を突き止めるのはたやすかろう。

ふと空を見上げれば、春日山《かすがやま》の稜線《りょうせん》は淡く光り、星の輝きが一つまた一つと消えて行こうとしている。

朝の訪れまでまだ間はあるが、きっと三中は今夜もまた、己の犯した罪の大きさに悩み苦しみ、眠れぬ夜を過ごしていよう。裳瘡の治療薬を天下に布告する手伝いが出来れば、そんな彼の心も少しは慰められるはずだ。

「よし、これから俺は大伴三中さまの元に行ってくる。あんたはよかったら、俺の部屋で少し休んでろ。内から心張《しんば》り棒《ぼう》をかけてしまえば、誰も入って来ないはずだ」

本来ならば綱手や真公に事情を打ち明けるべきであろうが、疲れ果てて泥のように眠る彼らを、こんな時刻に叩き起こすのは忍びない。

幸い、名代たち使部の自室は、診察所である小子房《しょうしぼう》の奥。広道に気付かれぬようにさえしておけば人が近付くことはない。名代の言葉に、諸男はいささか不安げな顔をしつつも、わかった、とうなずいた。

「あの荷車は置いて行け。わたしが中に引き入れておこう」

「すまん。よろしく頼む」

部屋に諸男を導くと、名代は一目散に大路へと駆け出した。

藍色の空は刻々と明るさを増し、燃え立つような朱が東の空を縁どり始めている。ああ、今日も灼熱の一日がやってくるのだ。

さりながら、炎火の日々は決して永遠に続くわけではない。どれだけ激しい暑さもいつかは和らぎ、燃え盛る焔はいずれ真っ白な灰に変じる。この高い空にもいつかは蜻蛉《とんぼ》が群れ、白い雪が降り始めよう。ならば自分たちに今できるのは、この日を精一杯に生きることだけだ。

気の早い鴉《からす》が五、六羽、まだ薄暗い空で戯《たわむ》れている。名代はそれをちらりと見上げると、人気《ひとけ》のない大路をひたすら駆けた。

案の定、まんじりともできずに朝を迎えていたらしく、大伴三中はすぐに名代を自室前の広縁に招き上げた。

名代の話を皆まで聞かず、「よし、わかった」と相変わらず閉め切った室内でうなずいた。

「政務が滞っておろうとも、刑部省の文蔵《ふみくら》には誰か一人ぐらい詰めておるはず。すぐに文を書いてやるゆえ、それを持って宮城に行け。万一、邪魔立てする者がいれば、わたしの名を出すがいい」

「ありがとうございますッ」

「それにしても名代、その侍医の記しておった帳面が見つかれば、本当に裳瘡で苦しむ者は激減するのか」

「はい、そのはずでございます」

諸男の調合帳が見つかれば、池守を追いつめられる。その上で施薬院の具申をぶつければ、あの治療法は天下に広く布告されることとなろう。もしかしたら官民双方の医師たちが協議し、更に効果のある薬すら見つけられるかもしれない。

だが力を込めてそう説く名代に、三中はなぜか消え入るような口振りで、そうかと呟いた。力なげに肩を落とすと、両の手で頭を抱え、「――ならばおぬしはもう、この屋敷に来るではない」と、ひどくくぐもった声で言った。

「どういう意味でございますか」

三中の意図がわからず、名代は思わず声を荒らげた。だが三中はそれには答えぬまま、かたわらの几《つくえ》に向き直った。短い書翰《しょかん》を手早くしたため、それをずいと名代の膝先に進めた。

「どういう意味も何も、言葉通りじゃ。その文を受け取ったなら、おぬしは二度とわたしのところには来るな。ああ、翼《たすく》にも同じ旨を申し付けねばなるまいな」

何故だ。なぜ自分だけならばともかく、共に波濤《はとう》を越えた羽栗翼まで、三中は遠ざけようとする。

愕然《がくぜん》とする名代を、三中は濁った眸で見つめた。膝先に置かれたままの文を、扇の先でついとこちらに押しやり、

「わからぬか。おぬしらはもう、わたしとは関わるなと申しておるのじゃ」

と平板な口調で呟いた。

「今はわたしの身の上を案じてくれる翼もおぬしも、裳瘡の流行が収まり、日が経てば、いずれは面相変わり果てたわたしを疎《うと》ましく感じるようになろう。おぬしらが今、わたしを案じ、頼りにしてくれているのは、所詮、疫神の跳梁が止まぬただなか、病に関わりを持った者同士が互いを案じるふりで、我が身を慈しんでおるにすぎぬ」

何を仰せられます、という声が、喉につかえる。名代は乾いた唇を噛みしめた。

「まことにこの身を案じてくれるのであれば、おぬしはもう、この邸宅には立ち寄るな。病に罹《かか》った者と罹らなんだ者。おぬしらとわたしの道は、はるか昔に遠く隔たっておるのじゃ」

瘡痕に覆われ、黒ずんだ綱手の異相が、名代の脳裏をよぎった。そう、三中の言葉は、間違ってはいない。裳瘡罹患者がほうぼうにいる昨今、瘡痕面はさして珍しくもないが、疫病が沈静し、五年、十年と日が経てば、彼らはいずれ恐ろしい病に罹った者と後ろ指さされ、いわれのない中傷を受けよう。

とはいえ名代はともかく、新羅《しらぎ》国への渡海からこの方、三中に付き従っていた翼までをも拒めば、彼を訪れる者は皆無となろう。家人《けにん》を遠ざけ、信頼できる部下を遠ざけ、彼は光一つ射さぬこの部屋で、生ける屍《しかばね》となって余生を送るつもりか。

「申しておくが、わたしは別におぬしたちのためだけを思うて、かよう申しておるのではない。瘡痕一つないおぬしたちの面を見ておると、わたしは己の醜さが肌身に迫り、心苦しめられてならぬのじゃ。お願いじゃから、わたしを一人にしてくれ。わたしをこの苦しみから解き放ってくれ」

さあとばかり、三中が扇の要《かなめ》でこつこつと床を叩く。戸口から差し入ったわずかな朝の陽が、梨の実そっくりのその顔を淡く浮かび上がらせていた。

「私は——私はお約束できかねます。翼どのとて、それは同じでございましょう」

愚かな、と言わんばかりの吐息が、三中の口から漏れた。

「人の苦しみも知らず、綺麗事を言いよって」

「綺麗事ではありません」

おぬしたちは瘡瘡に罹っていないではないか、と言われれば返す言葉はない。さりながら疫病に罹患せずとも、自分たちは三中の——いや、すべての患者の苦しみを、目の当たりにしている。

三中が他者と会うことで、己の罪を思い返すのであれば、その罪は皆で分け合えばよい。まかり間違っても、己の変わりはてた姿に苦しむ三中を、たった一人、こんなところに逼塞させてなるものか。

名代は膝に突き付けられた書翰を、荒々しく摑み取った。床に額を叩きつけるように叩頭《こうとう》すると、

「とりあえず、これはいただいて参ります。ですが後日必ずや、その結果をご報告にうかがいます。どうかその時は、かようなことは仰《おっしゃ》いませぬよう」

とひと息に告げて立ち上がった。

「——もはや会わぬぞ」

「会っていただきます」

仮に疫病の猖獗《しょうけつ》が収まっても、三中の心が晴れずばなんの意味もない。病は人を苦しめ、死に追いやるだけの存在ではない。ならばその流行によって人生を狂わされた者たちみなを救わねば、なんのために自分は施薬院にいるのだ。

背後でまだ三中が、ぼそぼそと何か言っている。それに耳を塞ぐようにして、名代は大伴邸を飛び出し、一路、宮城へと向かった。

三中の書翰がよほど的確なものだったのか、刑部省の官人は名代の持参した文を見るなり、すぐさま文蔵へと駆けて行った。待つ間もなく、分厚い帳面を抱えて戻ってくると、

「ああ、これでございますな。天平《てんぴょう》五年四月二十日、元内薬司侍医従六位上《じゅろくいのじょう》猪名部諸男の私財及び邸宅を官に入れ、十日後、書物及び生薬類は典薬寮に下げ渡すとございます。ふむ、つまり偽封《ぎふう》事件から約半年後に処分が終わったわけでございますな」

と、官人は糸の如く細い眼をますます細めて、その記録を読み上げた。こんな混乱の最中に留守居を命じられているだけあって、妙に落ちつき払った態度の男であった。

「典薬寮に下げ渡しとは、つまり諸男の財物は、民間に払い下げられたわけではないのですか」

「払い下げるより宮城内で用いた方が役に立つと、時の刑部督《かみ》さまがお考えになったのでしょう。時々あることですよ」

「ではいま典薬寮に行けば、諸男が自室に置いていた書類が保管されているわけですか」

執拗《しつよう》に問いながら、名代は脇に嫌な汗をかいていた。何せ典薬寮と内薬司は互いに人員の行き来がある。もし典薬寮に書物が運び込まれたとすれば、池守は何らかの手を用いて、それを我が物としてしまっているのではないか。

「さあ、こちらではそこまでは分かりかねます」

と言いながら、役人は帳面に貼り接《つ》がれていた紙片をぴらりとめくり上げた。あ、と小さく呟いて、眉を片方だけ器用に跳ね上げた。

「そなたさまは幸運《こ》ですな。ここにその後に関する、書き継ぎがありました。下げ渡し翌日、特に請う者がいたため、典薬頭さまは典籍・生薬以外の品一切を、その者に与えたと書かれております」

「なんですと。特に請う者とは、どなたです」

身を乗り出した名代を、役人は少しばかり不思議そうな顔で見下ろした。

「ここには後宮薬司従八位下《じゅはちいのげ》・久米直《くめのあたい》絹代とございますな」

思いがけぬ名に、名代は息を呑んだ。

役人の手から帳面を奪い取り、小さな書きつけに目を注ごうとした。

「ちょ、ちょっとなりません。この帳簿は刑部省の官人しか見てはならぬものでございますから。――これ、ちょっと、どこに行かれるのでございます」

引き留める官人の声と帳面を振り捨てて、名代は刑部省の官衙《かんが》を一目散に飛び出した。

幸い、施薬院は宮城・小子部門《ちいさこべもん》の目の前である。今日も長い列が出来ている施薬院の正門に駆け込むと、そのまま小子房へと飛び込んだ。

「こら、名代。朝からどこに行っておったッ」

眉を吊り上げる綱手に駆け寄り、「絹代さまは、絹代さまはどこにおいでですッ」とその怒声におっかぶせるように喚いた。

「絹代どのじゃと。おそらく、厨で薬を煎じているはずじゃ」

「ありがとうございますッ」

叫ぶように礼を言うや、呆気《あっけ》に取られている綱手に背を向けて、自室へと駆ける。心張り棒がかかった戸を、「おい、開けてくれ。私だ。名代だッ」と喚きながら叩きたてると、顔を出した諸男の腕をひっぱって、厨に向かった。

「どうした。わたしの調合帳は見つかったのか」

「細かいことは後だ。とにかく来てくれ」

厨では二つの竈に大鍋がかけられ、むせ返るような薬の匂いの中、袖からげした絹代が、竈に薪《まき》をくべていた。

綱手か真公が薬を取りに来たのだと思ったのだろう。

「薬が煎じ終わるまで、あと四半刻はかかりますが――」

と言いながらこちらを振り返った顔が、まるで物《もの》の怪《け》でも見たかの如く強張る。

それは諸男の側も同様で、一瞬にしてその顔が青ざめ、眸が左右に泳ぐ。そんな諸男の腕を逃すまいと引っ摑み、「絹代さま、お尋ねしたいことがあるのですが」

と、名代は努めて静かな口調で問いかけた。

「私は今、刑部省に行ってまいりました。これなる猪名部諸男どのがかつて付けていらした調合帳の行方を知りたかったからです。まったくずいぶんな遠回りを致しました。それは現在、あなたさまのお手元にあるのですね」

なんだと、と諸男が低い呻きを漏らす。

絹代は人形のようにぎこちない仕草で、そんな諸男と名代の顔を交互に見比べた。そして、こくりと一つうなずき、「やはりあの書き物が、諸男さまの身の潔白を証する品だったのでございますか」と、こみあげるものを抑える口調でうめいた。

「あなたさまが――あなたさまが捕縛されたその日から、倭池守さまが足しげくわたくしの元にお越しになり、おぬしの妹背《いもせ》は合和に関する古い帳面をどこに残していたのかと、しつこくお尋ねになったのです。それさえあれば、あなたさまの潔白は証明される。何なら獄舎に行って、その在り処を問うて来い、と」

池守が自ら諸男の帳面を探すことができなかったのは、犯科人《はんかにん》の財物はすぐさま贓贖司に差し押さえられるからだ。侍医の権限を用い、贓贖司にかけ合う手もあるにはあるが、いまだ諸男の処罰が終わっていない最中にかような真似をしては、判事に怪しまれる恐れもある。このため池守は諸男の公然たる恋人である絹代を操ることで、帳面を手に入れ、処分しようとしたのだ。

諸男が頑《かたく》なに絹代を拒んだと知り、もはやこれ以上、追及しては藪蛇《やぶへび》となると考えたのだろう。池守は自分が何を言ったかを余人に漏らさぬようにと釘を刺し、以来ぱったり絹代に近付かなくなった。

しかし絹代からすれば、それは、愛する諸男の拒絶とともに、彼を救う手段を失ったことでもある。それから間もなく、典薬寮に諸男の財物が運び込まれたと知り、ぜひにと願って、不必要な品を自分に下げ渡してほしいと請うたのは、犯科人となった諸男を少しでも身近に感じていたいと考えたからだ。

生薬類と共に日記などの私物まで引き取ってしまった典薬寮からすれば、その願いはまさに渡りに船。そしてすぐさま下げ渡された唐櫃《からびつ》一杯の書き付け類を前に、絹代はふと、もしかしたらこの中に、かつて倭池守が探していた書き物があるのではと考えた。そしておびただしい記録の中から、調進した薬を記した帳面を見つけたとき、絹代は池守が語っていたこれこそが諸男の身の潔白を証する品と確信したのであった。

「ですが、池守さまはなぜその時点で、絹代さまのように、典薬寮から書き付け類をもらい受けようとしなかったのでしょう」

名代の呟きに、諸男が「それは当然だ」と硬い声で言った。

「いったん官没された品は本来、よほど縁の深い者であっても、下げ渡されることはない。それゆえ池守も手が出せず、また誰かの手に渡るとも考えなんだのであろう。――絹代、おぬし、よほど執拗に典薬頭さまに請願したな」

諸男の呆れたような言い様に、絹代はほんの一瞬、薄い笑みを口元に浮かべた。しかしすぐに拭ったようにその笑いを消すと、「わたくしは――」と言葉を続けた。

「すぐに倭池守さまにお目通りを願い、あなたさまの私物の中から調合帳が出てきたと申し上げました。すると池守さまはひどく狼狽《ろうばい》したお顔となられ、それはいったいどこにある。すぐに自分にも見せろと仰せられたのです」

もし本当に諸男の無実を証するつもりがあれば、一刻も早くそれを内薬正《ないやくのかみ》に提出するよう指示するのが筋だ。しかし池守は、とにかくその書き物を自分に渡すよう迫るばかりで、その発見を公《おおやけ》にしようとは一言も口にしなかった。

元々、宮城内の医官の中で、池守の評判は芳《かんば》しくない。時にはあの冷静な諸男までもが、たまりかねたように池守への不平を漏らしていたと思い出し、絹代は激しい不審を抱いた。そしてついには、目の前の男は嘘をついている。諸男は冤罪であり、池守こそが彼を陥れた人物ではと、考えるに至ったのであった。

「ですがそれからというもの、池守さまは手を替え品を替え、事あるごとにわたくしに調合帳を渡せと迫って来られました。果てには何者かが後宮薬司の部屋に忍び込み、室内を荒らすに至り、わたくしはこのまま宮城にいてはならぬと思ったのです」

采女を辞してしばらくは、絹代は親類の元に身を寄せていた。だがやがて左右両獄に恩赦が下され、京内に裳瘡が蔓延し始めたとき、絹代はあの諸男であれば必ずや、人々を救うために働くはずだと思った。都じゅうの里中医を訪ね歩いて諸男を探し、最後に施薬院に望みをつないで、ここで彼を待とうと決めたのであった。

「おぬしは――おぬしはそれほどにわたしを信じていたのか」

諸男のうめきにつれて、絹代の双眸に大粒の涙が盛り上がった。しかし絹代は荒れた指先で素早くそれを拭うと、震える唇を励まして、小さな笑顔を作った。

「いつか必ずお会いできると思うておりました」

ぱたり、とかそけき音がして、一筋の涙が絹代の足元を叩く。だが絹代の笑みは変わることなく、ただ大きな眸が懸命に、諸男を見上げ続けた。

「許してくれ、絹代。そうとも知らずにわたしはおぬしを――」

握りしめた拳を己の口元に当て、諸男が嗚咽《おえつ》を噛み殺す。

絹代は白い腕をつと伸ばし、その拳をそっと自分の両手に包みこんだ。やつれの目立つ頬にそれを当て、静かに瞼を閉じた。

「――おい、これはどういうわけじゃ」

場違いながらがら声に振り返れば、厨の入り口で綱手が顔をしかめている。

「あの男、おぬしが連れて参ったのか。まったく、誰の断りもなきまま、勝手を致しおって」

そう言いながら綱手は不機嫌に眉を寄せ、絹代と身を寄せ合う諸男をしげしげと仰いだ。

「そうか、あれが絹代どのが探しておった内薬司の諸男とやらか。ふん、まったくこれだから男女の仲というのはよく分からぬ」

里中医である綱手からすれば、宮城にその人ありと言われた若き侍医なぞ、忌々《いまいま》しくてならぬはず。それにもかかわらず今、舌打ち混じりのその声が、どこか優しげに聞こえたのは、けっして気のせいではあるまい。

そう、結局のところ綱手は、自らの不遇を憎み、官医たちを嫉《そね》みながらも、心の底からは他人を憎めはしない。だからこそ彼はどんな時にも医師として己の職を全うできるのであり、その矛盾こそが医術に手を染める者の宿命なのではないか。

世の中に、完璧な人間なぞいはしない。綱手も、そして諸男もそうだ。しかしその胸に忸怩《じくじ》たる思いを抱いていればこそ、彼らは他人の弱さや病の恐ろしさに思いを馳せることが出来る。医に携わる者は決して、心強き者である必要はない。むしろ悩み多く、他を怨み、世を嫉む人間であればこそ、彼らはこの苦しみ多き世を自らの医術で切り開かんとするのではないか。

（医師か――）

名代はふと、綱手や真公のように施薬院を駆け回り、病者を片っ端から診察する己の姿を夢想した。

いや、無理だ。幾度となく施薬院を辞めたいと願い、綱手に罵声を浴びせられてきた自分が、そんな風になれるものか。

だが、なぜだろう。その夢想は奇妙に甘く、名代の胸の底をちりちりと焼いてやまない。その事実に少なからず困惑しながら、名代は綱手に向かってうなずいた。

「はい、あのお方が絹代さまの背《せ》の君でいらっしゃいます。そしておそらくは典薬寮に言うことを聞かせられる、唯一のお方かと。あのお人がいらっしゃれば、裳瘡の治療法を諸国に布告していただくことも、たやすいはずでございます」

なんだと、と綱手が目を剝《む》き、名代と諸男を交互に見比べた。

「愚か者。そういう話は早く言わぬか。どういうことだ。あの男が典薬寮の弱みでも握っているのか。――ええい、こうしてはおられん。わしは真公さまと広道を呼んで来る。おぬしはあの二人を、執務室に引っ張って来いッ」

名代の頭を一つ殴りつけ、綱手が厨を飛び出して行く。

振り返れば今度は諸男が絹代の顔に手を伸ばし、その頰に伝う涙を拭っている。その優しげな手付きは明らかに、二人の間のわだかまりの霧消を物語り、名代はいささか決まり悪い思いで顔を背けた。

半ばまで煮詰まった大鍋は、とろりと渦を巻いて湯気を上げ、濃い薬の香を四囲に振りこぼしていた。


患者の塗り薬を替えている最中に、無理やり引っ張って来られたのだろう。手指はもちろん、頰や衣にまで升麻の粉をくっつけた真公は、絹代と名代に左右を挟まれた蓬髪の男の姿に、大きく目を見張った。

「おぬし――」

真公は典薬寮に勤めて長いが、直接、諸男と言葉を交わしたことはないらしい。

ただそれでもお互い、遠目にその姿を眺めた機会はあるのか、困惑と懐かしさが入り混じった表情で、ぎこちなく礼を交わした。

「綱手さま、広道は見つからなかったのですか」

「それが慧相尼どのによれば、先ほど皇后宮職《ぐうしき》の官人に呼ばれて出て行ったそうじゃ。まったく肝心なときに役に立たん」

苦々しげに舌打ちしたものの、広道を待っている場合ではないと思い直したのだろう。綱手は、あわただしく、名代たちに向き直った。

「いったいどういうことじゃ。なぜこの男がいれば、裳瘡の療法の布告を行なえるのじゃ」

はい、とうなずき、名代は手早く、これまでの一部始終を語った。

名代の言葉につれて、綱手と真公の形相《ぎょうそう》が真剣なものとなっていく。膝の上に置かれた二人の掌に力が籠り、節が見る見る白く変わった。

そう、施薬院は自らの功績を誇らんとして、具申を目論んでいるのではない。一人でも多くの人の命を救いたい。ただ、それだけが目的なのだ。

話が全て終わっても、真公はしばらくの間、唇を真一文字に引き結び、無言であった。やがて肩が上下するほど深い息を吐くと、「おぬしの言葉はもっともだ」と低い声で呟いた。

「さような次第であれば、わしも尽力は惜しまぬ。むしろ池守さまを脅しつけるのみではなく、全てを白日《はくじつ》の下に晒《さら》し、諸男どのの潔白も証すことができるかもしれん。まずは典薬頭さまに、あの治療法を具申致そう。綱手どのは急いで、詳細な調薬方法を書き記してくれ。そうすれば諸男どのの無実を証する帳面とともに、わしが自らそれを典薬頭さまにお届けする。ああついでに刑部省にも駆け込み、訴えを起こした方がよいな」

「ふん、それであれば、抜かりはございませんぞ」

言うなり綱手は、傍らの几《つくえ》から数枚の書き付けを取り上げた。

「いずれどこかで役立つこともあろうと、すでにここに詳しい調薬の方法を記してございます。ついでにわしが見聞きした限りの疫病の症状と、それに対する注意書きも添えておきましたでな。これさえあれば、都はもちろん諸国でも、裳瘡に対して適切な処置が出来ましょう」

「なんだと」

真公が仰天《ぎょうてん》した面持ちで、綱手の手から書き付けをひったくる。

両の眦《まなじり》を吊り上げてそれを一読し、ううむ、とうなりながら、傍らの諸男の胸にそれを叩きつけた。

「綱手、おぬしはまったく大した男じゃ。いつの間にこんなものを作っておった」

「なあに、典薬寮への具申が叶わずば、太政官《だじょうかん》の上《うえ》つ方《かた》に直訴《じきそ》すればよいと思うておりましたでな」

名代と絹代は、諸男が開いた書き付けを左右から覗き込み、そろって息を呑んだ。

――施薬院、勘申《かんじん》す。疱瘡の治方の事。

という一文で始まる綱手の具申書は、ただ大黄《だいおう》と青木香《せいもっこう》、卵白と升麻の用い方を記しているばかりではない。

――凡《およ》そ、是《こ》の疫病、名は裳瘡、または赤斑瘡《せきはんそう》と言う。初発の時は瘧疾《ぎゃくしつ》に似て、いまだ瘡《かさ》、出《い》でざる前は、三、四日あるいは五、六日、臥床《がしょう》にて苦しむ。その後、瘡出《そうしゅつ》までは三、四日。

と、詳細な裳瘡の症状とその推移、更には「広布と綿を患者の腹や腰に巻き、暖かくするよう努めよ」「病人は地面に寝かせてはいけない。どんな粗末な寝具でも構わないので、床に敷物を敷いて寝かせるように」といった看病に関する注意までが、事細かに記されていたのである。

病気中に食べていいもの、避けたほうがよいもの。感染防止策、患者の衣類の扱い……これほど具体的な記録には、患者の観察のみでは不可能だ。おそらく綱手は多忙な日々の中で少しずつ時間を割き、病人ばかりかその付添の者からも、施薬院を訪れる前の容体《ようだい》、口にした食べ物などを聞き取っていたのだろう。

食い入るように書き付けを読む名代たちを眺め、綱手は小さく鼻を鳴らした。

「典薬寮の御医師たちがどれほどの腕前か、わしは皆目知らぬ。されどこれだけ詳しい具申書があれば、どんな野巫《やぶ》医者でも、適切な手当が行なえようて」

「されど綱手、これほど詳《つまび》らかな治療法を、典薬寮にやすやすと渡してよいのか」

令外官《りょうげのかん》である施薬院は、他の官司の如く上申文を奉《たてまつ》るすべを持たない。つまりこの記録を全国に知らしめるためには、典薬頭と太政官の手を経て、典薬寮の勘申《かんじん》文という体裁で布告せねばならず、そこに施薬院の名が記される余地はないのだ。詳細なこの記録は、地獄の如き京内における施薬院の死闘の成果。それを他の官司の手柄にしてしまっていいのかという真公の問いに、綱手は色の悪い唇をにっと片頬に引いた。「なあに、構いませせぬわい」と、あっけらかんと笑った。

「わしはこれらの知識を、施薬院に参った患者やその親族から得ました。さればそれを我が身の手柄とばかり独り占めしては、わしが救ってやれなんだ者たちに申し開きが出来ませぬでな」

その瞬間、名代の喉を熱いものが走り抜けた。

人間、死ねばそれまでだ、と思っていた。だからこそ、せめて生きているうちに、自分たちは何か為すべきことを見つけねばならぬのだと考えていた。

しかしながら病に侵され、無惨な死を遂げた人々の記録は、後の世に語り継がれ、やがてまた別の人々の命を救う。ならば死とは、ただの終わりではない。むしろ死があればこそなお、この世の人々は次なる生を得るのではないか。

昨夜、子どもたちを埋めた秋篠川岸の光景が脳裏をよぎる。無数の死体が埋められ、土が剝き出しとなったあの葬送の岸辺も、季節が巡り、次なる春が訪れれば、彼らの骸を糧《かて》に草が芽吹き、花が咲こう。花散りし後の果実を鳥が食《は》み、卵を産み、雛《ひな》を育てよう。

灼熱の暑さとともに京を襲ったおびただしい死。如何《いか》におぞましく無惨な現実であろうとも、人々が生きたその痕跡《こんせき》は確実に残り、その死は新たなる命を生み出す。

だとすれば彼らの死は決して、無駄ではない。この世の業火《ごうか》に我が身を捧げる、尊い火定《かじょう》だったのだ。

この四月の間、自分たちの前を過ぎ、彼岸《ひがん》へと旅立った人々の顔が、一つ一つ去来する。

ようやく分かった。医者とは、病を癒《い》やし、ただ死の淵から引き戻すだけの仕事ではない。病人の死に意味を与え、その苦しみを、無念を、後の世まで語り継ぐために、彼らは存在するのだ。

「典薬頭さまがどんなお人か、わしは知らぬ。されど少しでも医師たる自覚がおありであれば、その記録がどれだけ貴重なものか、すぐにお分かりになろう。さればそれがどんな役所の名で布告されようとも、わしは一向に気にせぬ」

言いながら綱手は、諸男の手から書き付けをひったくった。そのままそれを真公に手渡し、「ぐずぐずしている暇はありませぬぞ」と外に向かって顎をしゃくった。

「これから裳瘡は畿内、更に諸国へと広まってゆくやもしれませぬ。その前に各国に触れを出しておけば、二度と都の如き惨状が繰り返されることはありますまい」

それに、と綱手はちらりと諸男に目を走らせた。

「ここに猪名部諸男がおると知れれば、倭池守さまは京の混乱に乗じ、いずこかに逃亡を企てられるやもしれませぬ。この御仁の無実を晴らすためにも、まずは池守さまを捕縛していただかねばのう」

数年間の苦労が、一度に胸に押し寄せたのだろう。諸男が強く唇を引き結んで、目を己の膝に落とす。ぶるぶると震えるその肩に、絹代がそっと手を置いた。

「まこと、綱手の申す通りだ。ならばこれより早速――」

とうなずき、真公が立ち上がろうとしたときである。

慌ただしい足音が広縁に響いた。広道が髪を振り乱して部屋に飛び込んできたかと思うと、あばらを押さえて「痛ててて」とうめく。頽《くずお》れるようにその場にしゃがみ込み、ぜえぜえと息をついた。

「馬鹿か、おぬしは。まだ走ってはならぬとあれほど申しておいたじゃろうが」

苦しげに顔をしかめながら、広道は罵声を浴びせつける綱手の前に這い寄った。

「すみません。ですがいま、皇后宮職の官人から呼び出しがありまして。綱手さまに、内々に診ていただきたいというお方がおいでだそうです」

内々に、ということは、身分のある人物が昨今の施薬院での治療の効果を聞き、診察を願ったのだろう。綱手がふうむと呟いて、己の顎先を撫でた。

「相手によっては考えぬでもない。いったい誰じゃ」

「はい。典薬寮医博士の倭池守さまです。一昨日から裳瘡と思《おぼ》しき高熱を発され、身内の方々が是非、施薬院の治療法を試したいと仰せだそうで」

「なんじゃとッ」

綱手ばかりか全員が驚愕の声とともに、腰を浮かせた。

その中に見慣れぬ顔が交じっていると気づいたのだろう。広道があっと叫んで、諸男を指差した。

「お、お前。いつぞや大蔵省で一緒になった――」

「うるさい、広道。そんな諍《いさか》いは後じゃ」

「そうだ。そんなことより本当に池守が裳瘡に罹ったのか。よもや間違いではあるまいな」

血相を変えた諸男が、広道の腕を摑む。顔をしかめてそれを振り払い、「ああ、そうだ」と広道は吐き捨てた。かねてよりの宿敵を前に、あばらの痛みも忘れ果てたような口調であった。

「なんでもこの二月《ふたつき》あまり、病を恐れて京外の別宅に引き籠《こも》ってらしたのが、急に熱を出して臥せったんだとよ。医博士ともあろうお人が、裳瘡に罹ったとあっては恥だからな。典薬寮には頼めねえってことで、こちらに話が来たんだろう」

池守が、と呟いて、力が抜けたように諸男が座り込む。その顔が見る見るうちに紅潮し、「畜生ッ」という怒号が唇から洩れた。

「わたしは――わたしは己の仇も、自分で討てぬのかッ。池守が裳瘡だと。疫神は人の仇まで、勝手に横取り致すつもりかッ」

「ち、違います、諸男さま。きっとこれは神仏のおぼしめしでございます」

絹代が怒りに身を震わせる諸男にすがりつき、甲高《かんだか》い声を上げた。

「あなたさまはお医師でございます。神仏はあなたさまがご自分で手を汚さずに済むよう、疫神の裁きに池守さまを委《ゆだ》ねられたのでございますッ」

そんな二人を見つめ、綱手が「絹代どのの仰る通りじゃ」とうなずいた。

「我らが手当を施せば、この先、池守さまはつつがなくご快癒なさるやもしれぬ。されど、池守さまは医博士としての信用を問われるはず。なれば、向後は同じ職に留まることは叶わなくなるやもしれぬ。その上、刑部省の判断次第では、他者を罪に陥れた罪過まで被《こうむ》ることもありえようて」

応じる声はない。だが綱手はそれにはお構いなしに真公を振り返り、「早《はよ》う、典薬寮に行ってくだされ」とうながした。

あ、ああ、と首肯《しゅこう》して、真公が立ち上がる。それを見送ってから、「のう、諸男とやら」と、綱手は諸男に向かって膝を進めた。

「おぬしの憎しみ、怒り、わしにも分からぬでもない。されど我らは医師じゃ。ならば如何に唾棄《だき》すべき相手であろうとも、病に臥した者には憎悪を解き、その病を癒すことに力を尽くさねばならぬ。それは医師たる者だけが出来る、最大の復讐ではあるまいか」

「何だと。命を救うことが、あ奴への報復になるというのか」

「そうじゃ。おぬしが相手を憎むのと同様、向こうもまたおぬしを心の底から厭《いと》うていよう。ならばかようなおぬしが見つけた手立てによって命を救われたならば、池守さまはどれだけ悔しい思いをなさることか、考えてみよ」

自らの病を癒した薬が他ならぬ宿敵によって発見されたものと知れば、池守はきっと己が命長らえたことを悔やむだろう。自らの命が助かったことを、その人物に後悔させる。それが出来るのはこの世にたった一人、医師たるおぬしだけじゃ、と綱手は続けた。

「ところでおぬしは本日より、施薬院を手伝《てつど》うてくれるそうじゃな。ならば煎じ薬と塗り薬は、貸してやる。これよりすぐ、倭池守さまの元に行け。忌々しい男の苦しむさまをその目にし、そ奴の命を助けて来い」

「つ、綱手さま。そんな――」

我知らず腰を浮かせた名代を、綱手は険しい眼差しで睨みつけた。

「うるさい、おぬしがつべこべ抜かすな。わしはこの諸男に申しておるのじゃ」

膝の上で握り締められた諸男の拳が、ぶるぶると震えている。その顔からはいつしか血の気が引き、唇は真っ青に変じていた。

諸男を陥れ、その人生を狂わせた倭池守の治療を、他でもない彼に行なわせる。その突然の指示に、名代は諸男が怒りの余り、叫び出すのではないかと思った。

さりながら諸男はやがて双眸を堅く閉ざすと、身体をすぼませるようにして、大きく息をついた。瞬きもせずに綱手を見つめ、「――わかった」とうなずいた。

「おぬしの言う通りだ。ここであの男への復仇《ふっきゅう》を第一と考えては、わたしはあ奴と同じになる。池守が病《や》んでいるのであればなおのこと、わたしはその枕頭《ちんとう》に参り、出来る限りの手当をしてやろう。それが今のわたしに出来る、せめてものことだ」

高熱で苦しむ池守は、とうの昔に葬り去ったはずの諸男の姿に、亡霊が怨み言を言いに出てきたのかと怯《おび》えるであろう。彼が差し出す薬を毒かと疑い、病よりもその心労で命を落とすかもしれない。

だが池守が諸男の姿にどれほど震え上がろうが、諸男はきっと最後まで彼の看病を続けよう。そして見事その命を救った暁《あかつき》には、宮城からやってきた司直《しちょく》の手に、彼を委ねるのではないか。

医師として恥じることのないその態度を見せつけること。それは医師でありながら他人を陥れた池守に対する、なによりの意趣返《いしゅがえ》しになるに違いない。

「わ、私もお供します。一緒に行かせてください」

名代はそう叫びながら、綱手と諸男の間に割り込んだ。

「諸男を施薬院に連れてきたのは私です。その諸男の初仕事なのですから、どうか手伝いをさせてくださいッ」

諸男が怒りに駆られて池守を殺《あや》めると思ったわけではない。ただ、今は諸男というこの医師の業《わざ》を、少しでも近くで見ていたかった。

「ならぬ。施薬院にはまだ毎日、数えきれぬほどの患者が参るのじゃぞ。外へ手伝いに行くのは、京の裳瘡が収まってからじゃ」

「ですが――」

「うるさい。そんなに諸男について行きたければ、おぬしももう少し医術を学べ。他人の足を引っ張らぬだけの腕前になれば、好きなだけ往診の助手をさせてやるわい」

ひと息に言い放つと、綱手はもはや話は済んだとばかり立ち上がった。どしどしと足を踏み鳴らすその背を追って、名代は部屋を飛び出した。

年寄りの癖に、綱手は案外足が速い。どこに行ったのか、と広縁の際《きわ》で見廻せば、綱手は隣の棟の階《きざはし》に立ち、中庭の向こうに建つ長室《ながむろ》を見つめていた。

板戸が開け放たれ、褥《しとね》が敷き詰められた長室にはいまだに病人がひしめき、足の踏み場もない。それだけを見ていると、本当に裳瘡の薬が見つかったのかと疑いたくなるほどだ。

名代の姿に気づき、綱手は長室を顎で指した。広縁の端に大儀そうに腰を下ろし、近づいてきた名代に背を向けたまま、よいか、と話し出した。

「あと数日もせぬうちに、わしが記した治療法は典薬寮勘申文となって、まず東西両市と朱雀門《すざくもん》の前に貼り出される。多くの男女がその前に群がる様が、ありありと思い浮かぶわい」

「そうなれば、少しは患者も減りますね」

「愚か者。その逆じゃ。おそらく都の者たちはすぐさまその手当に飛びつき、これまでとは違った騒ぎが都じゅうに持ちあがろう。中には薬を飲ませすぎたり、どれだけ薬を使っても熱が下がらぬと、施薬院に泣きついてくる者も出るはずじゃ」

治療法が触れ出されて、それで裳瘡が終わるわけではない。それぞれの家で病人に薬を与えられるようになる分、施薬院に運び込まれてくる者は症状が特に激烈な患者ばかりとなるかもしれない。

触書の内容を妄信《もうしん》して、かえって症状を悪化させる者も出るだろうし、常世常虫の如く怪しげな神を祀る者が再び現れぬとも限らない。もしかしたら薬 匱《くすりのくら》が勘文に記された薬の値を吊り上げ、怒りに駆られた暴徒が店々を襲うこともあるやもしれぬのだ。

「さすれば明日も明後日も、一月後も三月後も、我らの仕事は終わらぬぞ。朝堂は裳瘡が少しでも鎮まれば、やれ神々への奉幣《ほうへい》だの、新たな除目《じもく》だと騒ぎ立てるであろう。じゃが、我々は違う。何らかの病で苦しむ者が一人でも残る限り、病との戦は続くのじゃ。いいか、あの三棟がすべて空《から》になる日まで、施薬院の務めは終わらぬと覚悟しておけよ」

「すべて、空に――」

辻々に病者が倒れ臥し、日毎、施薬院の門前に患者が並ぶ今、そんな日が本当に来るとは思えない。しかしながらこの施薬院で働く者が、その日の訪れを信じずして、誰が人々を癒せようか。

そう思って顧みれば、疫病の猛威によって亡くなった無数の人々が、これから先も病と戦い続ける自分たちをどこかで見守っているような気すらしてくる。

（ああ――）

綱手の苦しみが、諸男の憎しみが――それでもなお、人を救い、癒す彼らの悲痛なまでの志が胸を打ち、やがて激しい震えとなって心を揺さぶった。

夕立が近いのだろう。鬱陶《うっとう》しいほどに葉を茂らせた中庭の木々が騒ぎ、低い雲が空に垂れ込め始めた。

真公はもう、典薬寮に着いただろうか。諸男は今ごろ絹代に助けられ、薬を壺に納めて、出立の用意をしているのか。

裳瘡がこのまま終息するのか、それとも再び熾火《おきび》が風を得た如く猛威を揮《ふる》う日が来るのか、それは誰にも分からない。だが、たとえどんな病が都を襲ったとしても、自分たちは再びもがき、苦しみながら、それに立ち向かうだろう。人の醜さを、愚かしさを目のあたりにしながらも、それでも生きることの意義と、無数の死の向こうにある生の輝きを信じ続けるだろう。

雨気を孕《はら》んだ風が、どうと長室を揺らした。暗雲が空を覆い、その一角を雷光が走った。

「夏が終わるのじゃな――」

ぽつりと軒《のき》を叩く雨音が、綱手の呟きを遮《さえぎ》った。

見る見る激しさを増し、突風に煽《あお》られて広縁にまで降り込む雨粒が、磨き込まれた板間に濃い雨染みを作る。

それはただの驟雨《しゅうう》か。いや、もしかしてそれは、激しい熱に浮かされたこの京をわずかなりとも冷やそうとする、彼岸よりの慈雨《じう》ではあるまいか。

雲は矢の速さで東へと流れ、西空の一角ではすでに雲の切れ目から強い陽射しが地を照りつけている。

名代は空に向かって、手を差し伸べた。また稲妻が走り、雨に打たれ、飛沫《しぶき》に霞《かす》む都を、轟音《ごうおん》の狭間《はざま》の静寂とともに白々と照らした。

〈了〉

主要参考文献

〈書籍〉

丸山裕美子『日本古代の医療制度』名著刊行会
新村拓『古代医療官人制の研究――典薬寮の構造』法政大学出版局
同『日本医療社会史の研究――古代中世の民衆生活と医療』同
新村拓編『日本医療史』吉川弘文館
酒井シヅ『病が語る日本史』講談社
同『日本の医療史』東京書籍

〈論文〉

野崎千佳子「天平7年・9年に流行した疫病に関する一考察」『法政史学』五十三号
三井駿一「天平九年の典薬寮の勘文について」『日本医史学雑誌』第二十四巻第二号
董科「平安時代前期における疫病流行の研究――『六国史』を中心に」『千里山文学論集』八十二号
同「奈良時代前後における疫病流行の研究――『続日本紀』に見る疫病関連記事を中心に」『東アジア文化交渉研究』三号
金子裕之「平城京と葬地」『文化財学報』三集

浅見益吉郎「続日本紀に見る飢と疫と災：奈良時代前後における庶民生活の生活衛生学的概観」『京都女子大学食物学会誌』三十四巻
福原栄太郎「天平9年の疫病流行とその政治的影響について――古代環境とその影響についての予備的考察」『神戸山手大学環境文化研究所紀要』第四号
小田　愛「天平7年・9年の疱瘡流行について」『専修大学社会知性開発研究センター　東アジア世界史研究センター年報』三号
滝川政次郎「上代難波周辺の医家」（上）『日本歴史』一三二号
角田文衛「薬栗臣翼の生涯」『古代文化』第九巻第二、三号
東野治之「鳥毛立女屛風下貼文書の研究――買新羅物解の基礎的考察」『史林』五十七巻六号

（以上、順不同）

・医療法人 温心会　小川栄治先生には天然痘等に関する知識を様々ご教示いただきました。心より感謝いたします。

解説――極限状況の祈りと叫び

安部龍太郎

凄《すさ》まじい小説である。

時代は天平《てんぴょう》九年（七三七）。舞台は疱瘡《ほうそう》（天然痘《てんねんとう》）が猖獗《しょうけつ》を極める寧楽《なら》（奈良）の都。

寧楽の人口八万のうち三割ちかくが犠牲になったという疫病流行《パンデミック》の中で、人々はどう生き、どう死んだのか。

一方の主人公である蜂田名代《はちだのなしろ》は、庶民を救うために設立された施薬院《せやくいん》（慈善病院）の新米職員である。

もう一方の猪名部諸男《いなべのもろお》は、かつて内薬司《ないやくし》（天皇の侍医《じい》局）にいたものの、同輩から その才能を妬《ねた》まれ、無実の罪を着せられて獄囚《ごくしゅう》となり、世の中のすべてを恨《うら》んでいる。

二人の周囲には個性豊かな人物たちがいて、パンデミックという未曾有《みぞう》の災難に巻き込まれていく。

その中で生きる者たちの運命と生き様を描くことで、作者は、人間とは何か、医学とは何か、人は何によって生きるのかを問いかけてゆく。

二〇一五年の『文蔵』十月号（ＰＨＰ研究所）で『火定《かじょう》』の連載が始まった時、私は難しいテーマに腹を据《す》えて取り組もうとする作者の気迫に打たれた。

（これは相当辛《つら》い仕事になるぞ）

内心そんな危惧《きぐ》を覚えたが、二年後に上梓《じょうし》された単行本を読んで、想像をはるかに超えた完成度の高さに驚かされたのだった。

初めて澤田の作品に触れたのは二〇一一年である。『孤鷹《こよう》の天』が第十七回中山義秀《なかやまぎしゅう》賞の候補になり、選考委員の一人として拝読した。

この時、澤田は三十四歳。これがデビュー作だったが、潜在力《ポテンシャル》の高さに刮目《かつもく》した。

物語の時代は天平宝字《ほうじ》年間（七五七～七六五）である。

孝謙《こうけん》天皇が怪僧道鏡《どうきょう》を重用して仏教中心の国家を築こうとし、これに反発したかつての寵臣《ちょうしん》藤原仲麻呂《なかまろ》（恵美押勝《えみのおしかつ》）が反乱を起こす。

こうした状況の中で、国の教育機関である大学寮に集《つど》った若者たちが、理想の国家や教育をめざして立ち上がり、信念に従って突き進んでいく姿を描いたものだ。

七百枚ちかい長編を破綻《はたん》なくまとめ上げる力量、登場人物の描写の鮮やかさ、小説に懸《か》ける情熱、そして奈良時代の仏教史の研究によって培《つちか》われた史眼の確かさ。どれも舌を巻くばかりの傑出《けっしゅつ》ぶりで、聴衆を前にした公開選考会でも、全員一致の支持を得て受賞と決まった。

私は感激のあまり「現代に紫式部が現れた」と口走ってしまったが、その思いは今も変わらない。

そして澤田はそれ以降も力作を相次いで発表し、期待にたがわぬ活躍と成長をつづけている。

『火定』は『孤鷹の天』と尾根つづきの作品である。

前作では藤原仲麻呂の乱が状況として設定され、大学寮が舞台となって、国家とは何か、教育とはどうあるべきかが問われた。

本作では天平九年のパンデミックが状況、施薬院が舞台となり、人はどう生きるべきか、医学とは医師とは何かが問われている。

異常なばかりに困難な状況を設定し、その中に人物たちを投げ込むことで、どんな反応をするかを思考実験的に描いていく。

まるで草薬《そうやく》を煮詰めて薬を得るような手法を、澤田はデビュー作から使いこなしていたが、その腕前は本作においていっそう磨きがかかっている。

状況として設定されたパンデミックは、今日《こんにち》の新型コロナウイルスの流行を予見していたかのようだ。

その共通点は、以下の通りである。
一、流行の発生源は外国だった。
天平八年（七三六）四月、朝廷は阿倍継麻呂《あべのつぎまろ》を大使とする遣新羅使《けんしらぎし》を送ったが、継麻呂は帰国途中に疱瘡のために死亡した。

本来ならこの時点で一行を隔離《かくり》し、感染を封じ込めるべきだったが、一行の中に病状を正しく把握《はあく》できる医師がいなかったので、何の対策も取らないまま寧楽にもどって帰朝報告をした。

そのために寧楽でパンデミックが起こり、人口の三割ちかくが死んだと言われる惨状《さんじょう》を引き起こした。

当時朝廷を牛耳《ぎゅうじ》っていたのは藤原不比等《ふひと》の四人の息子（武智麻呂《むちまろ》、房前《ふささき》、宇合《うまかい》、麻呂《まろ》）だったが、四人とも相継いで他界し、藤原政権が崩解した。

これにより感染源と見なされた新羅への反感がつのり、外国人差別や排斥《はいせき》、糾《きゅう》弾《だん》へとつながっていく。
一、医療崩解が起こった。
当時、寧楽の医療は三つに分れていた。

天皇や皇族のための内薬司、朝廷に仕える役人のための典薬寮《てんやくりょう》、庶民のための里中医《りちゅうい》（町医者）である。

ところがパンデミックが猛威をふるい、対処の方法がまったく分らない状況におちいると、皇族や高級貴族たちは都から逃げ出し、医師たちもそれを追うように姿を消した。

そこで庶民の頼みの綱は施薬院だけとなったが、医師一人、職員三、四人の貧乏施設では手のほどこしようがなかった。

それぞれ懸命の努力をつづけるものの、病床を確保することさえ難しく、感染が確定的となった子供たちを、死ぬことが分っていながら蔵に閉じ込めざるを得なくなったほどだ。

他にもこの災いを好機とばかりにひと儲けをたくらむ者がいたり、デマに躍《おど》らされる者たちがいたりと、作者の筆はパンデミックになったら何が起こるかを的確に描き出していく。

物語の展開も鮮やかで、ストーリーテラーとしての澤田の資質があますところなく発揮されている。

始まりは役所で行なわれた遣新羅使が持ち帰った物品の払い下げである。施薬院に勤める蜂田名代は生薬の買い付けのために役所に出向くが、藤原房前の家令《かれい》となっていた猪名部諸男に欲しい生薬をすべて買い占められてしまう。冒頭から主人公二人が互いの立場を背負って対峙《たいじ》する訳だが、この場でパンデミックにつながる最初の事件が起こる。

新羅帰りの役人が高熱を発して倒れるのである。しかも遣新羅使として同行した同僚（のちに遣唐使としても名を残す羽栗臣翼《はぐりのおみたすく》）は、それが疱瘡だと知っていながら、疫病を持ち帰った責任を追及されるのを恐れて真相を隠した。

その後施薬院にもどった名代は、この日、入院した者の何人かが高熱を発していたと聞くが、それがパンデミックの始まりだとは気付かない。

ところが出入りの薬屋が、戸板に乗せて施薬院に運び込まれた病人を見て、「疫神《えきじん》だ」と叫んで一目散に逃げ出すに及んで、医師綱手《つなで》は裳瘡《もがさ》（天然痘）の感染が始まっていると気付くのである。

一方、生薬を大量に買い込んだ諸男は、役所で倒れた役人を自室に連れ帰る。かつて内薬司の医師であった知識を生かし、藤原房前の屋敷の書庫にあった隋《ずい》や唐《とう》などの医学書にあたって、疱瘡の治療法を突き止めて施療するが、助けることはできなかった。

その上、疱瘡を移されて自身も重態におちいり、屋敷から追い出されてしまう。そこを、かつて牢獄《ろうごく》で一緒だった悪党宇須《うず》に助けられ、疱瘡に効くという触れ込みの常世常虫神《とこよのとこむし》の禁厭札《まじないふだ》を高額で売る詐欺《さぎ》の片棒をかつぐことになる。

それ以後、物語はパンデミックの傑作映画のように息もつかせず展開する。地獄のような状況に直面した名代や諸男は、時には叫び、時には祈りながら、人として医師としてまっとうに生きるために、前に進みつづけるのである。

血泥にまみれ、腐臭《ふしゅう》がただよい、白骨が散乱するおぞましい場面。それを澤田は、どうして「これでもか、これでもか」というように描きつづけたのか。

それは身の内にたまった負のマグマを、吐き出さずにはいられなかったからだと思う。個人的な事情はともかく、作家としてそういう時期があることを私も経験上知っている。

自分の力量への不信と疑い、作家としてどう生きるべきかの迷い、他人や社会への怒りと絶望。

作家として求めるものが大きいほど、そして人間への慈悲や愛情が深いほど、そうした相反的《アンビバレント》な感情は時折活火山のように噴き上げてくる。

公序良俗に従って生きることを是《ぜ》とする社会人なら、そうした感情をなだめたり、やりすごして平穏を保とうとするだろう。

だが、人間の真実をとことんまで突き詰めようとする作家にとって、身の内から噴き出すマグマはまたとないエネルギーである。たじろぐことなく向き合うことで、得られる実りは限りなく多い。

それを熟知している澤田は、あえてパンデミックという地獄の状況を作り、その中で登場人物たちを造形したなら、自分の内側からどんな発想や感情、言葉が生まれ出《い》ずるか試そうとしたのではないだろうか。

そのためにはあらゆる禁忌《タブー》を取り払い、あらゆる残酷と凄惨《せいさん》を凝視《ぎょうし》し、その奥にある人間の真善美を、血がしたたるままつかみ出さなければならない。そんな決意をもって筆を執《と》ったと思われる。

そしてそれこそが紫式部に通じる道なのである。

式部が決意したのは、朝廷という摩訶《まか》不思議な世界で、非人間的な仕来《しきた》りに縛《しば》られて生きる女というものを、あますところなく描き出すことだった。

光源氏《ひかるげんじ》はそのために創り出された試金石《しきんせき》、あるいは化学反応をうながすための触媒《しょくばい》にすぎない。

式部の目的はあくまで女というものの真実を描くことであって、完全無欠の光源氏は、女に本性《ほんしょう》をさらけ出させるための鏡のようなものである。

このように困難で自虐《じぎゃく》的で陶酔《とうすい》に満ちた業《ごう》の深い仕事をつづけられる作家は、数えるほどしかいない。

しかも歴史学や古典文学に造詣《ぞうけい》が深く、歴史と対峙《たいじ》できる物語を書こうという気概《きがい》を持った女性作家は、澤田瞳子以外にはいないように思われる。

現代の紫式部になってほしいと、満腔《まんこう》の期待を寄せる由縁《ゆえん》である。

（歴史小説家）

この作品は、二〇一七年十一月にＰＨＰ研究所より刊行された。

著者紹介
澤田 瞳子（さわだ　とうこ）
1977年、京都府生まれ。同志社大学文学部文化史学専攻卒業、同大学院前期博士課程修了。2010年、『孤鷹の天』で小説家デビュー。11年、同作で第17回中山義秀文学賞を最年少受賞。12年、『満つる月の如し　仏師・定朝』で第２回本屋が選ぶ時代小説大賞、13年、第32回新田次郎文学賞受賞。16年、『若冲』で第９回親鸞賞受賞。21年、『星落ちて、なお』で第165回直木賞受賞。著書に、『落花』『月人壮士』『名残の花』『稚児桜』『駆け入りの寺』などがある。

ＰＨＰ文芸文庫　火定《かじょう》

2020年11月19日　第１版第１刷
2021年８月12日　第１版第２刷

著　者　澤田瞳子
発行者　後藤淳一
発行所　株式会社ＰＨＰ研究所
東京本部　〒135-8137 江東区豊洲5-6-52
第三制作部　☎03-3520-9620（編集）
普及部　☎03-3520-9630（販売）
京都本部　〒601-8411 京都市南区西九条北ノ内町11
PHP INTERFACE　https://www.php.co.jp/
組　版　朝日メディアインターナショナル株式会社
印刷所　図書印刷株式会社
製本所　東京美術紙工協業組合

ISBN978-4-569-90084-1

PHP文芸文庫

レオン氏郷《うじさと》

安部龍太郎 著

織田信長から惚れこまれ、豊臣秀吉からは文武に秀でた器量を畏れられた蒲生氏郷。その波瀾に満ちた生涯を、骨太な筆致で描いた力作。

PHP文芸文庫

墨龍賦《ぼくりゅうふ》

葉室 麟 著

建仁寺の「雲龍図」を描いた男・海北友松。武士の子として、滅んだ実家の再興を夢見つつ、絵師として名を馳せた生涯を描く歴史長篇。